住在小西巷的那個女孩
藹萍｜著

——推薦序——

# 小西女孩

陳文彬
（導演／演員、前彰化縣文化局局長、獲第49屆金馬獎最佳原著劇本、第11屆台北電影節最佳男主角等獎項）

今（2023）年是彰化建縣三百年，清雍正元年（1723）清朝政府設置了彰化縣。當時人們生活的聚落中心，就是以今日小西巷周邊，向外輻射出去的範圍。清雍正12年，依當時發展的生活空間在周邊廣植竹林，形成後來彰化城的雛形。後來歷經包括林爽文、戴潮春、施九緞等民變，彰化縣城逐漸從早期地域劃分的竹林田園，擴建到具有防禦功能的紅磚城樓。彼時的彰化縣城分別有樂耕（東）、宣平（南）、慶豐（西）、拱辰（北）四座三丈九尺高的城樓，並配置十二座砲臺。

至此彰化縣城的空間發展軸線確認下來，直到今日彰化市的都市發展計畫，依然以三百年前的縣城爲中心向外擴展。好友藹萍的新作小說，即是以彰化縣城爲發展軸線的愛情故事。故事裡的四位主角王雯昕、張西恩、余清智、魏冠翰就好像彰化的四座舊城門般，在歷史發展軸線上編織出細膩且動人的愛情故事來。

小說以彰化縣城爲敍事中心，即今日彰化市小西巷及彰化櫻山飯店爲主場景空間。輻射出去包括周邊高賓閣、永樂街、武德殿、八卦山，甚至往南走到員林的華成市場。整部小說讀來就好像閱覽一張彰化舊地圖般，具有豐富的人文氣息。作者藹萍早期曾擔任過地方記者，後投身教育工作多年，其作品內容具有記者田野調查基礎，又有教育現場的實境考察，許多場景對話讓讀者讀來宛如親臨現場般地栩栩如生。

我有幸拜訪小說裡的一處主場景彰化櫻山飯店，整個空間充滿復古的文化氣息，加上老闆巧手細膩的用心布置，讓老飯店就好像新興文創空間般，處處充滿驚喜。沿著飯店後門走出去，就是昔日的布街小西巷。蜿蜒曲折的巷弄裡，每個轉角都有著不同的驚喜發現，小說裡的場景藹萍敍述起來生動感人。

因著彰化火車站山、海線交會，小西巷與小說裡的彰化櫻山飯店成了現實生活中往來旅人們洽商、休憩、住宿的優先選擇。昔日彰化市繁盛時期，這巷弄曾聚集上百家服裝上、下游工廠店面。從鈕釦、拉鍊、布邊、布料配件到各式各樣的成衣類型，彰化小西巷簡直就是早期台灣中部的服飾產業流行中心。也因此帶來周邊包括彰化肉圓、阿璋肉圓、素菜麵、貓鼠麵等美食興起。

這是一部以彰化歷史空間發展軸線爲經，愛情浪漫與教育田野現場爲緯，兩者交互編織出來具空間畫面與動人愛情的彰化在地故事。彰化是一座建縣三百年的老城市，以彰化爲本描繪地景、地貌、人文的文學、美術及影像作品不在少數。今適逢彰化建縣三百年，藹萍的小說堪爲地方書寫再添另一佳作。而我有幸在此爲藹萍佳作爲序，於我而言是一件非常有意義的事。期待更多讀者透過作者藹萍溫柔的心、仁慈的筆，跟著她浪漫少女掌鏡的愛情畫面，讓我們一步一步的進入《住在小西巷的那個女孩》小說場景裡去吧！

# 自序

本書能夠順利出版，首先要感謝白象出版社張輝潭先生對於我的作品的青睞與肯定，這對我而言是莫大的鼓勵。此外還要謝謝用心編輯此書的編輯人員們，熬夜協助我校稿的好友們，還有忍著手腕肌腱發炎的疼痛，爲我寫推薦序的前文化局長陳文彬先生。最後，我要感恩我有一個非常支持我寫書的老公，還有對於我寫的文章總是興致高昂地提供建議的女兒，讓我的筆耕過程充滿樂趣。

小說裡角色的原型人物，和所敍述的事件，如有雷同，純屬虛構。此書取材的人物，大多選擇有正面積極特質的年輕一代教育工作者。

作者從事教職多年，遇到許多有理想，有熱誠，願意付出的老師。但是也有一部分老師，在任教幾年中被現實毒打，熱情磨損殆盡後，終於理解了，老師並不如想像中那麼的高尚與體面，一部分人早早離開了教育界，另一部分人成了尸位素餐的教書匠，非常可惜。

書中的主角大都是熱血青年教師。老師也只是一個人，是人就有喜惡，有情緒。除了與學生之間的師生感情，當然也會有屬於年輕老師們自己的愛情故事。本書的女主角——王雯昕從小立志當老師，她懷抱著年輕人的熱情與抱負投入教職，雖然必須面對各種工作上的挑戰與挫折，但是也遇到了志同道合的夥伴們。他們互相扶持，協助迷途的孩子。在他們爲學生指引人生的同時，也積極追求自己的幸福人生。

《住在小西巷的那個女孩》故事雖然是虛構的，但是小說中的場景確實都是現實存在彰化縣或彰化市內的。小說中的教育現場發生的事件在全國各地的學校都有可能發生。我之所以選定彰化市的「小西巷」作爲故事主要場景，是因爲彰化縣建縣三百年的歷史，是始於彰化市老城的建制，而「小西巷」卻是等同於彰化市的歷史的臍帶。

小說中提及的高賓閣、觀音亭（又稱開化寺）、永樂街媽祖廟、保警華陽公園、武德殿、虎山巖、百果山廣天宮、清水巖、二水八堡圳……等等，都是很值得探訪的歷史景點。書中也提到的彰化市的華陽市場、民權市場；員林市的華成市場、第一市場等，都是規模很大而且歷史悠久，市場裡隱藏著許多很有異趣的傳統老店，也都值得一訪。

讀者可能好奇爲何我選擇教育人員爲小說主角？彰化市爲小說場景？原因是——教育行業是我熟悉的領域，小說中描述的事務與環境我有相當的概念與憑藉，期盼自己能寫出小說的眞切意趣。再者，彰化是我家鄉，幸承彰化福蔭成長，僅將工作經歷化成這美好的故事，讓它在這裡發生。希望精彩的生活在這底蘊豐富的小城繼續發生。

藹萍　于2023仲夏

# 目錄 CONTENTS

# 第一部

# 剪不斷 理還亂

林德彰從躺椅上豁然彈起上身，一身的汗涔涔，他一臉驚愕，環顧左右。這裡是林德彰開的雞排店的倉儲室。

昏暗的倉儲室，冰櫃運轉的頻率，規則的轟轟嗡嗡的聲音，阻隔了店外車水馬龍的吵雜。這裡向來是他最佳的午睡秘境。這轟轟嗡嗡的聲音，於他而言是最佳催眠曲，他總是能一覺好眠，睡飽飽，補足精神，一到晚上又是一尾活龍。

驚醒後的林德彰一臉惶惶不安的神情，慌忙搜索口袋，掏出手機，顫抖著手，撥了號碼等著對方接話。

「喂？」手機傳來回應的聲音。

「是賴登發嗎？」林德彰難掩恐懼，聲線抖動。

「不是我，還有誰啊！」賴登發打電玩正夯卻被打斷，很是不耐煩：「你不是說，午睡時間不可以吵你睡懶覺嗎？現在你不睡覺，來吵屁啊！」他沒好氣回他話。

「小葳老師死了！」林德彰不顧賴登發的反應，就這麼蹦出這句話。

「甚麼？」賴登發好似被驚嚇，沒聽清楚再問一次確認「你說誰死了？」

「小葳老師死了。」林德彰慎重再說一遍。

「甚麼時候的事？」賴登發實在不願相信，但是總要弄清楚是怎麼一回事。

「不知道。」林德彰透出傷懷的心情「可能是幾年前吧？」

賴登發想了想，再聽他說話的情緒，覺得林德彰不像是在捉弄他，也染了傷感，停頓了幾秒鐘才接著問他「小葳老師怎麼死的？」

「可能是跳海吧！」林德彰帶著濃濃的悲戚回答他的問話。

「你怎麼知道的？」

「她親口告訴我的。」林德彰語音有些落寞。

賴登發聽著聽著，覺得有些詭異，他狐疑繼續追問著「她告訴你，她要去跳海？」

「對！大概是那意思。」林德彰斬釘截鐵，給了肯定答案。

「那你爲什麼不阻止她？」賴登發心裡湧起了一絲的懷疑。

「她只說要去很遠的地方，不會再回來了。」林德彰在說這句話時，帶著滿滿的懊惱與悔恨似的。

「很遠的地方？也許她只是要移民去國外。」賴登發覺得，哪有人要自殺還到處預告張揚，而且這也不太符合小葳老師的性格。倒是林德彰說風就是雨的個性，常常誇大事件的眞相。

「不是的！」林德彰惱火了似地，吼喝了一聲才接著說：「她一直哭啊！」

「她哭了啊！」賴登發將信將疑，但是心情也跟著沉重起來「有沒有可能是要移民的地方，生活環境不好，她不想去，所以……」

「你不知道啦！小葳老師會跳海自殺，都是我害的。我有責任……」林德彰忽然哽咽，鼻音暗啞。

賴登發靜默了，因爲他沒想到林德彰居然如此傷心，看來這件事應該是眞的。於是也跟著傷心起來了「她現在葬在哪裡？我聯絡同學們，大家一起去祭奠她。」

「剛剛她來跟我道別，我才確定她眞的死了，難怪我們都找不到她……」林德彰接著述說。

「等一下！你等一下！」賴登發打斷林德彰正叨叨絮絮的話詞：「你說，剛剛她來跟你道別？」

「是啊！剛剛我在午睡時，她到我的夢中來向我道別，就站在海邊，這就證明她眞的已經不在人世了……嗚……嗚……」林德彰此時已經情不自禁，難以抑制，嗚咽出聲來了。

「你哭夭喔！我睡覺也夢見過你，你爲什麼不去死啊？耍我白爛啊！」賴登發火大了，搞了半天，居然是林德彰睡午覺，做了一場惡夢，醒來在哭爹喊娘的，簡直當他是白癡在唬弄。他氣極掛了電話。

「喂！喂！喂！……」林德彰話頭正盛，忽然斷了線，便對著手機的音孔大聲叫吼著。

台北市。

張西恩剛從教育部開完會出來，陳相韻約他吃飯。

「你回台灣已經一個月了，現在才有機會跟你吃頓飯。」陳相韻向他抱怨。

「我希望能在最短的時間內完成鄉野研究，儘快給部長提出報告。」張西恩解釋著。

「研究完成後你會留在台灣嗎？」陳相韻問張西恩。

「再說吧！」張西恩說完後陷入沉思。

六年前他帶著傷透的心離開台灣，一去六年。原來選擇讀醫療行政管理，後來決定轉換跑道，攻讀教育行政。這次會回來是因爲他的指導教授被延攬入閣，擔任教育部長，邀他回來協助主持研究台灣教育的改革計劃。

「反正這個研究計畫，沒那麼快完成。」張西恩接著說道。

「沒想到你成了教育專家，眞是意外。」陳相韻看著眼前曾經是問題學生的張西恩，笑著說。

「精彩的人生總是一連串意外組成的。」說出這句話時，張西恩眼神閃動，心中還是泛著隱隱的刺痛。這是王小葳說過的話。已經過去六年了，爲什麼還無法完全忘記？爲什麼仍然會悸動？原本以爲已經釋懷，不會再有感覺了。卻沒想到，回到這個充滿她的影子的城市，所有的感覺和情愫，都潛伏在每個角落，隨時躍出來侵襲他。他不明白，是什麼讓他對王小葳如此放不下。只是因爲被她放棄，不甘心嗎？那麼，應該要恨她啊！可是不甘心是有的，但是他卻是無法恨她。

每當腦中出現那段過往記憶，總是像有一隻鑿子，鑽鑿著他心臟。張西恩實在不願再去想，他快速拉回思緒接著說：「這幾年都麻煩你陪伴我媽。明天開始，要在全台灣高中職校舉辦座談會，可能全省走透透。下星期在北台灣，接著到中部，再來去南部。所以也沒有時間陪我媽。」

「那沒什麼，春姨跟普通的媽媽不一樣，你就忙你的事吧，她會瞭解的。」陳相韻安慰他，希望他寬心。之後她凝視張西恩幾秒鐘，低下頭問「在美國的這段時間，你……有心儀的對象嗎？」

張西恩沉默兩三秒才回答「沒有！」

這六年在美國，是有遇見兩三個女孩，但是因爲課業與研究工作繁忙無心經營，也或許是心裡的那個影子無法完全忘記。

陳相韻抬起頭來凝睇著他，慢慢說出「那我們……」

張西恩尷尬一笑：「相韻，我們從小一起長大，一起玩鬧、鬥嘴，我……一直把你當哥兒們，現在還很難轉換感覺……」張西恩說完，困窘地眼神飄移。

陳相韻看到他的表情後，嘴角微揚。從小，只要他認爲自己做錯事，就是這個表情。「你幹嘛解釋這些？你不會以為我是要跟你告白吧！我也是把你當哥兒們。」陳相韻說罷，尷尬笑著。張西恩也笑了，拿起酒杯：「敬永遠的哥兒們！」

「好！敬你，永遠的哥兒們！」陳相韻也拿起酒杯回敬。她嘴角雖然上揚著，但眼神卻透出沉甸甸的失落感。

早上七點五十分，張西恩出現在青海中學校門口，離會議開始還有二十分鐘。他選擇青海中學做為座談會的第一站，是心中還有依戀；或者是希望在這裡能找到心底最深層的疑惑的解答。他把車停在六年前他經常停放的地方。學校的大門改建過；圍牆也重砌成紅磚；圍牆邊的人行道也重鋪了。沒想到會有這麼大的改變。他坐在車子裡許久，就像六年前一樣，等待著某個即將從大門走出來的人。半晌，他搖頭苦笑，怎麼可能會有人走出來？那個他所等待的人，早已經不在裡面了。

張西恩陷入了回憶。

那是六年前的夏天。

「喂！西恩老大，你們快來，我們有麻煩了。」是林德彰打來的電話。

「你們在哪裡？」

「就在學校附近的燒烤店，小葳老師知道地點。你們快點來！」

車子來到燒烤店門口，王小葳先行下車，張西恩開車去停車場。當他停好車，一進門就看到一個紅髮少年舉槍對著小葳，他不假思索就衝向少年，欲奪下槍支。那少年驚慌中扣了扳機。

意識模糊中的他感覺到小葳緊抱著他，聽到小葳哭喊著：「西恩，你千萬不能死……你死了，我怎麼辦？西恩，不要死……」

雖然六年過去了，就在心臟旁邊被子彈貫穿的傷，傷口早已經癒合，然而，一來到這個地方，似乎又喚起當年的疼痛，這樣的痛，痛起來每每都讓他感覺難以承受。

彰化市，至誠商工。

八月下旬。校園裡冷冷清清。因爲是暑假末端，暑期輔導課也已經結束了，只有行政人員上班，學生和老師都還沒開學。

「王大組長，大家都下班了，你幹什麼那麼拼命啊！」徐子依一進入教務處就大聲嚷嚷。

王雯昕抬頭，順便伸伸懶腰，瞄了她一眼，眼睛又回到電腦螢幕：「快開學了，我要趕快配課、排課，老師們都等著拿課表要備課了。」

徐子依走到王雯昕辦公桌前，拉來一把椅子坐下：「做事要認眞，吃飯也不能馬虎。走吧！有人要請客。」

王雯昕眼睛死盯著電腦，手指不停敲著鍵盤：「我剛剛已經吃麵包了，我不餓。」

徐子依舉起手，擺在王雯昕的眼睛和電腦螢幕之間不停晃動，干擾她繼續工作。

「雯昕，這學校又不是你家開的，我爸爸才是學校董事耶！」

被她這麼干擾，王雯昕只好暫停工作。抬起頭來對她說：「居處恭，執事敬，與人忠。我認眞爲你家賣命，你應該開心啊！不要吵我了！」說完還瞋瞪了她一眼。

「我管你爲誰賣命，不關我事。」徐子依完全不理會她的反應，持續不斷動作干擾她。

「唉！」王雯昕此時只好完全停下工作，放鬆身體，往椅背躺靠，對她搖搖頭後，揮了揮手說：「雖之夷狄，不可棄也。」

「你們這些學中文的，開口閉口論語、孟子、古文、詩詞，每個都變成老學究，無聊又乏味。」

徐子依知道王雯昕又故意逗她，所以也故意與她抬槓。

「躬自厚，而薄責於人，則遠怨矣。」王雯昕一副不以爲然的表情，故意慢條斯理回應她。

「唉呦，我不要再聽你之乎者也了，反正我答應人了，今天一定帶你出場。你一定要賣我面子。」

王雯昕無奈：「喂！大小姐，你在講什麼啊？」

徐子依站起來，拖拉著王雯昕往外走去：「拜託啦！大組長，工作不會跑掉，明天再做，沒人會偷你的工作。走啦！走啦！」

徐子依開車，王雯昕坐在旁邊，拿著筆記本寫不停。

「你彰化師大研究所的課程，不是已經結束了嗎？」徐子依看她埋頭苦讀，隨口問問。

「嗯！」王雯昕頭也不抬，只隨意應聲。

「那麼，你還用功什麼？」徐子依不以爲然地嗟呼著：「難不成，你還要考博士班啊？」

「是啊！」王雯昕眼睛盯著筆記，絲毫不在乎徐子依的態度。

徐子依轉頭瞧她一眼：「你未免也太上進了吧！」

「只是打發時間而已！」王雯昕隨口應著。

徐子依笑著，興致勃勃地接著說：「所以說……你該交個男朋友，日子就不會無聊了。」

聽到徐子依說出心中的意圖，王雯昕眼睛終於離開筆記本，抬起頭來懷疑的眼神睨瞧著徐子依，但是並未開口回應。

徐子依趕快避開她的目光，一邊開車一邊嘻嘻笑著說：「雯昕，今天是我堂哥請客，他叫徐華夏，是電子新貴哦！三十三歲，多你四歲，完美的配對！」

「你又來了，我不是跟你說過，我不想交男朋友。」王雯昕有點不耐煩。

「我們一起進入學校，這六年來我都換了好幾個男朋友了，你卻連一個男朋友都沒有，這樣我會很愧疚的。」徐子依轉過頭，對她眨了眨眼。

「你愧疚甚麼？」王雯昕闔上筆記本，滿臉疑惑睨視徐子依：「我不交男朋友，干你什麼事啊？你在說什麼？」

「你是不是因爲當年劉衡裕跟我在一起，所以你從此不交男朋友？」

王雯昕好像被她的話給嗆到一般：「天啊！你胡說什麼？未免太有想像力了吧！」

「六年前，你、我、劉衡裕三人同一期進來至誠商工，一起受訓。我知道劉衡裕本來是要追求你，後來卻跟我交往，之後你都沒交男朋友。全校同仁都在傳言說，因爲我橫刀奪愛，使你感情受創傷，所以寄情工作，才會變成工作狂。」徐子依滿臉是委屈歉疚：「對不起，我眞的不是故意奪你所愛。」

「我……？啊……？天啊！你們這些人怎麼會這麼想呢？太八卦了吧！」雖然聽起來很荒謬，可是王雯昕不知如何反駁她。

「到了！我們把車停在這裡。」徐子依停車，仍然繼續說：「我已經和劉衡裕分手，他也轉到別的學校了，但是不管怎麼樣，我一定要幫你介紹男朋友，這是我欠你的。女人青春有限，轉眼就三十歲了。」說著說著，徐子依皺起眉來，打量著王雯昕：「你看看你，總是不打扮，明明有一張漂亮的臉蛋，偏偏就戴著這一副黑膠眼鏡。一頭亮麗的秀髮，梳了一個老太婆髮髻。你是故意扮醜嗎？」

徐子依是千金大小姐，留學日本，回國後被父親安排在至誠商工任教美工科的專業科目，她總是打扮時尚。平常開著BMW745代步，全身上下是名牌服飾和皮包。在學校教書，賺取的薪水根本不夠她那一輛名貴轎車每月的維修開銷，更遑論採購那些名牌行頭。但是她的個性熱心大方，是個傻大姊。

「你把頭髮放下來吧！」她說著說著，兩隻手伸來在王雯昕頭上抓弄起來。

「哎呀！你把我的頭髮弄得亂七八糟了。」王雯昕哇哇叫著。

「這樣好看多了！」徐子依滿意的點點頭，接著她又有意見「嗯！還有你這個難看的眼鏡也要拿下來。難得你遺傳了你媽媽原住民的水亮亮大眼睛，幹嘛老是用眼鏡遮著，太暴殄天物了！」

「不行！不戴眼鏡我怎麼看清楚你介紹的帥哥？」王雯昕堅持戴著眼鏡。

「你到底近視有多深啊？人家不是說，原住民比較不會得近視眼嗎？」徐子依面帶慍色嚷嚷著。

「我有一半客家人的血統。近視的這一部分比較接近客家人。」王雯昕戲謔地逗弄徐子依。

「不懂你耶！爲什麼不戴隱形眼鏡？算了，就只能這樣了。」徐子依只好放棄。

兩人走進餐廳，徐華夏已經先行到達等侯多時，看到她們來到，闔上筆電起身迎接。

三人一邊用餐一邊聊天，但是大多是徐子依意圖要撮合兩人，左右吹噓，用力發揮她當媒人的功力。王雯昕雖然無奈，卻也感謝她的關心，只好盡力微笑配合。整個晚上，徐子依賣力演出，炒得氣氛熱絡，三人聊得也算開心，直到當晚九點才結束離開。

至誠商工，教務處。

早上七點多，王雯昕已經在辦公室，繼續排課的工作，教學組幹事美玲和淑德也到了。王雯昕交代她們先把教師配課班級、節數、和各年級每週課程節次等等資料輸入電腦，等電腦初步排課結果出來再調整。三人忙碌了三、四小時，時間已經快中午。

教務主任林奔泊一進來就問王雯昕：「王組長，配課表做好了嗎？」

「都好了，課也快排好了，就等列印。」王雯昕應答著。

「給我看看。」林主任接過資料，看完配課表對她說：「林幕生老師的課要調整一下。」

「有什麼問題嗎？」王雯昕看不出哪裡有問題。

「我重配課後，你再重新排課。」教務主任說完，拿著表件回到自己的座位開始更正。半個多小時後又拿回來交給王雯昕。

「主任，林老師十八堂課，配給他八種專業課程，這樣他如何備課？」王雯昕看過主任更改過的課程表，覺得不合理。

「身為專業老師，任何專業課程都應該能上。」教務主任的解釋，根本沒道理，不過是敷衍而已。

「可是……一般而言，每一位職業類科專業老師課程分配不會超過三種科目。」王雯昕耐著性子向主任解釋。

「就照我分配的科目排課，你不必替他擔心。」教務主任不耐煩了。

「我不是替他擔心，而是……」王雯昕想繼續爭取。她想說的是，林老師無法好好備課，上課效果不好，受影響的是學生。

「好了！你不用說了，就這樣。」教務主任不悅地阻止她繼續說。

王雯昕知道教務主任這樣做，是公報私仇。林幕生老師上學期因爲班級事務，曾經和教務主任起衝突。王雯昕認爲，個人恩怨不該拿學生的權益當籌碼，更何況只因爲林主任要教訓林老師，還波及另外兩位專業科目老師。因爲鐘點數的問題，那兩位無辜者，課程也被拆開得零零碎碎，每個人至少都得上五種科目課程。這麼多位老師，無法專精備課，學生的學習必定會受到很大的影響。這是內行看門道，外行看熱鬧情況，家長們絕對看不出問題癥結，自然不會去抗議或要求改善。從事教育者不該如此行事，但是她知道此時多說無益，只能在上課日程的安排上面做協助，盡量讓老師們方便備課。明天一早就召開校務會議，全校教職員都要出席，課表也必須發下，看來今天又要加班了。

學校原本只上班半天，現在已經下午五點半，王雯昕讓美玲和淑德先下班，自己留下做最後的整理。整個若大的教務處，空蕩蕩的。剛剛下起雨來，外面天色漸漸灰黯，室內光線渾沌。

「啪！」有人打開電燈，王雯昕抬頭看到魏冠翰慢慢踱步進來：「節能減碳？太徹底了吧！小心加深近視度數。」

「新生訓練不是早就結束了嗎？你怎麼還沒走？」王雯昕微笑招呼。

「留下幾顆皮蛋在操場跑步。」魏冠翰嘻笑回答。

聽他如此說，王雯昕委婉勸說：「才剛入學，你就處罰他們？教育局要求零體罰，你要注意。」

「我這是利用『趨利避害法則』【註一】，協助這群『本我』過度的小鬼，平衡『心理的人格動力』【註二】。再說跑步是練身體，哪算是體罰！那麼縣政府常常辦路跑，是在體罰縣民喔！」魏冠翰不以爲然，長篇大論。王雯昕只是搖頭笑著，並未與他辯論。

魏冠翰忽然轉移話題：「聽說敗金女王又幫你介紹男朋友？」

「嗯！」王雯昕隨口應著。

「她爲什麼這麼多事，老是要塞一些亂七八糟的男人給你，這次又是哪個小開？」魏冠翰口氣微酸。

「是她的堂哥。」

「哼！肯定條件很差！」魏冠翰噘著嘴不屑的表情很滑稽：「你想一想，誰不是胳臂往內彎？」

「人家是科技新貴！」王雯昕潑他冷水。

「什麼科技新貴！明明就是宅男，只會敲電腦，說得那麼好聽。」聽王雯昕這樣形容另一個男人，魏冠翰心急了。

安靜一會兒之後，魏冠翰才又轉了稍微正經的口氣問：「你對她堂哥有好感？」

「不討厭。我不是也在敲電腦？」王雯昕故意睨他一眼。

「那麼……你打算跟他交往哦？」魏冠翰收起嬉笑的態度，認真起來。

「還沒時間考慮。你看我事情多得忙不完，哪有時間理他。」

魏冠翰似乎鬆了一口氣，開心問：「晚上一起吃飯好不好？我帶你去民權市場吃飯！」

「不行，明天要發的課表，都還沒核對。」王雯昕不同意。

「晚飯還是要吃吧！我去幫你買。」魏冠翰說完，又嘻嘻哈哈的往外邊走邊說：「你不自己跟我去，我就把我吃剩下的廚餘包回來餵你。」

王雯昕笑了笑，不回應。

看著魏冠翰離去的背影，王雯昕的眼神暗沉下來。她不是不懂他的心思，只是受過的傷，好不容易才平復，對於感情她總是小心翼翼。

魏冠翰是機械科專業老師。同樣是台灣師大畢業，是她的校友學長，對她很照顧。魏冠翰的媽媽是她的房東，時常幫忙她。多虧遇到他，有他的協助，王雯昕才能熬過那一段她的人生中最痛苦、黑暗的日子。王雯昕覺得現在的生活很開心，雖然忙碌，但是她做喜歡的事，結交喜歡的朋友，她不想改變目前的一切。

---

【註一】人的行為法則：追求快樂、逃避懲罰稱為「趨利避害法則」。

【註二】人格結構由三個「我」所構成：本我(id)、自我(ego)、超我(superego)。本我，是人格結構的最低層，貯藏人性中最原始、不受意識控制的衝動。

至誠商工校務會議正在進行。

教務主任正在報告。

「……請各位老師，一定要克盡職守，重視學生的受教權，以學生的權益爲依歸，一切要把學生擺在首要，……，我們教務所做的一切安排，絕對都要爲學生好，……」

顧不得教務主任還在報告，林幕生老師看到課表後，氣呼呼跑到王雯昕面前抗議。

「王組長，這課程這樣配，我怎麼準備？擺明是要整我嗎？」

「林老師，我真的很抱歉，我已經盡量在排課時，把同類課程幫你排在同一天，這是我唯一能幫忙的。」王雯昕一臉爲難，委婉向他解釋。

林幕生老師心知肚明是誰搞的鬼，他知道這絕對不是王雯昕的意思，便也不再爲難她，只是看了一眼站在前台，正在發言的林奔泊，牽動了一下嘴角，冷笑叨念著：「還說什麼以學生權益爲依歸，呸！真是無恥！只因爲我得罪他，爲了整我，犧牲整個汽車科的學生和老師，還能大言不慚說著冠冕堂皇的話，真是可笑的惡棍。」

「唉！」王雯昕無奈輕嘆一聲。

會議繼續進行，已經換成學務主任報告：「教育局來函，請各位老師千萬不要體罰學生，如果有體罰的情形，將來被家長告，……，各項賠償或責任同仁自行負責……。」

「罰站算不算體罰？上學期，學生上課一直吵鬧，我叫他罰站，他不肯站，還嗆我，要告我體罰。」陳欣怡老師緊張地舉手發問。

「這個……，教育局沒有明確訂定規範，……」學務主任支支吾吾講不出答案。

「伏地挺身算不算，……」

「跑步算不算，……」

「我們的學生都高中生，長得比我們壯，我們被攻擊，反擊算不算，……」

老師們七嘴八舌，有人提問，有人相互討論。最後學務主任都以「教育局沒有明確規範」回答。

會議如序進行。

校長主持到最後會議結束前，向全校公告：「下週的週會時間，教育部針對中等學校各校特色發展，安排一位專家前來本校演講以及進行座談會。請各處室先行準備。」

台下微微騷動，各自細碎的聲音提出意見「又是一個打高空的專家。」

「住在水晶宮的，哪能知道民間疾苦？……」

又是一陣討論。

會議終於結束，王雯昕一回到教務處，朱淑之老師氣極敗壞進門就大呼小叫：「王組長，你這是什麼意思？資訊二忠的國文，爲什麼排給薛海安，這個班級一年級是我教的。」

「朱老師，因爲擔心你的課程太多頭了，只有一班二年級的課程，就幫你拿掉，讓你能專心在三年級的課程。而且給了你實驗三忠，這班是重點班，明年要參加考試了，要借重你的良好的教學績效，希望明年升學考有好成績。」王雯昕笑嘻嘻的安撫她，解釋給她聽。

朱淑之和薛海安老師，兩人都是國文老師，卻水火不融。王雯昕剛進入至誠商工時也是國文科老師，第一次參加國文科教學研究會時，看到兩位四十多歲的女老師爭執不下，各不讓步，而感到驚訝不已。她漸漸才瞭解兩人互看不順眼已經很久了。聽說兩人結下心結是因爲——薛海安老師未進入至誠商工以前，朱淑之老師是學校裡永遠的第一名老師，並擔任召集人。後來薛海安老師進入至誠商工，第一次會考，她的班級包辦了班級總平均前三名。朱淑之老師認爲，薛海安老師一定事先取得考題洩題，並且在校內散播此事。此段話傳到薛海安老師耳朵，薛老師毫不留情面，在國文科教學會議上，質問朱老師，兩人吵得不可開交。此後薛老師總是在會議上刻意杯葛朱老師，當然朱老師就不斷的在背後中傷薛老師。

其實如果撇開人格的弱點，這兩位都是認眞的老師，只是太愛比較，太愛競爭了。

經過王雯昕的解釋，朱淑之老師的氣緩和了下來，離開教務處。

王雯昕鬆了口氣，每學期排課，這些狀況總是不斷重複發生。

教務主任林奔泊剛才和校長討論完，一進辦公室就對著王雯昕說：「王組長，下週教育部的視導團要來，你要趕快準備資料。聽說這個計畫的主持人，是專門從美國耶魯大學請回來的。視導結果是直接上呈教育部長，不能馬虎。」

「好的，我知道。所有資料，在視導團來到前會先呈報校長。」王雯昕恭敬地報告。

美玲和淑德一聽又有視導團要來，不禁唉聲嘆氣。

「組長，這些長官，沒事就來觀光一下，也弄不出個所以然。只是把我們這些教職員操得人仰馬翻，最後還不是沒什麼建樹。」美玲一想到又有一堆額外工作要做，抱怨著。

淑德也顯露極度不滿的口氣：「這些政府請來的專家，做事總是買櫝還珠。你們說，教改了半天，結果還不是造成現在的情況。」

王雯昕對他們的抱怨，只是以微笑回應，並未加入抗議的行列，只是一言不發，默默坐回電腦前，展開了作業。

連續幾天爲了準備資料，王雯昕幾乎天天加班。徐子依拿著一束花，蹬著高跟鞋，搖搖晃晃來到王雯昕身邊：「雯昕，我的堂哥送你的。」

王雯昕撇她一眼，一副瞇眼不相信的表情：「不會是你自掏腰包買的吧？」

「我哪會那麼無聊啊！」徐子依把花放在王雯昕桌上：「他想約你明天一起去看電影，還要請你吃晚餐。」

「你幫我謝謝他，下週教育部視導團要來，恐怕沒辦法。你看我現在還在加班。」王雯昕攤開一大堆資料給她看「受命以來，夙夜憂嘆，恐託付不效，以傷『長官』之明。」王雯昕總喜歡這樣逗她。

「你又來了！剛好又給你找到藉口了！煩死了！」徐子依任務失敗，又看王雯昕一副戲謔的態度，更是氣急敗壞：「我看啊！眞應該獎勵你爲學校奉獻青春，我回去拜託我爸爸，下次董事會提議，撥經費幫你蓋尼姑庵，或是修女院。」徐子依睜大眼睛瞪著她。

「子曰：『不患人之不己知，患不知人也。』但是，我還是謝謝你囉！」王雯昕戲謔地睨著眼。

「噢！氣死我了，我不管你了！」徐子依蹬著高跟鞋，叩、叩、叩地離開辦公室。王雯昕臉帶笑容望著她娉婷搖晃離去的背影，正要把視線移回電腦螢幕，卻看到魏冠翰從門口經過，手臂勾在一個學生肩上，臉部帶著奇怪的笑容。而那個學生則是一臉桀驁不馴的表情。她正要叫住他們，可是一轉眼他們已經消失在她的視野中。

稍早，學務主任拿來一支手機，交給魏冠翰。

「魏老師，你班上林俊傑上課玩手機，打電動。依照校規要暫時扣留，我就交給你了。」放學時林俊傑主動來找魏冠翰，喳喳叫著：「老師，我要拿手機。」

「什麼手機？」魏冠翰明知他所指，卻故意冷淡詢問。

「剛剛『大番薯』沒收拿來給你的手機。」林俊傑態度無禮，表情不馴。學務主任身材矮小，有一點胖，學生私下給他取綽號都叫他「大番薯」，但是還不至於在老師面前也這麼呼叫著。

魏冠翰耐著性子，解釋校規給他聽：「現在不能拿回去，按校規要暫時扣留。」

林俊傑突然大發脾氣，緊握拳頭大吼大叫像個小霸王，完全無視於所處位置是辦公室：「你不給我？我立刻叫我爸媽來拿！」

「你爸媽來也一樣！」魏冠翰壓著脾氣，咧嘴笑著回答。

「你不還我是不是？我大不了不上學了，我找我外面的兄弟來堵你，看你還不還？」說話時還故意抖動著頭，還歪撇嘴巴露出兇狠的態勢。

魏冠翰聽他說完，再看看他的表情，心想著：「他居然恐嚇老師！這小子，看來需要來點特殊輔導。」

魏冠翰臉色一轉「嘖！嘖！」出聲後，堆滿臉笑意，站起來勾住他的肩膀：「來！來！來！你是混兄弟的人，見識廣，脾氣不要那麼大。手機而已，叫你爸媽來拿，太費事了。反正我們順路，我載你回家，順便送去給他們。」說罷搭著林俊傑的肩膀，兩人稱兄道弟似的，搭肩往停車場走去。

林俊傑看見老師一聽他有兄弟撐腰，就態度一百八十度轉變，心中甚是驕傲。

兩人來到停車場，魏冠翰打開車門，示意林俊傑上車。他左顧右盼，動作慢吞吞，還是那副死踐樣。魏冠翰失去耐性，一把抓起他的衣領，把他整個人丟進車子，扳動安全鎖，關上車門斥喝他「你給我坐好！再不坐好，我就把你塞在後車箱。」

林俊傑畢竟還只是學人耍狠的高一新生，被魏冠翰突然的舉動嚇住，坐在椅座上不敢亂動。

魏冠翰車子開到中華路橋卻不上橋，反而忽然轉入橋下。

「我家不在這個方向……。」林俊傑看魏冠翰走錯路，瑟瑟開口糾正他。

魏冠翰不回答，只轉過頭斜著眼睥睨著他。林俊傑馬上閉嘴，不敢再出聲。

魏冠翰將車子開到橋墩旁，停了車就逕自下車，點了一根煙，蹲在橋墩抽煙。抽了幾口，才走近車旁，把頭探入車窗，對林俊傑喊叫一聲：「下車！」

林俊傑並沒有下車。

魏冠翰再探頭，怒吼一聲：「幹！叫你下車沒聽到啊！」

林俊傑顫抖著「車……車門……打……打不開。」

魏冠翰才想到，車門上了安全鎖。於是把香菸熄滅，繞過去打開車門。揪住他的胸口，把他從車子裡拖出來，另一隻手握拳在林俊傑眼前晃動，怒目瞪著他：「他媽的！我忍你很久了，學校不能體罰是不是？幹！我拖你來這裡踹！」

林俊傑嚇得臉色慘白，說不出話。

「找外面的兄弟來堵我？是不是？你好大膽啊！」魏冠翰繼續揣著他的領口訓問他：「明天不來上課？你敢不來上課？是不是啊？說話啊！」

「不……不是……」林俊傑一顆頭搖得像波浪鼓。

魏冠翰鬆開他的領口，挑著眼掃視林俊傑好一會兒才緩緩地，咬牙切齒道：「你他媽的！給我來這一套，以爲我吃素的嗎？給我聽仔細，明天起，不許遲到，聽懂了沒？七點半沒到校，我就開車去接你。我堵你啦！懂了沒？」

林俊傑點頭如搗蒜。

「上車！我送你回家，順便做家訪，找你家長聊天。免得你謊話連篇，毀謗我。」魏冠翰又惡狠狠地瞟了林俊傑一眼，示意他上車。

林家父母兩人都是在大村鄉的正新輪胎廠上班的老實工人，他們和魏冠翰談了一個多小時，對這個孩子已經束手無策，他國中在網路上認識一群不良少年，之後就跟他們到處晃蕩，動不動就離家出走，說也不聽，管也管不動，而且只要不順他的意，他還經常對父母大小聲。

「林先生、林太太我希望你們跟我配合，俊傑本性不壞，我們一起來幫助他。你們只要好好跟我配合，我有把握他可以順利畢業，還拿到兩張丙級證照，將來就業沒問題。」

林家父母感激涕零，應允一定全力配合。

魏冠翰走出林家，手機響起。

「喂！魏冠翰，我看你帶一個學生離開，有事嗎？」王雯昕知道，當初編班，將一些曾犯案受保護管束的學生都放在魏冠翰班上。雖然知道他治理這類的學生很有一套，可是方式都很另類，還是擔心他擦槍走火。

「你別擔心，都搞定了。」魏冠翰知道她擔心什麼。

「你顯示的這個號碼是學校的電話，你還在學校啊？」魏冠翰看了手機顯示的來電號碼，回問她。

王雯昕只是想提醒他，知道他沒事就放心：「是啊！我還在學校忙呢！你沒事就好，我還要忙。」說完就掛斷電話。

「喂！喂！……」他還沒講完，想問她吃飯沒？他知道她總是一忙起來，就忘記吃飯。

至誠商工，教育部視導團會場。

教育部視導團即將會在早上八點半準時到達，所以校長要求全校教職員，必須在八點十分就定位。王雯昕七點半就在會場，檢查一切資料和作簡報的電腦設備是否準備齊全。八點鐘時，教職員工陸陸續續進場。等校長進來，王雯昕湊上前去提醒注意事項，並演示投影片操作。待一切就續，王雯昕才回到座位坐下。

徐子依坐在王雯昕旁邊，看她忙進忙出，好不容易才坐下，替她抱不平：「從頭到尾都是你在做，他們幾個主任只要按按幾個鍵就功勞全包了。」

「噓！你別害我，講那麼大聲。」王雯昕用手肘撞徐子依，示意她安靜。

終於視導團人員在校長的引領下進入會場，與會人員熱烈鼓掌歡迎。

校長先一一介紹視導長官，並請長官指示：「本次計畫的主持人張西恩先生，是美國耶魯大學博士，專攻教育計畫與行政。接下來我們請長官為大家發表演講，闡述本次教育部實驗計畫的中心思想。」

張西恩對校長禮貌致意後接過麥克風，以他清亮的聲音向全體教職員發言：「各位教育最前線的前輩們，今天我們來到貴校並不是要發表演講，而是來聽取各位寶貴的意見。更不是要告訴各位怎麼做，而是希望各位前輩提供建議告訴我們該怎麼做，……」

徐子依用手肘撞王雯昕，喜孜孜的說：「你看，這個長官好年輕哦！長得好帥耶！眞少見，難得有這樣養眼的帥哥長官！」

徐子依看王雯昕都沒有反應，轉過頭去看王雯昕。她看到王雯昕頭低低的，眼睛都快貼到桌面上的文件了，覺得很莫名其妙：「你的頭怎麼壓那麼低，那些資料不是都是你自己寫的？你幹什麼看得那麼專注？趕快看帥哥啦！你看看那個耶魯大學博士，眞是青年才俊耶！」

過了許久，王雯昕仍然低頭注視桌上文件，安靜且僵硬，沒有回應。徐子依感覺王雯昕的奇怪反映，忍不住小聲對著王雯昕嚷著：「喂！雯昕，你在幹什麼啊？」

「……所以說，我們想請教的是，以學校為本位，貴校認為適合你們推動的學校特色是什麼？並且，我們想瞭解推動的過程中所遇到的困難又是什麼？」張西恩提出問題，就教校長。

校長回覆問題：「近年來，本校致力於科學專題製作，在各項科學競賽方面都有很好的成績……，所以我們一直希望，朝科技中學的方向努力。至於細節我請負責規劃的王組長來向各位說明。」校長說罷，眼睛逡巡座位中的同仁，尋找著王雯昕：「王組長在那裡？麻煩你詳細解說。」

王雯昕仍然低著頭，臉幾乎貼在文件上，似乎是太專心閱讀文件內容而未聽到校長的聲音。徐子依撥著王雯昕的肩膀：「雯昕，你怎麼了？沒聽到嗎？快起來啊！校長點到你發言啦！」

王雯昕這時才深深吸氣，緩緩站起來：「上級長官、校長、主任，以及各位同仁，本校各項專業科目，師資都很優秀，各有專長，以科技為教學特色，師資不是問題，……」

當王雯昕站起身的剎那，張西恩好像腦袋轟地炸開，耳朵嗡嗡做響，接下來，他幾乎什麼都聽不到了。腦中閃爍著困惑——小葳！她為什麼在這裡？她不是結婚了？她不是移民去了上海了嗎？她為什麼還在台灣教書？余清智為何沒帶她走？是她嗎？沒錯，就是她！到底發生了什麼事？

「……以上是我的報告。」王雯昕報告完畢坐下。

校長接著話：「謝謝王組長鉅細靡遺的解說。根據以上的說明，相信長官對本校所推動的各項重點目標，已經有概略的了解，對於本校需要改進的地方，我們敦請長官賜教並指導。」

所有人的眼光投向張西恩，但是張西恩的眼睛，從王雯昕站起來那一瞬間開始，就沒離開過，甚至看到發呆。

張西恩發呆望著王雯昕，甚至完全沒聽到校長請他發言。校長只好再次對全場說：「請大家鼓掌歡迎長官指導。」

鼓掌聲喚醒張西恩，他才意識到自己失態，尷尬接過麥克風：「王……組長的報告真的……非常好，令人驚讚……我非常訝異，貴校已經在這方面深耕這麼久，……」張西恩忽然思緒混沌了，不若剛才的反應精煉。

張西恩發表意見的同時，眼睛仍然一直看著王雯昕，而王雯昕則是專心閱讀資料，坐下之後從未抬頭。

會議結束，張西恩一行人在校長的陪同下，教職員工掌聲中先行離開。張西恩的眼光依然不時投向王雯昕，但是她卻是雙眉緊皺，似乎被張西恩的眼神逼得整個人都顯得情緒緊繃，一直低著頭。

送走教育部視導團隊，所有人都鬆了一口氣。只有王雯昕眉頭深鎖，一整天若有所思，甚至連上課都忘記去，直到班級幹部來提醒。

課堂上，王雯昕臉上沒有一絲表情。許裕隆在王雯昕轉身寫板書時，居然唱起歌來。

擔任教學組長，基本鐘點是六節課，所以王雯昕只任教兩個班級，這個班級就是其中一班，導師就是魏冠翰。

王雯昕轉回頭看著許裕隆說：「大歌星，現在是上課時間不可以唱歌。」

「誰說上課不能唱歌，我們剛剛上音樂課就在唱歌。」這小子強詞奪理，全班居然聽他這麼說還鬨堂鼓噪。

王雯昕知道這個班級，有很多特別的學生。面對這樣的學生不能生氣，因爲他們就是故意要惹老師生氣，再引起鼓噪取悅同儕。也不必當衆曉以大義，講道理。因爲老師越試著講道理，他們就越是用歪理回嗆，展現他們挑戰老師的能力，建立他們的團體發言地位。她自己挑選教這個班，除了沒有老師願意接，主因是她希望能幫他們漸漸導入正途，否則他們是很容易被放棄的一群，因爲他們早就已經放棄自己了。

「好吧！你那麼喜歡唱歌，我們來想辦法幫你開演唱會好不好？」

「好耶！」許多同學開始敲桌鼓譟「咚！咚！咚！」。

「那麼，就這麼說定。今天放學後，許裕隆留下舉辦一小時演唱會，全班都是觀眾要聽他唱完。演唱會結束，全班同學才可以放學離校。等一下我會通知你們的導師魏冠翰，並且我也會到場觀看。」

王雯昕宣布完，全班忽然安靜下來。

「老師，我不唱了。你不要幫我開演唱會了！」許裕隆開始求饒。

「不行，計畫訂了就要執行。好了！安靜上課，還是你想唱兩小時？」

放學打掃完，王雯昕陪同魏冠翰準備在教室欣賞許裕隆的演唱會。許裕隆還沒開始唱歌，坐在後排的一位長得粗壯的學生一臉不快，直率地站起來就要發言，他大聲叫喚著「老師！」

魏冠翰瞧了他一眼故意以很嚴謹的態度對他說話：「對不起！這位觀眾，我是主持人。你如果要找你的老師，請等待音樂會結束後。」

那學生見魏冠翰這麼一表態，一時反應不過來，可是也不肯坐下，他漲紅脖子，又叫了兩聲「老師！老師！」一見魏冠翰不理會他，仍繼續吵嚷著：「老師主持人，是許裕隆白目，他自己要在國文課唱歌吵鬧，我們又不想聽，應該處罰他自己一個人留下來唱歌，我們要回家。」

這時許裕隆自行站起身來：「好吧！一人做事一人當。老師，你就處罰我，我願意自己一個人留下來，你放大家走吧！」許裕隆一副爲了顧全大局，願意爲大家犧牲，從容就義的英雄氣概。

魏冠翰在心裡肘算著——這小子，調皮搗蛋，還厚臉皮打算充英雄。於是他故意一副打圓場的口氣說著：「罰甚麼罰啊？許裕隆只是愛唱歌，又沒犯甚麼錯？幹嘛要處罰他？」

許裕隆一聽老師並不打算處罰他，有些喜出望外。

魏冠翰瞄他一眼，然後對全班曉以大義：「難得大家有緣和許裕隆當同學，說不定以後他眞成了歌壇巨星，要欣賞他的演唱會可就不容易了。你們要珍惜這樣的機會。」

聽老師這麼說，許裕隆靦腆笑著。

然後魏冠翰又以嚴肅且認眞的表情對大家宣布重要事件一般的態度說話：「況且對於一個這麼熱愛歌唱……」話說至此，魏冠翰特意字字清楚，放慢速度「無、時、無、刻，不論，身處何處，都堅持找機會，練習唱歌的——明日之星」接著他又故意一副感慨的口吻說話：「你們忍心摧毀他正在萌芽的天分嗎？」然後魏冠翰轉向許裕隆看著他。

此時許裕隆面露尷尬。

魏冠翰刻意以語重心長的態度接著說：「你們知道嗎？因爲你們的私心，有可能讓台灣歌壇損失一位巨星。」然後他期許地看著許裕隆問他「許裕隆，我說的對不對？」

許裕隆無言以對，只是傻笑。

「喇叭啦！」

「他唱的歌能聽喔？」

「吼！無聊耶！」

幾位學生開始騷動。

因爲許裕隆上課搗蛋，連累全班留校，大家心中已經非常不滿，現在又得要聽他五音不全的嗓音，還說甚麼他是未來的巨星，同學們的怨氣頓然引爆，不滿的聲音此起彼落。

「喔……！有人覺得許裕隆的個人演唱會無聊？你們幾個認爲只有一人演唱，節目太過單調？想要上來伴舞，或擔任合音天使，豐富節目的內容嗎？」魏冠翰冷瞄了那幾個有意見的學生一眼。於是那幾個學生安靜不再叫嚷，但是每個人臉上都帶著不悅。

魏冠翰看全班都安靜了，才又問大家：「誰……還有意見？」但是全班都沒人敢回應。這時魏冠翰接著說：「學校教育就是要提供學生學習的機會，發展學生的潛能。今天許裕隆有這樣積極學習的心，」魏冠翰說「積極學習的心」幾個字時還特別強調加重語氣，「我身爲老師深受感動，當然要爲他營造一個良好的學習機會，並且提供他學習平台。」魏冠翰說到這裡停頓一下，眼睛掃視全班。「所以，以後如果有其他同學像他一樣不管是對歌唱、舞蹈，或是其他才藝……等等，如此熱情，只要有科任老師反映會影響上課，我不會偏心只獨厚許裕隆，其他同學也比照辦理。我們全班幫他辦演唱會、舞蹈發表會……等等甚麼樣的發表會都可以。」

魏冠翰說的這些話，學生們都聽得出暗藏著警告，不敢再有意見。

演唱會開始，魏冠翰煞有其事擔任起演唱會的主持人，不斷提醒觀眾要尊重藝術工作者的表演，並遵守欣賞音樂會的禮儀，當個有水準的觀眾。而許裕隆從頭到尾，沒有一首歌能唱得完整。他總是唱了開頭兩句就忘詞，唱不下去了，但是主持人仍然要求「來賓請掌聲鼓勵！」。一開始沒人願意拍手鼓掌，但是主持人堅持觀衆要有風度，要求同學必須鼓掌。在主持人半脅迫，半要求下才擠出七零八落的稀疏掌聲。

這場演唱會——歌手，唱得扭扭捏捏；聽衆，聽得不情不願。同學們只想趕快放學，不斷嫌棄許裕隆唱得太難聽，一再要求提早結束演唱會。只有站在教室後面的兩個老師——王雯昕和魏冠翰最投入，不僅熱情點歌，還一直鼓動大家打拍子或拍手。

張西恩結束今天的行程之後，又直接奔回至誠商工。他坐在車子裡，已經等待了一個多小時。

「不知她是否離開了？還是仍在學校裡面？何時會走出來？」

這個情景，似曾相識。今天余清智也會出現嗎？他記得那是六年前，他到青海中學要送還王小葳的證件時。可是，那天余清智出現帶走她。

王雯昕回到辦公室覺得好累。魏冠翰找她一起吃晚餐，可是她只想回家休息，回絕了。看看時間才六點，平時天天忙到八九點她都不覺得有這麼累。決定今天早一點回家休息。

終於她走出校門來了，張西恩快速下車，走向她，對她呼喚著：「小葳！」

王雯昕好像嚇一跳，頓了一下，並沒有回頭。她反而更快速地要往前走。張西恩一個箭步站在她的面前：「小葳，是我啊！」

王雯昕一臉錯愕看著他許久之後，才顯露出恍然大悟的表情：「咦！喔！原來是視導團的長官！您怎麼又回來呢？」

她的表現讓張西恩大出意料。他曾經設想過各種兩人重逢時的情景。

可能是，她被余清智勾在懷裡，只能含情脈脈遠望他；

或者是，兩人喜悅歡愉緊緊相擁著，互訴情意；

亦或是，她淚眼汪汪對他舊情綿綿。

可是眼前的她，表現出來的卻是——忘記他。

「你……不記得我？」張西恩不可置信地瞪眼看著她。

「我記得啊！您是張西恩先生。」王雯昕對他點頭微笑。

「既然你記得！你……這是什麼意思？」張西恩情緒上揚，口氣激動。

「謝謝你早上會議上對我的肯定，我是王雯昕，您好！」

剎那之間，張西恩如被電擊一般，頓然喪失知覺，囈語著：「王……雯昕？」

「是啊！對不起，我講個電話。」王雯昕快速拿出手機撥通。

「魏冠翰，你還在辦公室啊！不是要一起吃飯嗎？快一點，我在校門口等你。」王雯昕顯得有些緊張，講話速度比剛才快了許多。

張西恩因爲自己也陷在驚異的情緒中，無暇關注情況的發展，因此也沒有發現王雯昕略顯慌張的反應。

等王雯昕講完電話，張西恩也恢復理智。他打量著眼前的女孩，她的打扮和王小葳是有些差異。

王小葳總是長髮飄逸，而眼前這女孩則是頭上梳了個老氣的髮髻，雖然乾乾淨淨，但是顯得不搭襯；王小葳不戴眼鏡，而她臉上的大眼鏡遮蓋了大半張臉，卻仍然遮不住與王小葳一樣動人心弦的眼神和精緻的五官。這個王雯昕不論身形、聲音、五官、甚至是舉止儀態根本和王小葳如出一轍，就算是雙胞胎也會有些微的差異吧？怎麼可能有人會如此相像呢？若真要找出這位王雯昕和王小葳的差異，就是她比王小葳更成熟沉穩，更堅強有自信。

「你是……王雯昕？」張西恩又問了一次

「是的，我是至誠商工教學組長。」王雯昕又再次帶著禮貌的微笑回答著。

「對不起，我……認錯人了！」張西恩尷尬搖頭，接著說：「我有一個朋友……和你很像。也許……你們有親戚關係。你認識一位王小葳小姐嗎？」張西恩一邊疑惑觀察著眼前的女孩，一邊提問著。

「不認識！」

一般人被問及與某人相識，或是有無關係，總是會客套幾句，表達出欣喜或榮幸的態度之後再做回答，但是王雯昕卻毫不思索就急著宣告似的趕緊回答。

「不認識？怎麼可能……？那麼相像……？」張西恩不可置信，像是在質疑王雯昕，實則在質疑自己。

魏冠翰一接到王雯昕的電話，馬上衝出辦公室，難得她主動提議要一起吃飯，怕她又變掛。當他開心來到校門口，遠遠就看見王雯昕，可是旁邊還多了一個男子。魏冠翰心情馬上盪了下來：「又是找一大群人一起去，還以為只有兩人的浪漫晚餐呢！」

魏冠翰仔細再看清楚，那個人並不是學校同事，而是教育部派來的那個長官。魏冠翰一想到今天早上視導團會議上，這個人盯著王雯昕看，看得眼珠都快掉地上，只差口水沒流出來，就對他很鄙夷。現在看他又厚顏無恥，跑來纏住王雯昕更沒好感。

「什麼東西！還耶魯大學的高才生？我家街口賣椰汁魯雞腿的老闆都比他有格調！」

王雯昕看到魏冠翰來到，對張西恩說：「對不起，我朋友來了，我要走了！」便走過去拉著魏冠翰的手臂：「走吧！搭你的車。」

張西恩呆立著，看著兩人並肩而去的背影。魏冠翰卻不時回頭瞄他幾眼。待張西恩回過神來，王雯昕已經和魏冠翰走遠了。

雖然對張西恩不爽，可是撈到和王雯昕獨處的機會，也是值得雀躍。魏冠翰一邊開車，情緒高昂的問：「你想吃什麼？我請客。」

王雯昕若有所思，沒注意到魏冠翰說話。

「雯昕，」魏冠翰看她神不守舍，再次叫喚她：「王雯昕組長！」

「哦！什麼事？」王雯昕終於有反應。

「不是要一起吃飯嗎？你想吃什麼？」魏冠翰情緒高昂雀躍。

王雯昕瞅一眼魏冠翰說：「櫻山飯店對面的阿璋肉圓。」

「什麼？你約我吃飯，結果只是吃肉圓？那我還不如回家吃我媽媽的愛心晚餐！」魏冠翰一副被耍的不滿情緒。

「如果你不要吃，那我只買一份哦！」王雯昕也回應，不要就拉倒的態度。

魏冠翰明白了，自己只是被拿來當做擋箭牌而已。輕嘆了一口氣，顯露出失望的神情。

魏冠翰開車來到櫻山飯店大門前停了車，王雯昕下車，走到對面買了一份肉圓，然後又走回來，進入飯店中庭裡，穿過飯店後門，往飯店後面「小西巷」走去。

「小西巷」是彰化市日治時期的布街，古巷道裡有一座將近三百年歷史且香火鼎盛的福德祠，是彰化市的重要古蹟。幾十年前「小西巷」內有很多店家，大都是做成衣批發，近年來因爲台灣的成衣工業逐漸被中國大陸取代，「小西巷」不復當年車水馬龍的繁華。但是近年來，有許多年輕人利用「小西巷」擁有的彰化市城市發展的歷史地位，紛紛在此經營特色商店。櫻山飯店有幾間商鋪，面向「小西巷」，在一整排的商店中，最靠近巷口的一間卻是不營業的住宅。觀光導覽團在向遊客介紹「小西巷」特色店家時，走到這裡，總是開玩笑地介紹這裡有個「住在『小西巷』中的女孩」。這個女孩就是王雯昕。

魏冠翰將車子停在飯店正門入口，便徑直走入。櫃檯服務人員見到他進門，叫喚他：「魏老師，剛剛老闆娘一直在找你。」

「什麼事呢？」魏冠翰走到電梯口按鈕後轉頭問。

「好像空調機房有問題，她說再找不到你，就找別的水電工來修理。」服務人員回覆他。

「開什麼玩笑，那麼我以後怎麼出來混？我可是有水電技師執照耶！」魏冠翰走向櫃檯驕傲地抗議。

電梯門打開，飯店老闆娘從電梯走出來，適巧聽到他說的話，丟出話語：「有水電技師執照有什麼用啊！飯店的事你永遠擺在最後。飯店最重要的就是服務品質，要能讓旅客感到賓至如歸，舒服愉快。你這個特約維修員，行程排滿滿，又大牌又難找。再這樣下去，飯店歷史悠久的招牌會被你給砸了！」

「有水準的客人都能理解我們是經典老飯店，設備、水電、機械的維持和修繕很不容易啦！沒水準的人你根本不用理他啦！沒必要那麼生氣嘛！我馬上去修理啦！」魏冠翰嬉皮笑臉回答。

「你陪雯昕去哪裡？搞到這麼晚才回來？」

「她是忠實房客，我們當然要服務周到一點。」魏冠翰抓耳撓腮答腔。

「那麼我整個飯店，五十幾間房間住滿的旅客都不是顧客啊！」老闆娘睨了他一眼，擺明不同意他的說詞。

「好啦！我現在不就要去修了嘛！幹嘛那麼計較！你不是常說，做事要用心，做人要熱心。我都是聽你的話在做，你兒子那麼聽話，你還不高興喔！」

老闆娘聽了魏冠翰的藉口拉大嗓門說：「聽話？我叫你趕快結婚，你拖拖拉拉，那裡聽話了？我和你爸爸想抱孫子的心願不知道還要拖多久？」

「妹妹結婚了，你們要抱孫子應該去嚧她，怎麼又算到我頭上呢？」魏冠翰一副事不關己的無辜樣回嘴著。

「還說呢！你追雯昕都六年了，還以爲你會比你妹妹先結婚，結果呢？看樣子我們兩老還有得等呢！」

「這又不是買青菜蘿蔔，哪那麼容易啊！」

「你不敢跟雯昕說，過兩天帶她來家裡吃飯，我來替你說。早一點把她娶進門，省得你牽腸掛肚。」

「喂！喂！這位歐巴桑，馬子我自己追就好了，你千萬不要亂來啊！吃緊打破碗，你沒聽過喔！你可別把我未來的老婆弄丟了。你的盛情我心領了，爲了飯店歷史悠久的名譽，我要趕快去檢修機房了。」魏冠翰說完轉身就要溜走。

老闆娘忽然大聲叫住他「魏老師！你給我回來！」手指著門外魏冠翰停在大門前的車子：「跟你說過多少次，不要老是把車堵在大門口，那麼不守規矩，你怎麼教學生啊？」

「唉呦！你是糾察隊隊員哦！這樣又不會擋到客人進出！」魏冠翰轉身往大門方向走，不甘願地抱怨。抱怨歸抱怨，還是乖乖的去移車，把車子移到飯店旁的車位。

櫻山飯店是彰化市的老飯店，在彰化的飯店業歷史佔有重要地位，是魏冠翰的爺爺傳給他爸爸。魏冠翰的爸爸也一直希望魏冠翰接手經營，但是魏冠翰不想被綁在飯店，堅持要走自己的路，寧可去教書，父母親也強迫不了他。

隔天中午。

午餐時間，大部份的同事都外出用餐，王雯昕提著一盒水梨，走到魏冠翰的辦公室。看到他正忙著泡麵，而且還泡三碗麵。

「中午吃泡麵？吃這麼多？」王雯昕覺得奇怪。

「泡給學生吃。」魏冠翰一邊沖開水，一邊轉身對站在一旁，患有亞斯伯格症【註】的特殊生——呆哥說話。還故意文縐縐的說：「你去請三位大哥來用膳了。」

呆哥聽不懂他說的話，歪著頭：「蛤？」

魏冠翰只好改換說法：「你去叫他們三個人來吃麵。」

魏冠翰一碗一碗把泡麵端上辦公桌，然後問王雯昕：「你來找我嗎？」

「這個月的房租，還有這一盒水梨，麻煩你轉交給你媽媽。」王雯昕拿給他一個信封袋，和一個禮盒。

「我媽媽每個月房租都沒少拿，你是忠實房客，幹嘛還給她送禮？」

王雯昕沒回應，其實這是他昨天被她用來當做擋箭牌的補償。

這時，一群學生走進辦公室。三個學生一進入，魏冠翰異常熱情招呼著：「來，來，來，三位大哥，坐下，沒關係，老師們都不在，就坐在他們的位子吃。」魏冠翰接著說：「你們命令呆哥幫你們泡麵是不是？」

聽到老師的問話，三個人一臉驚惶失色，但是都沒回答。

「你們知道呆哥是我的老大嗎？」魏冠翰繼續說。

三人搖搖頭。

「那麼，你們現在知道了吧！以後要派呆哥做事，直接派我做就可以了！」魏冠翰說完又補充一句：「你們知道爲什麼嗎？」

三人又搖搖頭。

「不知道？耳朵長飽喔！我剛剛講話，你們沒有在聽嗎？還是聽不懂？」魏冠翰忽然聲音爆發。

三人搖搖頭，又點點頭。

「我再講一次。因爲，他是我的老大。聽懂了沒？」魏冠翰刷下臉色說著。

這次三個人都點頭。

「吃麵啊！你們不是要吃麵？怎麼都不吃？快吃！」魏冠翰催促著他們。

三人坐著不敢動。

「你們不吃？是什麼意思啊？覺得我爲你們泡麵不滿意啊！哪裡不滿意？要說啊！」魏冠翰的口氣中帶著不耐煩。

三人又搖搖頭。

「沒有！那就快吃啊！」

三人誠惶誠恐地拿起筷子，面面相覷。魏冠翰靠近他們：「好不好吃？」他雙手輪流搭在三個人的肩膀上輕拍：「怎麼又不回答啊？」

「好……好吃！」三人趕快點頭回應。

「以後泡麵，都我來幫你們泡好不好？」

三人趕快搖搖頭。

「幹嘛？我爲你們服務不滿意喔！是怎樣？堅持要我的老大幫你服務是不是？」魏冠翰冷冷的瞟著他們。

「不……不是！」三人搖頭回答。

「那你們是想要怎樣？」魏冠翰一臉不爽的表情。

三人不知如何回答。

「你們是沒手沒腳，自己不能做是不是？」魏冠翰突然大聲怒斥三人。

三人搖搖頭。

「老大，他們還叫你做什麼事？」魏冠翰忽然轉過頭來，語氣溫和地問著呆哥。

「買早餐，還有打掃工作。」呆哥老實回覆。

魏冠翰睨視三人：「明天……我，需不需要幫你們買早餐？」

三人拼命搖頭。

「你們是堅持要我的老大去買，是嗎？」

三人搖搖頭。

「那麼……打掃工作，我，去做可以嗎？」

三人又搖搖頭。

「那麼……誰？要去做！」魏冠翰語調放慢。

「我……我們自己會做！」三人中有一個比較機伶趕快回答，其他兩人點頭附和。

「很好！既然對打掃工作這麼有自信，從明天開始，你們三個打掃工作換成掃廁所。」

三人面面相覷，不敢表示意見。

「湯，不好喝嗎？」魏冠翰看他們不喝湯，又開口問。

三人搖搖頭。

「那就喝掉！喝掉！」魏冠翰對他們三人擺了擺手，示意他們。

三人大口喝湯。

魏冠翰催促三人「吃飽可以走了。」

三人趕快起立離開。才走到門邊，又被魏冠翰叫住：「回來，回來，我需要幫你們收碗嗎？」

三人又趕快回來，收拾好碗筷，擦好桌面，倉皇逃離。

王雯昕站在一旁，笑看他處理這幾個霸凌的學生。任教多年來她很清楚，與肢體障礙的學生相比較，在校園中最容易被欺侮的，反而是這一類外觀正常，卻是智能或是精神有障礙的孩子。因爲欺侮他們，不會像欺侮肢體障礙生那樣，會有罪惡感或是被同儕抨擊。離開校園以後，他們更是社會中的最弱勢。然而政府社福經費補助，大部分都被頭腦清楚的殘障團體瓜分了。而企業殘障進用，這樣的孩子因爲腦筋不夠靈光，與其他殘障生相比較當然機會更少。每當看到這些孩子受到欺凌，王雯昕總是感到特別心疼。

---

【註】亞斯伯格症候群又名阿斯伯格綜合征或亞氏保加症，是一種泛自閉症障礙，其重要特徵是社交困難，伴隨著興趣狹隘及重複特定行為，但相較於其他泛自閉症障礙，仍相對保有語言及認知發展。

張西恩又來到至誠商工，坐在車子裡面發呆。他自己也不知道爲何要來。明知她不是王小葳；明知她已經名花有主；明知這樣做毫無意義，卻仍然管不住自己心猿意馬的心。曾經滄海難爲水，以爲事情已經過了多年，這幾年來對感情心如止水，難起波瀾。然而，曾經在情場打滾多年，曾經花花公子聲名狼藉的他，現在的行爲宛如一個情竇初開的純情少男一般，只敢躲在暗處，遠望心儀的女孩。

張西恩突然覺得自己此刻的行爲很可笑。他搖搖頭，自嘲地笑了笑：「我是怎麼了？做這麼無聊的事。」

他發動車子引擎，正打算要離開。就在此時，王雯昕正巧走出校門，腳步沉重，心不在焉。她沒有注意到停靠在學校大門旁邊的車子裡面，張西恩正凝望著她。王雯昕走向車棚牽出單車。

張西恩心裡想著：「她騎單車？那就表示她住在附近。」

張西恩好奇，開著車，走走停停，跟在王雯昕後面。最後看見她走進櫻山飯店後面的小巷裡。眞是好巧，這家飯店是張西恩到中部出差時，經常投宿的飯店，所以他對這附近的環境非常熟悉。張西恩看見王雯昕進入位於飯店後方小巷的住宅裡。

王雯昕疲累回家，先梳洗過後，放下秀直的長髮，拿下眼鏡，輕鬆地窩在沙發，聽著音樂翻閱著周刊。當她翻閱到娛樂影劇版時，眼睛盯著影劇標題「名模方麗靜轉戰大銀幕」。她口中喃喃唸著「方麗靜？方麗靜！」似乎這則新聞引發出她的某個片段回憶，影響了他的心情而發著呆，因爲頁面已經好一陣子未翻頁。

張西恩車子停在巷口，望著王雯昕屋內透出的燈光，回憶過往。當年他認識王小葳時，她身邊已經有余清智。現在這個王雯昕身邊也已經有了護花使者，爲什麼他總是慢一步呢？在認識小葳之前，他放蕩不羈，玩弄感情。他從不相信有眞正的愛情，直到失去小葳他才知道，情傷會是那麼痛。

一陣〈少女的祈禱〉鋼琴音樂聲響起，原來是垃圾車來了，就停在張西恩車子的前面。附近民衆一一將家裡的垃圾提出來倒。忽然，一位長髮披肩的女子走出來，穿著一套白色運動上衣和長褲，臉上並沒有戴眼鏡。她提著垃圾走向垃圾車。當她越靠近垃圾車時，也是越靠近張西恩。頓時，張西恩眼睛一亮，脫口而出：「是她！是小葳！爲什麼這麼相像啊！」張西恩不敢置信，眼前活脫脫就是王小葳。六年前，他們去運動公園練跑時，他們去修繕爺爺的房子時，小葳就是這樣的穿著，這樣的形貌。眼前這個女孩一舉手、一投足，就是他六年來魂牽夢縈的倩影。

王雯昕倒了垃圾，轉身離開。張西恩猶豫著是否該下車，但是下車能做什麼？和她爭辯她是不是王小葳？她怎麼可能是王小葳！王小葳早在六年前就和余清智結婚，離開台灣了。最後他還是留在車上，繼續望著王雯昕屋內亮著的燈光，直到十點鐘，燈光熄滅。

「她睡了！」張西恩輕聲自言自語。

至誠商工。

星期四下午第二節課，王雯昕正在巡堂，遠遠聽到從汽車一忠教室「碰！」傳來一陣巨響。王雯昕快步走去，正巧看到賴新貴老師震怒地瞪著一個學生：「不要逼迫我動手，那會出人命的！」而講台前的講桌，桌面被劈開成兩半。

王雯昕曾經在兩年前的校慶，看過賴新貴老師表演單手劈開木板、磚頭和以鋼筋插喉折彎鋼筋的功夫，覺得學校中居然有這樣的奇人。雖然他功夫了得，可是也不會隨便發脾氣，事出必有因。

下課王雯昕找來汽車一忠班長詢問事情經過。班長娓娓道來：「我們班上的李成文，上課一直吵鬧，老師叫他安靜，他偏不安靜，還嗆賴老師說：『怎樣，你敢打我，我就叫我媽告你體罰，我的國中老師打我三下，賠六萬，打一下值兩萬。諒你不敢啦！』後來賴老師很生氣，他就說：『你再說一次』手往講桌一拍，講桌就壞掉了。」

王雯昕聽完班長的敍述，搖搖頭，心想：「這一屆高一學生狀況眞不少。」

張西恩結束中南部高中職校園座談會，又回到台北。一連串的會議和報告，每天早出晚歸，春姨也沒機會和他好好談談。難得星期六，西恩在家，母子兩人一起吃晚餐。

「西恩，相韻是個好女孩，你是不是考慮看看？」春姨試探地問西恩。

「考慮什麼？」西恩淡淡的反問。

「我是說，陳伯伯和你爸爸是莫逆之交，你和相韻也條件相當，兩家如果能結親家是最好不過了……」

「這又不是在談合作案！」西恩覺得他媽媽的想法很荒謬。

「西恩！難道……你到現在還忘不了那一位王老師嗎？總不會沒有了她，你就一直不結婚吧？」

西恩的媽媽實在想不到，他居然對王小葳會動眞情，而且如此癡情，當初還以爲他只是一時興起玩玩而已。

「好了！不要再說了！」西恩很明顯不想再談這個話題。說完起身準備離開餐桌：「我吃飽了！」

張西恩躺在床上翻來覆去就是睡不著，乾脆起來，從書架抽出一本書。書裡面夾放著當年他撿到的王小葳的證照，這幾張證照他一直沒有還給她，王小葳的影像也一直縈繞在他的腦海中。當年他是眞的愛她，也以爲王小葳也愛他。然而，最後她仍然選擇離開。這幾年他常常想，當她決定放棄他時，可有一點點的猶豫？如果她曾經猶豫，現在她會不會想起他，就像他一直惦念著她？但是就算曾經想起又如何？她現在已經是余清智的妻子，再想，也只是空想。

教育部。

一大早，張西恩一進辦公室，助理就向他報告，「部長秘書來電話，部長要見你。」

張西恩放下公事包：「約幾點鐘？有說是什麼事嗎？」

「早上十點。是爲了最近吵得沸沸揚揚的一連串霸凌事件。反對黨和某些民間團體要求部長負責，甚至提出要求部長下臺的訴求。」

「還有什麼事？」

「職業學校實用技能評鑑成績出來了。北中南各挑選一所公立及一所私立學校，總共六所學校入選爲觀摩實驗學校。技職司的蔡專員說等一下會把這六所學校承辦計畫報告送過來，順便和你討論經費預算，以及每個學校補助款的撥發該如何配置。」

助理又補充說：「還有，人本基金會的工作人員要來拜訪你。」

「爲什麼？」

「因爲他們擔心，教師團體會利用最近一連串的霸凌事件要求增加管教權，希望先得到你反對此提案的支持。」

「還有嗎？」

「還有你台大同學提醒你，星期六別忘記參加同學會。」

「同學會？」張西恩思考了兩秒鐘：「好吧！到時候麻煩你提醒我。還有嗎？」

「還有週刊記者要採訪你。已經在會客室等你了！」

張西恩爲了推動教育政策，經常上電視或廣播節目發表政策立論，無意間成了知名人物，經常引來報紙雜誌記者採訪。採訪進行將近一小時，直到助理進入會客室通知他蔡專員已經來了，他們才結束訪問。

九點左右技職司的蔡專員已經來到辦公室，張西恩逐一審閱入選的六所學校承辦計畫報告，果然其中包括了至誠商工，而計畫擬定人就是王雯昕。

張西恩看著至誠商工的報告，陷入沉思。蔡專員見狀趕緊提出詢問：「至誠商工的報告有問題嗎？」

其實是張西恩一想到王雯昕，心中不免又有一股失落感襲來。

「不，沒問題。只是……蔡專員，我很抱歉，部長召見我，十點鐘我就必須前往部長辦公室。這些資料先放在我這裡，等我仔細看過以後，再與你討論細節。你方便嗎？」蔡專員專程來了，卻無法與他深入討論，張西恩表示甚感抱歉。

蔡專員知道是部長召見張西恩，也不好耽誤他：「沒關係，這件事並不急，我們下星期再討論。部長現在是一個頭兩個大，快被媒體逼瘋了，你去給他一點意見吧！」

接下來幾天，張西恩忙著協助部長處理霸淩事件所衍生的的後續問題。忙碌的日子，對於張西恩而言是好的，至少不會無時無刻不想著王小葳或王雯昕。

余清智惡狠狠的瞪著桌上雜誌上張西恩的照片。

照片旁邊落著大大的字體「青年才俊　黃金單身漢　張西恩」。

余清智把雜誌摔在桌上：「這個花花公子那麼快就玩膩王小葳，恢復單身了！」當他憤恨地說出這句話時，右手重重的往雜誌上張西恩的照片一拍，站起來轉身向安迪：「安迪，你幫我弄清楚，張西恩跟王小葳兩個人之間到底發生甚麼事？」

安迪現在是余清智的部門經理，是他的得力助手。安迪從台大畢業就跟著余清智，還曾經跟隨他到上海。他心細又聰明，能力更是沒話說。余清智對他很信任，兩人之間不只是上司和下屬的關係，還培養出如兄弟般的情誼。

「事情都過去那麼多年了，你何不就此放下呢？」這幾年安迪都在他身邊，看他封閉自己的情感，經常出入風月場所，放浪形骸。以往滴酒不沾，現在是經常藉口應酬喝得酩酊大醉，簡直是自我折磨。他恨王小葳，更恨張西恩，也恨自己。濃濃的恨意已經將他的理智淹沒了，他變得不近人情，脾氣暴躁，除了安迪偶而還能勸勸他，其他人很難跟他溝通。

「我要知道答案！」余清智憤怒地把雜誌掃落地，握拳擊桌咆哮。

安迪嘆了一口氣，無奈地安靜不語。

震怒之後，余清智感到頭痛欲裂，站不穩腳步，幾乎是把自己摔進椅子裡。他兩眼暗沉無光，囈語般地自言自語：「背叛了我，現在嚐到了被背叛的滋味，她知道那是甚麼感覺了吧！」

對余清智而言，王小葳是他投注了十四年心血，全心全意培養的理想伴侶。然而，才不到半年就被張西恩橫刀奪愛，這口氣他是絕對嚥不下的。

「你又頭痛了？今晚跟游副總他們餐敘，要取消嗎？」安迪看余清智眉頭緊皺，似乎很痛苦。

「不必，只是昨晚喝多了，休息一下就沒事了。」余清智閉眼靠著椅背仰躺。

「你想約在那裡？」安迪又問他。

「隨便，看游副總喜歡什麼料理。至於續攤就到『佳人酒店』吧！你通知凱塞琳，我今晚要捧她場，叫她不要接別的客人。你也一起來吧！」

「餐敘我會去，續攤我就不奉陪了！」安迪應允後，暗暗嘆氣離開余清智的辦公室。

在喧鬧的包廂中，安迪餐敘完就先走了，並未參與「佳人酒店」的續攤活動。余清智獨自坐在角落安靜飲酒。他一口飲盡，一杯接著一杯猛灌酒。

凱塞琳走過來，一把搶過酒瓶：「什麼事惹你心煩？又這樣喝酒！」

余清智瞄了她一眼，並未接話。只是伸手要拿她拎在手中的酒瓶，可是凱塞琳不肯給他。

「哪有酒店不讓客人喝酒？」余清智不高興凱塞琳阻擋他喝酒，一邊伸手欲搶取，一邊喝言：「拿來！」

「你這是在喝悶酒！」凱塞琳堅持不給他：「心情不好喝烈酒很傷身的。」

「我心情好的很！你把酒給我！」余清智已經不耐煩了。

「你別騙我了！你是不是又想起那個王小葳？」凱塞琳說這話時口氣很酸。她知道「王小葳」這個名字，是因爲每次余清智爛醉在她的懷裡，口中總是不斷呼喊著「王小葳！」。她也從其他客人了解余清智的前塵往事。自從她認識余清智，就沒見過他眞正開心，他永遠眉頭深鎖，全身散發著憂鬱的氣息，想必那個王小葳曾經傷害他很深。

聽到她說：「王小葳」三個字，余清智臉色馬上刷下來：「我是來尋歡的，不是來掃興的！」見他惱怒的臉容，凱塞琳只好趕快噤聲，安靜坐在一旁。

余清智拿過酒瓶，又倒了一杯白蘭地一飲而盡。因爲只有這樣喝酒，讓灼熱的酒精燒過胸口，才能減輕鬱積在心中無法消散的疼痛。

經過前一晚，整晚狂浪，早上醒來躺在床上。余清智感覺還有些昏沉，撥開凱塞琳橫撫在他胸前纖白的手臂。凱塞琳早已清醒，只是假寐依偎著他。余清智起身，從皮夾中掏出一把鈔票，放在床上。此時凱塞琳蠕動身軀靠了過來，雙臂從後面摟抱余清智，臉貼著他的背部，嬌嗔地說：「清智，我愛你！我不要錢。」

余清智回首，瞇著眼，輕蔑地看了看她，並未答腔。

「你不相信我對你是眞心的？」凱塞琳眼帶深情凝望他，更加緊緊抱著他。

緩緩的扳開凱塞琳的雙手，余清智冷笑回答：「你還是拿錢比較實在！愛情和眞心，是世界上最沒價値的東西。我只買女人，不買那些沒價値的東西。附贈的我也不要！」說完逕自下床，一邊穿衣服，一邊對凱塞琳說：「快把衣服穿上，我幫你叫計程車，飯店清潔人員要來打掃了！」

台大同學會。

張西恩前來參加台大同學會，安迪捧著一杯酒，刻意靠近張西恩向他敬酒：「記得我嗎？我是安迪，我們一起修過幾門課。」

張西恩怔了一下，想起來曾經見過他「記得，你好！」張西恩伸出手與安迪握手。

「你最近發展得很好，表現很出色。報章雜誌有許多你的報導。」安迪所言雖是溢美之詞，卻也有幾分眞實。

「只是希望能對社會有一點貢獻，談不上什麼出色表現。」張西恩謙遜回應。

兩人談了許多從前和現在的瑣事，漸漸地安迪導入他今天想要知道的主題。

「你和王小葳小姐在一起不是嗎？怎麼雜誌上寫你是單身呢？」

一聽安迪的問話，張西恩瞬間收起笑容，怔了數秒鐘，他忽然安靜地看著安迪，臉上盡是狐疑。

張西恩覺得奇怪，他跟王小葳的那一段，爲何安迪會知道，他是甚麼人？

安迪知道張西恩絕對不是一個心思簡單的人。看出了張西恩的懷疑，趕緊插了話題：「當年你和方麗靜、孫丹云的轟動情史，系上有誰不知啊！」

張西恩仍然未給予任何回應，只是勉強微笑著。

安迪故作熱情，繼續叨叨說著：「後來聽說你和一個女老師交往？還聽老同學們說，你要和這位女老師結婚了！眞跌破大家的眼鏡呢！」

接著他刻意一副沒什麼好隱瞞的態度，「我曾跟余清智有業務來往，對於與余家有關的事情稍有耳聞。」但他顯然沒有誠實全盤托出。

聽到與余清智有關的話題，張西恩不自主地，心理防衛機制自動啟動。他自認有能力掩飾此刻情緒，但是臉部表情起的微小的變化，仍然被安迪看出他的腎上腺激素正在激化中。

「你跟余清智很熟嗎？」張西恩並未回答安迪提出的問題，卻反問他。雖然是笑著提問，但是笑容中淺藏著一股不信任。

「只是業務上有往來，並不是太熟啦！」安迪心知肚明張西恩與余清智之間的矛盾。

「喔！是這樣啊！」張西恩至此時才稍微卸下心防。

安迪見張西恩似乎鬆懈防衛，趕緊加碼追話套近距離：「後來我才知道，原來那位王老師是余家那位驕傲的大少爺的意中人呢！你眞不愧是把妹高手，還是給你搶了過來。難怪當年商場上都知道余清智訂婚的消息，然而後來卻沒有了下文。看來是他們的婚禮取消了呢？」安迪誇張地對張西恩比出一個大拇指「誰搶得過你呢？是不是？」

張西恩搖搖頭苦笑道：「年少輕狂，不諳世事，做的一些糊塗往事，你就不要再拿來說嘴取笑我了。」事實上，張西恩此刻的感覺是滿心的尷尬。他自嘲地輕笑一聲，才接著說：「況且，六年前他們的婚禮並沒有取消，而是余清智把她帶去上海結婚了。從那時起，我和王小葳都未曾聯繫過，怎麼會說成她是跟我在一起呢？哪裡來的八卦呢？」張西恩悻悻然地回應安迪。安迪聽張西恩如此說，一開始還覺得他是刻意隱瞞，但是在細談之後，確定張西恩所言並無隱瞞意圖。而且，張西恩甚至還寄望他能幫忙打探王小葳婚後的近況。

安迪客套回應他：「原來如此啊！如果有任何關於王小葳小姐的事，我知道了一定會告訴你。」

時節過了九月中旬。張西恩來到他爺爺留下的舊屋。

雖然時日已經過了九月中旬，紫荊葉依然翠綠，他站在屋外很久。這原本是他打算和王小葳兩人一起生活的地方，如今卻荒廢。庭外的雜草叢生，落葉堆積，荒涼的景像正正回應著他目前的心情。打開門，屋內的擺設如舊，只是蓋上了六年來累積的灰塵，原本全新的傢俱顯得老舊。張西恩稍微清理沙發椅，坐下來回想當年，只是景物依舊人事已非。

椅子旁邊的茶几上有幾份泛黃的報紙。

「這應該是六年前的報紙。爲什麼我會放這些報紙在這裡呢？」張西恩知道，媽媽因爲和爺爺奶奶的關係不好，從不進入這個房子。

張西恩把紙上的灰塵撣掉，好奇地翻開閱讀。報紙上刊登了他被槍擊的事件。因爲張西恩的母親是市議員，媒體都以爲是政治仇殺，而大肆報導。連續幾天，張西恩被槍擊的事件都在報紙上佔著很多篇幅。

「那時我在加護病房，不知道原來事情曾經這樣發展。」張西恩好奇地繼續翻閱剩下幾份報紙。

這個事件持續報導將近一週，從七月一日到七月七日的報紙，都佔有大小不同的版面。

讀著讀著，張西恩忽然腦中靈光閃動，「不對！這些報紙是誰放在這裡？我當時在加護病房，有誰來過這裡？」張西恩再仔細翻閱報紙，最早的一份報紙的日期是六年前七月一日，最後的一份是七月十五日。

「六年前我中槍那一天是高中結業式。那天應該是六月三十，隔天是暑假第一天是七月一日」張西恩思索著。

六年前——

他從口袋掏出一把鑰匙，放在王小葳手中。

「這是我們的房子的鑰匙，這把鑰匙是給你的，房子都整修好了，全都依照你的想法……」

這房子的鑰匙只有兩副，張西恩自己留一副，另一副就是給了王小葳。

「難道是小葳？她曾在這裡住過？」張西恩再仔細推敲，「結業式那一天，她曾經說：『他要帶我去上海，明天下午的飛機，婚禮計畫在上海辦……』。」

「這麼說，隔天七月一日，她並沒有去上海，而是來到這裡。而且曾經在此停留半個月以上。」再推敲安迪所言：「原來小葳當年眞的逃婚了！就躲在這裡。而余家人都以爲她是跟我在一起，所以小葳這幾年來都是在躲避余淸智的追尋。」

張西恩忽然興奮莫名：「對！那麼既然要躲避，當然也有可能改名字。這麼說，王雯昕有可能就是王小葳。」張西恩思考過後，情緒激動，好像他找到了希望，人生頓然光亮起來。

在余清智的辦公室裡。

安迪正在向余清智報告：「根據張西恩的說法判斷，小葳小姐六年前離開余家後，並未去找他。而這六年來張西恩都在美國，很明顯的，他們兩人不曾在一起過，也完全沒有任何聯繫，甚至張西恩認為，小葳小姐在六年前就已經和你結婚了。但是，看得出來，似乎他還惦念著小葳小姐。」

「你是說，小葳六年前並沒有背叛我去跟張西恩在一起？」余清智暗沉的眼神，頓時燃起了光芒：「那麼，她現在在哪裡呢？」

當他聽安迪說，王小葳未曾和張西恩在一起時，他已經坐立難安，起身在辦公室踱來踱去。

「安迪，我要找到她。不論甚麼代價，我都要找到她。」

這六年期間，余清智從未找過王小葳，因為他認為王小葳早已經背叛他，和張西恩雙宿雙飛，就算找到她也毫無意義。此刻才知道，原來她並沒有和張西恩在一起，那麼他們之間仍然是有可能的。

余清智開始懊惱起來，似乎是自言自語，又像是自責：「為什麼六年前我不把事情查清楚呢？讓這六年空轉。」

余清智激動不已，靜不下來：「我已經浪費太多時間了，我一秒都不能等！我要馬上找到她！」

他一直在辦公室走來走去，不肯坐下好好說，毫無頭緒的，想到一句說一句。

「安迪，我們要趕快去找！」

「對了！安迪，她喜歡教書，所以到學校去找，她一定在學校工作。」

「安迪，別忘了王媽，小葳的奶奶，找到她也就找到小葳了！」

「還有，她的照片！家裡不曉得還能不能找到她的照片？」

「安迪，你覺得用什麼方式尋找比較快？網路系統？報紙廣告？徵信社……我看全部一起進行吧！」

「還有，今年她應該，二十九歲了！」

彰化市。

魏冠翰穿過櫻山飯店後門的通道捷徑，來到「小西巷」王雯昕的住宅。

「颱風要來了，我媽叫我來看看房客需不需要幫忙。」其實是他自己要來，故意推說是媽媽要求。

「房客那麼多，你有得忙了！」王雯昕可以算是飯店的長期租客。

「別戶人家有男人在，我就不必雞婆了，今天專門服務你這一戶。」魏冠翰前前後後窗戶露台都仔細檢查，把該栓緊、綁住的都加以處理。

中午王雯昕留他吃中飯。

「那個椰汁魯雞腿的專家，有沒有再騷擾你？」

「什麼……？」王雯昕聽不懂他說什麼。

「就是那個從耶魯請回來的教育專家！」

王雯昕沉默幾秒鐘才回答：「沒有！」

「如果他再騷擾你，馬上通知我，我帶整班的學生去堵他。」

王雯昕睨了他一眼：「嚴禁學生加入幫派，你倒是自組幫派哦！」

「那當然，我是機械一忠的老大！我們的幫規是——奉公守法，遵守校規，用功讀書，努力向上，違者重罰。」魏冠翰半開完笑，半認真地回嘴。

王雯昕很清楚，他這一套帶班方式，對比較難馴服的學生確實很有效果。經他一提醒，王雯昕想起上級交辦的事務。她放下碗筷，認眞地對魏冠翰說：「教育部指定我們學校為『中區職業學校，學校本位特色計劃觀摩學校』，接下來我們要辦理國中生職業試探課程。美工設計、資料處理、汽車修護都沒問題了，機械專業部分我想麻煩你設計。」

魏冠翰幾乎不假思索，立刻回答：「那簡單，教他們做機器人啊！從『變型金剛』的主題切入，保證國中生很感興趣。」

「你果然有一套，我就知道什麼都難不倒你。」王雯昕笑逐顏開。

魏冠翰原本低頭扒飯，聽她這麼說，抬起頭來，看了她一眼，停頓了一下，什麼也沒說，又低頭專心吃飯。其實他心理想著：「王雯昕，你不就難倒我了嗎！」

那是六年前夏天的末端。魏冠翰趁假日，帶學生去海邊玩。那天就像今天一樣，氣象局發布颱風預報，於是他決定提早結束郊遊。正當他們一群人收拾好正要離開。他看見一個女孩子提著行李在堤防上佇足，還帶著哭紅的雙眼。

那女孩就是王雯昕。

魏冠翰好奇，思考著：「天快黑了，颱風就要來了，這個女生，自己一個人來海邊幹什麼？糟糕！她不會是要跳海自殺吧？天啊！如果她從堤岸跳下去，穩死無疑。下面都是消波塊，要救她都很難。」他正盤算著該怎麼辦？另一方面，學生一直呼叫他：「老師！我們都收好了，可以走了。」

王雯昕聽到學生的叫喚聲，慢慢轉過頭來。看著他們一群人，最後眼神凝注在魏冠翰身上。此時魏冠翰便笑著向她點頭招呼，然後轉頭對學生說：「我有一點事，你們等我一下，不要吵。」說完快步走向堤岸。

王雯昕站在那裡安靜地看著他的一舉一動。

魏冠翰終於站在王雯昕的身邊，他對她說：「小姐，你好。颱風就要來了，而且天也要黑了，我們就要離開這裡，你一個人在這裡很危險。」

「你也是老師？」王雯昕突然幽幽地反問他。

「是啊！」魏冠翰覺得她說「你也是老師」有點奇怪：「你這麼問，難道你也是老師？」

「已經不是了！」王雯昕輕輕嘆氣。

「你不喜歡教書？」

「喜歡，如果我還在青海中學教書，說不定也可以帶學生到海邊郊遊，但是……」王雯昕忽然停住，不願再說。反問他：「你呢？」

「我是那一群小鬼的老大，每天跟他們鬼混還滿開心的。」魏冠翰指了指站在遠處等他的學生們。

學生們看魏冠翰要求他們等待他，卻是爲了泡妞，於是故意跑來站在他們兩人周圍搗蛋。

魏冠翰看學生鬧得太超過，要求他們收斂：「喂！別鬧了！這位也是老師。」

學生聽他這麼說，果然不鬧了，開始有人提問。

「您教哪一科？」

「會到我們的學校教嗎？」

這時魏冠翰也熱心地提議：「我們的學校最近正要招聘老師，如果你具有合格教師資格，我可以向人事室推薦。」

王雯昕一臉憂愁，沉默不語，似乎陷入沉思。過了好長一段時間，她才終於回答著：「我是王雯昕，國文老師，就麻煩你替我舉薦。」雖然她淺淺微笑著，但是卻伴著依然紅暈的眼眶。

「你家在哪裡？」魏冠翰看她不像本地人，好奇問著。

王雯昕低下頭，臉上抹過一絲哀愁：「我奶奶剛去世，我沒有家了！」

「喔！」魏冠翰安靜了片刻後才問她：「你今天晚上住哪裡？」

「不知道。」王雯昕搖搖頭。

「那就住我家吧！」魏冠翰提議後，看見王雯昕遲疑的表情，趕快提出解釋：「你不要誤會，我家是開旅館的，你暫時先住下吧！算你便宜點。」接著他又熱心邀她：「要不要搭我們的學生專車一起走？」

在魏冠翰的協助下，王雯昕順利進入至誠商工服務。這六年來，不論王雯昕表現得多麼堅強，多麼幹練，魏冠翰的心中永遠忘不了海邊堤岸上，那個茫然無助，楚楚可憐的她。

「喂！你在想什麼？」王雯昕看魏冠翰在發呆，叫喚他。

「沒有！晚上登陸的是強烈颱風，你一個人不怕嗎？」魏冠翰回神過來。

「怕不怕，颱風都會來呀！防颱準備你不是都做好了。盡了人事，就聽天命吧！」王雯昕知道他總是關心她：「你放心，我沒那麼嬌弱。躲在屋子裡，不會有事。你也早一點回家吧！等風雨大了，開車危險。」

「今晚不回家，直接在櫻山飯店開房間，睡一晚霸王覺！」魏冠翰嘻皮笑臉回對。

「別鬧了！你又要被你媽媽唸啦！快走啦！」王雯昕催促他。

張西恩站在王雯昕住宅前已經有好一會兒，他一直躊躇著該不該按電鈴。此時他又沒有把握了，心中迸出一個又一個問號：「如果當年小葳沒去上海，為什麼不來找我呢？如果王雯昕就是王小葳，她有什麼理由要對我否認呢？如果我猜測錯誤，她並不是小葳呢？就算是，這麼多年過去了，如果她已經對我沒有感情了呢？」

他腦海中的問題還在盤旋迴繞，住宅的大門赫然開啟，走出一男一女，仔細一瞧，正是王雯昕和之前他曾經在至誠商工校門口遇見的男老師。王雯昕送那個人到門口，等那男老師離開，王雯昕轉身進入屋宅，並迅速關上門。

王雯昕回到家裡，一進門看到魏冠翰的工具箱就躺在餐桌下，正拿起電話要撥電話給他。忽然門鈴聲響起，她趕快放下電話，拿起對講機：「我才要打電話給你呢！快進來吧！」說完就按下大門的開門鈕。

張西恩雖然不明就理，但是得到允許進門還是很興奮。當他進入大門時，王雯昕已經開著內宅門等他。

他走進客廳，並未見到她，只聽見從廚房傳來她的聲音：「工具箱在餐桌下，太重了，我提不動，沒辦法幫你拿出去。我在洗碗，你離開時幫忙把門帶上就可以了。」張西恩尋聲來到廚房，站在廚房門口，看著她低頭沖洗碗碟，長髮繫在耳後，捲翹的眼睫毛，一眨一眨上下撥動，她側面的剪影仍然像六年前一樣美麗。他幾乎衝動地想要走過去，如往常一般，站在她的背後，摟著她的纖腰，用雙手將她整個人包縛。

王雯昕終於抬起頭來，笑看著他：「你怎麼站在那裡發呆……」然而，當她仔細看清楚眼前的人是張西恩時，臉色表情瞬間轉化成驚訝凝滯，手裡的盤子滑落掉入水槽。

「你……怎麼進來的？」王雯昕深深吸氣後，平靜地問。

「是你開門讓我進來的。」張西恩笑著凝望她。

王雯昕心中暗思：「原來剛剛是他按電鈴。」接著問他：「請問有什麼事嗎？」

「妳……平常都不戴眼鏡嗎？」張西恩發現她，似乎私底下都是不戴眼鏡，反而公開場合刻意戴眼鏡遮住姣美的臉蛋。

「這個問題有這麼重要，需要長官大人親自登門詢問嗎？」王雯昕微怒噓氣回應。

「當然重要！因爲……拿掉眼鏡，你就是……王小葳。」張西恩原本還能平靜的說話，卻在最後一句語調波動：「爲什麼不承認呢？」

「你在說什麼？我不懂！」王雯昕一怔，迅速把頭轉回，繼續洗碗盤，此時她的心砰砰跳著。

「應該是我不懂吧！」張西恩慢慢走到她的身旁，定定的看著她：「六年前，你並沒有去上海，所以……你也沒有跟余清智結婚，對不對？你曾經住在……」張西恩說到這裡，特意停頓一下：「我們的房子，你在那裡停留半個月。後來你離開台北，也改了名字。我以爲，你改名是爲了躲余清智，但是……現在我不懂的是，爲什麼你連我也不願意相認？難道……你也要躲著我嗎？」

王雯昕手中的盤子已經沖水很久，她一直壓抑急促的呼吸，不敢抬頭看，儘量不顯露情緒。此時，門鈴聲響起。王雯昕趕快擦乾手，對張西恩說：「對不起，請讓開，我要去開門。」張西恩暫時停止，側身讓路。王雯昕試著閃過張西恩的身體，但是廚房太窄，兩人身體接近時，王雯昕反而絆到櫥櫃腳差一點滑倒，張西恩一把抱住她。她迅速掙脫站穩，走往客廳拿起對講機確認。這次眞的是魏冠翰。

張西恩跟在她身後也來到客聽，他不放棄繼續對王雯昕傾訴：「你知道嗎？這幾年，每當我想起你就心痛。六年前，我那麼努力想要跟你在一起。那時……我認爲我這一生中最重要的事，就是跟你結婚。當我受傷住院的那一段日子，我天天盼望著你能來看我。我一天一天盼望著，卻一再失望了，因爲你從來都沒有出現。我甚至想……爲什麼不乾脆讓那一槍打死我，因爲那種痛苦，是痛不欲生。我寧可死，也不願意那麼痛苦活著。」張西恩越說越激動：「我不相信，你會拋下身受重傷快要死掉的我！這六年來，我盡力想忘記你，卻無時無刻不想起你。」張西恩聲音逐漸嘶啞。

王雯昕一直背對著他，雙肩緊繃著，張西恩轉身站到王雯昕的面前，雙手搭在她的肩上。王雯昕不語，眼中泛著淚光。張西恩雙眼泛紅，兩人淚眼相對。

此時魏冠翰已經站在房門邊，看到這樣的畫面，心中燃起無名火，大聲斥喝：「你這是在幹什麼？」他粗暴地扯下張西恩放在王雯昕肩膀上的手。

王雯昕回了神，趕快用手撥掉在眼中滾動的淚胎，不讓眼淚滑落臉頰。她很艱難地笑，笑得很不自然：「張先生剛剛說了一個……非常感人的故事。真的很令人感動，真可惜我不是你所說的那一位……王小葳小姐。」

「什麼感人的故事？只是追求女孩子的老把戲，沒想到你到國外學的招數也只是老梗罷了！」魏冠翰言語中盡是挑釁。

「感人的故事？」張西恩不可置信地看著她。他很清楚，剛剛在他面前與他淚眼相對的她，明明就是王小葳。

「長官，故事眞的很令我感動，看樣子我可能眞的跟她很相像。但是很可惜，我眞的不是……王小葳，讓你失望了。如果沒有別的事，我還有事要忙，不能奉陪了。我眞心祝福你早日與她相逢。」她轉身向魏冠翰說：「魏冠翰，麻煩你幫我送長官離開。」

「聽到了沒有！我送你出去。長—官—！」魏冠翰一臉厭惡不屑的表情，故意把長官兩個字強調拉長。

好不容易兩人一走出住宅大門，來到櫻山飯店的中庭，魏冠翰就不客氣地警告張西恩：「你不要以爲你是教育部的督導長官就很了不起，可以爲所欲爲。窈窕淑女，君子好逑，但是也要講道義，凡事都有先來後到。你還是教育專家呢！守規矩，要排隊。你不懂是不是？」

張西恩不悅地瞄他一眼：「感情的事沒什麼先後，要不就沒有離婚這種事。」張西恩停頓了一下，因爲這句話讓他想到，有誰能比余清智先呢？小葳八歲就遇見他了。他接著說：「再說……你跟我，誰先來？誰後到？還很難說。」

「你還眞是少見的厚顏無恥之徒。難怪年紀輕輕，就能爬到教育部長的身邊當哈巴狗。你這種人，雯昕不會看上你的。」魏冠翰對他是完全嗤之以鼻的態勢。

「你錯了，她六年前就是我的女朋友，但是六年前，她不說一聲就離開了。這六年來，我沒有一刻忘記她，雖然她改了名字，但是我很確定，她就是六年前的王小葳。現在我既然找到了她，我絕對不會讓自己再失去她。」

魏冠翰驚訝睜眼打量著張西恩，過了半晌才冷冷地說：「你有什麼證據證明王雯昕就是你的王小葳呢？」魏冠翰眼神閃爍著不安，卻又一副不肯認輸的口吻：「就算是，那又怎樣？既然六年前王小葳就決定離開你，表示她那時就已經不想跟你在一起了。若是如你所言，她後來又改了名字，更意味著，她不希望被你找到，你又何必苦苦相逼呢？」

張西恩語窒，無法回答。因爲這正是他心中最大的疑問。

「如果你眞的那麼愛那位王小葳小姐，你就應該尊重她的選擇，而不是只是想要綁住她在你身邊，或控制她吧！」魏冠翰冷靜下來，語調平靜地對他說：「既然那位王小葳小姐選擇的人不是你，你就應該放手吧！還有……要麻煩你，請你不要再騷擾雯昕了！」

當魏冠翰和張西恩兩人一離開住宅，王雯昕悵悵然收拾心情，一邊擦掉滾滿臉頰的淚珠，一邊自言自語：「王雯昕，你不能像王小葳、方麗靜一樣愚蠢。你不能相信他！你不能再上當！你的人生不能再被他毀掉！」說罷，她深深呼吸後，起身走向浴室去洗臉。

根據天氣預報，陸上颱風警報已經發布，風雨也漸漸增強，張西恩決定暫時不回台北，等明天風雨過後再做決定。

今晚張西恩就投宿在櫻山飯店，他覺得離王小葳這麼近，今晚一定睡得很踏實。每次他到中部都投宿在這裡，卻不知道飯店後方巷子裡的住宅中就住著王小葳。此刻他心中雖然有些酸楚，但是也不禁自我安慰：「小葳，原來這段日子以來，我們曾經離得這麼近，這必定是命運中注定的緣分？這是上天的安排吧？」

幾個月前，當他第一次來到這裡就喜歡這裡的氛圍。飯店的裝潢很簡約，潔白的牆壁，保留老元素的傢俱、茶几和衣櫃，細心維護的有歷史的梳妝檯和鏡台。大廳保留台灣剛光復時代的櫃台，每層樓的公共空間，展覽飯店的歷史及早期飯店留下的台灣檜木家具。電梯是歷史物件，據說目前彰化僅存最老的電梯，而且維護地非常好。甚至客房內的骨董床頭櫃的電器開關居然是能使用的。住在這裡就好像走入時光隧道裡，難怪被網路上評價目前僅存保留經典特色的老字號飯店。展覽的藝術作品，古典和現代融合很巧妙，看得出主人的品味與經營者維護的用心，頗有特色。最主要的是，服務人員很親切，像老朋友，像街坊鄰居一般。有時候張西恩也會和飯店的人員話家常。

今天傍晚當張西恩一踏入飯店門口，櫃檯服務人員就熱情的向他打招呼：「張先生，你又來開會呀！颱風就要來了。」

「今天是辦私事！等颱風過後再決定回台北的時間。」張西恩向櫃檯人員登記入住。

「張先生，我們飯店的餐券可以在隔壁的彰化素食、對面的阿璋肉圓、斜對面的貓鼠麵用餐。這幾家名店當年就是周圍營業的美食小攤，如今成了來到彰化必吃的美食，你一定不能錯過喔！我們的餐券從早上七點到晚上八點半都可以用餐，您還可以選擇今天晚餐使用，還是在明天早餐使用……」櫃台小姐叨叨絮絮熱情的介紹。

晚上八點半，飯店外開始風雨交加，但是飯店內卻是熱鬧滾滾。擔心因爲颱風來襲，房客關在飯店內會感到無聊，飯店特別在交誼廳安排了賓果遊戲，還有當地名產試吃，也可以選購。張西恩用完餐後百般無聊，和幾個熟識的服務人員聊天：「你們這家飯店很有特色。」

服務員很興奮回答他：「我們去年有稍加整修啦，老闆並沒有請室內設計師設計喔！聽說，保留經典特色的主題是我們小老闆女朋友的建議。」

「你們小老闆的女朋友是室內設計師嗎？」張西恩問。

「不是設計師，是一個老師。我們小老闆也是老師。他們都在附近的至誠商工教書。」服務小姐笑嘻嘻的回答：「他們兩個很登對喔！老闆和老闆娘也很喜歡王老師，希望他們趕快結婚。」

張西恩靜默了一會兒，試探的問著：「你們的小老闆不會就是魏冠翰吧？」

「對啊！眞巧，你們認識啊！他的女朋友叫王……」服務員一直都稱呼王雯昕爲王老師，記不太清楚全名。

「王雯昕！」張西恩幫腔接話。

「對！對！對！原來你們這麼熟呀！」服務員熱情地表示要打電話通知魏冠翰，被張西恩制止了。

張西恩苦笑，原來他會喜歡這裡的風格，是因爲這是王小葳的風格啊！王小葳與他一起重新整修爺爺的老房子時，也是堅持這種風格啊！

「他們，交往很久了嗎？」張西恩靜默一陣之後又問。

「多久我是不淸楚啦！不過大概六年前，小老闆就帶她來這裡了。她在這飯店住了好長一陣子，一直住在305房呢！眞巧，就是你今天入住的房間呀！後來啊，她說要搬出去租房子。」服務人員說到這裡，停頓了一下，笑著又繼續說：「我們後面的『小西巷』是彰化市老布街，現在巷子裡的店面，大都是租給服裝批發店。緊鄰飯店後門的四間店面，是我們老闆的。其中的第八號店面，是我們的小老闆——魏老師，爲了要金屋藏嬌，說服老闆娘把店面改爲出租住宅。從那之後，他就安排王老師住在後面『小西巷』的住宅裡。」服務員越說越起勁，繼續叨叨不停：「王老師和我們老闆一家人，每年除夕、過年都一起圍爐，吃團圓飯。他們早就是一家人了。我聽老闆娘說，以後反正要把飯店交給他們小倆口經營，所以就尊重採用王老師的建議改裝。」服務員以爲張西恩和魏冠翰是好朋友，忍不住一直對他八卦說個不停：「我常見到王老師，因爲她常在這裡出入，她長得可漂亮呢！又很有氣質。」服務人員並未查覺張西恩的情緒變化，又繼續說道：「知道你們是好朋友，我才告訴你。我們小老闆對王老師可是很癡心的呀！整個『小西巷』周遭的街坊鄰居都認爲，他們兩人結婚是板上釘釘的啦！王老師遲早是櫻山飯店的小老闆娘！」

張西恩無法置信，沉默了許久之後才應付了一聲「嗯！」心情甚是落寞與失望。

回到飯店客房裡，就在這間王雯昕曾經長期住過的305房裡，張西恩站在窗前，心中喃喃：「六年前魏冠翰就帶王雯昕來這裡！這麼說，他們比六年前更早之前就在一起了。這麼說來，我眞的認錯人了，她不是王小葳！」

看著窗外的景觀，風雨漸強，路上人車空蕩蕩的，而張西恩的心裡也空落落的。

晚餐時間，魏冠翰和父母一起用餐，今晚他似乎有心事不太愛說話。魏媽媽看他不對勁，開口問：「你在擔心雯昕嗎？我不是交待你，邀她到家裡來嗎？強烈颱風呢！一個女孩子孤伶伶的，沒人作伴，要是有個停電啊、淹水啊，也沒人照應。」

魏爸也接腔：「我說兒子啊！追女孩子你要跟老爸多學學。想當年可是你媽先開口要求結婚……。」

魏媽媽打斷老公繼續吹噓：「你少厚臉皮了好不好！天天到我家門口站崗，跟你都還沒一撇呢，還告訴街坊鄰居你是我的男朋友。見了我爸爸你也叫爸爸，見了我媽媽你也叫媽媽，你這招堅壁清野，我的機會全被你給斬斷了……。」

如果是平常，魏冠翰也會跟著接腔胡謅，可是今天他心中有疙瘩，全然沒興趣。

「六年前，王小葳離開了張西恩；也是六年前，我在海邊遇到失魂落魄的王雯昕。從來沒有聽雯昕說過之前的事，她不願提起，是刻意隱瞞或躲避甚麼？如果真如張西恩所說，她就是王小葳。那麼她原本是怎樣的一個人呢？有過一段什麼樣的過去呢？」魏冠翰一直反覆思考這些問題。

窗外，風雨交加；屋內，魏冠翰的心也平靜不下來。

余清智辦公室。

安迪把徵信社送來的資料放在余清智的桌上，並且向他報告。

「這是徵信社送來的資料，全台灣中等學校，總共有四位王小葳老師。其中教授國文的有二位，都一一察訪過了，都不是我們要找的小葳小姐。」

「怎麼會這樣呢？」余清智頗爲失望，神情落寞，低頭沉思。不一會兒又抬起頭來問：「王媽呢？我記得小葳離開後沒多久，王媽就辭職了。就算小葳從事其他工作，她們一定是在一起的。」

「王媽六年前就已經去世了。就在她離開余家，不到幾個月就去世了。她生前確實是和小葳小姐住在一起，但是她去世之後，小葳小姐就搬走了。之後就斷了線索，無法查到小葳小姐到底搬去那裡了。」安迪仔細地報告調查結果。

聽說王媽已經去世，余清智坐在辦公桌前，好幾分鐘的沉靜。過了很久才開口說了：「再找，無論如何都要找到她！」語調中顯露極度的失望。好不容易，他以爲一切都有機會恢復從前，如今才知道，王媽已經死了。其實余清智對王媽的感情，並不只是主僕關係，他早已視她如親人。如今聽到她已不在人世，就算只是一般朋友也不免唏噓，更何況他們的關係曾經那麼親近。此時，余清智的心中是哀傷的。悲傷的情緒中又思及，這幾年來小葳是孤伶伶一人，身邊無人照顧如何生存。在他心目中的王小葳，柔弱單純，毫無主見，總是需要他時時刻刻呵護。

「王媽死的時候小葳一定很傷心，只有她一個人是如何熬過去的？」余清智非常自責，在小葳最需要支援的時候，他卻放她孤單一人。

台北市。教育部。

張西恩從中部回來，馬上審閱技職司的蔡專員送來，入選的六所觀摩學校承辦計畫報告書，打算明天前往技職司，與蔡專員討論。他審閱至誠商工計畫擬定書後，覺得擬定人王雯昕確實寫得很出色。

當他翻頁至承辦人員基本資料，雖然他已經知道王雯昕不是王小葳，但是潛意識的驅使，他鬼使神差，忍不住搜索翻閱王雯昕的基本資料。查閱了半晌，忽然他眼中閃過一道電光石般的光芒，他震懾地睜大雙眼，胸口急速起伏。手中資料上清楚寫出王雯昕的出生年月日，居然和王小葳完全相同。

「世界上有這麼巧合的事嗎？」張西恩低語自言。

張西恩忽然想到什麼，急速翻閱整份文件，似乎並沒有找到他所要的資料。他起身來到助理王小姐的座位交代她。「王小姐，麻煩你聯絡至誠商工的人事室，請他們傳眞本次計畫的所有執行人員的教師證書影本來。」

「好的！」王小姐允諾後，就開始打電話聯絡。

約莫半小時光景，王小姐把至誠商工人事室傳來的文件交給張西恩。張西恩立刻翻閱至王雯昕的資料頁面。審查資料後，他的心情有些慌亂，低語一句：「她果然就是，王雯昕果然就是王小葳！她爲什麼要騙我？她爲什麼拒絕與我相認？」

果然，王雯昕的教師證字號，也和六年前被張西恩撿到的王小葳的舊證照上的字號一模一樣。王小葳的舊證件上的資料，張西恩幾乎是倒背如流。名字可以改，不同人的出生年月日，也有可能同一天，但是證件上的字號卻是獨一無二的。事到如今，已經可以百分之百確定王雯昕就是王小葳。原本他應該是要雀躍萬分，但是現在張西恩卻是心中五味雜陳。

魏冠翰的話在他的腦中盤旋。

「……既然王小葳六年前就離開你，表示她那時就已經不想跟你在一起了，如果又改了名字，更意味著，她不希望被你找到，你又何必苦苦相逼呢？……」

「我這是在逼她嗎？六年前我還生死未卜，她就急著跟魏冠翰遠走高飛，難道六年前她就已經做了決定？而現在，她根本不希望我出現在她的周圍，破壞她的戀情。難道她對我的感情並不如我所認知的？」

魏冠翰的話又來到耳畔。

「……如果你眞的那麼愛那位王小葳小姐，你就應該尊重她的選擇……」

「原來，你只是爲了逃離余清智，而我只是你的一顆隨時可以拋棄的棋子！」張西恩看著教師證上面王雯昕的照片，自嘲般地苦笑。

至誠商工。

王雯昕拿著教育部技職司發來的公文，找林奔泊教務主任討論：「主任，技職司來文，這星期五要我們派員去參加研討會。」

林奔泊看了看公文：「職業試探觀摩計畫的研討會啊！這計畫不是都你在做嗎？就你去啊！」

「我不能去！主任……可不可以請你去參加？」王雯昕很爲難的看著林奔泊主任。

「爲什麼？」林奔泊抬眼看著她問。

「我……那天剛好有課。」其實王雯昕最主要的原因是不想再見到張西恩。上次還好是魏冠翰及時出現，她才能逃過他的攻勢。這次如果再與他見面，她實在沒有把握又會有什麼景況發生。

林奔泊主任不解地看著王雯昕說：「王組長，有課可以調課啊，或請別的老師代課啊！你怎麼不能變通呢？」

「可是……」王雯昕試著要再說服林主任。

「好了！你去參加本來就是最適合，不用再討論了！」林奔泊主任就此打住，堅持由王雯昕出席參加。

台北市。研討會場。

星期五早上八點，王雯昕提早到會場報到，做事先準備。今天的研討會，教育部要求入選的六所觀摩學校，在研討會中進行經驗分享，並且做課程簡報，全國所有中學都必須派員參加研習課程。王雯昕是代表至誠商工，向全場參加研習的教職人員做簡報。

八點五十分左右，研討會準備開始，會議主持人先做簡單開場引言。九點鐘左右，教育部長進入會場，與會人員鼓掌歡迎。王雯昕看到陪同教育部長入場的張西恩，她的心還是凝滯了一下，跳了拍子。也許是離了一段距離，也許是有了心理準備，此時她才能好整以暇地仔細看著他。雖然之前他們有過幾次會面，但是這次卻是這段日子以來，她首次能看清楚他的形貌。

第一次在至誠商工的會議室，當她見到走進來的長官是張西恩時，她先是驚訝萬分，接下來便一直躲避他的眼光，不敢看他。之後的幾次相遇，她更是連正面都不敢與他相對。現在，王雯昕看著眼前的他，合身剪裁的西裝，肅靜的面容，少了輕狂，更顯現出沉穩，與當年的他浮躁狂傲，判若兩人。唯獨他高䠷的身形，在一群官員中顯得鶴立雞群。他立體的五官線條，依然俊逸迷人。

「不該對他有任何遐想！」思及此，王雯昕趕快閉眼輕輕甩頭。試圖要把他的一切甩出腦海。既然決定不相認，就不該對他還有感覺，哪怕只是一點點，都要徹底拋開。

六所入選學校中，至誠商工被主辦單位安排最後做簡報。因此，王雯昕是最後一個簡報的發表人。她閉眼深呼了一口氣才緩步走上台。這樣的簡報場面，對於擔任教學組長的她而言是稀鬆平常的工作，應該是駕輕就熟。但是，台下坐著張西恩，正蹙著眉，且目不轉睛盯著她的一舉一動。他的眼神，一直瞄準王雯昕的雙眸，好似透過眼睛要深探入她的內心。張西恩的座位就在講台前第一排的正前方。王雯昕雖然保持眼睛直視前方，目光卻刻意落在張西恩座位後面一排的與會人員。她刻意避過張西恩的眼神，但是眼角餘光，仍然被張西恩的眼神所困擾著，使她覺得心神緊繃，甚至是走路的步伐，她都得在心裡默念答數，才不至於亂了腳步。

當王雯昕做完簡報正打算退場時，張西恩忽然開口提問。

「王組長，貴校實用技能學程的特色部分，請更仔細說明細則，可以嗎？」張西恩提問時臉上看不出有任何特殊的表情。

王雯昕沒料想到張西恩會突發提問，她先是一愣，但是她不想讓張西恩看出她不安的情緒。她看張西恩一眼，然後向台下與會人員微笑點頭後，她從容不迫拿起麥克風回答：「是的，各位長官以及在座貴賓。本校實用技能學程的特色是以學生爲中心，以科技能力培養爲主軸，學校爲本位的教育，注重學生多元性向發展，……，兼顧學生的背景和能力與適性發展，並配合學生的特質，結合學校師資、設備與社區資源，建置實務技能學習核心，……，發展學校特色的教育。」

王雯昕條理清晰表達流暢，回答著張西恩提出的隨機考評。然而張西恩聽完王雯昕的解說後並未給予評論或建議，反而又從她回答的內容中抓出疑點，犀利提問。

「那麼，你剛剛所提到，兼顧學生的背景和能力，可否再仔細說明貴校計畫將如何進行？」

王雯昕也立刻回答：「是的，長官。本校的課程設計是銜接國中課程並延續國中技藝教育學程，爲具有技藝傾向、就業意願與學習一技之長的學生所設計的學習環境。……，基本上就讀實用技能學程之學生，有高比例之學生來自單親家庭、原住民、隔代教養、或父母期待不高等經濟及文化弱勢之家庭，……，由於這些學生較缺乏完善的照顧，如未予以正確的引導，容易成爲社會問題。」

王雯昕自己本身就具有原住民血統，而且還是隔代教養的家庭背景，她更能體會這類教育弱勢的學生所面臨的困境。她侃侃而論，態度堅持卻懇切。

王雯昕回答後，眼睛不經意掃視張西恩。她覺得張西恩是刻意針對她，看來這場簡報不容易過關。

果不其然，張西恩立刻又丟出問題。

「既然如此，貴校針對這方面的學生，將如何提供協助呢？」

這次張西恩絲毫不需掩飾，眼睛直盯著王雯昕看。因爲這是王雯昕的獨演，全場與會人員也全都注視著她。

王雯昕沉思一會兒後回答。

「從教育機會的公平及適性教育的理想，建議上級機關在教育政策上，更需要予以這類學生關注。本校能夠提供的協助，除規劃適合其發展之課程，並選擇合乎就業市場需求的課程，……，使這些學生能順利地成長，習得一技之長，投入就業市場，成爲社會有用之人。」

「教育部現階段正積極推動的實用技能學習政策，將會慢慢改善這些弱勢家庭的教育照顧。你不知道嗎？這方面資訊，請你有空要多研究。」張西恩毫不放鬆，眼神輕蔑看著王雯昕繼續追著提出質疑。

王雯昕似乎也早就做足了功課，馬上反駁：「我們從教育部所提供的教育經費運用現況得知，現行就讀實用技能學程學生，僅一年免學費，每年編列經費約爲二點四億元而已。一年之後，由於學費不再補助，部分學生必須依賴助學貸款、尋找工讀機會或是中斷學習。因應這種虛應式的政策，根本無法達到成效。」

張西恩牽動嘴角，似笑非笑凝視她，王雯昕則面容嚴肅看著他。台下各校與會代表漸漸感受到兩人之間的火藥味逐漸濃厚，不禁替至誠商工捏把冷汗。因爲倘若此項計畫的經費被刪除，至誠商工可就得不償失了。

場面有將近一分鐘的沉靜後，張西恩說話了：「看來，王組長應該能提出更好的建議，是不是？」他說完，刻意對王雯昕點頭招呼，還對她微笑。

王雯昕怎麼看都覺得他笑得不懷好意，她面容嚴肅地看了張西恩一眼，才拿起麥克風說話。

「是的，我建議爲了協助就讀本學程的學生，能免於經濟因素而影響學業，使其順利畢業並進入就業市場，實在有必要立刻擴大辦理學費補助，減輕經濟弱勢家庭負擔。而且十二年國教，應該注重技職訓練，……，將資源確實應用在急需要的教育區塊，才能眞正達到社會公平和教育功能最大效能。」

「在其他歐美各國，中學階段都只是通識能力教育，像這類的專業技能，重點應該放在中學畢業後的專業教育。」張西恩提出他的看法。

王雯昕不同意他的說法，提出反對意見。

「台灣十五歲學童平均數學分數排名在六十五個國家中，排名第四名，閱讀能力排名第七名。這樣的成就顯示，我們的教育體系可以培養出世界上最前端的人力素質。台灣的教育發展，並不全然和歐美國家相同，大部分家長的教育觀念也大多異於歐美家庭的家長。政策制定時，建議將這些因素納入一併考量。……並且透過此學費補助專案，得以協助並鼓勵經濟弱勢學生繼續升學。選擇就讀高中職實用技能學程或產業特殊需求類科，以學習專業技術……，並提供業界所需之基層技術人才。這樣才能達成目標。」

張西恩沒有立刻回應，反而是安靜盯著王雯昕看了數十秒，好像在發呆，又好像在沉思。全場人員都在等著他接下來的動作，也開始同情王雯昕。大家都認爲，得罪教育部的官員，看來至誠商工是凶多吉少了。

張西恩終於清了清喉嚨發話。

「你的意思是，這是貴校擬定本計畫的最主要目標嗎？」

王雯昕思考了幾秒鐘，緩和情緒回答：「本計畫最終目標，是讓需要照顧的弱勢學生，還有殘障特殊生，都能安心求學並學習專業技術……，如此也可以提供社會穩定的技術人力，也讓國家整體人力素質提昇，強化經濟競爭力。」

聽王雯昕發表完建議，張西恩馬上回應：「教育政策中已經推動數年的『特殊學生回歸主流』一案，對特殊學生已經提供其它補助，不列在本計畫的討論範疇。」

聽到張西恩提起「特殊學生回歸主流」，王雯昕又想到，針對呆哥那種智障以及精障的學生，也應該得到更好的照顧，於是補充提出：「在此我也針對教育政策中已經推動數年的『特殊學生回歸主流』一案提出個人的看法。此案雖然立意良好，確實可以幫助此類學生融入社群，但是也應該給與適當的技能訓練，使他們將來有生存能力，減少家庭負擔及社會問題才有意義……」

兩人這一來一往，讓張西恩憶起當年第一次與她相遇的情景。

那天王小葳來到張西恩的媽媽經營的「風馬KTV」，堅持要帶走一個打工的學生，和張西恩起了衝突。那一日她就像現在這樣的口吻，指著他大罵：「就是有你這種人，利用這些青少年的純真無知，你打什麼主意我還不知道嗎？假意對這些孩子們好，你現在挺他們，將來你做的違法事情爆發時，就是要他們幫你扛刑責。你看上的是他們未成年，可以減輕刑責。」王小葳義正嚴詞，伶牙俐齒，得理不饒人說教：「跟你講道理？你這種人知道什麼是道理嗎？你的眼睛裡只有利益和金錢。」

張西恩臉上掛著微笑，聆聽著王雯昕的報告，好像欣賞她精彩的表演，心裡想著：「她果真進步很多。」

研討會中午休息用餐時間，王雯昕安靜在餐廳的角落用餐，抬頭看見張西恩向她走來。王雯昕想著：「果然不出所料，他不會那麼輕易就放棄，我一定要沉住氣。」

「王組長，又見面了！」張西恩站在王雯昕座位對面的空位，對她熱情寒喧。

「你還有什麼要討論嗎？」王雯昕的口氣並不和善。

張西恩不說話，只是笑望著王雯昕，他那個表情王雯昕一看就知道他想做什麼。

「長官，我已經說得很明白了，我眞的不是王小葳小姐，你要我怎麼說你才相信呢？」王雯昕搶先表達，希望打斷他繼續糾纏盤問的念頭。她認爲已經過了六年，甚至是張西恩在形貌上也有些微的改變，想必自己的外貌和以往也不盡相同，所以張西恩對於她是不是王小葳，根本沒有十足把握。加上今日她又刻意做了裝扮，只要她堅持不承認，張西恩必然無法證明她就是王小葳。

張西恩並未回話，只是平緩安然地穩穩坐下，臉上堆著笑容。那笑容在王雯昕看來有點詭異。

張西恩就那樣不說話，看著王雯昕好一會兒才開口：「我知道你不是王小葳啊！」雖然他心裡早已經明白王雯昕就是王小葳，但是他卻刻意如此說。

王雯昕以爲已經成功蒙混了張西恩，她鬆了一口氣：「那麼，你……」

張西恩接話：「你今天的表現很出色，顯見你的能力非常好，王小葳與你相比較，可能不及你十分之一呢！以王小葳的能力……」張西恩刻意停頓了一下才又接著說：「是絕對做不到的！所以我相信你是王雯昕，不是王小葳。」他故意貶損六年前的她，來反襯現在的她，卻又帶著一臉不以爲然的表情。

「什麼？」王雯昕被他的解釋嗆到，詫異且惱怒的看著張西恩：「你……」卻說不出反駁的話。

「受到贊賞，你怎麼好像……並不開心呢？」張西恩似笑非笑凝望著她，他一副戲謔的表情看著王雯昕的反應。

王雯昕表面禮貌客套的說：「謝謝長官的誇獎。」心裡卻都囔著：「他這是什麼意思？以前我在他心目中就那麼差勁嗎？」

王雯昕低頭安靜用餐，不再說話。

「你看起來心情不太好哦！」張西恩明知是他的話惹得王雯昕惱怒，卻嬉皮笑臉假意關心。

他的態度讓王雯昕很不是滋味，於是她起身收拾好餐盤，對張西恩說：「對不起，我先告退了。」

眼看著王雯昕就要離座，張西恩趕緊發話提出：「部長認爲，你剛剛在會議中提出的意見很具參考價值，指示我們彙整後提出書面報告給他。今天研討會後我們再討論！」追上王雯昕已經啟動的步伐，張西恩緊張的語調顯得有些急促，但是刻意壓抑情緒。

「對不起，長官。我必須趕搭火車回彰化，恐怕沒辦法留下來與您討論，但是我可以回去整理資料，做好書面報告再呈報給你。」

「有些細節，當面討論比較好。」張西恩的語氣急切，顯露出了他的情緒。

張西恩想留住王雯昕，希望有機會和她單獨相處，但是王雯昕的想法顯然與他相反。眼前這個男人，曾經爲她彩繪了一副絢爛的美景，卻終究只是短暫的泡沫。她只想趕快逃離他的糾纏，因爲她害怕自己抗拒不了他，再度跌入夢魘般的深淵。

「既然你沒時間，那麼我只好請貴校的校長來一趟，我跟他討論吧！因爲星期一就必須呈報給部長。」張西恩故意一副無所謂的態度，說完還咧嘴笑。

王雯昕說完轉身就要離開，聽他這麼一說，心想：「請校長來？明知這個計畫是我負責擬訂，到時候校長還是會責付我來跟他討論。」

她深深吐了一口氣，才轉回頭看了他一眼，不甚情願地說：「我只能多留一小時。」

張西恩漫不在乎地微笑著，聳聳肩，攤攤手臂，甚麼也沒說。

王雯昕說完逕自離開，似乎也不打算聽他的回答。

望著王雯昕漸行遠去的背影，張西恩臉上原本掛著的微笑，逐漸溶解，轉化成無奈與失望的神情。

研討會結束。

王雯昕坐在座位上等待張西恩的指示，她心中忐忑不安。回想六年前，她爲了張西恩，從一個被捧在手心的小公主，變成一個萬惡的罪人，遭人唾棄。甚至奶奶，也都對她不諒解，直到臨終前，依然不肯原諒她，令她痛苦愧疚。奶奶去世後，她也曾經決定再給這段情最後一次機會，然而只是再度確定，她果然只是被張西恩玩弄感情的女孩之一。

記得當時，她鼓起勇氣去找張西恩，果不其然，就如陳相韻所言，他眞的出國留學了。

張西恩的媽媽告訴她：「他沒告訴你他要出國讀書嗎？……，你並不是第一個來找西恩的女孩子，我們家西恩對其她的女孩都只是玩一玩。這次相韻陪他去美國好好看管著，也許他會老實一些。」

當時的她，萬念俱灰。她也很努力地要忘記從前的一切，她遠離有過去記憶的城市，可是他偏偏跑來她的周圍。那天在會議上看到他，她的震驚不亞於他。當時她六神無主，只希望不要被他看到，等會議過去，一切就會恢復原狀，沒想到仍然躲不過。跟他之間的牽牽扯扯難道還無法結束嗎？

遠遠望著張西恩被參與研討會的代表人員包圍，許多人搶著向他詢問或寒喧。約莫十幾分鐘以後，會場人潮散去，張西恩終於朝向她走來。

王雯昕已經把資料準備好遞給張西恩：「資料都在這裡。」

張西恩接過資料，翻看幾下就闔上：「我們找個地方討論吧！」

張西恩開車，他一路上面容嚴肅，不說一句話，王雯昕安靜坐在一旁。過了許久，張西恩終於停車。王雯昕往窗外一看，正是青海中學的校門口。王雯昕的心震盪不停，呼吸開始急促，過往雲煙一陣陣掠過腦際。她偏過臉，不讓張西恩看見她臉色的變化。她努力壓抑情緒，緩緩調氣，張西恩則是目不轉睛地看著她。寧靜無聲的車廂裡，他聽得到她喘息的聲音，他在觀察她的反應，他在等待她的回應。

這樣的靜默大約一兩分鐘。

王雯昕終於開口問：「要在這裡討論嗎？」

張西恩靜默凝望著她，過了數秒鐘才回答：「不是！」

「那你帶我來這裡做什麼？」王雯昕眼神飄移，不敢與張西恩眼睛相對。

張西恩看著她，抿嘴說道：「只是經過，快到了！」

車子終於來到以前燒烤店的門口，那是張西恩中槍受傷的地方。燒烤店已經收掉了，現在改換成一家西餐廳。王雯昕瞪大眼睛，喉間噙著酸楚，幾乎不能言語，腦海中閃過六年前的那天——

張西恩眼看少年舉槍對著她，不假思索就衝向少年，欲奪下槍支，那少年扣了板機，張西恩中槍了，所有人都驚呆了，頓時尖叫聲四起，她快步跑向西恩，壓不住從西恩胸口泊泊流出殷紅色的血，她緊抱著張西恩哭喊著……。

一陣沉靜後，張西恩打破沉默：「就這裡，你覺得如何？」

王雯昕尚未回神，直視前方，沒有回應。

見她沒有反應，張西恩犀利的眼神掃過她的臉龐：「不喜歡嗎？那就去別的地方。」說罷，立刻踩油門加速駛離。

王雯昕回了神，問道：「你到底想做甚麼？」

「我帶你去更合適的地方。」張西恩雖然臉上是笑容，但是語氣冰冷。

之後張西恩一言不發，詭譎的氛圍中，王雯昕嗅出不尋常。

車子逐漸駛入兩旁種滿紫荊樹的小徑，現在是十月，不是紫荊樹的花季，在黃昏的光影中，一片片金黃紫荊葉閃爍搖曳。車子終於停在張西恩爺爺的房子前，屋前的庭院一片雜草叢生，看似荒廢許久。

張西恩下車，走去打開房屋大門，轉身看到王雯昕站在庭院發呆。

「怎麼了？」張西恩問，順著她的視線方向看去，是一棵相思樹，張西恩也沉默地凝望這棵樹。這是王小葳栽種的樹，六年前還只是小樹苗，他沒想到它可以長那麼高大。

「爲何只剩下相思樹啊！」王雯昕小聲低語。

六年前她親手栽種的杜鵑、風信子、桔梗，都已被雜草覆蓋不見蹤影，而相思樹已經從樹苗長成一棵大樹。杜鵑、風信子、桔梗，都代表愛情。愛情已逝，只剩相思啊！

「進來吧，這裡很安靜，不會有人打擾，我們可以好好討論所有疑惑的問題。」張西恩打破沉默，對王雯昕呼喚一聲。

屋外的庭院一片雜亂，屋內卻是乾淨的，看來曾經打掃過。王雯昕掃視屋內的一切，傢俱擺設都沒變，只是空氣中的味道不一樣了。是少了什麼？多了什麼？她卻說不上來。這裡曾經有她編織的美夢，曾經給她有希望的未來，曾經充滿她的愛戀歡笑，卻也曾經令她痛不欲生，淚水淹沒這裡每個角落。

六年前的七月酷暑，她曾經在這裡暫留將近半個月。每個夜晚都令她恇懼不已。因爲她絕決要解除婚約，以往一直保護她的余清智，在被她放棄後，決定放棄自己的生命。而承諾未來要保護她的張西恩，卻因爲她而身受重傷，命在旦夕。這兩人都是因爲她，同時都正在與死神搏鬥。她曾經倚靠希冀的堡壘，頓然一一瓦解。孤立無援的她，在這遠離塵囂的屋裡，獨自一人的夜晚，每一次的風吹草動，都令她神經緊繃；每一聲的蟲鳴狗吠，都令她膽戰心驚；每一個晃動的影子，都令她顫慄不已。她害怕，她難過，她哭泣，她不知所措，最後她幾乎崩潰。

張西恩打開冰箱拿出飲料遞給她：「我假日偶而會來這裡渡假，這裡到處都有……王小葳的影子。」說到這裡他停頓了兩三秒，盯著王雯昕看，若有所指，另有旁意說：「我現在都還……聞得到她的氣息呢！」說完這句話，他還以眼神鼓勵她說些什麼，他似乎正在等待王雯昕給他答案。

王雯昕並沒有接過飲料，也不看他，快速調整情緒後，平靜地問：「你有什麼問題要討論呢？」

聽到這樣的回應，張西恩的表情，就像老師聽到學生回答了一個錯誤的答案，有些失望，但是卻不意外。

張西恩似笑非笑地搖了搖頭，抿嘴淺淺牽動嘴巴，從公事包裡緩緩拿出一份文件丟在桌面上，冷冷地說出：「就從這個討論起吧！」

那是至誠商工計畫擬定書。

王雯昕冷眼看著他快速刷下的臉。張西恩雖低著頭，卻刻意抬眼瞄她，王雯昕感受到他的眼神中似乎充滿慍怒。

他翻開承辦人員基本資料：「這裡有一個很有趣的巧合。你和王小葳不僅長得像，而且……連生日也同一天呢？」王雯昕聽到這話，不自主的倒抽一口氣，心中懊惱自己太大意，當初怎麼沒想到這份資料，有可能經過他審閱。

張西恩看著王雯昕的臉，狡黠地笑著：「王組長，你說……你是不是有一個失散多年的雙胞胎姊妹呢？」

王雯昕一言不發，撇著嘴唇，眼睛閃躲著張西恩的眼神。

「怎麼不說話呢？」張西恩笑得很邪氣。

「我不知道，從沒聽家裡的人說過。」王雯昕緊繃著臉，不肯示弱：「就算有，那也是我的私事，不勞您費心！我們今天是來談公事的。」王雯昕說完，立刻低頭假意閱讀文件，閃開張西恩咄咄逼人的眼神。

張西恩的心裡，越來越不是滋味：「也對，你不是王小葳，就跟我沒關係。」張西恩屈蹲身體，湊近坐在椅子上低頭閱讀文件的王雯昕，仔細打量她低垂的臉，然後在她的耳邊輕聲地，咬著牙一字一字說著：「但是，如果你就是……王小葳，卻一再說謊欺騙我，你覺得……我應該會怎樣呢？」

王雯昕驚愕睜大眼睛直視前方，卻不敢轉頭，因爲他是靠得如此近，她甚至感受得到，他那幾乎是噴呼出的，帶著怒氣而熱熔融的氣息。只要一轉身就會與他臉對臉，眼對眼。她不能看他的臉，更不能看他的眼。

張西恩掃視王雯昕驚愕的面容，刻意挑著眼，輕蔑地睨視著王雯昕好一會兒，帶著輕薄的神態笑著。那奸冷的笑容下隱藏著即將裂開的憤怒。然而他卻又迅速轉換了一張臉，是刻意表現燦爛的咧齒笑臉，笑著說：「妳怎麼了？你看起來好像很緊張啊！你在怕甚麼？」

張西恩見她不言不語，冷哼一聲站起身來，接著拿出至誠商工的人事室傳眞來的計畫執行教師的證書影本。

「你這張證書上註明是補發的證書，那麼……你的原版證書呢？」張西恩歪著臉，懷疑的態度，輕慢的表情瞧著她：「應該是遺失了……所以申請補發？」張西恩語帶暗示，接著他故意慢條斯理的問著：「或者是，資料變更了……也必須重新補發吧？」

王雯昕心頭一震，強做鎭定。

「只要我的證書不是僞造的，就……沒問題吧！這有什麼好討論的？」王雯昕板著臉，不願正面回答。

「很好！」張西恩早就料到她的反應：「我想……你是弄丟了教師證吧？」他慢條斯理地從口袋拿出皮夾，再從皮夾裡抽出一張教師證照，證件上明白印著「王小葳」三個字。

「這裡有一張王小葳最原版的教師證照……」那是王小葳六年前遺失的教師證，張西恩故意拿著它在王雯昕眼前晃動。然後他緩慢地一字一句說著：「證書字號，居然和你的教師證字號，一～模～一～樣！」

王雯昕瞪大眼睛，驚訝地看著張西恩，她一時不明白，爲什麼張西恩會握有她以前的證件。

「這是你掉在『風馬KTV』的教師證，你忘了嗎？」張西恩冷冷的笑顏望著她：「你還要裝傻到什麼時候？」漸漸的他聲音透露出強烈的憤怒：「是怕我壞了你的好事嗎？」

王雯昕不敢置信，蹙著眉無言凝視他。

接著張西恩打開書櫃抽屜，拿出一疊舊報紙，放在王雯昕的面前，悻悻然地說：「六年前的七月一日到七月十五日你都住在這裡。這也就是說，七月一日你並沒有和余清智去上海。既然沒有去上海，很明顯的，你也沒有與他結婚。」

王雯昕一開始並不明白，這些報紙有什麼意義。過了半晌，她終於想起來，那是當年她住在這裡時留下的報紙，沒想到卻成了他採集的蛛絲馬跡之一。

「我沒想到的是，六年前我還在醫院，生死交關時，你就急著跟魏冠翰跑了。原本我還不明白的是——你是什麼時候勾搭上魏冠翰？後來，看了至誠商工承辦人員基本資料後才清楚，原來他是你台師大的學長啊！看來，你們在大學時期，就已經交情匪淺了呢！」

張西恩繼續敍述他的分析：「難怪，在你離開余清智之後，馬上迫不及待奔向魏冠翰的懷抱。」

話說至此，張西恩停頓了片刻，眼神透出懾人的光芒，定定的看著王雯昕。然後，他幾乎是激動地吼叫：「那我是什麼？你說啊！那麼我算什麼？」

張西恩忽然雙手緊緊抓住王雯昕的肩膀：「在這之前，我無論如何都不肯相信，你會拋棄我。我認爲，如果不是余清智強迫你，你不會忍心拋下快要死掉的我。直到現在，我終於明白，當年就算沒有余清智，你的選擇仍然不會是我！原來我只是你的一顆棋子啊！」

張西恩扯開胸口的衣扣：「這個傷疤，你記得是怎麼來的嗎？」

那是六年前他爲王小葳擋下子彈的槍傷和手術留下的傷疤。

王雯昕震驚凝視著他胸前的傷痕。

「槍擊的傷口已經癒合，但是你知道嗎？這麼多年來，我這裡仍然無時無刻不隱隱作痛。你知道爲什麼嗎？」

王雯昕不語。

「是你！是你讓我的痛無法消逝，是你讓我沉在痛苦的深淵，無法走出來。」張西恩情緒越發激動：「於是我只好離開這個充滿你的氣息的地方，我專注在學業上，我不斷地忙碌工作，就爲了使自己麻痺，不感覺到疼痛。」

王雯昕的眼睛已是濕氣凝聚。

「而你倒好啊！現在和魏冠翰快快樂樂的生活，準備要結婚了吧！你是怕我的出現，會壞了你的好事吧！」

王雯昕完全沒想到，他居然會這麼認爲。

「所以，不論我如何懇求，你狠心不肯相認，還一再欺騙我，你……」

王雯昕從來都不知道，張西恩的這個傷口比子彈大上好幾倍，而且是如此的靠近心臟。這個傷是因爲她，這些痛苦也是因她而起。王雯昕心生愧疚和不捨，下意識伸出手，輕柔的以手指輕輕撫觸張西恩胸口的傷疤。

「現在……還痛嗎？」說出這句話的同時，王雯昕盈眶的淚水集結滑落臉頰。

「你……」張西恩頓時語窒。眼前的她曾經是他的夢想，可是當夢想幻滅時卻成了他多年揮之不去的夢魘。當他發現被她愚弄，被她欺騙的那一刻，他一直告訴自己，絕對不原諒她。然而，她只是這樣輕輕地碰觸他，他整個人就像被電擊了一般。聽見她充滿憐惜的軟語，看見她淚珠滾滾的雙眸，他開始懷疑自己眞的狠得下心來，怨恨眼前這個淚汪汪的小女人。因爲此時的他，必須費力克制自己想要伸出雙臂，將她擁入懷裡的衝動。他就是沒辦法，無視於她的淚水而不心疼。

一陣音樂鈴聲響起，是張西恩的手機來電鈴聲。

張西恩接起電話：「喂，相韻，有什麼事？……嗯！我知道……過一會兒就回去了……。」

王雯昕知道那就是陳相韻。

她回憶起張西恩的媽媽曾經對她說過：「是我們家西恩不對，不應該以玩弄女孩子的感情當遊戲，我替他向你道歉，也請你不要再找他了。不必將感情放在他身上，除了相韻，沒有人鎭得住他的感情。」

王雯昕又憶起當年陳相韻曾經告訴她：「我和西恩是青梅竹馬，他總是說，把妹是一種挑戰，就像打球或下棋一樣，球賽或棋局結束，他自然會回家。」

「你知道最近走紅的一位女模特兒——方麗靜嗎？她也曾經是西恩成功收集的戰利品之一。」

「他曾經親口告訴我，最近正打算挑戰高難度的目標，還說等他挑戰成功，要帶來給我鑑賞呢。

你，就是他所說的高難度目標！」

王雯昕鬱鬱苦笑自嘲：「是陳相韻打來的電話吧！他們果然還是在一起啊！」

她擦去淚痕，長長噓了一口氣，懊惱自己總是無力抵擋張西恩的激情。就在剛才，她差一點又淪陷了。

六年前，他早就計畫出國留學，卻哄騙她會留在她身邊。而今天，六年後，他留學歸來了，卻居然還能面不改色地告訴她，當年他有多麼努力想和她在一起。

難道他還以爲，可以再次玩弄她嗎？

六年前、六年後他都可以表演得那麼眞情流露，剛剛她差一點又相信他了。

張西恩掛斷電話，轉身看著王雯昕：「你還有什麼話說呢？」

王雯昕閃開他的目光，淡定地說：「沒有什麼好說的！」

張西恩不可置信地盯著她，凝視許久無法開口，過了好半天才找回說話的聲音：「你……連辯解都不想了。果然，眞的被我說中了。從頭到尾……你只是利用我而已？都只是我一廂情願？」

「你要怎麼想都隨便你，我無所謂。」王雯昕仍然是淡淡的口吻。

「王小葳！」張西恩勃然大怒，幾乎是叫喊地說話：「我怎麼想？我以爲，那是一段刻骨銘心的感情，而你卻是棄之如敝屣，無情踐踏這段感情。」

「王小葳已經不存在世界上了，你跟她的過去，現在也毫無意義了。」她轉過身，背對著張西恩：「你何不就此忘記？」

王雯昕心中泛漾著酸澀的思緒，六年前站在堤岸上的王小葳，曾經打算就此結束人生。是因爲遇見魏冠翰和他的學生們，她才轉了念頭，也許不一定死亡才能結束王小葳的人生。於是她決定藉由另一個身分，展開不同的人生，不再被任何人所控制，也不再爲情所苦，她要選擇自己的人生道路。所以，從那時起，她就決定了王小葳從此不存在世上了。

「你明明就是……」張西恩不同意她的說法，急切立刻要反駁。

「我是王雯昕，現在我只想往前走。對我而言，過去就過去了，不必費心去緬懷，沒有意義。」王雯昕瞬間提高音調，堅決的態度宣告她已經不是王小葳。

「沒有意義？」張西恩顯然很受傷：「對你而言，我只是沒有意義的過去？不值得佔你腦海裡一丁點的記憶？」

怎麼會沒有一丁點記憶呢？痛不欲生的過往記憶，痛到她費盡一切努力要忘記，卻還是在腦中蟠踞不移。

王雯昕垂下眼簾若有所思，面容閃過一絲哀戚，但是不過才幾秒鐘而已，她就立刻抬起頭，刻意以高亢的語氣回應：「對！過去的事對我而言都不重要，我早就忘了。」說完話，她轉身收拾皮包後起身，還刻意對張西恩禮貌致意：「再見了，長官。」她逕自往門外走去，離開了屋子。

張西恩愕然凝滯，眼巴巴看著她轉身快速離去的背影。

才一走出房屋大門，王雯昕眼淚便不聽使喚，泊泊流了滿臉。被她壓抑在記憶最底層，最不願碰觸的痛苦往事，一件件回湧上心頭，侵蝕著她的心。她終於崩潰大哭：「你爲什麼還要來撥亂我的心！」。

她不想在張西恩面前，顯現這樣狼狽痛苦的樣子，所以她必須在情緒崩潰之前離開。

走在紫荊花道上，找不到一個可以讓她痛哭一場的地方，她覺得心痛，就這樣在紫荊道上一直走，一直走，往事歷歷浮在腦海中不斷翻滾，眼淚也停不下來。

# 第二部

# 往事不堪回首

七年前。

王小葳剛從台灣師大畢業，懷著一顆熱忱的心進到青海中學服務。剛任教又太年輕，生活和教學經驗都不足，偏偏她所擔任導師的班級狀況不斷。

這天王小葳改完週記放下筆，閉上酸澀的眼睛，雙手撫著眼窩，心裡想著：「應該去賴登發家做家庭訪問。」因爲賴登發已經三天沒來上學，而且在週記上還寫著：「我終於看到眞的槍，酷斃了！……。」

王小葳尋著地址來到賴家，屋內不見大人，只有賴登發讀國小的弟弟獨自在家看卡通。見到有人來訪，只開門縫回應：「我爸爸去工作，哥哥去打工。」

賴家沒有女主人，記得賴登發曾經說過，「我媽離家出走，和男朋友跑了！」

王小葳透過門縫看到沒有女主人的家，眞是一團亂。她問賴登發的弟弟：「你哥哥在哪裡打工？」

賴登發的弟弟轉身回房，幾分鐘後又走出來，拿給她一張名片卡對她說：「他在這裡打工。」

循著卡片上的地址找到「風馬KTV」，王小葳表明來意，櫃檯的小姐請她稍候。她站在角落靜靜等候，每個進來的男客都會瞄他一眼，然後跟櫃檯小姐低語一陣。王小葳覺得有些奇怪，卻不知爲何原因。

終於有一個男客聲音：「要是你們能找像她那麼水的小姐來坐檯，我就天天來捧場……。」

王小葳這才恍然大悟，本想轉身離去，卻瞥見賴登發身影閃過走道暗處，進入包廂。她不假思索便追過去。

情急之下，王小葳無視包廂中的客人，她抓住賴登發的手背嚷嚷著「賴登發，跟我走！」

「不要，我要打工！」賴登發試圖掙脫著。

「水姑娘仔！呦！你怎麼跟這小帥哥在打情罵俏喔！」包廂中的客人見狀便開始起鬨。

王小葳不理會包廂中起鬨的客人，她死命抓住賴登發的手背：「你在這裡，跟這些亂七八糟的人在一起，會學壞的！」

「喂！小姐，什麼叫亂七八糟的人？」男客人有些酒意，又聽她這麼說都不悅了，開始叫囂。

好不容易找到賴登發，怕他又溜走，王小葳用盡力氣，雙手抓住賴登發的手臂，不肯放手。

酒客中有人戲謔的叫嚷「小姐！喲！喲！妳幹嘛纏著一個小男生不放啊？」

她一邊與賴登發繼續拉扯，一邊說著：「不關你們的事！」

一陣吵鬧後，來了幾名大漢。

「你這小妞鬧事也要看場合！」其中一個男子對著王小葳大聲威嚇。這人叫小馬，是風馬KTV的工作人員，底下的員工都稱呼他——小馬哥。

一時間，她有些驚恐，因為她從未面對過這樣的場面，但是她仍然努力壓抑害怕。霎時，空氣凝結，兩方對峙。

「這位七嘴八舌的小姐，」走進來一個高眺的年輕人，雙手撥開那幾位大漢，聲音宏亮。這個年輕人靠近王小葳，對著她說話：「怎麼會不關我們的事呢？你對這小子說的話，我怎麼聽，都覺得你是在罵我們！」

這人一出現，幾位大漢自動退到旁邊。王小葳心想，這個人一定是帶頭的流氓。

「是……你自己要……對號入座的！」王小葳初生之犢不畏虎的態勢，雖然心生恐懼卻不肯示弱，不順暢地說著話，睜大眼睛瞪著他。說完話就立刻又轉回頭來，面向賴登發說話：「走！跟我走，你要打工我幫你找適合的。」

「不要！我覺得這個工作很適合我！」賴登發終於掙脫了她。

「他都說喜歡這工作，你幹嘛強迫他？」這個高眺的年輕人，擋在賴登發和她中間。

「就是有你這種人，利用這些青少年的純真無知，你打什麼主意我還不知道嗎？假意對這些孩子們好，你現在挺他們，將來你做的違法事情爆發時，就是要他們幫你扛刑責。你看上的是他們未成年，可以減輕刑責。」王小葳不知哪來的勇氣，突然憤恨不平地對這位帶頭老大說起教來了。

「你這位小姐真有學問，連法律知識都很豐富，要不要再考個律師執照？」高眺的年輕人冷眼掃描她之後，冷冷回應著她的說教。

「你這是司馬昭之心，人盡皆知，沒知識的人也都知道，只有你這種人不知道！」王小葳只覺得眼前這個人心術不正，於是，她滔滔不停繼續說教。

剛才對王小葳戲謔叫囔的那位酒客，手背露出一大片的刺青，邪氣的眼睛帶著淫穢的神氣，一直盯著王小葳看，一副口水就要流下來的色瞇瞇的樣子。他假裝好意，打著圓場對著高眺的年輕人說：「張經理，這只是小場面而已，不用麻煩你們，這個小妞我們自己處理就可以啦！」

高眺的年輕人看了一眼說話的男客，便了解他的意圖。他思考了數秒鐘後，笑著對那位男客招呼：「趙老大，本店招待不周，讓這種不懂分寸的閒雜人闖入您的包廂，掃了您的興致，非常抱歉，我們是必定要爲您處理妥當的。爲了表示歉意，您今天的消費本店免費招待。」

「這……，你……太客氣了。」那男客的如意算盤被打壞了，可是也沒有立場再表示意見。

高骯的年輕人轉向王小葳，試圖要勸她趕快離開。

「小姐，請你講道理些，不要鬧了好不好？我們要做生意，請你離開，否則，我們將要求你賠償本店一切的損失。」

「跟你講道理？你這種人知道什麼是道理嗎？你的眼睛裡只有利益和金錢。」王小葳完全不買帳，仍然繼續發揮她的老師本色，繼續教訓那個年輕人。。

「你一直說『你這種人』，請問你到底知道，我是哪一種人呢？」高骯的年輕人似乎開始沒耐心了，他忽然刷下臉來大聲斥責王小葳。

王小葳一時被他的斥喝驚嚇，突然無言以對。

「不知道？那就不要像小狗亂叫亂咬，趕快離開！」高骯的年輕人對她吼著，試圖要嚇走她。

「如果他不跟我走，我就……就不離開。」王小葳不知道自己正身處險境中，居然拗起來，執意不走。

見她執拗的態度，這高骯的年輕人一時無計可施，沉默片刻後，他臉色一轉，態度忽然變得輕薄。他輕佻的眼神和語調伴著邪氣的微笑，挑逗著對王小葳說：「你不走？原來……你是想在本店消費啊！你要留下來消費，我們很歡迎啊！只是……本店目前不提供牛郎坐檯。」接著他刻意把臉湊近王小葳：「還是……你不嫌棄我『這—種—人』，可以破例陪你！」

「你……你眞是……無恥至極！」王小葳氣極了，漲紅著臉怒罵：「你這種人就是……就是世界上最無恥的人！」這是王小葳能想到，最刻薄的罵人的話語了。

那高䠷的年輕人冷冷笑著：「那你到底要不要『世界上最無恥的男人』陪你呢？」他仍是一臉輕薄挑逗。

「你……」王小葳從沒有被這樣對待過，一時不知如何回應，只是氣得一臉通紅，鼓著臉，氣呼呼地瞪著他，不想再與他爭辯。

王小葳氣呼呼走在街上。手機鈴聲響起，她拿出手機「喂！」語氣中含著剛剛受氣的餘怒。

「小葳，說好今天一起吃飯，爲什麼還沒到？」是余清智來電。

「哦！對不起，我學校有事耽擱了。」一聽是余清智的來電，王小葳趕快收起情緒。

「我去接你。」

「不必了，我自己搭計程車去就好。」

王小葳差一點忘了，她答應余清智晚上一起吃飯。

到了餐廳。余清智等了很久，表情很沉問她：「什麼事耽擱這麼久？」

「有一個學生，好幾天曠課，還去不好的場所打工，我想去勸他離開，結果和那裡的流氓吵了一架。」王小葳有些歉疚解釋著。

「什麼？」余清智擔心又緊張的口吻：「你和流氓吵架！」說完眉頭緊皺，用責備的眼神看著她。

「你不用擔心，我現在不是好好的！不要生氣嘛！以後不會了！」王小葳嫣然一笑，趕忙安撫笑著對余清智撒嬌：「是不是又有漂亮的樣品鞋要我幫忙試穿呀！」每次只要她對他這樣一笑，余清智就無法對她生氣。

余清智家是頗具信譽的製鞋工廠，經常代工國際知名品牌的鞋子，余清智完成學業之後，便被父親安排進入自己家的鞋廠，從基層做起，在品管部工作。因此，王小葳便是當然的樣品鞋試穿人員了，而她也樂得總是有源源不斷，還未上市最新款的漂亮又時髦的鞋子穿。

「今天沒有，全都拿去做拉力測試了。」余清智看著她，漸漸鬆開眼眉，過了許久才又開口：「過幾天我要去上海處理新廠的事，接下來事務繁忙，可能要半年才會回來。」

因爲台灣的製鞋成本越來越高，因此，一方面爲了提升競爭力，也爲了培養余清智接手家族事業，余清智的爸爸派他到大陸籌建新廠。

「喔！」王小葳喝了一口湯，順口應著。

沒有從她的口氣中聽到不捨的情愫，余清智有些失望。心想要分開那麼久，留她一人在台灣實在不放心：「小葳，你乾脆辭掉工作跟我一起去上海。」

「什麼？」王小葳先是驚訝，幾秒鐘的思考，她知道他的心思，於是她柔聲地對他說：「清智哥哥，你一直都知道，從小我的志願就是當老師，你不也鼓勵我追求理想嗎？有你的幫助，我才能考上師大，我一直都很感激你，現在好不容易能做我想做的事，我希望你支持我。好不好嘛？」王小葳帶著撒嬌的口吻請求著。

「可是你不覺得你太投入了嗎？老師也要有自己的時間吧！如果我知道你當老師後，連跟我吃飯都沒時間，我就不讓你去教書了。」余清智微慍抱怨著。

「六個月後你回來，我相信這個班級經過我的調教，會比較穩定，我就不用花那麼多的時間在他們身上，就可以常常陪你了，好不好？」看余清智一臉不開心，王小葳笑盈盈撒嬌地看著他。

晚上回到家，奶奶坐在椅子上看連續劇。

「跟少爺去哪裡吃飯？」奶奶笑著問她。

「您怎麼知道？」王小葳回問她。

「少爺說他要跟你到外面餐廳吃，叫我不用煮晚飯，我就提早下班了。」

王小葳靠在奶奶身旁坐下，一邊拉著奶奶的手臂幫她按摩，一邊說：「奶奶，我現在有工作了，可以養您。不如，您把工作辭掉，不要在余家幫傭吧！」

王小葳八歲那年，奶奶到余家幫傭。工作時間是早上七點到下午七點，所以王小葳放學後到余家等奶奶下班，順便寫作業。那年余清智十六歲，剛上高一，爸媽正忙著拓展事業，經常國內外到處跑，所以當時的余清智是由老劉接送上下學。王媽——也就是王小葳的奶奶，為他準備三餐，照料生活起居，陪在他身旁的人就是老劉、王小葳的奶奶和王小葳。漸漸地余清智會主動指導王小葳做功課、送她禮物、幫她慶生。老劉去接他放學，他會要求老劉繞路去接王小葳，直到余清智自己年滿十八歲拿到駕照，也買了車，就堅持親自接送小葳上下課，一直到她大學畢業。

「吃果子要拜樹頭，總不能現在翅膀硬了，就要劃清界線。」奶奶認爲這十幾年來受了余家很大的恩惠，要感恩。

王小葳的奶奶，陳阿惜，余家人都稱呼她王媽。她是一個任勞任怨又認命的傳統客家婦女，年輕時就守寡，含辛茹苦，扶養唯一的獨子長大。好不容易兒子成年了，取了一個亮麗的泰雅族的原住民女孩，生了一個五官立體又精巧的漂亮娃娃——王小葳。夫妻兩人胼手胝足，撐起了一個溫暖又幸福的家。眼看陳阿惜的好日子就要到了，沒想到一起酒駕事故，毀了這個幸福的家庭，陳阿惜爲了養育小孫女便來到余家幫傭。

「我不是這意思，您年紀大了，有些事做不來。說不定他們家也希望找年輕的幫傭，只是不好開口啊！」

「喔！有道理！我有機會再探探他們的意思。」

王小葳不希望奶奶繼續在余家幫傭，一方面不希望奶奶太累，另一方面她和余清智的關係多了這層總覺得尷尬，也令她一直分不清自己對余清智是什麼情愫。

張西恩把皮夾拿在手上把玩，這是他在王小葳離開後，在KTV地上撿到。皮夾中有學校工作證、教師會的會員證，還有一張教師證照。看到這張教師證，讓張西恩想起自己的祖父母。

張西恩的父母在他還在強褓中就離婚了，沒過多久，父親便因病過世了。他由祖父母撫養，一直到他小學畢業時，他的媽媽突然出現，並爭取到他的監護權，所以張西恩國中後才由母親扶養。原本張西恩還高興有媽媽，但是沒多久他發現許多人在背後批評他母親。他經常爲此打架，因此，他很不喜歡母親為了經營事業，老是周旋在一堆男人中。也許是潛意識對母親的抗議，國中時期開始，他就一天到晚惹麻煩，讓母親追在後面幫他解決。

張西恩的祖父是國小校長，祖母也是老師，所以他小時候就連假日也在校園中度過。現在想來，那段日子，是他最快樂的時光。

「王小葳，二十二歲，合格的高中國文教師，服務於青海中學，擔任高二仁班導師。」張西恩把三張證件上的資料組合後，對證件主人的背景有初步概念。看著那女孩各個不同時段的大頭照，張西恩自言自語：「這女老師真逗，把所有證件都放在一起，這下看她怎麼辦？」腦海中閃過她焦急慌張的表情，張西恩幸災樂禍地笑了。

「今天林森路分店有人鬧事？」張西恩的媽媽——林秀春，大家都叫她春姨，經營風馬KTV，還擔任市議員。她走進客廳，對著斜躺在沙發上的西恩關心地問。

「沒事！」他把原本拿在手上把玩的皮夾收起來。

「我聽說……」春姨繼續問。

「就跟你說過了，沒事！」張西恩不耐煩起身離開客廳。

春姨看著西恩遁入房間，無奈地深深嘆了一口氣。從她把西恩接回身邊，母子倆的互動就一直是這樣。她覺得對他有虧欠，總順著他、寵著他。想她春姨在業界呼風喚雨，唯獨對這個兒子沒輒。她安排西恩掛名KTV店經理，也幫他弄了一個議會助理頭銜，但是他根本不管事，每天鬼混，令她頭疼不已。

當年她和西恩的爸爸是眞心相愛，而他也是她這輩子唯一深愛的男人。然而西恩的爺爺，無論如何就是不願接受她進家門，最後逼著他們離婚。這麼多年了，每當她想起西恩的爸爸，心中仍然會泛起隱隱的疼痛。如果當年她不離開他們父子，現在情況是否會不一樣呢？

「奇怪！怎麼找不到？」王小葳來到校門口，準備拿出工作證刷卡感應，卻找不到她平時放證件的小皮夾。左思右想，就是想不起來掉在哪裡。

「會不會掉在路上？」她壓根沒想到，前一天在風馬KTV和賴登發拉扯時，皮夾從背包邊袋掉出來。

「若是掉在清智的車上，他無論如何，都會及時給我送來。也許是昨晚和清智在餐廳用餐，有可能掉在餐廳了，晚一點等餐廳開始營業再打電話問一問！」王小葳歪著頭，自言自語。於是她只好到人事室簽到報備，補辦臨時工作證，心裡祈禱，希望有好心人撿到送還給她。

張西恩來到風馬KTV問櫃檯小姐：「那個女老師有來拿回證件嗎？」

前幾天他把證件夾交給櫃檯。

「沒有！」櫃檯小姐把皮夾拿出來給他看。

「眞是個奇怪的人，這麼重要的東西也不在乎！」他實在不瞭解，原本以爲她會慌慌張張找來，拿到證件時又尷尬又感激的樣子，一定很滑稽。每每想到這裡，他在心裡暗笑好幾回，沒想到……。

「給我吧！」西恩從櫃檯小姐手上把皮夾接過來。

青海中學。

王小葳坐在辦公桌前，發呆了一陣子，然後嘆了一口氣。

幾個月前她剛到青海中學報到時，學務主任原本分派她帶高二忠班。游老師來找她商量，因爲游老師從一年級就擔任忠班的國文老師，她希望能繼續教高二忠班，並且擔任高二忠班導師，於是王小葳主動向學務主任表明，願意和游老師交換導師班級。

學務主任起先不同意：「王老師，二年忠班成績好，學生乖，比較好帶。二年仁班的學生比較複雜，你初任教經驗不足，恐怕應付不來！」

「只要用心，什麼樣的學生都可以教，『沒有教不好的學生，只有不對的教學！』，這不是我們教育工作者應有的理念嗎？」王小葳自信滿滿地回應學務主任。

高二忠班是升學重點班，表現優秀，這個班級原本的導師屆齡退休，許多老師都不斷爭取，希望能接手。而高二仁班卻是學校出了名的牛鬼蛇神班，沒有老師願意帶這一班，於是只好由應屆畢業班的導師中抽籤決定。當初游老師抽到籤王時，不斷向學務主任反應，她不願意帶這個班級，希望學務主任將高二仁班排給新進老師帶班，但是被學務主任拒絕了，因爲學務主任認爲，新進老師經驗不足，無法管理這樣的班級。

「好吧！如果你堅持，我就幫你們對調。」學務主任原本是好意的安排，現在看她那麼堅持只好同意她們對調。

已經幾個月了，王小葳對班上幾個學生都還搞不定。先是賴登發不來上課，現在是吳嘉興離家出走失蹤、林德彰安檢搜出持有安非他命、吳機瑞校外鬥毆、陳弘志偷機車判保護管束。這一件件在她原本的生命中不曾有過交集的事件，現在卻活生生在她周圍發生。她必須一件件去面對，一件件去解決，可是她卻束手無策，只能坐在這裡嘆氣。想起當時和學務主任的對話，懊惱自己無知的自信。

此時電話鈴聲響起，王小葳回神接起電話。

「喂！小葳，你爲什麼還沒來？」余清智的口氣中明顯不高興。

「我們有約好去哪裡嗎？」王小葳心中納悶。

「我搭今晚八點的班機，你不來陪我一起去機場嗎？」余清智語中隱含急切又不滿的情緒。

「可是我今天……」王小葳有點爲難，因爲明天陳弘志的保護管束輔導官要到校訪談，今天必須把輔導紀錄寫好。

「我這一去我們要分開半年。」余清智聽出她顯然不打算來送他，非常失望難過。

「上海又沒多遠，隨時都可以回來啊！況且還可以打電話嘛！而且……」王小葳趕忙安慰他，話還沒說完。

「我去接你，你在校門口等！」余清智霸道地下了命令就掛斷電話。

從小余清智就習慣一個人孤孤單單，一成不變的生活。一直到高一那年，家裡來了王媽，他的生活才開始有了變化，而帶來這個變化的人就是王小葳。記得第一次見到王小葳的情景，那一天是月考，中午就放學。余清智回到家，看到客廳沙發上躺著一個正在午睡的小女孩，他覺得好奇，湊近一看，好漂亮的女孩！她紅暈的臉頰上，貼著幾絲雲毛般的髮絲。他從沒有這麼近距離看過沉睡中的女孩，不覺看得出神，心裡想著：「難怪童話故事裡，王子會喜歡睡美人，原來……睡著了的女孩是這麼好看」。

小女孩動了一下，慢慢睜開雙眼，一臉惺忪，看起來單純無辜，稚嫩的聲音問著眼前的大男孩：「你是誰？」

「這是我家。你是誰？」大男孩側著頭看著她。

「我在等我奶奶，她在這裡工作。」小女孩睜大水靈靈的眼睛也看著他。

「你奶奶是王媽？」

「嗯！」小女孩點頭回應，還對他笑著。那笑容甜溶溶地，沁入他的心扉。

從那天之後，她就走入了他的生命裡。每天回家，她見到他，她總是開心的對他笑。他教她做功課，她總是崇拜地看著他。他送她小禮物，她就高興雀躍又滿足。

他喜歡她開心的笑容；他喜歡她崇拜的眼神；他喜歡她高興雀躍的樣子。他永遠記得，她十歲生日許的願望——「希望和淸智哥哥永遠不分開。」

似乎從那時起，余淸智的生活有了重心。他代替王媽以家屬身分，參加她的國小畢業典禮、中學畢業典禮，甚至大學畢業典禮。因爲在他的心中早已認定，王小葳將是他生命中的一切。所以他認爲，她的全部也應該都屬於他。他無法忍受她那麼在乎學生，雖然他們都只是大男孩。每次王小葳興高采烈地拿她和學生合照的照片給他看，看到那些小毛頭把手搭在小葳的肩上或親暱地靠著她，他就心裡不舒服。他不希望她繼續這樣，她已經漸漸脫離了他的羽翼。六個月後從上海回來，他打算向她求婚，結婚後她就完全屬於他。他不想再等了，他已經等太久了。

「唉！」王小葳掛了電話，輕嘆了一口氣。

這麼多年來，余清智習慣干涉她的生活，介入她的一切，她也習慣了他的干涉與介入。雖然他有時脾氣大，偶爾也霸道了些，但是大多時候，對她疼愛有加。當年父母車禍雙亡，多虧余家願意提供奶奶工作，收留祖孫兩人。所以奶奶常常提醒她「吃果子要拜樹頭……」、「要知恩圖報……」。因此，對於余清智的介入和干涉，王小葳只好都默默接受。

張西恩車子停在青海中學大門口旁邊，等了好一陣子，都不見王小葳出來。忽然他覺得自己這樣苦苦等待很白癡，何不乾脆請警衛轉達。於是下車走近校門口。

剛巧，王小葳正走到警衛室門口，他便走過去叫住她：「王小葳！」

聽到有人直呼她的的名字，王小葳以爲是余清智在喚她。她轉頭笑盈盈回應：「你來了！這麼快……。」

張西恩沒想到她會對他如此熱情和善，又見她如此嬌俏的模樣，心頭一震，忽然不知如何回應，一時尷尬，勉強擠出似笑非笑的表情。

王小葳看了看，一見不是清智，再仔細一看，居然是幾天前和她吵架的流氓。她馬上收起笑臉，防衛的語氣問著：「你怎麼知道我的名字？你調查我？你想怎樣？」

看著王小葳態度一百八十度大轉變，聽著王小葳一連串不友善的逼問，張西恩從剛才的迷亂中清醒過來。尷尬的表情，立卽轉爲輕蔑一笑：「你不會以爲我想追你吧！」他刻意靠近王小葳，仔細端詳她之後，故意以不屑的口吻對她說：「是有幾分姿色，但是你未免自視過高，太自以爲是了吧！」

看她這種態度，張西恩反而故意不把東西還給她：「有人既然怕名字被知道，還把證件亂丟，眞是怪啊！」

「原來我的證件在你那裡？」王小葳回想她在「風馬KTV」的情景。

王小葳心想：「一定是那時候掉的。糟糕！這個壞蛋會不會拿我的證件去做壞事啊？」

她心一急，沒好氣地對張西恩說：「趕快還給我，要不然我就報警！」

聽她這麼說，張西恩感到錯愕。他氣極敗壞，好幾秒鐘說不出話來。

「喂！你這女生講不講道理啊？」這一來，他更不願意把東西拿出來還她了：「你憑什麼一口咬定證件在我這裡呢？」

「是你自己說的！」王小葳見他一副要耍賴的樣子，更生氣了。

「我說了什麼？」張西恩故意逼近她，一副不懷好意的樣子問著。

王小葳瞪著他，心想：「算了！不要和這個無賴繼續耗」便說：「隨便你，反正那些證件，我都已經報遺失作廢，重新申請了！你還不還給我，都無所謂了啊！」說完，轉身就要離開。

張西恩懊惱思揣著：「搞什麼嘛！我還大費周章幫她送來呢！」

見王小葳就要離去，張西恩伸手想拉住她的肩膀，忽然被人從背後大力一推，踉蹌了幾步。張西恩站定後看到一個男人，那男人的面容嚴肅，目光透著憤怒。

「你這是幹什麼？」那男子怒視著張西恩，口氣極度不悅地問他。

「我才要問你這是幹什麼？」張西恩被這莫名其妙的攻擊惹怒了，握緊拳頭瞪著他。

王小葳看著兩人就要起衝突，趕緊拉住佘清智。

「他是誰？」佘清智完全不在乎張西恩的反應，板著臉轉身問王小葳。

「我不認識他！別理他！我們走了！」王小葳說罷，勾著佘清智的手臂，半推半拉他離開。佘清智還是不時轉頭看著張西恩。

馬哈拉夜店。

在杯觥交錯音樂喧擾的夜店裡，張西恩坐在一旁安靜地喝酒。想著今天傍晚在青海中學校門口受的鳥氣，就一肚子火。

阿翰走過來在他旁邊的座位坐下：「西恩，你今天下午去哪裡？不是說要打球？怎麼沒來呢？」

小馬搶著回答：「我老大熱心跑去當快遞，被打槍回來。所以現在……正在不爽！」

「跑去當快遞？你在講什麼？」阿翰聽得一頭霧水。

「前幾天我們店裡來了一位年輕女老師，吵著要帶走一個工讀生，還和我們老大吵了一架，後來她把證件掉在店裡。今天我老大熱心當快遞，把證件送回去還她，結果人家已經重新申請，所以不要了，我老大好像又被嗆了。」小馬悻悻然，說了大概。

「你煩不煩啊！」張西恩不耐煩要小馬閉嘴。

「你對她有意思啊？不然幹嘛那麼熱心。」阿翰挖苦他。

「見鬼了，誰會對那個教書的慫妹有意思啊！」張西恩不耐煩的口氣回答。

「好吧！先不談這個話題了，今天找你是有任務的。相韻要從英國回來了，我們幫她接風，你會參加吧！她非常希望你能來。」

「她這次去英國讀書多久了？」

「一年就拿到學位了，眞不簡單！我老爸說『豬不肥，肥到狗』。我這老妹會讀書，結果相較之下我就變成豬了。」阿翰自我解嘲。

張西恩拍拍阿翰的肩膀笑著說：「難怪我們是豬朋狗友啊！」

青海中學。

自從余清智去了上海，王小葳幾乎每天留校到八九點才下班。偶爾余清智會打電話提醒她不要太晚回家，但是天高皇帝遠，雖然王小葳口頭答應，卻仍然把所有的時間都投注在學校。今天是星期五，明天週末放假，所以學校大部分的老師和學生都早早離開，準備渡假去。王小葳改完作業看看時鐘，已經晚上九點，收拾好桌面準備離開，手機鈴聲響起，是吳機瑞打來的。

「老師，剛剛林德彰打電話給我，說他在忠孝路的『馬哈拉』夜店，遇到麻煩，要我去幫他，可是我現在人已經來到嘉義外婆家了。」

「他還未成年怎麼可以去夜店呢？」王小葳心急地問。

「他說他現在躲在『馬哈拉』夜店的廁所裡，你快去救他。」

馬哈拉夜店。

張西恩一群人，聚在夜店幫陳相韻接風，酒酣耳熱之際音樂慢了下來，是一支慢舞。大家拱張西恩邀陳相韻跳舞。張西恩大方起身牽著陳相韻到舞池中央，擁著陳相韻曼妙滑步起舞。在舞池中，兩人看起來，不論身型或樣貌，都很完美登對。

「爲什麼很少接到你的電話或E-mail，你在忙什麼？」相韻微笑看著西恩，在英國的日子她天天盼著西恩的訊息。

「忙著把妹呀！」張西恩一副玩世不恭的態度。

「你還是一樣油嘴滑舌。」陳相韻不太高興嘟著嘴說著。

「你這就太不瞭解了，把妹也是一種挑戰，就像打球或下棋一樣。」張西恩故意強詞高論：「每把到一個妹，就像多得一件戰利品一樣令人興奮，樂趣無窮啊！」說完這些話還刻意瞇著眼睛逗著陳相韻。

「那麼今天怎麼沒帶戰利品來啊？」陳相韻嘔氣回嘴。

「最近正打算挑戰高難度的，等挑戰成功，就帶來給你鑒賞。」張西恩嘻皮笑臉，像是在開玩笑。

「你這是伊底帕斯情結【註】未解除啊？」陳相韻瞪他一眼，心情不悅的口吻回應他。

「什麼伊底帕斯情結啊？胡說八道！」張西恩立刻反駁。

「誰叫你總喜歡說這些沒個正經的！如果不是認識你很久，一定以爲你不正經！」陳相韻嬌嗔對他瞪眼。

「我本來就不正經，只是你一直不接受事實，老是想改變我。」張西恩毫不在乎她這樣的批評。

「你別忘了，小時候你可是資優生呢！」陳相韻一直都很欣賞張西恩，對他的一切事情都很清楚，也很關心。

「你也別忘了，我爺爺是校長，他可以運用權勢作假。」張西恩對於他是資優生的事不以爲然。

「你要貶損自己就算了，幹什麼拖你爺爺下水！」陳相韻抗議著。

「那就不要談這個話題好嗎？」張西恩不想鬥嘴。

「好！嗯……那麼……你……有想我嗎？」陳相韻有點害羞靦腆的問著。

「喔！那……我寧可還是談……剛剛那個話題好了！」張西恩不正面回答，只是嘻嘻哈哈應著。

「喂！你好討厭哦！」陳相韻嬌嗔地回應，放在張西恩肩上的手指，狠狠掐捏西恩的肩膀。

音樂結束，兩人退出舞池回到座位，衆人起鬨金童玉女坐在一起，硬是要把他們兩人湊成對。

---

【註】伊底帕斯情結的解除，意即與母親的依賴脫離，代表了獨立，以及對現實世界的參與。這是男孩成為男人的蛻變過程。佛洛伊德主張：對抗伊底帕斯情結是人類心理最重要的社會成就。所以，男孩的母親若不懂得適時鬆手，過度保護及持續控制的結果，會使得男孩和母親的關係發展呈現被動狀態。換言之，長期依賴、或無法脫離母親庇護下的男孩，一生中與母親的關係可能會朝向兩種發展：一是永遠的壓抑自我，唯母命是從。二、在行為上完全拒絕母親，始終與母親站在對立的另一面。甚至成人之後，無法與異性發展正常穩定的關係。陳相韻認為張西恩的情況是第二類。

張西恩正要坐下，抬眼看到一個他認爲不該會出現在這種地方的身影晃過，心中唸著：「那女生長得好像王小葳？」不覺多看一眼，仔細一瞧：「果然是她！」

張西恩一邊和大夥聊天開玩笑，目光卻一直注意著洗手間的方向。王小葳東張西望之後就直接往洗手間方向走去，然後就一直停留在那裡。他看見王小葳從洗手間走出來，沒多久又走進去。過一會兒之後她又走出來，然後又走進去。就這樣來來回回好幾次。她一個人就在廁所附近晃來晃去，好像是專門來找廁所。也沒見她跟任何人攀談，看樣子好像是自己來，並未攜伴。

「她在幹什麼？」張西恩看著王小葳的舉動，覺得很詭異，心裡正納悶著，口中唸唸有詞：「這個女生眞是個怪胎！」

「你說什麼？」陳相韻以爲他在與她說話。

「沒什麼，我去一下洗手間。」張西恩向大家打了招呼，離開座位。

王小葳站在男廁所的門口不知如何是好。她本來想等廁所沒人時再進去找林德彰，可是廁所一直有人進來。一個女生一直站在男廁所門口很尷尬，所以她只好偶而離開再進去。還好廁所位置偏僻，而且這店裡的燈光昏暗，王小葳認爲應該沒人會注意到她。

昏暗燈光下，又有一個人影往這方向前來，王小葳低頭拿著手機假裝撥號。

張西恩漸漸走近，故意不看王小葳，昂首從她身邊走過，進到廁所裡。王小葳卻也渾然不覺。張西恩從廁所裡往外看王小葳的一舉一動。每當有人要走進廁所，她就拿著手機假裝講電話；每當有人一走出廁所，她就探頭探腦往廁所裡瞧。見到廁所裡有人，她又馬上轉身假裝講電話。

王小葳探頭探腦往廁所裡瞧時，看了張西恩好幾眼，可是好像從沒認出他。「她眼睛有問題啊？」張西恩見王小葳對他視若無睹，皺眉低咒一聲。因爲只要看到裡面有人，王小葳就趕快移開目光不敢仔細看，所以她未能看清裡面人的長相。

張西恩故意站在鏡子前，整理儀容好一陣子，透過鏡子反影看著王小葳一副鬼鬼祟祟的樣子，實在好笑。他忍不住站在鏡子前悶笑好幾次。

最後，他攏一攏衣領，走出男廁所。王小葳見到有人正要出來，趕緊轉身背對廁所門口，又一次假裝正在撥電話。張西恩走到廁所門口，王小葳正背對著他。

張西恩清清喉嚨咳了兩聲，站在王小葳背後小聲地說：「這位小姐，你這樣偷看男生小便，是很不禮貌的行爲。你的老師沒教你，這樣也是一種性騷擾嗎？」

王小葳一聽這樣的話，羞得耳朵和頸項發熱，不敢轉過頭見人。張西恩見她害羞又尷尬的樣子，覺得更好玩了。

他故意繞到王小葳面前，然後裝出一副驚訝不已的表情，驚聲大呼：「咦！是你啊！嘖！嘖！原來你是『這─種─人』，有特殊癖好喔？」張西恩說：「這種人」三個字時特意加重並拉長音。他是故意回應王小葳那日在風馬KTV一直指稱他「這種人」。

王小葳這時才慢慢抬起頭，看清楚眼前這個男人，認出是曾經和她多次爭執的流氓，於是她瞪大眼睛說：「是你！」

「是啊！是我『這─種─人』！」張西恩又故意加重拉長音。

「你不要胡說八道好不好！」王小葳知道他是故意譏笑她，她有些惱怒。

「你明明就一直……」張西恩故意表現出輕薄的揶揄，好像王小葳曾經做過的事，下流得令他說不出口的表情：「嗯！你自己心裡有數嘛！」最後又加了一句：「嘖！嘖！你爲人師表做這種事，眞是師道墮落耶！」。

「事情不是你想的那樣！」王小葳努力壓抑住心慌。

「喔！不是我想的那樣！那是怎樣？」張西恩看她緊張而漲紅臉的樣子，反而故意提高音調說話，說完還故意斜眼睥睨她。

「跟你沒關係。」王小葳實在不想繼續和這個流氓抬槓，只想趕快結束對話。

「是跟我沒關係啊！我應該請這家店的安全人員來，然後告訴他們，我所看到的一切！順便向他們申訴我受到性騷擾，身、心、靈受創。」張西恩說完，一副就要離開去告發的樣子。

「你不要這樣好不好！」王小葳一時感到失措慌張。因爲她聽張西恩這樣說，擔心他去告發。情急之下，她拉住他的手臂：「我是來……找我的學生。他躲在這個男廁所裡，我不知道怎麼進去，才會站在外面。」

張西恩看王小葳說話時的樣子，就像一個不知所措的小女孩，很難想像前幾次見到她時，是那麼伶牙俐齒，得理不饒人的態度。

聽她這麼一說，張西恩想起在風馬KTV的情況。

「他在這裡打工嗎？你又要抓他回去？哇！你眞厲害，把學生給逼得躲在廁所裡了！」張西恩覺得好笑。雖然口中揶揄，也不禁佩服她的堅持力。

「不是！我是來救他的。他遇到麻煩，要我來幫他。」王小葳想到，是因爲賴登發在風馬KTV打工，才和這個人結下樑子，不希望他遷怒才趕快解釋。

「你少唬弄我！廁所裡我沒見到任何高中男生！」張西恩仍然一副不相信她的表情，繼續逗她。

「有！他一定在裡面，也許躲在大廁間裡！不信你去仔細找看看！」王小葳睜大眼睛殷切地看著他。

張西恩看了王小葳一眼，還是一副不相信她的表情，繼續逗她：「好吧！我進去看看，如果沒有，你就很難解釋了！」

張西恩走進廁所故意大聲叫喚：「王小葳老師來找他的學生了，快出來吧！」

林德彰已經躲在廁所裡一個多小時，剛剛聽到一個女子聲音，很像小葳老師的聲音，但是他並不確定是不是，所以不敢出來，現在聽到有人這麼一呼，確定是老師來了，才怯怯的打開廁間門，開了一個小縫。

張西恩推開門縫，看見一個個頭不高，高中生模樣的男生躲在廁所裡一臉驚恐。

「你是王小葳的學生嗎？」張西恩訝異，居然是真的有一個小毛頭躲在裡面。

高中生模樣的男生點頭不說話。

張西恩手臂一揮：「出去吧！你的老師在外面等你。」

男生搖頭：「我不能出去！有人等在大門口要砍我。」

「你做了什麼事？這麼嚴重！」張西恩看他的樣子，不像撒謊。

「有一天早上，上學途中。我遇到阿飆哥，他……他拿給我一包東西，叫我藏在書包裡，放學他會來找我拿。我不知道那……那是什麼東西，放在抽屜裡。結……結果，那天學校安全檢查，那一包東西被……被教官沒收。還說我……我攜帶毒品。我跟阿飆哥說東西……被沒收了。他……他不相信，說我……我黑吃黑，找人要砍我。」林德彰緊張地結結巴巴地敍述，說著說著，眼眶泛紅，看來眞的嚇壞了。

「他們有幾個人？」張西恩問道。

「有兩個或三個。」

「你怎麼知道？你有看到他們嗎？」

「有，就在外面。」林德彰怕張西恩不相信，提高音調說著。

「你在這裡等我。」張西恩聽完臉色一沉，嚴肅的表情對林德彰說。

王小葳在門口等了一陣子，終於看到張西恩走出男廁。張西恩一出來便把王小葳拉到一旁對她說：「你太天眞了，這件事你解決不了！」

「爲什麼？」王小葳一臉疑惑。

「你的學生得罪了毒販。」張西恩嚴肅又認眞的對王小葳說。

「怎麼辦？」看張西恩嚴肅又認眞的態度，和之前嘻嘻哈哈不正經的樣子判若兩人，王小葳也驚覺事態嚴重。更何況學務主任今天特別找她，討論林德彰持有大量安非他命，已經送交警方，警方將會派員到學校調查，屆時還要通知家長到校。

「你們都別亂跑，在這裡等我。」張西恩對王小葳說完，快速離去。約莫十分鐘之後，張西恩回來，手上拿著一件外套和一頂棒球帽遞給林德彰「穿上這件外套，戴上帽子。」

林德彰乖乖照做，穿戴好之後，張西恩手搭在林德彰肩上，像好哥兒們搭肩聊天一般，邊走邊聊，往大門走去。王小葳緊張地跟在後面，亦步亦趨。他們一行人來到門口，又轉往街角，張西恩已經安排小馬準備車子在那裡等候。

就在林德彰正要上車時，不遠處有一個男子忽然大叫一聲：「他在那邊！」話落，就向著張西恩他們一群人的方向衝跑而來，後面又緊跟著另一人。這兩人雖然長得高高壯壯，但是看得出來年紀不大，只是學人逞兇鬥狠的青少年。

「林德彰你想逃去哪裡？老大要你跟我們回去。」其中一人抓住林德彰的領口威嚇他。

林德彰嚇得發抖，一直重複嚷嚷：「那跟我沒關係！不是我！不是我！」

張西恩一邊拉開兩人，一邊勸著：「小兄弟，別在這裡鬧事！大家有事好好說。」

「好啊！你把他交給我們就好說。」另一個眼神透著不馴的少年開口。

張西恩轉頭，看了一眼驚慌不已的林德彰，再轉過頭來對著這兩個少年說：「我不會把他交給你們。」

「那就沒什麼好說！」說罷，這兩個少年拿出蝴蝶刀向他們攻擊。張西恩見狀衝撞推倒兩人，並快速將林德彰和王小葳推入車內，其中一個少年從地上爬起來，憤怒地衝向還站在車外的張西恩，張西恩一腳踹開他，轉身鑽入車內，正要關上車門，另一個少年向他衝來，手中握著匕首向張西恩攻擊，張西恩來不及反擊，大腿被狠狠捅了一刀，頓時血流如注。

王小葳和林德彰看到這樣的情景，兩人尖叫一聲，反射動作，瑟縮蹲在車廂裡的座位下。

張西恩奮力一踹，那少年跌坐車旁。張西恩迅速關上車門後，叫小馬趕快發車。

張西恩忍住疼痛指示小馬：「小馬，你先載我到醫院，然後載他們到水哥那裡，請他幫忙解決，我已經和水哥通過電話，他知道怎麼做。」

接著張西恩轉向王小葳，卻看她還縮蹲在座位下發抖。他皺起眉頭：「喂！王老師，沒事了，你們可以起來了。」

王小葳這時才抬頭望著張西恩。這樣的際遇，王小葳從未經歷過，雖然她想要保持鎮定，可是臉容卻比張西恩還蒼白，身體還停不住顫抖著。

張西恩看著她狼狽的樣子，不免無奈一笑，嘲笑對她說：「這位滿腔熱血要救人的老師，被捅一刀的是我耶！可是，怎麼好像是你身上的血流光啊？你的臉色比我還慘白呢！」

王小葳看了一眼張西恩的大腿，褲子被血液濡濕了一大片。她想要幫忙，卻又不知該怎麼辦！她驚慌的表情，呆望著他。

張西恩看她的模樣，輕嘆一聲：「你現在知道了吧！有些事，只有傻膽和熱情是不行的。」

王小葳雖然不甘願被他奚落，但是也無話可說，只能安靜低下頭去。

「你通知他的家長，把詳細情形告訴他們吧！」張西恩的腿部，疼痛漸劇，也沒精力再逗弄王小葳了，便趕快交待王小葳該做的正事。

「老大你自己沒辦法去醫院吧！」小馬看他臉色越來越蒼白，似乎很痛苦。

「我……我陪……陪他去……去醫院吧！小馬先生，德彰的事就……就麻煩你了。」王小葳覺得愧疚，不該置身事外，於是自告奮勇陪張西恩去醫院，但是她驚魂未定，聲線顫抖。

「那麼，我老大就麻煩你照顧。」小馬望一眼張西恩，似乎仍然不放心。

在醫院。

王小葳扶著張西恩進到醫院急診室，醫護人員給王小葳空白基本資料卡：「小姐，你和傷者是什麼關係？」

王小葳愣了一下，吞吐出：「嗯！喔！」因爲王小葳一時不知如何回答她與張西恩的關係，頓了幾秒鐘，才嚅嚅回答「是……是朋友。」

「那麼，請先幫傷患塡寫基本資料卡。」醫護人員遞給他一支筆，催促著。

王小葳這時才想起，從頭到尾，她都不曾問過他的名字。

她站在櫃檯前發呆，見醫護人員疑惑的望著她，王小葳面露尷尬，拿著資料卡走向躺在推床上的張西恩。

「請問，您的大名是……？」王小葳禮貌地問張西恩。

張西恩看她文縐縐的態度，又興起想要開她玩笑的念頭。

於是，他雖然慘白著臉，卻還嬉皮笑臉：「幸會！幸會！我的名字叫張西恩。」他居然還情緒高昂，似乎忘了疼痛，搞笑逗王小葳：「張，是張牙舞爪，張冠李戴的張；西，是人死了以後，都想上西天的西；恩，是恩將仇報，恩斷義絕的恩。」

他這樣的自我介紹，搞得王小葳哭笑不得：「喂！都傷成這樣，你就不能正經一點嗎？」王小葳皺眉看著他。

張西恩看著王小葳一臉無奈，不以爲然的糾結表情，這才從上衣口袋，拿出皮夾交給王小葳：「證件都在裡面，你自己看吧！」就閉上眼睛，不再開口說話。

王小葳坐在手術室外等候，手中握著張西恩交給她的皮夾。

除了一些現金和信用卡，皮夾裡有身分證、健保卡，還有一張台大校友證，和無國界義工證。王小葳腦中蹦出一個一個的疑問——

他叫張西恩，二十六歲。畢業於最高學府台大，而且還是無國界義工組織的成員。

她心裡想著：「他有那麼好的學歷，又是無國界義工組織的成員，而且今天又奮不顧身保護我們，怎麼可能是流氓？是我誤會他嗎？」

動完手術，張西恩轉入普通病房，王小葳在一旁照料，這時王小葳才有機會仔細端詳眉頭深鎖，安靜躺在病床上的張西恩。

「你含情脈脈看著我，不會是愛上我了吧！」張西恩忽然睜開眼，看見王小葳盯著他發呆，感覺不自在。雖然尷尬，但是嘴巴還是不老實。

王小葳驚怔一頓，趕快回神，但還是尷尬臉紅了。可是這會兒，她卻不回嘴跟他鬥，反而輕聲問他：「你還好嗎？」

她溫柔的回應，反而讓張西恩語滯，過了數秒鐘才吞吞吐吐回答：「應該……嗯……死不了吧！」張西恩試圖掩蓋尷尬，轉換語氣對王小葳說：「麻煩你拿我的手機給我。」

王小葳遞給他手機。張西恩接過手機，撥了號碼。

「喂，小馬，事情處理得如何？」他在電話中詢問小馬。

「老大，你放心，我會處理妥當，他父母也來了，我們正在解決。」

「那就好！你順便幫我打電話給我媽，就說我去南部找朋友，別讓他知道我受傷了。」張西恩知道，如果他母親知道他受傷，一定會大驚小怪，搞得周圍的人雞犬不寧。

「不好吧！春姨要是知道了，肯定罵死我，搞不好叫我回家吃自己。」小馬知道，隱瞞西恩的媽媽不是那麼容易。

「這點傷，兩三天就好了，沒事的，她不會知道。有事我罩你，你怕什麼，就這樣了。」張西恩堅持小馬照做。

張西恩掛了電話，王小葳站在旁邊，欲言又止。終於，她還是開口：「我應該謝謝你，還有……跟你說……對不起！」

對王小葳的致意，張西恩一時不知如何表達，遲鈍地轉著頭應著：「你……不用客氣……嗯……你……沒關係……」

他彆扭的表情，讓王小葳忍不住笑了。看王小葳笑，張西恩自己也笑了。

安靜的病房裡手機聲響起，王小葳拿出手機一看，是余清智打來的。

「小葳，你在哪裡？為什麼這麼晚還沒回家？」電話一接通，余清智劈頭就責問，顯然很不高興。

「我在醫院。」王小葳回答

「你怎麼了？為什麼在醫院？」聽到王小葳說她在醫院，余清智情緒從生氣轉為著急擔心。

「不是我，是有一位朋友受傷，我陪他在醫院。」王小葳趕快解釋。

「什麼朋友？是哪一位？」余清智一聽不是王小葳出事，心頭放鬆，但是仍然緊追著提問。

「你不認識，是我剛認識的朋友。」

「男生還是女生？」

王小葳心想著該怎麼說？他一定會誤會，可是她不想說謊：「是……男生。」

余清智一聽到王小葳新交往一個男生，悶氣不語。

「喂！怎麼不說話呢？」王小葳知道余清智誤會生氣了，耐著性子向他解釋：「今天我和學生遇到麻煩，這位先生爲了幫我們而受傷，所以我送他來醫院，等他家人來了，我就回家。」

「是這樣嗎？」清智吸了一口氣，才慢慢吐出這句話。

「我騙過你嗎？」小葳聽出他的不信任，不高興地回話。

「別太晚回家，王媽會擔心的。」余清智知道小葳不開心，不再追問，可是心裡還是不舒服。

「我知道，我等會兒打電話回家。」王小葳講完就掛了電話。

余清智看著掛斷電話的手機發呆。他不是不信任王小葳，他是害怕失去她。一直以來，從不讓她離開身邊，就是害怕她有一天發現外面的海闊天空，不再願意乖乖留在他的身邊。他不敢想像，如果有一天，她要離開，他的生命該如何繼續？

張西恩在一旁聽他們對話。王小葳掛斷電話，又打了一通電話回家通知奶奶，然後走回張西恩病床邊。

「是那天在你的學校的門口，我遇到的那位富家公子打來的電話吧？」張西恩挑著眉毛問王小葳。

「嗯！」王小葳輕應一聲。

「我看他，只要見到男人靠近你就發狂，你還是趕快回去吧！免得他殺過來，我現在這個樣子，恐怕逃不走。」張西恩裝了一個怪表情，嬉鬧說著。

知道他是開玩笑，王小葳也笑著回他：「你放心，他現在人在上海，半年後才會回來，殺不到你，你不用怕！」

「我是說眞的，你這種千金小姐應該不會照顧病人，留下來幫助也不大。」張西恩想了想，原來那個富家公子眞是她的男朋友，覺得不該再和她攪和。

「我不是什麼千金小姐！」王小葳抿一抿嘴唇，抗議似地說。

因爲余清智的關係，確實讓許多人，一開始都會誤解她是一個富家千金，但是她從沒忘記自己的身家。雖然她顧及清智的感受，不刻意解釋，但是如果有人問及，她也不隱瞞。

「怎麼不是呢？那位富家公子像寶貝一樣捧著你。」其實張西恩是看王小葳舉手投足中，都透著優雅高貴的氣質，應該是成長在高尚家庭中，備受呵護的小公主。

「我奶奶在清智家幫傭。」王小葳淡淡的口氣，彷彿這只是一件理所當然的事。

張西恩心想，原來那個富家少爺叫清智。

「喔……原來你是少爺寵愛的丫鬟啊！」張西恩話一出口，就發現自己失言了。他趕快收起嘻皮笑臉，認眞道歉：「對不起！我是開玩笑。不好笑，你別生氣。」

「沒什麼好生氣，大家都是這麼想吧！只是你說出口而已。」王小葳仍然以淡然的口氣回應，看不出有任何的不悅。

病房中有一小段沉默。張西恩思考後，對王小葳的境況有了粗淺的瞭解。

張西恩打破沉默問：「你喜歡他嗎？」

「不知道。」王小葳思考著，對清智是習慣還是喜歡，自己也不清楚：「從我八歲到現在，我身邊就只有他，我沒什麼朋友，不管是男生或女生，因爲我從沒參加過同學或朋友的聚會或郊遊。」

「爲什麼？」張西恩很訝異。

「因爲，清智不喜歡我和朋友太親近。」王小葳尷尬回答。

「難道你也從來不參加學校的社團活動嗎？」張西恩感到匪夷所思，怎麼有人大學都畢業了卻沒參加過任何團體活動。

「從我讀小學到大學，每天放學他都會來接我，每個假日他都替我安排活動——音樂、舞蹈、藝術欣賞、插花、美姿美儀、烹飪、飲食養生……甚至還有品酒。我的日子過得……應該算是很充實吧！」王小葳講完後微笑著，笑得很勉強。

「嘿！你是他的洋娃娃啊？哈！哈！哈！簡直是『豪門媳婦』養成計畫！哈！哈！」張西恩不可置信哈哈笑著說。

王小葳知道張西恩是在取笑她，她尷尬地沉默片刻才低聲接著解釋：「但是……他眞的很照顧我和我奶奶。」

張西恩看著王小葳一臉尷尬，才收起取笑的態度：「你不覺得，這樣被控制很不自由嗎？」張西恩似乎是替她感到不平。

「只要習慣了……就還好吧！況且如果不是余家，我和奶奶就沒有今天，我更不可能實現夢想，成爲一位老師。」

「呵！」張西恩笑嘆一聲，旋卽又問：「他去上海，不把你帶在身邊，他不難過嗎？」

「是啊！他原本是要我辭職，跟他去上海啊！」王小葳雖然是笑著說話，但是笑容裡潛藏著無奈。

張西恩在心裡咒罵：「這個余清智，把王小葳當什麼啊！私人財產嗎？就算喜歡她，又憑什麼可以這樣控制她呢？都什麼時代了，這個傻女孩難道要用自己的人生來報恩嗎？」

「那麼，他不在你身邊，你有什麼感覺？」張西恩想了想，終於問了這句話。

王小葳一聽這個問題，忽然眼睛閃出光亮：「對啊！什麼感覺？」她輕輕吐了一口氣後說：「我覺得，心情好輕鬆喔！」她的臉上流露出的卻是喜悅的光彩。

「我從沒有過這樣的感覺耶！」接著她又繼續述說：「我想，這段時間淸智不在台灣，我就可以多花點時間在學生的事務上，還可以多和學生們交流。我想，終於可以利用假日帶學生去郊遊，拉近彼此的距離，瞭解他們的問題，我相信一定可以給他們適當的協助。先導正他們的行爲，然後就可以誘導他們在課業上用功……。」王小葳說話的神情，就像一個敍述理想，計畫未來，對教育充滿熱情，有夢想的女孩。

當王小葳看見張西恩瞇眼笑看她時，她忽然感到羞赧，便暫停不說了。她低頭避開張西恩的眼神，思量了一會兒才又開口說道：「怎麼跟你說那麼多啊！你覺得我很囉唆吧！到時候如果你的傷好了，歡迎你加入我們去郊遊。」

「你眞是一個認眞的老師，你的學生很幸運。」張西恩感動王小葳對學生的全心全意，讓他想起爺爺和奶奶以前也是這樣。

王小葳聽到張西恩這麼說，沉默了幾秒，她搖搖頭說：「我現在才瞭解，要成爲一個好老師，只是認眞並不夠。就像今天如果沒有你的幫忙，我根本……」王小葳說到此，想到今天發生的一切，心中猶有餘悸：「沒想到，還害了你。要當個好老師，我的能力還差得很遠，你會受傷都是我害的。對不起！」王小葳說罷，愧疚低下頭。

張西恩有點難爲情：「唉！你不要這樣，我這個社會寄生蟲，難得有點用處，能派上用場……」

王小葳抬起頭微微一笑：「你不必謙虛了！」

「我是說實話，本來我就是你說的『這種人』。我的人生就是混吃等死，醉生夢死，沒有目標，沒有夢想，更別談理想了。」張西恩淡淡的語調說著。

「拜託！你不要再逗我了好不好！我都說對不起了！我不該誤會你。」王小葳鄭重又道歉一次「你是『無國界義工組織』的成員，還是台大畢業生，算我有眼不識泰山……」

聽到王小葳這麼說，張西恩心中納悶，旋又想起，是自己把皮夾交給她，想必她已經把他所有的證件看過，對他有所瞭解。至於她所說的「無國界義工組織」的成員，是什麼東西？他則是一頭霧水。

「成爲台大畢業生，只是一個意外。」張西恩喃喃自語一般說著這句話。

那的確是一個意外。

十三歲那年，張西恩被媽媽接回身邊，有一天爺爺來找媽媽，兩人起了嚴重爭執，爭吵中爺爺心臟病發作，送醫不治；奶奶終日以淚洗面，鬱鬱寡歡，沒多久也過世了。張西恩認爲這一切都是母親造成的，母子之間原本就緊張的關係更加惡化，從此張西恩不再願意與母親溝通。他開始打架鬧事，成爲學校的頭痛人物。升上高中之後，張西恩依舊惹事生非。春姨爲了他，到處鞠躬哈腰，道歉懇求。高中讀不到兩年，就轉了兩所學校，最後轉到一所私立高中。這所高中的學務主任，曾經是爺爺的學生，因爲有他幫忙，學校才願意收留張西恩，否則當年他就成了中輟生。但是剛轉學到新學校不到一個月，張西恩因爲鬥毆事件又被叫到學務處。

在學務處裡，學務主任陳育宏——學生都叫他「芋頭主任」，他瞅著張西恩，而張西恩則不正眼看學務主任，眼神往上瞟，一臉不屑，他預計學務主任必定長篇大論對他說教。

於是張西恩關上耳朵，在心裡則嘀咕著：「有話快說，有屁快放，是狗就快吠，吠完牆邊撒尿去！」

沒想到，學務主任打量他好幾分鐘都不開口，最後長長的嘆了一口氣，然後從鼻子噴氣似的「哼！」了一聲：「什麼資優生？就你這付德行？如果你是資優生，智障都能讀台大了！我看啊！你爺爺——張校長，他肯定是利用職權造假，給孫子弄個資優生頭銜，好風光風光而已。」

張西恩聽完這句話，臉色驟變，血脈賁張，怒視著學務主任大叫：「把話收回去！」

學務主任不理他。

「把話收回去！」張西恩又大聲叫著。

學務主任眼睛掃了他一眼：「哪一句？」

「你說我爺爺造假的那一句！」張西恩緊握拳頭，瞪大眼睛。

「我有說錯嗎？如果你能上台大，證明你是資優生，我就收回。但是我看你是沒那個能耐啦！」學務主任挑一挑眉，一臉輕視。

「我考給你看！我一定要你把話吞回去！」張西恩咬牙憤恨的從唇間蹦出這句話。

「說大話誰都會啦！有能耐考上再說吧！」學務主任身體往椅背一躺，雙手交疊枕在腦後，輕視的表情望著他。

從那天起，張西恩一整年奮力用功。雖然一樣桀驁不馴，但是大部分的精神都放在課業上，不再打架鬧事。以前跟著他鬼混的兄弟，都知道他和學務主任槓上了，爲了爭一口氣，兄弟們也都自動講義氣不干擾他，讓他好好準備這場「輸贏」。

終於放榜了。張西恩果然考上台大，學務主任主動前來找張西恩，但是他並沒有恭喜他，只告訴他：「你考上台大，那句話我先收回一半，因爲你考得上，不見得能讀畢業，等你拿到畢業證書我就認輸，收回另外一半。」

也因此，張西恩眞的在台大認分讀了四年書，終於拿到了畢業證書。

張西恩說完自己的故事，下了註解：「所以你別以爲我是什麼上進青年，那只不過是爲了打賭的一個意外的結果。」

王小葳聽完故事，若有所思，過了幾秒鐘才說話：「所以你也應該瞭解那位主任當年的苦心囉！」

確實，這幾年張西恩每逢過年過節，都會交代小馬送禮給陳主任，可是自己卻不曾回去看他。他不回去的原因是——他認爲，雖然他台大畢業了，但是目前仍然到處亂混，一事無成，沒臉去要回另外一半。張西恩沉默不語，陷入沉思。

過了幾分鐘，王小葳終於打破沉默：「精彩的人生，都是一個又一個意外組合而成，就像我們的相遇，不也是一場又一場的意外嗎？」

張西恩聽著王小葳說話，眼神在她的臉上凝視，王小葳被他看得靦腆低下頭去。張西恩過了一會兒才回神，自覺失態，尷尬開口問王小葳：「你所說的『無國界義工組織』的成員是什麼東西啊？」。

「你不要再裝蒜了，我看過你的義工證啦！」王小葳說了之後，還對他使了個表情。

張西恩想起來了！幾個小時前，在馬哈拉夜店，陳相韻給他一張卡片，說是幫他申請了什麼義工組織，將來他出國深造，申請學校會用到。他沒仔細看，就收進皮夾中，應該就是那個東西。張西恩心想，看來王小葳是認定他是一個「謙虛的，好人好事代表」了！他懶得解釋，便閉目休息了。

王小葳因爲聽到張西恩和小馬的對話，知道他不讓家人知道他受傷，除了小馬，應該沒有人會到醫院照顧他，所以就主動留下照顧他。看著張西恩入睡，王小葳攏了攏他的棉被，在一旁的椅子坐下。其實經過一整晚的折騰，她也疲憊不堪，不一會兒也睡著了。

隔天淸晨，王小葳在吵雜聲中朦朧睜眼。張西恩已經醒了，正靠坐在床上，好整以暇的凝望著她，好似在欣賞她的睡顏。兩人四目交接的一瞬間，同時開口問：

王小葳說：「你睡得還好嗎？」

張西恩說：「你昨晚沒回家？」

然後兩人又再次凝望，唇角帶笑。

快中午時分，小馬帶著一副沒睡飽的倦容，終於出現在病房。一進門就大著嗓門呼著：「老大，你幹嘛啊？奪命連環叩哦！昨晚爲了處理你交代的那個小鬼的事，我幾乎一整晚都沒睡耶！」

「我一隻腿都瘸了，你還不來照顧我，算什麼兄弟？要睡，病房裡有沙發椅可以睡。你去哪裡鬼混了？還找理由。」張西恩馬上回應奚落他。

「老大，你眞是狗咬呂洞賓，不識好人心耶！我這是給你製造機會，有這個美女貼身照顧，我看你是兩腿都瘸了也甘願吧！」小馬裝出一副委屈的表情，眼角還故意抖瞟著王小葳。

「你再胡說八道，我全記著了，等我傷好了，一定把你打趴在地上！」張西恩尷尬不已，好像心思被窺中，一時心急耳熱，對著小馬發飆。

王小葳旁觀他們兩人，你一言、我一語的鬥嘴，靜靜地在一旁微笑著，並未插話。

張西恩轉頭見王小葳笑望著他，便不自然地咧嘴笑道：「我叫小馬送你回去吧！昨天晚上，辛苦你了！」

「不用了，小馬先生留下來照顧你，我自己搭車回去就可以了。沒有人在這裡照顧你，我也不放心離開。」王小葳婉拒他的提議。

「你那位學生的事情，如果還有什麼問題，再通知我。」張西恩熱心地表示關心。

張西恩這麼一說，王小葳忽然想起一件事：「對了！差點忘了，我們應該互留電話，否則以後怎麼聯絡？」

兩人互留通訊後，王小葳交代小馬有關醫生指示照顧張西恩該注意的事項，然後收拾好自己的物品，走向張西恩的病床旁，點頭微笑：「再見了！多保重。」她對他伸出右手。張西恩也伸出手，兩人握著手。

張西恩說：「再見了！加油！王老師。」

王小葳緊握一下他的手：「我會的，謝謝你。」

道別後，王小葳轉身離開病房，張西恩目光凝視著王小葳離去的背影，眼睛一直望著門口呆視。直到完全聽不到腳步聲，小馬開始裝腔作勢，模仿張西恩剛才的說話。

「昨天晚上辛苦你了！」

「如果還有什麼問題再通知我。……」

「……再見了！加油！王老師。」

然後小馬還挑眉擠眼對著張西恩說：「嘖！嘖！嘖！老大，這很不像你欸！」

張西恩向小馬撥撥手指：「小馬你過來一下。」

小馬賊愣愣地走過來：「老大，她已經走遠了，病房裡只有我們兩人，大聲說就可以了！」

等小馬一靠近病床，張西恩快速伸出左手拉住他的右肩，右手在他的左肩狠狠地捶了一下：「你再耍嘴賤！再耍嘴賤啊！」

「唉喔！老大，你恩將仇報。」小馬不服氣地叫著。

張西恩受傷的事，春姨還是知道了，不是小馬告的密，是水哥無意間透露的，她把西恩接回家休養。小馬因爲隱匿事情，被春姨訓斥了一頓。當然，張西恩少不了也被她叨唸好一陣子。不過春姨也發現，西恩的脾氣收斂了不少。以前只要她一開口叨唸，西恩不是摔門躲入房間，就是摔門跑出家門。當然也有可能這次是因爲腳受傷，不能跑，也跑不動。但是，怎麼看，都覺得西恩心情很好，情緒也穩定。

春姨在心中默想：「相韻從英國回來了，可能是受相韻的影響，這女孩眞難得！」

陳相韻是春姨心目中最佳的媳婦人選。陳相韻的爸爸陳院長，是張西恩爸爸的摯友。自從張西恩爸爸去世，陳院長對西恩非常關心，常鼓勵他。他認爲西恩非常有潛力，不要浪費天資，應該繼續深造。春姨常想著，如果兩家能聯姻是最好不過的事。自從知道張西恩受傷，陳相韻也幾乎天天往張西恩家跑，春姨看在眼裡，樂在心裡。

張西恩拿出在風馬KTV撿到的王小葳的皮夾中的證件，拿在手上把玩。手機鈴聲響起，螢幕顯示出「王小葳」，張西恩趕快接起電話，這是他等待了一整天的電話。每天王小葳都會打電話關心他的復原狀況。

「喂！今天覺得如何？」王小葳在電話裡關心詢問著。

「我自己可以走路了，傷口癒合很好。」張西恩語調輕快，開心回答。

「你要趕快好起來，下週六我們班要去郊遊露營，希望你能參加哦！」

「還有十天，一定沒問題，算我一份。你們全班都去嗎？」

「只有一個學生可能不會去。」王小葳忽然想到張西恩可以影響賴登發，而這件事一定要從賴登發下手，於是她對張西恩說：「也許你幫得上忙！」

「哦！說說看。」張西恩開心回問王小葳。

「這個學生叫吳嘉興，離家出走一段時間，他和賴登發很要好，也許他知道吳嘉興的下落，你可以幫我問問看嗎？」

「沒問題！」

掛斷電話，張西恩小心翼翼把王小葳已作廢的證件收好，放回皮夾中，然後打了一通電話給小馬。

一大早還不到七點半，王小葳一走進教室，居然看到吳嘉興坐在座位上，著實嚇了一跳。

「吳嘉興！你怎麼回來了？」王小葳喜出望外，脫口問他。

「老師不是希望我回來上課嗎？」吳嘉興口氣雖然不是很有禮貌，但是還算有分寸。

「對！對！回來就好了！」王小葳笑了笑，又點點頭。

學生陸陸續續進到教室，早自習鐘聲響起，學生安靜自修，王小葳站在講桌前若有所思：「又是張西恩幫的忙吧！」

二年仁班露營郊遊前一天，王小葳邀張西恩一起去大賣場採購，為明天學生的郊遊活動準備零食、飲料。張西恩開心準備出門去學校接王小葳。春姨看他滿面春風，以為他要和陳相韻去約會，還對他說：「好好地玩！對女孩子要懂得體貼點啊！」

張西恩聽母親這麼說，先是一愣，心想：「她怎麼知道？」便隨口回答：「知道了！」就前往車庫去開車。

張西恩才離開不久，陳相韻來找西恩。

春姨一頭霧水：「你們不是約好一起出去嗎？」

「我們並沒有相約啊！我還以爲他會在家。」陳相韻疑惑回答著。

這會兒，春姨可納悶了：「西恩這孩子，到底在搞什麼？」

聽到張西恩外出約會，陳相韻的臉上抹過一片失落。張西恩養傷那幾天，她雖然常來陪著行動不便的他，可他總是對她說的話心不在焉。她也發現張西恩臉上有著她從未見過的光彩，然而她更明白，這樣的光彩不是因她而散發。

離放學還有一段時間，張西恩已經把車停在學校門口等候。他先傳簡訊通知王小葳，然後再打電話問小馬哪裡有大賣場。

「老大，你要買什麼？我去幫你買就好了。」小馬向他提議。

「我自己去，你只要告訴我怎麼去就可以。」張西恩回答。

「你人在哪裡？我陪你去吧！」小馬認爲張西恩平常很少去那種地方，可能不熟悉，所以堅持陪他去。

「不用！」難得有機會和王小葳獨處，張西恩不希望小馬來攪和：「不必你陪我，少囉唆！快告訴我。」

「好啦！你要買什麼？」小馬終於不堅持插一腳。

「有差嗎？」張西恩回問他。

「你是山頂洞人哦！這個都不知道？大賣場有分——有會員卡才能進入購物的，不需會員卡的，還有專賣進口貨品的，或專賣本國貨品的，還有……」

「好啦！怎麼那麼囉唆。我要買零食飲料……之類的東西。」

「蛤！……？」小馬滿腦疑惑，好幾秒鐘不說話，之後好像想通了什麼，忽然：「哈！哈！哈！哦！……哈哈哈！哦！哦！哦！……哈哈哈！哦！哦！哦！……」小馬笑得停不下來。

張西恩被他的反應惹怒了：「你發什麼神經啊！快說啦！」

「不是……不是！我是說……」小馬終於順了口氣：「老大，你先是當快遞員送證件，後來又是當保鑣還受傷。現在你是要當送貨員還是搬運工啊？我看你對這個王老師很不一樣哦！」

「要幫忙就快說，不要一直講廢話！」西恩用怒罵掩飾窘態。

「OK！等一下我就把附近所有賣場的地點傳到你的手機，可以了吧！」小馬終於不再戳他。才掛斷電話，手機鈴聲又響起，張西恩看了看螢幕，是陳相韻打來的。

「喂，相韻，有什麼事？」

「你在哪裡？」陳相韻問他。

「在外面。」張西恩不想明白說，隨口回話。

「這麼敷衍啊，看來是不太想和我說話哦！」陳相韻聽出西恩口氣裡，透露出不耐煩的心情，故意酸他。

張西恩一聽陳相韻的話，自覺這樣應對不恰當，口氣和緩下來：「我有事要忙，你有什麼事？」

「是，大少爺，我可不敢耽誤你的時間，是我爸爸要找你。他約你今天晚上八點到我家來，有事情和你商量，你不會忙到沒時間見他吧！」

「可是……」張西恩原本計畫今晚只要陪王小葳。

「西恩，約會把妹總不能誤了正事吧！」陳相韻口氣中透露出不開心。

張西恩正想找個理由改天，沒想到就被陳相韻一語點中，況且陳伯伯就像他的父親一樣，總是眞心關心他。而且會如此愼重找他去商量，一定是有要緊事。

「我知道了，八點我會到。」話語剛落，張西恩抬眼看到王小葳正走出校門，急切要掛斷電話：「相韻，好了，就這樣。」就把電話掛了。

「西恩……」電話裡，陳相韻話並未說完。

兩人在賣場裡，西恩推著推車和小葳並肩走在貨架中的走道。沿途有各家廠商吆喝推銷試吃活動，每當兩人走近，攤位的推銷員，總是誤認兩人是夫妻，或是情侶。一開始小葳還尷尬地解釋，西恩則微笑不語，後來每每有這種情形，兩人相視，小葳也無奈不語了。

買好一切所需的東西，兩人都餓了，小葳提議到賣場的美食街吃晚餐。兩人來到美食街，看到滿滿的人潮，小葳睜大眼睛說：「怎麼辦？我看我們得分工合作，你找位子坐，我去買餐點吧！」

西恩表示不同意：「哪有讓淑女服務的道理，這樣會顯得我沒有紳士風度，很沒面子。」

兩人在美食街繞了一圈終於找到座位，西恩要小葳在座位上等候，自己離開去點餐。沒過幾分鐘，西恩忽然又往回走，手中並沒有拿餐點，當他靠近小葳身邊時，她疑惑抬頭，問他：「怎麼了？」他不回頭，也不回答，越過她身邊，一把揪住一個少年，腳一踹，少年雙膝著地，成跪地姿態。那個少年個頭不高，眼睛很大，被西恩壓在地上，大眼睛睜得圓圓的更顯出一臉驚恐。

「拿來！」張西恩吼著，命令那少年。

那少年從胸前掏出了一個皮夾，交給張西恩，王小葳一看：「那不是我的皮夾嗎？」王小葳趕快翻找背包，果然皮夾不見了。

「王八蛋，好的不學，當小偷，當扒手。」張西恩緊扼著少年的手腕，少年似乎很痛苦。王小葳見狀，覺得那少年很可憐，在旁邊勸說：「皮夾拿回來就好了，你就放開他吧！」

圍觀的民眾卻是你一言，我一語。

「送警察局啦！」

「對啦，這樣他才會學乖。」

王小葳看張西恩仍不放手，那少年痛得臉部都扭曲了。她心急的對西恩喊著：「你放開他吧！」看張西恩並未理睬她，王小葳又對他嚷著：「你放開他啊，你要把他的手扭斷了呀！」她似乎很不諒解張西恩對一個少年這麼粗暴。

張西恩看了王小葳一眼，嘆了一口氣，面轉向少年：「這次我放了你，如果你仍然不知悔改，將來遲早進監獄，你別以爲每個人都會願意給你機會。」張西恩訓斥少年一頓。當他一鬆手，那少年，立刻飛奔而去，一溜煙不見人影。

張西恩走到王小葳面前，一邊將皮夾給她，一邊說：「我並不贊成放走他，這樣對他沒好處。」

「可是他年紀輕輕就留下案底，太可憐了吧！總要給他改過的機會。」王小葳義正嚴詞發表她的看法。

「你看他年紀輕輕，手法就那麼俐落，就表示他是老手，他有可能是被竊盜集團吸收的中輟生。你知道嗎？送他去接受感化教育，說不定還有可能脫離竊盜集團，才有可能改過，現在放了他反而是害了他！」西恩覺得小葳太單純了。

王小葳被張西恩這麼一訓，覺得他說的有道理，沉默不說話，懊惱自己太天真。

張西恩原本以為會有一個浪漫的夜晚，結果剛剛在美食街的事件一攪和，一路上王小葳情緒低落，都不說話，張西恩只好安靜開車，一直到王小葳家門口。他幫她把東西搬進屋內，正要離開時，王小葳喚住他：「坐一下吧！我幫你到杯水。」

王小葳把水杯遞給他，在他的對面坐下說：「謝謝你。」

張西恩接過杯子：「舉手之勞而已。」

王小葳搖搖頭：「不只這樣，除了陪我去買東西，還有你點醒了我。」

「嗯？」張西恩不清楚她所指何事。

王小葳有些沮喪：「好像，我總是在你面前出糗，你一定覺得我很笨。我大概永遠也不能像那一位幫你的陳主任一樣，成為眞正能幫助學生的好老師吧！」

張西恩聽出王小葳的懊惱，趕快安慰她：「不！你可以的。你是一位令人如沐春風的認眞老師，每個人的人格特質不同，發揮你的特質，對學生潛移默化，對他們一定有助益。你不是說當個好老師是你的夢想嗎？怎麼這麼快就退縮呢？眞正屬於你自己的人生才要開始呢！」接著張西恩誠摯對她說著：「你的認眞，連我都感動，學生們怎會無動於衷呢？」

西恩伸手搭疊著小葳貼放在桌面的雙手，兩人雙手交疊，四目相望。小葳眼神中是滿滿的感動，西恩眼底是深深的愛慕。時間彷彿靜止，空氣頓時凝結。畫面是安靜的，但是可以感覺到兩顆正激動敲擊的心。

忽然一陣手機鈴聲響起，就像早晨鬧鐘，吵醒了正沉在美夢中的人們，破壞了靜謐的景象。是西恩的手機響了。

西恩不捨地緩緩抽回疊合在桌面的手，拿出手機，螢幕顯示是陳相韻來電。

「喂，西恩，你已經遲到了哦！」陳相韻很不高興。

「我知道，我馬上就來。」

西恩掛了電話，然後對小葳說：「我有點事要先離開，明天我來接你。」

「嗯，明天見。」王小葳點頭回應。

王小葳送他到門口，剛巧奶奶從清智家下班回來。張西恩跟奶奶打了招呼，道別後，就開車離去。等待張西恩車子遠去，奶奶和小葳轉身回屋內。

奶奶開口問小葳：「他就是因爲你受傷住院的那個男孩嗎？」

王小葳微笑著回答：「是啊！」

奶奶若有所思，好一陣子不說話，過了許久，終於開口：「小葳，奶奶不是要你去攀龍附鳳，可是清智少爺對你是眞心，奶奶看得出來⋯⋯」

王小葳打斷奶奶的話：「奶奶，我知道你要說什麼。明天我要帶學生去郊遊露營，要很早起床，我要先去洗澡睡覺了。」她說完就趕快躲回房間。

王小葳坐在床沿，思考著奶奶的話。電話鈴響，不用接也知道是凊智打來的電話。好像是例行公事，又好像是查勤，更像是報時鐘，每天準時九點半。

「喂……正要睡……嗯……嗯……知道……好……晚安……再見！」掛了電話，王小葳嘆了口氣，翻身鑽入被窩。

張西恩躺在床上，回想陳伯伯的話。

「西恩，我一直當你是兒子，你大學畢業幾年了，也玩夠了，該準備做點正事了吧。你是學管理的，我想請你來幫我管理醫院。當然不是現在，希望你出國繼續深造相關的專業，以你的能力一定沒問題，我相信這也是你爸爸和你爺爺對你的期望。如果你同意，申請學校的事，我交代相韻幫你處理。」

張西恩又回想到自己今天鼓勵王小葳的話，不覺莞爾。應該是王小葳鼓勵了他吧！這樣的女孩，爲了完成理想，實現夢想，每天那麼努力生活著。而他卻整天鬼混，如果不是遇到王小葳，他可能沒機會好好檢視自己的人生。

星期六。

張西恩、王小葳和學生們一行人終於來到黑森林，各小組分開找合適的地方搭營帳。

吳嘉興、林德彰、陳弘志、吳機瑞、賴登發等，幾個班上問題最多的的皮蛋，一直繞著張西恩轉，儼然把他當大哥一般服侍。林德彰雙手奉上飲料給張西恩，還會說：「西恩大哥請用！」賴登發看張西恩手上沾了果汁，馬上送上紙巾。

張西恩找了一塊大岩石坐下，他們幾人圍繞著他，站在一旁，七嘴八舌問東問西。

吳嘉興問：「大哥，你是不是想追小葳老師？」

張西恩側著頭睨著他們：「你們有意見嗎？」

「如果是別人我們就有意見，但是如果是西恩大哥要追，我們哪敢有意見！」吳機瑞嘻笑著回答。

這時林德彰湊過來：「西恩大哥，你如果要追小葳老師，祕訣是——千萬別太乖，這樣她才會常陪著你。」

張西恩問「為什麼？」

林德彰人小鬼大，賊賊地說：「我們如果不聽話，她就會罰我們留校，還會陪著我們。如果是老太婆或是恐龍妹，大家也許不想被罰留校，可是小葳老師她長那麼正，我們大家都在搶這個留校的機會，你說誰會乖乖聽話？」

張西恩聽完，放聲哈哈大笑，笑聲引起正在發點心給學生，被一群學生包圍著的王小葳注意，往這方向看過來。她不知道他們正在聊什麼，但是看張西恩和學生談得很開心，互動很熱絡，心中想著：「他真不簡單，才沒多久功夫，就把讓人頭疼的幾個學生，收得服服貼貼。」

晚上營火晚會結束，學生們吵嚷著要夜遊。一夥人浩浩盪盪出發，一路上嬉鬧耍寶，互相捉弄。山林中的野生動物被吵得不得安寧，在樹林裡、野地上飛來跳去。整座山林，籠罩在深沉的夜色中，只有天上忽而明滅閃動的星光，和露出半臉的彎刀月。山林小徑，多有顛簸，視線又不清晰，好幾次王小葳差一點踉蹌跌倒，多虧張西恩緊跟在身旁一把扶住。

一行人繼續往前走著，林德彰抓了一隻蟾蜍，拿到王小葳面前耍弄。忽然那隻蟾蜍猛然一跳，王小葳驚嚇往後一退，腳踩空，張西恩快速伸手摟抱住王小葳，卻未能將她拉回，反而兩人一起跌落山谷。

西恩以自己的身體爲護墊，死命將小葳緊緊包覆，兩人滾落在荒山深谷裡，滑落將近二十公尺才停住。

這突如其來的意外，王小葳驚嚇不已，雙手冰冷徹骨，雙唇蒼白無血色，身體不停發抖。張西恩一直搓揉著她的雙臂，但是小葳仍然持續發抖，西恩只好將她擁入懷裡，以自己的體溫來溫暖她。

一群學生驚慌失措拚命呼喊：「老師！……張大哥！……」「老師！……西恩大哥！……」林德彰知道闖禍了，更嚇得大聲哭喊：「老師！……大哥！……」

張西恩聽到學生的呼喊，擔心他們慌亂躁動，發生危險，於是趕快提氣，大聲回應：「我和小葳老師都還好……，你們不要擔心。班長在嗎？」

林德彰一聽到張西恩的聲音，馬上停止哭喊，立刻回應：「西恩老大，我去叫他。」

其實班長就在一旁，聽到張西恩的聲音，趕快回應：「張大哥，我在這裡。」

「好，你仔細聽好。等一下，……你集合同學，……隊伍整理好，……沿路不可以再玩鬧，……注意安全，……小心走回營地。所有人都先休息，……不可亂跑。聽清楚沒有！」張西恩一邊喘息，一邊提氣大聲說話，仔細交代班長。

「我知道了。」班長應答著。

西恩忍住疼痛，喘息後繼續大聲說：「賴登發在嗎？」

「西恩老大，我在這裡。」賴登發就站在班長旁邊。

「你和吳嘉興，……帶著手機，……留在這裡隨時待命，……衣服不夠保暖，……先跟要回營區的同學借，……因爲你們可能，……會在這裡陪我們過夜。還有，……你趕快打電話給小馬，……把事情跟他說清楚，……請他通知救援吧！」張西恩交代完畢，又喘息後才說：「好了，……你們各自動作吧。」

小葳因爲害怕而顫抖不停的身體，在西恩溫暖的懷中逐漸平息，安靜的夜空下，兩人緊緊相擁，就如一對相愛的戀人。事實上，兩人互相愛慕對方的心意早已埋在心底深處，只是不知如何靠近。其實這個擁抱是兩人渴望已久，只是沒想到是在這種情形下。

小葳溫順地倚貼著西恩的胸懷，感受著他澎湃的心跳，感受著他洶湧的熱情，她的身體逐漸溫暖，不再發抖。

西恩輕柔喚著：「別怕，我在這裡，跟你在一起。」

王小葳意識清楚，她慢慢抬起頭，睜開眼。在黑暗中，就著崖上射來微弱的光，她凝視這個三番兩次爲了她而不要命的男人。心中滿滿的感激，眼眶飽含的淚液溢滿而滴落，西恩以爲她是疼痛難耐而哭泣，心疼地問：「哪裡疼？」

「沒有。」小葳並不覺得身上有任何疼痛，她聽出西恩言語中的憐惜，心湖起了波瀾，望著他問：「爲什麼要這樣？」

「你說什麼？」對於她的提問，西恩摸不著頭緒。

小葳淚眼閃動望著他：「爲了我，這樣不要命？」

在這樣艱困的情況下，眞情告白，似乎變得容易許多。西恩凝望著小葳，輕聲說出：「因爲……我喜歡你。也許……你不相信，我第一次見到你那天，就喜歡你了。」

仔細想想，張西恩很清楚，自從在風馬KTV相遇那天起，王小葳的影像，就在他的腦海中揮不去。他渴望能再見到她，所以才會親自送小葳的證件夾到青海中學。之後，知道了余清智的存在，他的心情盪到谷底，尤其那天在青海中學校門口，看到小葳勾著余清智的手離去的背影，心中升起一股莫名的悶氣。

小葳心中一陣甜蜜，凝望他許久，欲言又止，差一點脫口說出心底的話。到底她還是忍住了，只是躺在他的懷裡，靜靜地仰望著他。

「你知道嗎？對我的人生影響最大的兩個老師是陳主任跟你。」西恩深情款款地看著她。

「我？我又不是你的老師。」夜色很深，她雖然看不清楚西恩臉上的表情，但是她感受到他語氣中的誠懇，不像開玩笑。

「你爲了理想，每天那麼努力。你對生活的熱情，讓我覺得好慚愧。」西恩低頭凝視懷抱中的小葳：「是你讓我瞭解，生命是可以這樣發光發熱。我不應該繼續過那種毫無目標，沒有理想的日子。因爲你，我第一次認眞思考我的人生，我想和你一起努力，你願意讓我陪在你身邊，跟你一起努力嗎？」

西恩伸手輕輕撫觸小葳的臉龐，黑暗中，指間感受到小葳的臉頰已被淚水濡濕，他溫柔捧著小葳的臉，輕吻她的雙唇，小葳閉上眼睛，感受著他溫暖的氣息。兩人情感逐漸濃烈迸發，就算在黑暗的山林中，這樣的熱情，似乎燃燒得四周魑魅魍魎不敢靠近。西恩心中的歡愉，取代了肉體的疼痛，他覺得，在這一刻，就算死去也值得。

賴登發和吳嘉興，在山崖上等待救援，許久沒有聽到崖下有聲音，擔心他們兩人發生意外，大聲呼喊「大哥！老師！你們還好嗎？」

這一聲，劃破寂靜夜空，也喚醒被戀火燃燒的一對戀人。小葳嬌羞把頭埋入西恩懷裡，西恩輕咳兩聲，才提聲回答：「我們還好！你們不用擔心！」他雙臂緊緊摟擁著小葳，疼惜地在她額頭又印上一個吻，才說：「休息一下吧！救援人員不會那麼快來。」

「嗯！」小葳順從的點點頭。此時她覺得就算夜很黑；就算鳥獸呼號淒厲；就算危機四伏；就算情況艱難，有他在身邊，一切都不必害怕。

在醫院。

當兩人被送到醫院時，在通明的燈光下，小葳才看清楚西恩滿身的傷痕，而自己卻是毫髮無傷，頓時又熱淚盈眶。西恩見她泫然欲泣的樣子，忍著痛安慰她：「只是皮肉傷，不要緊的！」

學生家長們，接到通知都著急趕來，知道自己的孩子安全沒事，都鬆了一口氣，一一把孩子接回家。

結果，這場意外的唯一傷患是——張西恩。

沒多久，春姨也趕到醫院，看到全身傷痕累累的西恩，心疼不已。坐在病床旁的小葳，知道是西恩的媽媽來了，起身行禮問好，春姨看了小葳一眼，轉頭瞧一瞧小馬，小馬點頭示意，春姨才又轉回頭招呼小葳：「你是王老師？」

「是的，我叫王小葳，您好。」小葳溫婉有禮回答。

「你好，我是西恩的媽媽。」春姨看著眼前這個女孩，果然長得標緻，難怪西恩為她神魂顛倒，奮不顧身。她並不討厭王小葳，只是西恩連續兩次都因為她而受重傷，身為母親，大概也不會對她有特別的好感。

那次露營活動之後，兩人感情進展快速。假日時，西恩經常和小葳的學生一起打籃球，小葳總是陪伴在一旁，幫他們準備茶水紙巾。他們偶而也會帶學生去野餐，或一起參加校外路跑競賽。原本有問題的學生們，跟著西恩一起從事各項活動，生活漸漸步入正軌。學生們崇拜西恩，知道西恩是台大畢業生，有些學生也開始用功，想成為西恩的學弟。

西恩每天到學校接小葳下班，學生常跟來，找他哈啦幾句，鬧他們一下，才肯放他們走。

這一天是星期六，小葳一上車，西恩故做神祕，說要帶小葳到他的「祕密基地」。

車子往郊外開了一小時左右，開進一條鄉間小徑，兩旁種滿紫荊。時值四月，正是花季，整條路被粉桃色的花海點綴得繽紛燦爛，車子就在花隧道裡緩緩前進，眼前的美景令小葳歡喜雀躍不已。

車子終於停在一幢房屋前，那是西恩的爺爺留下的一棟老房子，那裡有西恩童年最美好回憶，他想和小葳分享這一切。

一進屋門，嚴謹的傢俱擺設和佈置可以看出房子主人的個性一定很嚴肅。

「這房子好有個性。」王小葳一邊參觀屋子一邊說著。

「你喜歡嗎？」西恩從背後抱著小葳，下巴頂在小葳頭上。

「我喜歡！但是擺設有點嚴肅，如果把傢俱和佈置稍微改變，應該就會更舒服了。」王小葳轉頭仰望西恩。

「你想該怎麼改變呢？」西恩寵溺地用手指，捏著小葳的鼻子。

小葳認眞地提供建議，西恩則笑顏凝望著。似乎是正在欣賞她的表演，而且沉醉其中。

「你想裝修這房子啊？」小葳發表完建議，忽然提問。

「是啊！結婚以後我們就住在這裡，也把奶奶接過來，好不好？」西恩堆滿笑臉，拉握起她的雙手。

小葳心口一滯，不知該如何回應。

「你喜歡我，你也喜歡這裡。」西恩環抱著小葳，托起她的臉，啄吻她的額頭，深情看著她。

小葳仍然未開口。

他又吻上她的唇，這是一個帶著熱烈祈求的吻，吻得小葳心慌意亂，腦中全無思緒。

西恩緊緊摟擁著小葳，嘴唇靠著她的耳畔，一邊輕輕啄吻她的耳朵，一邊如囈語般說著：「傻女孩，你很清楚的，我愛你，你也愛我，相愛的兩人共組家庭，是理所當然。你是一個自由的人，不必害怕，你有權力追求屬於你自己的人生，沒有人可以控制你，相信我！」

小葳腦海中仍然一片茫然。

西恩深情又認眞地看著小葳，又說：「你不屬於任何人，更不是他的洋娃娃。」

他知道，自從她八歲起，就一直在余清智的掌控下生活，要解開她心中的枷鎖，並非一蹴可及。他必須有耐心，給她勇氣脫離這種已經成爲習慣的控制。但是也不能拖，因爲時間並不允許。再過兩個月，余清智將會回來，到時候如果她沒有足夠的勇氣和毅力，這一切將功虧一簣。

王小葳從沒想過她的人生會這樣意外改寫，一直以來她都照著余清智幫她規劃好的劇本過生活。她沒嘗試過反抗他的安排，也沒質疑過這樣的人生是否合理，只是認命接受一切余清智認爲對她好的計畫。

唯一的意外是——和西恩的相遇。

小葳抬起頭，眉頭深鎖焦慮地看著西恩，良久才吐出：「西恩，我……我……」

張西恩伸出食指輕輕點著小葳的唇：「你不必解釋，我懂。你不要害怕，有我在，我會一直在你身邊。」他知道她的憂慮，看她眼泛憂懼，心生不捨，不再逼她，便刻意轉化情緒對她說：「我們一起來佈置這個房子，因爲這是我們將來的家。你覺得要選什麼風格的傢俱和窗簾呢？」

他知道，要讓她有勇氣，就要給她遠景和希望，這個房子將會是他們共同的遠景和共同的希望。

這天晚上余清智打電話來，王小葳猶豫了一會兒，還是接起電話。

「喂！小葳，今天去那裡？爲什麼這麼晚才回家？」余清智果不其然，劈頭責問。

王小葳安靜不出聲。

「一整天手機也不開機，你最近是怎麼了？」余清智繼續責問。

王小葳依然沉默。

「為什麼不說話？」小葳一直不說話，惹得余清智心著急。

「我很累，想睡了。」小葳終於開口。

聽到她說累，余清智緩和心情，決定先讓小葳休息：「你先休息吧，明天我再找你。」

小葳看看時間，已過午夜十二點。今天她故意把手機關機，就是料到余清智會不斷打電話找她。跟西恩在一起時，王小葳不想接余清智的電話。最近余清智每天都打好幾通電話找王小葳，如果她沒有接，余清智就持續打。

夜已深了，王小葳躺在床上輾轉反側，無法成眠：「也許應該找機會跟清智說明白。」

余清智雖然人在上海，但是他請老劉注意小葳的情形。前幾天，當他詢問老劉，小葳最近為什麼那麼忙碌，老劉支支吾吾，似乎隱瞞些什麼。

「難道她眞的背著我和別的男人交往？不！不可能。十四年的付出，怎麼可能才不到五個月就被背叛。」他一直自我催眠，小葳一向都很聽他的話，而且他永遠記得，她十歲生日許的願望：「希望和清智哥哥永遠不分開！」

「小葳不會離開我，是我想太多了。」余清智不願相信自己的直覺，因為他也害怕直覺成眞。他以為小葳最近冷淡的態度，應該是兩人分開太久，只要她見到他，就一切都會恢復原狀。她，永遠是他的。

小葳、西恩一起去傢俱公司挑選傢俱，這是一家頗具規模的傢俱公司，賣場很大，他們兩人逛了很久，才挑好滿意的物件。

當他們離開後，這家公司的老闆，看著他們的背影，狐疑難解。他想不透，叨叨唸著：「這個女孩不是余清智的小女友嗎？奇怪了，看樣子是挑新婚傢俱，可是怎麼不是嫁給余清智呢？幾個月前，余清智曾經帶她來參加扶輪社的聚會，當時還談到兩人就快結婚了，怎麼就分開了呢？」

這件事在余清智參加的社團圈裡傳播開來，很快的，余清智也獲知這件事。剛得知消息，他先是怒不可遏，馬上就要撥電話責問小葳，可是他忍了下來，因爲他回想這些日子以來，小葳與他的互動，卻是有蛛絲馬跡可尋，只是他太大意了。他直覺認爲不能對小葳說破，再仔細推敲，好幾次小葳欲言又止不敢說，應該就是這件事。他深呼吸一口氣，一直告訴自己要冷靜，先把事情弄清楚再說。

小葳和西恩爲了裝修房子經常晚歸，今晚回到家，奶奶還沒睡，似乎是專爲她等門。

「奶奶，很晚了，您怎麼還不睡？」

「小葳，最近你忙東忙西，我們好像很久沒有好好聊一聊啊！」

「對不起，奶奶，我是不是冷落您了？」小葳覺得愧疚，因爲最近大部分時間都和學生或西恩在一起。

「冷落我沒關係，可是你不能冷落少爺呀！」

「他打電話來了？」小葳想到一定是清智來過電話，所以奶奶才會如此說。

「早打過電話了！他說你手機沒開機，所以打來家裡，問你回家了沒。」

「他生氣了？」

「那倒沒有。可是我聽得出，他好像很難過。」

小葳靜默不語。

「小葳，你是怎麼了？奶奶沒讀書，但是也知道做人的道理。少爺從小就對你好，從沒嫌棄我們的家世，不僅沒把我當下人看，對我像長輩一樣尊重，對我們祖孫兩人更是照顧。當年如果不是他堅持，先生、太太怎麼可能一直雇用我這個老太婆！你要知道，因為有他，我們才能有今天，否則我們兩人可能活不到現在。小葳，我們做人不能忘恩負義啊！」

「奶奶，我……我知道了。」小葳原本想告訴奶奶，她喜歡的是西恩，可是她知道多說無益，奶奶今晚等她，就是要提醒她，希望她不要和西恩太親近。她也很清楚清智對他們祖孫的照顧，如果沒有西恩的出現，她不會想過她的人生會有其他的可能。她會認命，並且理所當然地和清智在一起，也許就這樣過著日子。然而，現在她該怎麼辦？面對西恩她也曾經猶豫，等清智回來，她又該如何說明白？

中國。上海。

當余清智看到委託的徵信社送來的照片，臉色凝重不發一語，眼裡燃燒著的怒火，就快噴出來把照片燒成灰燼。

照片中那個男人正在親暱地撥著小葳前額的頭髮，另一張照片是他勾著小葳的肩膀，親密走在街道，還有一張是他雙手圈住小葳的纖腰貼近摟抱著。余清智怒極了，腦中無法思考，雙手抱著頭，氣得呼吸都變成喘息一般。

過了很久很久，他才能開口說話：「他們……都做些什麼？」

徵信社的調查員回答：「他們好像正在裝修一棟郊區的房子，看樣子似乎準備結婚。」

「結婚！」聽到這兩個字，余清智幾乎要跳起來：「你們有沒有搞錯？」

「對不起，他們的行爲模式，就像一對即將結婚的新人，這是我們的猜測。」徵信社人員解釋。

「再查清楚！」余清智壓抑自己冷靜下來。

徵信社人員的話，持續在余清智的腦中縈繞，無法揮去。

「他叫張西恩，『風馬KTV』經理，兼任市議員助理。」

余清智記得見過他，是在他將搭機離開台灣那天，就在青海中學門口。那天，他把車停在校門口對面等待小葳，就是因爲校門旁的停車位，早已停著張西恩的車子。當他看到小葳出校門，張西恩和小葳互動的情形就像是認識，可是小葳否認與他相識。所以他以爲，他只是一個搭訕的登徒子，並未放在心上。余清智懊惱自己太大意，沒想到事情會演變成這樣。他懊悔當初如果堅持將小葳帶來上海，也許這一切都不會發生，今日他就不會在此心慌意亂。他實在想不透事情爲何會變成這樣呢？原本計劃，下個月回去，就要向小葳求婚。原本以爲，再過一個月，就能永遠擁有她。原本認爲，她是他今生的新娘。

余清智交代安迪幫他訂機票，他必須馬上回台灣一趟。

「安迪，這段時間，上海的一切，可能你要多費心。我爸和我媽還在北京，我會親自向他們說明。」

「為什麼這麼突然？是不是和小葳小姐有關？」安迪就像余清智肚裡的蛔蟲，總能立刻猜到問題的癥結。

余清智不知如何回答，沉默以對。

看到余清智不發一語，安迪便心中有數。從他跟著余清智，就發現王小葳在他心中的分量是無可取代的。余清智的個性深沉，不多話，平時給人冷漠、嚴肅的印象，生活重心除了工作，就是小葳小姐。工作上的事就算再棘手，他總是能夠冷靜面對，可是眼前的他，完全失去平時的沉穩和鎮定，很少見他如此慌亂和不安。安迪記得五個月之前，當他們要出發來上海那天，余清智為了等待小葳小姐陪他到機場，等了許久，都不見小葳小姐出現，眼看再不出發就來不及登機，可是他仍舊堅持，只為了多那幾小時的相處。

余清智覺得對安迪沒什麼好隱瞞的，就把照片遞給他。

安迪看過照片，覺得照片裡的男子很面熟，仔細端詳半天：「怎麼是他？」

「你認識他？」余清智訝異地問安迪。

「他叫張西恩，是我在台大的同學，一起上過幾門課。他常缺課，不是很用功，但是腦筋還不錯，功課都還能應付。據我所知，他是一個花花公子，風評不好。他和很多女生交往過，但是都維持不了幾個月，聽說都是因為他另結新歡而分手。他對女生很有一套，小葳小姐怎麼會和他牽扯上呢？」

「我曾見過他糾纏小葳，當時應該好好揍他幾拳。」余清智憤恨地說。

「看來小葳小姐是上了這個花花公子的當了。」安迪下了結論說著。

「我不會讓小葳上當受騙的。」余清智臉色凝重，自責把小葳保護在象牙塔裡，反而使她不知人心險惡，才會那麼容易被那種花花公子欺騙。

「你放心，這裡的事交給我吧！我會隨時向你報告，有必要時也可以開視訊會議。」

台北市。

張西恩提議王小葳班上同學報名參加馬拉松，挑戰「半馬」二十一公里長跑。這個提議，居然在林德彰、賴登發他們幾個人推動之下，班上有三分之二的人參加。但是這些學生平常只喜歡打球，或是上網打電玩，對這種需要耐力的運動恐怕還須練習，於是每個週末早上他們都集合在運動公園練習。西恩每次都陪伴著他們一起練習，有時小葳也跟著跑，每次跑不動時，西恩不是在前面拉著她跑，就是在後面推著她跑。練跑完西恩就請大夥吃早餐。

「謝謝你，幫忙我這麼多。」小葳很感激他的協助。

「我這麼做並不只是爲了幫你忙，每當我看到他們，就會想到以前的我，我是眞心想爲他們做些什麼。」西恩曾經告訴小葳，高中以前他也是一個問題學生，他很清楚迷失方向是什麼感覺。

「每個有問題的孩子的心，一定受過傷。」小葳溫柔的看著西恩：「你現在是在做自我療癒嗎？」

「只要你在我身旁，我就痊癒了。」西恩捏著小葳的鼻子，嘻嘻笑著說：「走吧，今天要油漆牆壁，你是我的助手，吃完早餐就上工了。」

在西恩爺爺的老房子裡張西恩和王小葳倆人正忙著整理，此時他們倆正和著白土要秠補牆上的凹洞。

小葳甜甜笑著說：「我們現在是『思爲雙飛燕，銜泥巢君屋』！」

西恩聽到小葳隨口朗誦而出這句詩詞，抬起頭癡癡望著小葳，只是傻傻笑著，卻未回應她。

王小葳看他的表情，覺得莫名不解，便問他：「我鼻子上沾了東西嗎？看起來很滑稽嗎？」

張西恩聽她這麼問，便笑著對她說：「你的臉弄髒了，好像一個馬戲團的小丑。」

王小葳趕快拿了一張面紙擦掉髒汙，因爲手邊沒有鏡子，擦拭後她問張西恩：「乾淨了嗎？」

其實王小葳的鼻子上已經沒有髒汙，但是張西恩卻回答：「不乾淨，我幫你擦乾淨。」

他接過王小葳手上的面紙，輕輕撫擦她的鼻尖，眼睛慢慢湊近看著她的臉，好似在尋找她鼻尖極細微的髒汙，又以手指輕緩地撫觸她的雙唇。

「嘴唇也沾到嗎？」王小葳以爲張西恩正在幫她擦嘴唇，天眞地問著。

「嗯，我幫你。」臉一側，張西恩快速吻上王小葳的雙唇。

王小葳欲拒還迎，終究溫順接受了張西恩熱情地擁吻。

張西恩滿臉笑意，凝視著兩頰緋紅的王小葳。

王小葳嬌嗔瞪眼，對張西恩說：「你不老實！」手掌輕拍張西恩的手心，卻被張西恩一把握住。

張西恩順勢握住王小葳的手，深情凝望著她許久才開口：「王老師，我現在要老實向你招認……」張西恩停頓片刻吸了口氣，以他清亮的聲音大聲說著：「我愛你，真的很愛你，非常愛你，我這一生都愛你，永遠，永遠，就算下輩子我也要愛你……」

王小葳被張西恩大聲的表白震撼，伸手遮住他的嘴巴。

「你不要那麼大聲，外面的人都聽得到啦！」

「我就是要全世界的人都聽到，讓他們知道，能跟你在一起，我有多麼快樂，多麼幸運！」張西恩拉著王小葳放在他唇上的手輕輕吻了一下，又將它握回手中，繼續說：「你讓我明白何謂『願得常巧笑，攜手同車歸』。」

王小葳聽張西恩朗口念出的詩的單句，心裡竊笑，顯然他不明白整首詩的詩境，在此情此景可不見得很適切，於是她頑皮嬌笑的問他：「你知道這首古詩的下一句是甚麼嗎？」

「是什麼？」張西恩一副不明就裡，準備就教的表情。

王小葳：「既來不須臾，又不處重闈。」

「那是什麼意思啊？」張西恩睜大眼睛，滿臉笑意，凝望著她，殷切等著她的回答。

王小葳戲謔地輕咳一聲，驕傲抬了抬下巴，才開口說道：「『既來不須臾』意思是說，回家並沒有停留多久就離開了。」然後她又接著解釋：「『又不處重闈』意思是，也沒有行閨房親熱之……」王小葳說到這裡，忽然停頓，並迅速低下了頭，羞得脹紅了臉。

此時卻看到張西恩一臉壞笑問著：「你在暗示我……什麼呢？」雙手捧著她通紅發燙的臉頰，又補了一句：「若你願意，那我可是求之不得喔！」

顯然張西恩是故意逗弄她，王小葳羞得無言，又再次低下頭去。

張西恩又再度捧起她嫣紅的臉，輕輕捏了一下臉頰，然後凝望著她嬌羞閃爍的雙眸許久才說：「我還知道再下一句是『亮無晨風翼，焉能淩風飛』。」

此時，王小葳才知道，原來張西恩根本是故意藉著古詩挑逗她。她在張西恩的胸膛輕捶了兩下嬌嗔地抗議：「你好壞，眞討厭！」

張西恩樂地大笑幾聲，便將王小葳緊擁在懷裡：「你放心，此生不必你飛來找我，因爲我永遠不會離開你。」他低頭親吻，她熱燙的臉頰，然後又接著說：「原本我以爲，我早就喪失戀愛的能力，直到你出現，才讓我了解，原來愛情是這樣美妙。」

他露齒笑著，像個陽光男孩一般，放鬆又開心地笑著：「有你在身邊，我終於知道甚麼叫做幸福感，這種開心眞的無法形容。我只知道，這輩子除了你，我沒有辦法再愛上其他女人了。這一切美好得令我覺得好像在做一場美夢，然而它卻是眞實的，原來夢想是可以成眞的。謝謝你讓我美夢成眞。」

西恩眼神中，語氣裡充滿熱情與眞誠，這眞的是他的肺腑之言。

王小葳安靜地看著張西恩，心裡也是滿滿的感動。

張西恩繞到王小葳背後，兩手交握圈抱著小葳，他把鼻子貼在小葳的頭髮上，聞著她的髮香，又在她的頸後印上一個吻：「你想像一下，過幾年我們有了小孩，你穿著圍裙，拿著餐碗在這個屋子裡追著孩子一面餵食，一面跑的景況。是不是很好玩？」

「那你做甚麼呢？」王小葳閉眼感受這樣的情境，腦中逐漸顯影出西恩描述的情景。

「我啊，當然是坐在椅子上喝著你爲我泡的茶，看著報紙啊！」西恩嘻笑著逗弄她。

「不行！那樣不公平，你要去掃庭院，修剪花木！」小葳轉過頭來斜望著西恩，嬌嗔回應。

「好！茶給奶奶喝，報紙我也不看了，我就去掃庭院，修剪花木！」西恩又笑了，他爽朗地笑著。那樣開懷的笑聲，那樣燦爛的笑容，王小葳出神凝望著他，也跟著沉浸在一幕幕未來的幸福情境裡。

西恩用下巴在小葳的頭頂上揉搓：「等孩子們長大了，你變成滿頭白髮，滿臉皺紋，步履蹣跚的老太婆，我會買一張安樂椅就擺在露臺，你可以天天坐在椅子上搖啊搖！」

「那你呢？」小葳臉上盡是幸福洋溢的神情問著。

「我當然是繼續維持這樣英挺的帥勁啊！」張西恩故意挑著眼，露著驕傲的神情。

「我都老成那個樣子了，你當然要變得更老，老得髮蒼蒼，眼茫茫，耳不聰，目不明。小孩回來看你，你還問他們：『先生、小姐有何貴事啊？』。」王小葳故意取笑他，卻帶著滿臉笑意。

「好吧！那麼我就陪你一起變老，一起老得走不動，看不明白，聽不清楚。」西恩轉到小葳的面前，深情凝視著她：「安樂椅就買兩張吧！我們坐在一起搖啊搖……搖啊搖……。」

小葳如癡如醉點著頭，兩人身上散發著幸福的光彩，這樣的光彩瞬間注滿整間屋子。小葳感受到這樣極度幸福的氛圍逐漸膨脹，不斷擴張一一涵蓋附近整個區域，老屋、庭院、紫荊道……。

張西恩和王小葳倆人一整天都在爺爺的老房子油漆粉刷。西恩送小葳回家時，已經晚上十點。當小葳要進家門時，西恩摟住她的纖腰，一把勾近身，在小葳的唇上印上一個吻，才肯讓她離開。

王小葳一臉春風，喜盈盈走入家門，可是當她一進家門，卻被眼前的景像驚呆住。

正對大門的沙發椅上，余清智身體前傾，面容嚴肅地坐著凝望著她，也許是久未見面，亦或是王小葳自己心虛，她看他雖然嘴角是上揚的，但是眼神卻是惱怒的。王小葳有些驚愕，愣愣地站在門邊，久久未能移動步伐。小葳奶奶原本在廚房忙碌著，聽到大門開關的聲響，才從廚房走出來，看到小葳進門了，卻站在門口不動，便向她走來召喚著：「怎麼站著不動？快過來呀！少爺已經等很久了！」

王小葳從驚愕中回神，勉強擠出一絲笑容：「你……什麼時候回來的？不是……下個月才回來嗎？」

余清智頓了一頓，輕咳一聲，清了清喉嚨才開口：「今天下午就到了。」

「是啊！少爺堅持要在這裡等你。本來以爲你會回家吃飯呢！我們很久沒有一起吃晚飯了，你怎麼手機老是關機呢？一整天都聯絡不到你。你看我做了一桌子菜，你怎麼這麼晚才回來呀？」奶奶抱怨小葳不該晚歸。

「提早回來台灣，怎麼……沒事先通知我呢？」小葳心虛，唯諾應著。

「少爺堅持要給你一個驚喜。」奶奶笑得很開心。

余清智起身走到她面前，伸開雙臂擁抱她，小葳身子抖動了一下，仍然順服地讓他擁在懷裡。

余清智輕柔地撥弄她稍有淩亂的長髮，聞到小葳滿身的油漆味，不禁皺了皺眉頭：「你累了吧！早點休息。我爸媽也回來了，他們要見你。明天晚上家裡會有很多賓客，所以明天一大早，老劉會來接你。」

「那麼近，我和奶奶走路過去就可以了！」平時她和奶奶都是走路來回，路途很近，走路大約十幾分鐘，小葳覺得不用大費周章，還要麻煩劉伯伯。

「不！六點老劉就會來接你。」余清智態度堅決，因爲根據徵信的資料，他很清楚，七點鐘張西恩就會來把她帶走。他已經回來了，不可能讓張西恩還有機會接近小葳。

「爲什麼那麼早？明天我跟……學生……還要去練跑……」小葳不敢說和西恩有約。

「明天有宴會，我們一早就要開始準備。」余清智心裡有數，但不動聲色回答她。

「對呀！明天你又不用上班，來幫我忙吧！」奶奶也開口要求小葳。

王小葳一臉不情願，但是也只能沉默不再抗議。

王小葳安靜地跟在余清智後面，送他出了門，來到車旁，清智轉身，脊背斜靠車門，面對小葳，雙手搭在她肩上：「小葳，你十歲生日許的願望，你記得嗎？」

「十歲生日許的願望？」小葳疑惑的看著他。

「你十歲生日許的願望『希望和清智哥哥永遠不分開！』，你忘了嗎？但是……我永遠記得。」

王小葳努力回想，好像有這麼一回事，可是又不確定。也許她眞的曾經許過這樣的願望，難道……這樣就算是承諾嗎？小葳低頭不語。

余清智捧起她的臉，直視她閃爍不定的眼神，悠悠地說：「我一直在等你長大，十幾年了，我等太久了。」說完又再次擁抱小葳，之後才上車離去。

王小葳目送余清智的車子離去後，呆呆站在門口。五月剛剛結束，才進入夏季的六月的晚風，清涼舒爽，可是王小葳卻覺得背脊一陣涼冷。

余清智將車子開進車庫，卻不下車。他把車子熄火，坐在黑暗的車子裡。他心如刀割，雙臂癱在方向盤上，整個臉埋入手臂中。回想剛才的情景，當他透過窗戶看到張西恩擁吻小葳時，他當時憤怒得眞想衝出去殺了張西恩，但是他的心痛卻是來自小葳。剛才小葳見到他的反應，完全出乎他的意料。記得以前，只要見到他，她總是笑盈盈的。然而，剛才她驚懼的表情，已經透露了所有的答案。

「才五個月啊！爲什麼感情這麼不堪一擊，十四年的等待和付出，才五個月的分離，就將要瓦解。該怎麼辦？我該怎麼辦？」他不能失去小葳，但是他很明白，小葳已漸漸遠離。彷彿被撕裂的心，正滴滴答答淌著血，他雙手掩面，往後枕著椅背仰躺，試圖讓自己冷靜下來。

第二天早上六點，老劉果然準時前來接小葳祖孫兩人。

「劉伯伯，您先載奶奶過去，我有點事，處理完我就去。」小葳如此交待老劉。因爲她想等西恩來接她一起去運動公園，和學生練跑完，再去幫忙應該還來得及。

「可是少爺特別交待，一定要接你過去。」老劉很爲難地告訴她。

「沒關係，我不會太晚去。」小葳一再堅持。

王小葳不肯上車，老劉也沒辦法。只好先載小葳的奶奶離去。

將近七點鐘時，王小葳聽到門外停車聲。她不希望讓西恩等太久，趕快穿好運動服出門。當她一出大門，看到的卻是余清智面容嚴肅站在車旁，打開車門，示意她上車。小葳看到清智，愣了愣，只能輕嘆一口氣乖乖上車。一路上，清智不太說話，小葳也安安靜靜坐在一旁。

當老劉載著王媽到余府，余清智未見小葳，猜到她居然還打算和張西恩去約會，非常生氣，馬上開車前來。

小葳見到清智嚴肅的神情就知道他生氣了，她思考著：「應該跟他說明白。該怎麼說呢？他會同意嗎？」

奶奶的話又在耳邊響起：「你要知道，因爲有他，我們才能有今天，我們做人不能忘恩負義啊！」

可是她認爲一直瞞著清智更是不應該，今天一定要跟他說清楚。

終於王小葳打破沉默：「清智，有一件事，我想……應該……跟你談一談……。」

余清智打斷小葳說話：「你還沒吃飯吧！我們先去吃早餐。」

「清智，我想……」王小葳好不容易提起勇氣，此刻她想要說清楚。

「你想吃中式的清粥小菜，還是西式早餐？」余清智立刻打斷她的話，接著問。

「不是早餐的事，我想和你談一件事。」王小葳以爲余清智會錯意，急著解釋。

「我餓了，不想談事情，我們先吃早餐吧！」這時余清智反而害怕小葳坦白說出她和張西恩的事，所以刻意阻止小葳繼續說。

兩人來到一家以前常來，專賣粥的餐廳。小葳記得，第一次來這家餐廳是她高中三年級時。那時因為她患腸胃炎，連續幾天沒辦法好好吃飯。余清智擔心她的身體，接連幾天他都一大早就到這家餐廳買粥給她當早餐，放學後又帶她來這裡吃粥。從那以後，如果他們想要吃得清淡些，就會來這家餐廳。

用餐時，余清智點的都是小葳愛吃的小菜。仍然像從前一樣，細心幫她添飯挾菜，習慣性的舉止，顯露出真心的呵護。小葳心中百感交集，剛才蘊釀的勇氣，已經全然消逝。兩人心中都不清朗，自然胃口不佳。此時，王小葳的手機鈴聲響起，她早猜到是誰，余清智也猜到了。

王小葳心緊了緊，慌張地拿出手機，看了一眼余清智。余清智若無其事，繼續吃著粥。

小葳打開手機：「喂！我今天有事，不去了！晚點再call你。」便掛斷電話，然後看了手機幾秒鐘，按下關機鍵。

余清智依然不動聲色，也沒有詢問小葳任何問題。

餐畢，余清智帶王小葳到禮服店。他早就做了預約，一進入店裡，馬上有服務人員迎接。

「余先生您好，都準備好了！」店員拿出幾套禮服吊掛在展示架上。

「你喜歡哪一件？」清智牽著小葳的手，走到展示架前，用微笑催促她。

「為什麼要買禮服呢？」小葳覺得奇怪。

余清智凝望著王小葳好一會兒才說：「今天晚上我們要接待賓客，不能穿得太隨便。」

「都是些什麼客人？這麼慎重，還要買新禮服，家裡那幾件還很新啊！」以前清智也買過幾件禮服給她，小葳陪他參加宴會時，就那幾件禮服替換著穿。

「快挑吧！」清智又微笑催促她。

小葳隨意挑了一件象牙白削肩長禮服。

張西恩坐在運動公園的椅子上，握著手機，若有所思。早上他如往常一般去接小葳，卻發現無人在家，甚至連小葳的奶奶也一大早就出門了。他打電話給小葳，她只是匆匆忙忙地說她不能來，之後就關閉手機，一直到現在都未回電話。他擔心是否出了甚麼事。

「老大，你爲什麼不練跑，坐在這裡發呆？」賴登發第一個跑回來，看到張西恩在發呆，好奇問他：「小葳老師怎麼沒來？」

漸漸的，學生們一個個跑回到西恩的周圍。

「小葳老師沒來，你就沒力氣了！」林德彰嘻笑著調侃他：「你們吵架了喔？你趕快去道歉吧！不然會被搶走喔！」

聽到林德彰說小葳會被搶走，西恩的心震了一下，睨了他一眼，不耐煩說：「你們還有力氣說些五四三的，就再多跑個十圈。」

一群人看他今天似乎不太一樣，不敢惹他，只好乖乖地繼續跑。

西恩一再撥打小葳的手機，可是一再傳來：「您撥的電話收不到訊號，請稍後再撥。」

無法與小葳聯絡上，西恩越來越心急，開始胡思亂想。他受不了這樣的煎熬，把車開到小葳家門口。他就一直在那裡等著，可是一直都沒人回來過。

爲了今天的晚宴，余家上下都非常忙碌。奶奶忙著協助餐廳外燴的服務員；司機老劉忙著場地佈置；清智一直忙著聯絡朋友，確定出席人數；余爸爸和余媽媽因為久未回台灣，所以去拜訪親友；小葳只在一旁幫清智打雜，卻是找不到機會和西恩連絡。下午三點左右來了一位造型師，協助女眷做造型，甚至連奶奶也得打扮呢！

經過造型師的打扮，小葳更是出落得嬌媚動人。接近晚宴時刻，余爸爸和余媽媽才回來。余媽媽一見小葳，高興地牽著她的手，仔細端詳著：「哎呀！瞧瞧我們的小小葳可長大了！成了大美女！難怪清智著急，擔心你被別人搶走。」一面說著，一面拿出一個首飾盒。打開盒蓋，是一套華麗的翡翠項鍊和耳環：「來！這是我送你的禮物，請造型師幫你戴上。」

小葳驚訝不已，連忙推辭：「余媽媽，這個太貴重了，我不能收。」

「小葳，都什麼時候了，還跟我客氣！難道你要白著頸子見賓客嗎？你再堅持不收下，余媽媽可要生氣了！」說完就對造型師示意。

「余媽媽，那麼我先借用就好。」小葳看余媽媽很堅持，只好先接受。

晚宴於七點鐘左右開始，大部份賓客都到場了，其中大都是余家的親戚，生意上往來的朋友不多。比較像是家族聚會。余清智牽著小葳的手，一一向親友問好，余爸爸和余媽媽也忙著四處寒喧。

宴會進行一半時，余爸爸站起來向所有親友致意：「各位至親好友，今天很高興大家賞光，我和內人要趁此機會，向所有的親戚朋友宣佈一個喜訊。大家都很關心小犬清智的終身大事，不時向我討喜酒喝。今天小犬終於決定要把小葳小姐訂下來了，我和內人也終於完成這一樁心願。」

此時，眾人起立熱烈鼓掌。余清智從口袋拿出一隻鑽戒，牽起小葳的右手輕輕套上她的中指，眾人又是一陣雷動掌聲。小葳從驚愕中回神，她呆望著清智，啞口不能言語，清智溫柔微笑回應她。

原來這是余清智安排的一場訂婚宴會。

晚宴結束，一一送走客人，等一切忙完也將近午夜。

「你和奶奶就住在這裡吧！」余清智看著小葳急著收拾東西回家，心中一陣不踏實。擔心張西恩那個花花公子，不會那麼容易放棄，說不定正守在小葳家門口呢！

「已經這麼晚了，你和奶奶暫時住客房吧！難得爸媽也都回來，明天一早，全家一起吃飯。你是我們余家未來的媳婦，可不能缺席啊！」清智提出意見。

聽到「余家未來的媳婦」這幾個字，王小葳心頭一凜，不知如何面對。不只是對清智、奶奶，還有余媽媽、余爸爸，還有……西恩。一切都已成定局了，和清智結婚，似乎是所有人的期望，也是她早已確定的宿命。而她心中存在的另一個人，難道眞的只是她生命中的意外插曲嗎？她不是早已經認命了嗎？現在又為何疑惑沮喪呢？

「很晚了，你應該累了，早點休息吧！」余清智見她若有所思，沉默不語，輕輕拍她肩膀。

王小葳好像忽然被喚醒，習慣性反射回應：「喔！好！」面對余清智她永遠只能乖巧、聽話，也習慣順服不反抗。

「晚安。」清智親吻她額頭後擁抱她。但是他可以感受到小葳身體的僵硬和冷漠。他只覺心一陣疼痛，卻仍然壓抑住情緒。理智告訴他，不能失控，只要不讓她再見到張西恩，一切都會回到從前，他已經回到她身邊，不論誰都不能搶走她。

余家人都習慣早起一起吃早餐。所以一大早奶奶就起床到廚房忙碌準備，王小葳也跟著在一旁幫忙。一切準備就緒後，奶奶在廚房一邊整理，一邊等候余家人用餐完畢後，準備收拾餐盤。王小葳身體斜靠著冰箱，把弄著手指上的訂婚鑽戒。這個戒指是余清智自己選購的，並沒有帶王小葳去合指圍，顯然是太大了，王小葳的五根手指沒有一根戴得緊，勉強套在大拇指上才不會滑落。於是王小葳就把戒指拿在手上，在十根手指上來來回回輪流套戴著把玩。

安靜看著奶奶忙碌的身影好一陣子，王小葳終於開口問她：「奶奶，以後你還要這麼辛苦打理余家的雜事嗎？」

「什麼余家的雜事？現在大家都是親戚了，有甚麼好計較的。」王小葳的奶奶停下手邊的工作，轉身看著她一會兒才笑著說。

「你年紀大了，該退休了吧！」王小葳一直不希望奶奶繼續這樣辛苦工作。

「這些工作我做了幾十年，已經很習慣了。況且，以後還可以一直留在這裡照顧你。我很高興，也很滿意。」奶奶知道小葳的心意，帶著一臉慈祥的笑顏安慰著她。

「應該換我照顧您，我不要您再這麼辛苦了。」王小葳從小最大的心願就是快快長大，有能力奉養奶奶，不讓奶奶辛苦做傭人的工作。

「奶奶能一直跟你在一起，再辛苦都值得！」

王小葳沉默不語，低頭凝視著手上閃閃發亮的鑽戒的眼睛，卻是深沉無光。

王小葳無言沉思，奶奶繼續著她的家事操作，廚房裡一片安靜。忽然余太太走進來招呼著：「王媽、小葳你們兩人怎麼躲在這裡啊？大家都是一家人了，一起吃飯吧！」

「太太，這怎麼好呢？」奶奶推辭著。

「王媽，你別古板了，先生和清智都在飯廳等著你們呢！快，走吧！」余太太半推半拉著奶奶往飯廳走。

一夥人圍桌坐下，余媽媽就開心地宣布，並尋問奶奶的意見：「王媽，既然小葳和清智都訂婚了，我們就是一家人了！你們就搬過來住吧！接下來準備婚禮的事可有得忙。下個月，小葳和清智一起去上海，學校的工作，這學期結束就辦辭職吧！你覺得如何？」

「先生，太太從小就疼愛小葳，少爺對她更是沒話說。我們祖孫倆，眞是多虧您們的照顧，才能有今天，是我們家小葳修得好福氣。我年紀大了，今後小葳有您們大家照顧，我也放心。眞是謝謝您們，這麼大的恩情，我這個老太婆，這輩子是還不了的……」奶奶說著說著紅了眼眶。

小葳見狀百感焦急，拿了紙巾遞給她，輕喚一聲：「奶奶！」

余太太趕忙接著話：「王媽，你放心，我可是看著小葳長大，一直都把小葳當自己女兒一樣疼愛。」

余清智安靜開車，王小葳神色落寞，安靜坐在余清智旁邊。余清智知道她心情不好，但是他卻不打算問她爲何不開心。其實，今天早上，余媽媽提出的建議，都是余清智要求的。盡早讓小葳搬過來住，可以避免她被張西恩糾纏，只要等到這學期結束，他打算立刻帶小葳離開台灣，不再讓她離開他的身邊，讓張西恩永遠沒有機會接近小葳。

終於小葳開口說話，聲音慼慼然：「清智，我……我想繼續教書，我不要辭職。」

余清智沉默不答。

「我很努力想成爲一個好老師，你曾經答應支持我！」王小葳透出波動的情緒，向余清智抗議。

「等結婚後，我會和爸媽再溝通。」余清智只是隨意敷衍她，刻意迴避問題，而王小葳也心知肚明他的敷衍。因爲余爸爸和余媽媽對余清智的要求，總是有求必應，這件事只要清智同意，根本沒有溝通的問題。

「學校到了，你先去上課吧！」余清智不想與王小葳繼續在這個問題上討論。

「拜託啦！至少讓我帶這個班到畢業。」王小葳知道只要余清智答應，就一定沒問題。她纏著他，懇求他答應。

「現在先忙婚禮的事吧！」余清智最怕她這樣，於是他趕快避開她祈求的眼神。

「求求你好不好？這個班已經高二了，只要再一年而已。」王小葳期盼的眼神，委屈的聲音苦苦哀求著。

余清智雖不說話，但是蹙著眉看著她的眼光顯現出有些心軟了。

王小葳看出余清智的情緒，覺得有希望，眼神亮了起來，十指交叉緊握在胸前做祈求狀，向余清智懇求著：「教書是我的願望，至少讓我完成這個心願嘛！結婚也不必急於一時呀！」

王小葳十指交叉緊握在胸前的動作，讓余清智看見她把訂婚戒指隨意戴在大拇指上。余清智原本軟化的表情抹過一臉不悅。

余清智沉默了幾秒鐘才開口：「小葳，訂婚戒指是戴在中指，不是戴在大拇指。我們已經訂婚這件事，你不應該這麼不當一回事。」

王小葳趕快從大拇指取下戒指戴在中指，她試圖向余清智解釋：「因爲……戒指太大……」

余清智未等王小葳說完話，緊接著又斥責她：「戴著這個戒指就是提醒你，你現在是我的未婚妻，余家的媳婦，你隨時都要記得你的身分。」余清智充滿怒氣的眼神懾人，隱含著強烈的警告意味。

王小葳靜默地望著突然發怒的余清智，她從沒有看過余清智這麼生氣的神態，因此有些不知所措，低下頭來躲避余清智的怒責的眼神。

其實余清智並不全然只因爲戒指的事情發怒。近日以來，爲了遏止虎視眈眈的張西恩，余清智費盡心思巧心安排，雖然如願和王小葳訂婚了，但是很顯然地，針對訂婚這件事，王小葳顯得願意低落。又加上自從他從上海回來，她對他態度冷淡，這樣的不安全感，使他心情焦躁。剛才看到她居然把訂婚戒指隨意亂戴，提出的理由和要求，很明顯只是爲了要拖延婚期，所以他才會一時情緒失控。當他發現自己的態度似乎嚇到小葳時，趕快收拾情緒之後，才緩和對小葳說：「下班我來接你。」

王小葳面無笑容走進教室，學生們都嗅出今天不尋常的氣氛。不敢像以往一般和她開玩笑，都很安靜上課。

下課休息時間，王小葳坐在座位上看著手指上的訂婚戒指發呆。再一個月學期就結束了！她的教學生涯也結束了。沒想到，爲了當老師，她努力那麼久，卻只能有如此短暫的發揮。好不容易，學生們開始有進步，大家都有感情了，她眞的捨不得離開。還有一個陪伴著她一路走來的人，她也捨不得。

這時手機鈴聲響起，螢幕顯示是西恩來電。小葳猶豫著要不要接電話，因為她不知道該說什麼。「要怎麼解釋我已經訂婚的事呢？」手機鈴聲固執地一直響著不肯停，叫她心慌。

余清智剛才說的話一直在她的耳邊重複：

「戴著這個戒指就是提醒你，你現在是我的未婚妻，余家的媳婦，你隨時都要記得你的身分。」

王小葳把手機轉換靜音。雖然聽不到聲音，但是看著螢幕不停閃爍，每閃爍一次，小葳的心就跟著悸動。

張西恩從星期日早上找不到王小葳，在小葳家門口等了一整晚，也未見她回家，他不知所措，卻又擔心不已，只能不斷打電話。好不容易電話接上線，可是小葳沒有接電話。昨天之前，一切都好好的，他不明白到底發生什麼事情？腦中閃過一個又一個不好的念頭，這樣的猜測快把他逼瘋了。無論如何今天一定要找到她。他忽然害怕起來，如果再見不到她，可能就要失去她了。

下午放學時間，張西恩開車到青海中學，停在大門口等，希望能見到她。

她終於出現了！張西恩欣喜若狂，搖下車窗猛向小葳揮手，但是她卻只是遠遠凝望著他，並未向他走過來。張西恩感到狐疑，下車正要往她的方向走去。另一個人影，也徑直向小葳的方向走來。

余清智面無表情，但是舉止輕緩地摟住她的肩膀。小葳身子一凝，似乎有些遲疑，但不過數秒，她仍然順服地讓余清智摟在懷裡，眼睛卻不由自主地望著西恩。余清智充滿力道的手臂，強勢地蟠踞在小葳的肩膀上，攜著她往前走，不容許她回頭。

張西恩整個人僵住，木然地站在車旁，呆望著小葳順從地上了余清智的車，揚長而去。

離開學校後余清智直接帶著王小葳來到婚禮顧問公司，與婚禮顧問討論各項細節，他計畫將婚禮提前到學期一結束就辦理。王小葳一直靜默坐在一旁，看著余清智與顧問仔細討論工作計畫，偶爾余清智詢問她的意見時，她也只是微笑表示不反對，未提出任何意見，似乎她只是這一場婚禮中配合活動的工作人員之一而已。余清智看她意興闌珊的樣子，因爲早有心理準備了，倒也沒對她生氣。當他們離開了婚禮顧問公司，一上車余清智從車後座拿了一個盒子交給王小葳：「給你買了一個新的手機，你最喜歡的紅色系類。」

王小葳心裡想著，其實十五歲以後，她就不喜歡紅色，只是余清智總是以爲她最喜歡的顏色是紅色，給她買了許多紅色的物品。紅色的筆盒、紅色的袋子、紅色的鞋子、紅色的外套……她覺得自己快變成聖誕老人了。

「謝謝！」王小葳打開看過後又蓋上盒子。

「你操作看看有沒有問題？」余清智催促她。

「車上太暗了，回家後再把SIM卡換過來。」王小葳不覺得需要急著換。

「手機的卡片已經裝置好了，我幫你換了一個新門號，原本的號碼已經辦理停話了。」余清智一邊說著，卻面無表情，眼睛直視前方開車。

「你爲甚麼總是……」王小葳很生氣，驚訝睜眼看著余清智，想向他抗議爲何總是不先詢問過她，擅自做決定。旋即又想到，難怪整個下午都沒有手機來電。她思考後輕輕嘆了一口氣。心想：「也好，從此不再連絡，不再有交集，就當那只是生命裡的一段插曲，只能留在心裡做爲回憶，這樣一來，切割得乾乾淨淨，一切就都結束了！」

自從在青海中學校門口，眼巴巴望著王小葳被佘清智帶走，至今張西恩已經將近一個月無法與小葳見面，甚至連電話都無法聯絡。明天學校就放暑假了，今天是青海中學的結業式，如果再見不到她，恐怕就永遠見不到了。張西恩無計可施，只好一大早就到青海中學。可是沒過多久，佘清智的車子也出現了。現在他對王小葳的防護更加嚴密了，簡直到了滴水不漏的地步。

正當張西恩一籌莫展時，手機鈴聲響起，是林德彰打來的電話。

「西恩老大，今天我們學校結業式完畢，同學們中午要去聚餐，大家想邀你參加，你來不來？」林德彰熱情邀約。

張西恩喜出望外，急切問他：「小葳老師也會去吧！」

「剛剛問過她，她說有事情不能去。」

張西恩的心情從高處跌落，忽然無言。

「喂！喂！老大，你有聽到嗎？」林德彰沒聽到回應，以爲電話斷線。

「德彰，有一件事很重要，我想拜託你。」張西恩實在是山窮水盡了，只好抓著蘆葦當喬木，寄望林德彰能幫上忙。

林德彰心想，太酷了，西恩老大居然要拜託我：「老大你要叫我辦事，只要一句話，就算我……

喝湯吞火，也不會推辭。」林德彰一副講義氣的口氣。

「是『赴湯蹈火，在所不辭』吧！」張西恩糾正他。

「反正意思差不多啦！」林德彰嘻嘻笑著回答。

「你有空要讀點書啊，你這樣怎麼對得起小葳老師……」張西恩忍不住訓他幾句。

「你不是說要我幫忙，怎麼又教訓人啦！」林德彰說得有些委屈。

張西恩嘆了一口氣不再教訓他，對他交代：「我把車子停在你們學校門口，右轉第一條巷子裡。放學時，你無論如何都要想辦法把小葳老師帶來。」

「沒問題！這件事包在我身上。就算要我腦袋掉地上，我也會完成任務的。」林德彰胸有成竹，向他打包票。

「是『肝腦塗地』……算了！」張西恩說到一半放棄糾正他，只是再次提醒他：「你一定要帶她來。」

張西恩掛斷電話，就離開青海中學。

余清智看張西恩把車開走，露出勝利的微笑：「這個花花公子終於知難而退了。」

王小葳在大群學生左右擁簇下，走出校門。看到這個光景，清智不覺皺了眉頭，他下車走向小葳。

小葳堆滿笑容向他懇求：「學生們放暑假前要去聚餐，邀我一起參加呢！」

余清智不說話。

學生們開始鼓譟：「老師，接下來兩個月都不見面耶！你一定要去啦！」

「對！對！一定要去！」

「師丈，你也一起去啦！」

眾人齊聲鼓動，場面吵雜。但是聽到「師丈」兩個字，余清智心中一股甜，露出難得的笑容。可是他向來不習慣和這樣的小毛頭一起嘻鬧，再看看小葳期盼的笑容，想一想張西恩早已離開了，應該沒問題。

「好吧，你去吧！我先回家了！」余清智終於答應了。

目送著余清智開車離去，王小葳和學生們一起走在圍牆旁的人行道上：「我們要去哪裡聚餐呢？」

「跟我走就對了。」林德彰從人群蹦出，走在小葳身邊，帶領一行人往學校門口右轉第一條巷子前進。

當他們一轉入第一條巷子，張西恩看到他們一群人來到，立刻打開車門下車。

看到西恩的霎時，小葳頓時楞住，雙腳凝駐。一群人看到西恩，都興奮開心跑過去，七嘴八舌邀西恩一起去聚餐。這時林德彰開口了，一副掌控全局的態勢

「大家不要吵！現在是他們追求幸福的重要時刻，我們要識相，不要打擾他們，大家閃人吧！」說畢，他慫恿著這一群人，把西恩和小葳推入車內，然後一群人果眞一哄而散。

兩人坐在車內，好一陣子沉默。

西恩先開口：「我……這陣子，一直聯絡不上你，也無法接近你。」

「對不起，西恩……」小葳啞聲說出這句話。

「爲什麼說對不起？」西恩凝望著她。

小葳深深吸氣，終於說出口：「我剛剛已經辦好離職手續，學生們還不知道。」

「爲什麼要離職？」西恩訝異又心急問著。

「我……訂婚了。他要帶我去上海，明天下午的飛機，婚禮計畫在上海辦。」

西恩早就看到小葳手指上的戒指，也看到她和余清智相處的模式，他知道這個婚約一定不是她的意願：「你是心甘情願的嗎？」

「這是……所有人的期望。」小葳幽幽的回應，聲音不帶著太多情緒，眼睛直視車前方。

「所有人是誰？有包括你嗎？」西恩激動的扳過她的肩膀，讓她的臉，面對著他。

小葳啞然無言，淚胎在眼裡形成。

看著小葳泛紅的眼眶，西恩心生不捨，強迫壓抑自己的激動，使情緒逐漸緩和，才溫和地望著她說：「要結婚的人是你，你的期望才是最重要的。」

小葳不敢再看西恩充滿愛戀與期盼的眼神，低下頭，撇開臉：「這是我早就註定的命運，願望，只是願望而已。夢，就只能是夢，不會成眞的。」

「不！命運是掌握在自己手中，你不能把自己的命運交給余清智。他沒有權力替你決定一切，也不能掌控你的命運！」西恩忍不住又急切地嚷了起來。

「你不瞭解，事情不是我能決定的！」小葳見他如此堅持，不知道該怎麼辦：「再說，我都已經訂婚了，現在我是余家未過門的媳婦，一切都已經成定局，我們沒有辦法改變什麼了！」

「那麼，你的理想呢？你忍心放棄這群學生嗎？」西恩忽然覺得喉嚨發緊：「還有，你也忍心，放棄我嗎？」

「西恩……我求你，你不要再堅持了，好不好？」此時小葳眼淚已經奪眶而出，哽咽著。

「爲了理想，你那麼努力，爲什麼要放棄？而我們是相愛的，爲什麼要放棄？小葳，勇敢一點！爲了學生，爲了你自己，爲了我，勇敢一次！」西恩期盼地凝視著小葳滿佈淚痕的臉，可是小葳卻淚流滿面，搖著頭。

西恩急忙從口袋掏出一把鑰匙，放在小葳手中：「這是我們的房子的鑰匙，這把鑰匙是給你的。房子都整修好了，全都依照你的想法。將來我們要住在那裡，你繼續教書，我上班工作，我們的小孩可以在院子裡玩耍，奶奶可以坐在樹下乘涼。」西恩喉間噙著酸楚，聲音嘶啞說著，自己的頭如搗蒜般點個不停，好似這樣做，小葳也會跟著點頭答應。

然而，小葳卻更傷心地哭著：「你不要說了！不要再說了！」西恩越這樣說，她就越心痛。她原本已窒塞的感覺，又再度被撩撥起來。她沒辦法再聽他如此說下去。

車子裡面，小葳眼淚奔騰不止，西恩悲傷凝眸。

時過半晌，一片沉寂。

一陣手機鈴聲劃破沉寂。是西恩的手機響起。

「喂！西恩老大，你們快來，我們有麻煩了。」是林德彰打來的電話。

張西恩聽林德彰的口氣似乎很緊張，便問他：「你們在那裡？」

「就在學校附近的燒烤店，小葳老師知道地點。你們快點來！」林德彰說完就掛斷電話。

西恩轉向小葳說：「學生們在附近的燒烤店遇到麻煩，你知道地點嗎？」

「知道，前面左轉一公里左右。」

張西恩發動車子往前開，心中仍思索著如何做最後的努力，眼波不時瞟望小葳。

不消幾分鐘，車子來到燒烤店門口。小葳先行下車，西恩開車去停車場。

小葳一進入店裡，就看到幾個中輟生模樣的少年和林德彰、賴登發等人正在爭吵不休。

「怎麼回事？」小葳制止他們繼續爭吵。

「還以爲你們搬來什麼救兵，原來只是個女老師。」其中一個留蓄一頭亂髮的少年，無禮叫囂著。

「老師了不起哦，沒在怕啦！」另一個少年也跟著叫囂：「一把槍，就抵你們全部啦！」說著說著，居然眞的拿出一把改造手槍，在手中獻寶把玩。

林德彰見到對方有槍，本能反應躲到小葳身後。但是嘴巴仍然逞強：「那一看就知道是玩具槍，吹牛誰不會，我家有好幾把。」

「好，就讓你試試看，是眞槍還是假槍。」那少年舉起槍，做勢瞄準站在小葳身後的林德彰。林德彰身體一縮，完全躲藏在小葳身後。

就在那少年舉槍的剎那，西恩適巧進門，眼看少年舉槍對著小葳，不假思索就衝向少年欲奪下槍支。

那少年驚嚇中扣了板機。

「碰！」一聲。

西恩中槍了，所有人都驚呆了。頓時尖叫聲四起。

小葳從驚愕中回神，快步跑向西恩，壓不住從他胸口汩汩流出殷紅色的血。

小葳緊抱著西恩哭喊著：「西恩！西恩！救命啊！快來人啊！叫救護車！快啊！快啊！」

在救護車裡。醫務人員正在忙碌急救。

望著躺在血泊中的西恩，小葳淚水不止，口中喃喃念著：「西恩，不要死，你千萬不能死！你死了，我怎麼辦？西恩，不要死，你不能死……」

救護車一到醫院，張西恩馬上被送入手術房，小葳焦急的等在手術室外。學生們也隨後趕到，接著警察前來詢問。不多久，小馬陪伴著春姨和陳相韻也到達醫院。又不多久，甚至記者也來了。

王小葳臉色蒼白，安靜坐在角落，不斷祈禱，祈求西恩能度過難關。

手術進行將近三小時，期間醫護人員進進出出，所有人都殷切的想知道情形，但是都得不到答案。

手術終於結束了，小馬和春姨圍攏著醫生詢問。

「子彈已經取出來了，還好未擊中心臟，但是肺部受創，雖然暫時沒有生命危險，目前仍然需要在加護病房觀察，再看未來病情發展。」

聽到暫時沒有生命危險，大家稍稍鬆了口氣。

接著手術室門又打開，西恩被醫護人員推出手術室。小馬和春姨圍攏著推床，跟隨走到加護病房口。

王小葳並未靠近他，只是泛紅著眼眶，遠遠凝視著面無血色，閉眼昏迷的西恩。

班長走到王小葳面前：「老師，醫生說西恩大哥暫時沒事了，警察先生請您和同學們到警察局做筆錄。」

王小葳點點頭：「好，我們走吧！」

做完筆錄，王小葳回到余家已經晚上九點。

她把戒指從手指上拿下來，放在盒子裡。來到余清智的房門口，敲門進入。

余清智見到小葳進來，抬頭看了她一眼，開口問：「怎麼這麼晚回來？明天的行李要趕快整理。」

王小葳只是靜靜的站著。

「你怎麼了？」余清智放下手邊的文件，看著她。

王小葳鼓起勇氣把戒指盒放在桌上：「明天，我不去上海，我不想結婚。」

余清智對王小葳這個突如其來的反應，有些不知所措：「好好的，發什麼脾氣？」他哄著她，就像小時候一樣。

「我不要沒有愛情的婚姻。」王小葳直拗說著。

「我們的婚姻當然是有愛情的婚姻啊！」余清智盡力壓著脾氣，安撫著她。

「我們之間不是愛情。」王小葳深吸一口氣之後才說出口。

「你在胡說甚麼？我愛了你十四年，怎麼說不是愛情呢？」余清智幾乎要喪失理智，狂吼著。

王小葳似乎也鐵了心，無懼余清智發怒，堅持繼續說：「可是我覺得那不是愛情。」什麼是愛情？她也是到剛剛才懂的。

今天下午，當她看到西恩中槍的那一刻，她恐懼，害怕從此失去他，那時她向上帝祈求，願意以自己的生命與他交換。那時她才聽到自己心底的聲音——我愛西恩，超過自己所明白的愛他。

余清智從沒見過小葳如此叛逆：「你今天遇到了那個花花公子了，是不是？」余清智後悔，心中暗咒，實在太大意了，沒想到還是被他逮到機會。

「你以爲，那個張西恩對你就是愛情嗎？他只是個花花公子，看完這些資料，你或許會清醒。」余清智說完，從抽屜拿出一袋資料，拋丟在她面前。那是余清智請徵信社調查張西恩的一切。包括他就讀大學期間到大學畢業後，一直到現在，他所交往過，拋棄過的女生。

「你以爲他眞的愛你？他只不過是在玩弄你！你看吧！他對每個女生的熱度，從沒超過六個月，有多少女生被他始亂終棄？」余清智忿怒地批評張西恩，口吻中隱含對張西恩的不滿，和對王小葳的責備。

小葳怔怔然地望著余清智。直到此時，她才知道，原來他早就知道她跟西恩的事，原來他最近所做的一切，都只是爲了拆開她和西恩。爲什麼她總是逃不開他的掌控。

「你……早就知道一切了？」王小葳懷疑的口氣緩緩地問著。

「對，但是我原諒你了！」余清智壓抑不悅的情緒，但是透出的語氣，仍然掩飾不住怒氣。

王小葳抬起頭，瞪大雙眼，嘴角微微抽動一笑，才慢慢吐出：「我不需要你的原諒。」

余清智聽到她的回覆，感到錯愕，急切地低吼：「小葳！你是怎麼了？」

王小葳定定的眼神看著他：「我要自己決定自己的人生。我不想再受你控制了，你沒有權力這樣對我。我不是你的傀儡娃娃，更不是你的財產。」

余清智怒極，方寸全亂，對著她怒吼：「難道你眞的爲了那個花花公子要離開我嗎？你不要胡鬧了！」

王小葳不理會他的失控，逕自轉身要離開。

余清智一個多月來壓抑的情緒，就在此刻瞬間爆裂，粗暴地拉住王小葳，不讓她離開：「不許走！不許你去找他！」

王小葳被余清智奮力猛然抓住的雙臂疼痛不堪，扭曲掙扎著：「你放開我！放開我！」

王小葳越是掙扎，余清智的憤怒越是被激化。眼看著十幾年的等待就要付諸流水，心痛、憤怒、不甘心：「我付出了十四年，憑甚麼那個花花公子才五個月就要搶走你？」他完全喪失理智，如一頭發狂猛獸般，把王小葳撲倒在床上。

王小葳從來沒見過余清智這樣，驚嚇之餘奮力要把他推開，她叫喚著：「清智！你要做什麼？」但是此時的余清智，已經是處在狂亂極怒的狀態中，那忈是王小葳嬌弱的身軀能反抗的。

「不要！不要！救命啊！救命啊！奶奶！救命啊！救命啊！」王小葳激烈反抗，大聲呼救。

「咚！咚！咚！咚！咚！咚！」王小葳的奶奶知道他們在房間裡談了好一陣子。偶而還傳出少爺大吼的聲音，但是不知道是發生什麼事。這會兒又忽然聽到小葳喊叫聲，擔心又著急，不斷敲門大喊：「少爺！小葳！開門啊！」

聽到門外敲門聲，余清智好像突然被喚醒，恢復理智，放開王小葳。王小葳瞬間解除禁錮，身體快速從床上彈起，跳下床，奔逃出余清智的房間。

余清智坐在床沿。此時的他雙手緊緊抱著頭，拱曲著背，傷心懊惱，不知所措。

隔天清晨六點不到，王小葳收拾簡單行李，準備離開余家，奶奶在一旁規勸。

「我要解除婚約，我不結婚了！」王小葳慎重地告訴奶奶。

奶奶一聽，覺得簡直是胡鬧。

「只是吵架而已，等會兒跟少爺道個歉就沒事了，你可別胡鬧！下午就要去上海，你在做什麼？」

「我們搬回去以前住的房子。」王小葳央求奶奶。

「原本住的房子，房東已經出租給別人了。」奶奶勸她打消念頭。

「奶奶，對不起！這裡我沒辦法再住下去，我一定要離開，等我安頓好了，再來接您。」說完提起行李，走出余家大門，拿出西恩交給她的鑰匙，緊緊握在手中。

余清智整晚徹夜未眠。聽到大門開關的聲音，他知道小葳已經離開了，他已經失去她了。

離開余家後，王小葳坐上計程車，司機問她：「小姐，請問到那裡？」她平時就沒什麼朋友，一時之間不知該何去何從。握著西恩前一天給她的鑰匙，請司機載他到西恩爺爺的房子。當她到達時，看到花園中，幾個月前她和西恩種植的花苗，有一部分已經開花了。拿出西恩給她的鑰匙，她打開房門。當初選購的傢俱都送來了，也擺設好了。果然都是依照她的想法去做，她決定在這裡住下來。

她放好行李就急忙到醫院等機會見西恩。學生因爲放暑假，有空也會到醫院陪她，一起等待加護病房開放的時間，希望有機會探望張西恩。

這期間，余清智不斷打電話來，王小葳都不肯接聽，最後乾脆關機。

余爸爸和余媽媽知道了事情有了變卦，就立刻啟程要趕回台灣。他們也試著聯絡小葳，想要了解情況，卻一直無法聯絡上。

余清智在王小葳離開後，將自己關在房裡，不見任何人。小葳奶奶和老劉是一籌莫展，最後等到余家兩老回到了家中，一夥人見情況不對，撞開清智的房門時，發現余清智倒在血泊中，已經奄奄一息，手中卻緊握著手機。

余清智在急救後，雖然保住性命，但是仍然昏迷。余媽媽打開清智的手機，檢視他的通話紀錄，看到他自殺前，曾經傳送數十通簡訊給小葳，都是懇求小葳回來的簡訊。最後幾通簡訊，語詞盡是卑屈懇求，透露出輕生的念頭，小葳居然還能狠心不理會，不禁爲兒子感到委曲心疼。對小葳狠心拋下對她用情至深的寶貝兒子，跟別的男人跑了，余媽媽又恨又怒。小葳的奶奶——王媽在一旁，滿心愧疚，不知如何是好。

幾天以後，王小葳覺得應該向奶奶報平安，才想到要開手機。她打開手機，發現裡面有好幾通語

音留言和簡訊，她聽取留言，手機傳來清智的聲音

「小葳，你回來，我不能沒有你。一切都依你，不去上海也可以。」

「小葳，我眞的很痛苦，我無法入睡，以後不再控制你了，你不要離開。」

「小葳，如果你不愛我也沒關係，只要我愛你就好，求你不要離開我。」

「小葳，我就要死了，你不瞭解，我愛你有多深，我是爲你而活，你走了，也把我的靈魂帶走了！」

聽完留言，再看過簡訊後，小葳的心，除了震驚還有害怕。

「天啊！清智，你千萬別做傻事啊！事情怎麼會變成這樣！」王小葳心急如焚，口中不斷叨唸著。

王小葳急急切切地趕回余家，時間已經是余清智自殺好幾天以後了。

奶奶一見到她，老淚縱橫地責備她：「你看！你做了什麼好事？我們怎麼對得起余家！」

「奶奶，我不知道事情會變成這樣！」王小葳心慌又內疚，眼淚撲簌簌流下。

「你還回來做什麼？不必再假惺惺了！」余清智的媽媽從樓上下來，看到王小葳，眼中盡是恨意，幾乎是咬牙切齒說話。

「余媽媽……我不知道……」王小葳小聲應著。

「你不要叫我，我擔當不起，只要你放過我兒子，我們余家列祖列宗都感激你。也不知道我家清智著了什麼魔，偏偏喜歡你這個小狐狸精。你也不想想，我們一家是怎麼對待你們祖孫！你倒是恩將仇報，不知羞恥，在外面勾搭男人。幸好你們還沒結婚，要不然娶了你這種媳婦，我們余家的臉就全

給你丟光了。該死的人應該是你，做出這麼不要臉的事，你怎麼還有臉活著啊？……」余清智的媽媽怒火中燒，霹靂啪啦口不擇言，一股腦兒把對王小葳不滿的情緒化成利箭，不斷射向王小葳。

王小葳一時招架不住，只是不斷地哭著說：「對不起……對不起，對不起！……」

余清智的媽媽又想起兒子自殺前不斷給王小葳打電話、傳簡訊，受盡委屈。王小葳卻狠心，未即時阻止他，現在才假惺惺來道歉，越想越火大：「你走開！我們家清智遲早給你害死。從現在起，你這個掃把星，狐狸精，不許你再踏入余家一步！」

那一天，王小葳哭著離開余家，茫茫然地回到西恩爺爺的房子。

余清智自殺，最後雖然獲救，保住性命。但是余家上下，甚至奶奶，也都對她不諒解。她從一個被捧在手心的小公主，變成一個萬惡的罪人，遭人唾棄。

離開余家已經將近兩週了，張西恩仍然在加護病房觀察。小葳幾乎天天到醫院，希望能見到西恩，可是探視時間都被西恩媽媽佔住，小葳一直沒機會見到他。但是她在一旁聽醫生和家屬對話，知道西恩情況日漸好轉，心中稍稍寬慰。這天小葳一大早就到了醫院，離加護病房探視的時間還很久，她坐在椅子上等，整個人神情落寞發著呆，林德彰悄悄地在她旁邊坐下。平時多話的他，現在卻是安安靜靜坐在小葳身旁，過了許久王小葳都沒發現他。兩人就這樣靜靜地坐著，直到有一個人影站在王小葳面前，她才回神抬頭望。那人是西恩的媽媽——春姨。

王小葳趕緊起身致意：「您好！」

春姨一臉倦容，氣色和王小葳一樣差。她輕咳兩聲才對王小葳開口：「王老師，我希望你離開西恩，請你不要再接近他。」

王小葳不明白自己做錯什麼，爲什麼西恩的媽媽會如此排斥她：「對不起，我做錯什麼事情，讓您生氣呢？」

春姨冷冷的說：「你不覺得，如果你再不離開我們家西恩遠一點，他可能隨時會沒命嗎？」

王小葳懂了，自從西恩認識她以後，確實三番兩次進醫院，而且一次比一次更嚴重。春姨身爲西恩的母親的立場，王小葳是可以瞭解、體諒。

眼看著王小葳不說話，春姨以爲她不同意，情緒激動：「你到底想把我家西恩害到什麼地步才肯放手？你這個掃把星，你是想把我們家西恩害死才罷手嗎？」她突然歇斯底里對王小葳發脾氣。

陪伴在她身邊的陳相韻急忙扶著她回座，並且安撫她：「阿姨，你不要激動，讓我來和王老師談談。」

陳相韻扶著春姨回座位坐下，才又走回來在王小葳旁邊的空位坐下：「不好意思，西恩還沒完全脫離險境，希望你能體諒阿姨的心情。」

「我知道。」王小葳心虛回答著，她認爲西恩的媽媽並沒有說錯。

「我與西恩是青梅竹馬，我是陳相韻，請問你和西恩是什麼關係？」

王小葳看著眼前這位充滿自信，外型亮麗的女孩，又聽她自我介紹是西恩的青梅竹馬的女性朋友，一時不知該如何回答她。

陳相韻看著王小葳，停頓了幾秒鐘後繼續說：「這麼多年來，西恩的女性朋友一個又一個，來來去去。他愛玩，我和阿姨也總是順著他，但是這次他眞的玩過火了。」

陳相韻的話並不假。她記得西恩讀高中二年級時，曾經因爲橫刀奪愛，搶了一個飆車族老大的女朋友。搶到手後，卻又對人家始亂終棄。飆車族的老大氣不過，帶一大票人到校學校堵他。雙方就在學校門口發生鬥毆，張西恩也因此被學校退學，春姨爲此到處請託，才有學校願意收留他。否則，當時他就成了中輟生了。

還有一次是他大學時，爲了追求學校中赫赫有名的嬌嬌女——孫丹云，居然逞強在十二月寒流來襲時，跳進淡水河，幫她撿起飄落的名牌絲巾，結果感冒發燒一個星期還好不了。雖然他費了好大心血終於追到孫丹云，竟然才不到三個月就刻意疏遠她。孫丹云去張西恩系上找不到他，還曾經跑來家裡來鬧。孫丹云由愛生恨，到處散播張西恩是花花公子、玩弄感情的惡男，整件事鬧得滿城風雨。當時春姨就非常生氣，不斷責備他。沒想到這次居然會搞得差一點丟掉性命，也難怪春姨會情緒失控。

王小葳呼吸急促了起來，心想，怎麼和清智說的情況一樣？她撫住起伏的胸口，強迫自己鎭定。過了好久才能發出輕聲問：「他平時，不是都在……擔任義工嗎？」

「義工？他何時眞正當過義工？」陳相韻反而疑惑提問。

「可是，我看過他的……義工證。」王小葳信心動搖，瑟縮地回應著。

「我是曾經幫他申請加入『無國界義工組織』，但是那是爲了申請美國大學，入學申請必需的資料。」

王小葳一聽，瞪大雙眼：「他……沒有當過義工？」

陳相韻沒有說話，只是搖搖頭。

王小葳心中開始有疑惑——原來是假的，難道他對學生的協助都只是爲了接近我？

她深吸一口氣後，艱難地再提問：「他計畫去美國深造？」她的聲音小的都快聽不清楚。

「是啊！他要我幫他申請的，他沒跟你說嗎？已經收到耶魯大學的通知。下個月就要離開台灣前往美國了！」陳相韻回答。

「下個月就要……離開台灣？前往美國？」王小葳驚訝不已，卻只是複誦著這句話。

她腦海閃過，西恩曾經對他說：「你不要害怕，有我在。我會一直陪在你身邊。」

「他欺騙我！下個月就要離開台灣了？既然就要離開了？爲什麼要騙我？不是說，會永遠在我身邊嗎？這一切都只是他的計謀而已嗎？眞的只是在玩弄我嗎？」王小葳在心中自問。

陳相韻看她忽然沉默不語，過了一會兒才又對她說：「我和阿姨都認爲他不該再玩了，所以才會建議你離開他，這也是爲你好。」

「他眞的……只是在玩？」王小葳緩緩說出，像是在提問，也是在問自己。

「是啊！他跟我說，把妹是一種挑戰，就像打球或下棋一樣，球賽或棋局結束他自然會回家。」

陳相韻輕鬆自然，像是說著一件理所當然的事。

王小葳驚訝說不出話來，心裡想著：「對他而言，我就只像一場球賽或棋局？」

陳相韻又繼續接著說：「他說，每把到一個妹，就像多得一件戰利品一樣令人興奮，樂趣無窮。」她說到這裡，停頓下來看著王小葳。她心中雖然妒嫉王小葳，此時卻又有些同情她。

「戰利品？」王小葳不敢置信。

陳相韻看著王小葳將近十多秒，才又接著說：「你知道最近走紅的一位女模特兒——方麗靜嗎？她也是西恩曾經打賭收集的戰利品之一。」

那是張西恩大學二年級時的事，方麗靜是戲劇系的系花，迷倒眾生。當時西恩決定挑戰這個目標時，周圍的朋友都認為難度太高，但是張西恩卻說：「只要我想做的事，就一定會成功。我想把的妹，就一定到手，你們等著瞧吧！」陳相韻很清楚張西恩的個性，任何事只要他下決定，就會全力以赴，不管是在學業方面或是追求女孩。這是張西恩最令她心儀之處，但是他卻寧可把這樣的能力拿來玩弄女孩子的感情，她還記得當年方麗靜被西恩甩掉時爆瘦憔悴的形貌。

「他曾經親口告訴我，這次正打算挑戰高難度的目標，」陳相韻停頓片刻後繼續說：「還說等他挑戰成功，要帶來給我鑑賞呢！」

「挑戰高難度的目標？帶來給你……鑑賞？」王小葳臉色越發蒼白，她感到一陣暈眩，幾乎就要倒下。

「我想，你現在應該已經知道了吧！」陳相韻猶豫幾秒鐘才說出口：「你，就是他所說的高難度目標。」

陳相韻不再說話，只是靜坐在一旁凝視著王小葳。

雖然現在是夏天，王小葳卻感覺好冷，是醫院冷氣太強嗎？冷得她直發抖。其實她這樣的寒冷是從她心底發散出來的。

王小葳似乎很痛苦，過了好久，她輕咳幾聲才慢慢地對陳相韻說出：「我……知道了。」她失魂般地幽幽吐出這幾個字。

王小葳等陳相韻和張西恩媽媽離去後，扶著椅背緩緩站起來，茫茫然往前走去，整個人好像隨時會倒下。林德彰趕忙跟隨在後，陪伴著她走出醫院。

王小葳坐在醫院的花園角落的椅子上，眼淚奔騰不止。在她的耳畔一直響起——

「你以爲，那個張西恩對你就是愛情嗎？他只是個花花公子，看完這些資料，你或許會淸醒。」

「你以爲他眞的愛你？他只不過是在玩弄你，你看吧，他對每個女生的熱度，從沒超過六個月，有多少女生被他始亂終棄。」

「他愛玩，我和阿姨也總是順著他，但是這次他眞的玩過火了……」

「你就是他所說的高難度目標！」

王小葳終於明白了余淸智說的沒錯，張西恩果眞只是在玩弄她。原來張西恩只是當她是收集的戰利品之一。從頭到尾，一切都是在騙她。

她爲什麼這麼笨？居然相信他對她是眞心的。還以爲這就是愛情。

她爲什麼如此愚蠢？看不出這一切都只是他精心策劃的一場騙局，只爲了挑戰她這樣一個目標。

她居然相信他，被他耍得團團轉。他好過分！

林德彰一直安靜陪在小葳身邊，看她傷心哭泣好一陣，想要安慰她：「老師，您不要緊吧！」

王小葳這時才意識到林德彰在身旁，她強力緩和哭泣的情緒，嘶啞著聲音對他說：「德彰，張大哥醒過來，不要跟他說我來過。」

「爲什麼？」林德彰有聽到張西恩的媽媽對王小葳提出的要求，但是他覺得那樣很不講道理。

王小葳認爲，她爲了張西恩，傷害了余清智。不僅是余家人甚至連奶奶都對她不諒解，她目前的處境幾乎是身敗名裂，衆叛親離，現在她已經走投無路了。然而對張西恩而言，這居然只是一場遊戲。

王小葳不願意讓張西恩知道，她爲了他已經一無所有。她更不願意張西恩認爲他得逞了，又多了一件戰利品。她只能主動切割她跟張西恩的這一段，維護她僅剩的尊嚴。

「你不要問爲什麼，只要答應我，好不好？」王小葳覺得無法跟林德彰解釋清楚，只是用期盼的眼神看著他。

「好！」林德彰看小葳老師淚眼婆娑懇求的眼神不好拒絕，便點點頭答應。

「謝謝！」王小葳站起來對林德彰說：「我要離開了。」

「老師，你要去那裡？我陪你去。」林德彰眼看小葳老師站都站不穩，卻說要離去，追上去問她。

「我要去很遠的地方，你回去吧！」

王小葳拖著搖搖欲墜的身軀走出醫院花園，搭上了計程車，揚長而去。

張西恩終於脫離危險，從加護病房轉入普通病房。每天，春姨、小馬和相韻都會來陪他。時值暑假，偶而王小葳的學生也會來看他，每當學生進入病房，他的眼睛總是急切的搜尋人群中可能出現的倩影，可是卻一次又一次的落空。張西恩心中的落寞越來越深，話語越來越少，學生講笑話逗他開心，他也只是淺淺微笑。他一直抱著希望，相信小葳終究會來看他。但是，日子一天一天過去，他最期待的人，卻從未出現。

「這是我早就註定的命運，願望只是願望而已。」

「一切都已經成定局，我們沒有辦法改變什麼了！」

「西恩，你不要再堅持了，好不好？」

「她，最終還是放棄我！」張西恩仰頭苦笑，閉上泛紅的眼睛，心痛逐漸漫開。他的胸部，就在心臟旁邊被子彈貫穿的傷，手術後的傷口已經癒合，他卻覺得越來越痛，越來越痛。是傷在痛？還是心在痛？錐心般的疼痛，拉扯著他全身的神經。這樣的痛，讓他感覺幾乎要承受不住了。

余清智自殺後，王媽自覺沒有臉面留在余家。她等余清智清醒之後就辭了余家的工作。祖孫兩人租了一間小房子，暫時安頓。

王小葳雖然情傷頗重，但是奉養奶奶的責任感驅使她壓下傷痛的情緒，她知道今後一切都要靠自己，爲了奶奶，她必須堅強起來。

原本王小葳認爲以她的能力，可以奉養奶奶，從此奶奶也不必再辛苦當幫傭了。可是自從奶奶離開了余家，就每天鬱鬱寡歡，唉聲嘆氣。總是說她一輩子沒欠人任何債，唯獨最對不起余家，尤其是余清智，說她下輩子做牛做馬也還不完。

這一天晚上睡覺前奶奶又對小葳說：「小葳妳這樣對待少爺，我們會有報應的。」

王小葳雖然知道余清智對她的感情，但是她年紀漸長又受張西恩影響，她認爲感情的事不該勉強。縱然余家提供奶奶工作，他們祖孫是該心存感激，可是奶奶也付出勞力取得合理的報酬。她認爲奶奶太鄉愿了，而且她也不希望奶奶總是活在自責中。

於是她勸慰奶奶：「是您辛苦工作養育我，又不是他，爲什麼您總是要我順從他？」她接著又說：「奶奶，您不要擔心，就算離開余家我們還是活得下去，我可以奉養您。而且今後我們不必看余家人的臉色過日子，我也不想再過著被控制的生活。」

「小葳！你……你……怎麼講這種話？」奶奶聽她如此說話，睜大眼睛，充滿著不可置信且責備的眼神看著她。

「事實就是如此，奶奶您太一廂情願了，余家也不見得會稀罕您的感恩。」王小葳終於說出心中的想法，自從她成年以來，對於奶奶在余家幫傭這件事就打從心底不甘願。因爲這樣的關係，不論她再怎麼努力，周圍的人總是認爲她是余清智寵愛的丫鬟。甚至認爲她能得到余清智的喜愛是麻雀變鳳凰，莫大的榮寵呢。

「小葳，你不可以這樣批評少爺！他對我們祖孫兩人，恩重如山，而且對你是一心一意……」奶奶勃然大怒責備她。

「但是……」王小葳試圖辯駁。

奶奶打斷她的話，繼續怒斥她：「你知道少爺爲了我們做了多少事嗎？你知道少爺爲你付出有多少嗎？他……」說到這裡奶奶忽然停頓，似乎有難言之隱，過了一會兒才又接著說：「少爺對我們好，你千萬不要再傷他的心啊！他是我們的大恩人啊！」說到這裡，奶奶漸漸紅了眼眶，悲從中來：「你差一點害死我們的大恩人，現在還說這樣的話，我們一定會遭天譴，會有報應，會有報應的！」奶奶情緒激動，幾乎是呼天搶地地哭喊著。

「奶奶，您想得太多了，我們有自己的人生要過，不必永遠依附余家過生活……」王小葳本來想安慰奶奶，沒想到奶奶聽了反而更生氣。

「你閉嘴！你……你……我沒想到你是這麼無情無義的孩子，我實在太失德了，教得你這樣！」奶奶越說越生氣，喘氣怒罵她：「我不必你奉養！你……你做了那些事，還不知悔過……我也沒臉面活著，不如死了算了。如果你再傷害少爺，我……我一定不原諒你……」話未說完，奶奶氣得一口氣提不上來，暈厥了過去。

王小葳從沒想到，奶奶會如此激烈的反應，她嚇住了。

原本以為，今後奶奶終於不必再為余家人幫傭，祖孫兩人至少可以相依過日子，奶奶終於可以輕鬆養老。沒想到奶奶卻被她氣病了。

余清智和張西恩的媽媽都認為她是掃把星，現在連奶奶都被她氣病了，她也不禁懷疑，自己真是不祥的人。

對王小葳而言這真的是生命中最黑暗的日子，她陷入生命中的最低潮。

奶奶的病時好時壞，醫院進進出出，王小葳這段時間都忙著照顧她。此時王小葳的心底漸漸升起了更巨大恐懼。她真的很害怕如果奶奶也離開她，那麼這個世界上就沒有人關心她了，她將從此孤獨存在世上。

奶奶只要病情稍有起色，一有元氣說話，開口總是要求王小葳和余清智復合：「小葳，去找少爺，跟少爺道歉吧！他會原諒你的……」

「奶奶，您不要逼我好不好？我不想再過著被他控制的生活。」王小葳哀求著。

「少爺是眞心對你，細心照顧你，你怎麼不知好歹認爲是被他控制呢？她爲我們祖孫做了很多事，你不知道……」奶奶不聽小葳的解釋，反而一再責備她，堅持要她去向余家道歉。

「奶奶您別再說了，這件事我已經決定了，我不可能跟他在一起。」王小葳態度堅決，希望奶奶打消念頭。

「你……你一定要這樣傷我的心嗎？還是你存心想氣死我。我這十幾年省吃儉用存下來的錢，就是爲了要給你辦嫁妝，不是拿來住醫院花用的，既然你不願意去找少爺，那麼你也不用管我了，我不用你照顧我，我不想醫病。」奶奶又生氣了，吵著要離開醫院。

每次講到這件事，奶奶總是情緒激動。

「奶奶，您別這樣！」王小葳無奈，又擔心奶奶生氣傷身，總是極力安撫。

「除非你答應去找少爺，否則不要管我！」奶奶說完轉過臉去，生氣不看小葳。

祖孫兩人經常因此鬧彆扭，有時奶奶還會賭氣，不吃不喝甚至不服藥，令王小葳擔心不已。

雖然小葳時時刻刻細心在身旁照顧，兩個月後，奶奶還是離開了人世。

王小葳從此孤伶伶一人在世界上。

情傷未遠，又遭逢喪親之痛，王小葳此時的心理所承受的壓力幾乎瀕臨崩潰的臨界點。

舉目無親的她，脆弱又孤單，每日漫無目的遊魂般地過日子。孤單無援的她，夢裡總是不斷出現張西恩曾經爲她彩繪的幸福美景。於是，她說服自己相信——

也許，現在西恩也正思念著她，等著她。

也許，西恩對她是眞心的。

也許，是她誤會西恩。

因爲，她眞的愛著他，他不會忍心那樣對待她。

她決定再給這段感情最後一次機會。王小葳只能將僅剩的，一絲絲的人生希望冀望於張西恩身上。

潛意識驅使她來到她與張西恩首次邂逅的地方——風馬KTV。

她在風馬KTV門口徘徊，卻都不見張西恩出現。終於她鼓起勇氣進去表明來意，張西恩的媽媽——春姨出來見她。

「王老師，你找我家西恩有什麼事呢？」春姨一見是王小葳，便了解了她的來意，但是仍然刻意招呼詢問。

「我想和他談一談。他在嗎？」王小葳知道西恩的媽媽並不喜歡她，但是她憔悴的臉容依然勉強擠出一絲笑容，對著春姨點頭微笑後答問著。

「他已經去美國了。」春姨立刻回答。

王小葳驚訝中帶著遲疑的懦懦應了一聲：「喔！」，並帶著失望的情緒，低頭沉思幾秒鐘後才又問「請問您，他什麼時候回來呢？」

「可能要好幾年吧！」春姨看著王小葳，微笑著回答著：「他沒告訴你，他要出國讀書嗎？」春姨接著問，淡然的口氣中顯現的卻是毫不意外。

果不其然，就如陳相韻所言，張西恩眞的出國留學了。

王小葳一臉失落，不言不語。

「是相韻幫他申請學校，也陪著他一起去。」看著王小葳悽惻的臉容，春姨也覺得不忍心了。

「王老師，張媽媽老實跟你說吧！你並不是第一個來找西恩的女孩子，這麼多年來，西恩只對相韻是眞正的感情，其她的女孩都只是玩一玩。相韻氣度大，總是任他胡鬧。這次相韻陪他去美國好好看管著，也許他會老實一些。」

王小葳依舊不語，她傷心欲絕，卻反而沒有眼淚。

「是我們家西恩不對，不應該以玩弄女孩子的感情當遊戲，我替他向你道歉，也請你不要再找他了，不必將感情放在他身上。除了相韻，沒有人鎭得住他的感情。」她出於好意相勸，也是擔心王小葳破壞西恩和相韻的感情，畢竟陳相韻才她心目中的理想媳婦。

走出了「風馬KTV」，王小葳萬念俱灰，感到前景茫茫。

王小葳將奶奶的靈位安奉在寺廟裡，並退掉租賃的小房子，收拾簡單的行李，帶著僅剩的幾萬元存款，離開了台北。

她環繞著台灣島，從一個城市漂泊到另一個城市，從這個小農村流浪到另一個小漁村，卻一直找不到落腳棲身之所。

這天王小葳終於來到台灣中部的老城——彰化市。因為奶奶曾經告訴她，在這彰化市裡，有一個她一輩子心心念的地方，這也是她這輩子僅有的最美好，最浪漫的回憶的地方。奶奶常說，等小葳完全獨立後，終有一日她一定要再度到訪的地方。

王小葳走出彰化火車站，她無意間經過火車站旁的「心鎖橋」。彰化火車站擁有一座「扇形車庫」，鐵軌呈放射狀散開，它在世界鐵道歷史中非常有名。而這座「心鎖橋」藏身在彰化車站的「扇形車庫」邊不起眼的角落。

「心鎖橋」是一座鐵橋，它不像想像中的唯美，但站在上面，可以一覽火車成扇形四面八方散開的特殊景觀。夏日烈陽的照耀下，原本冰冷的金屬橋，變得灼燒刺眼。

有一個傳說，「心鎖橋」的出現，是因為人們認為這座橋下藏有最密集的電波，火車循著四面八方，來來回回之際，電波逐漸形成了奇妙磁場，傳說這磁場讓有情人，只要在這座橋上許下願望，縱使兩人分隔遠處，或失去聯絡，也可以透過鐵軌的軌跡，和電波的傳送，將兩人的心緊緊相連，終有一天，必定有情人終成眷屬。所以即使這座橋並不顯眼，還是有許多情人特地到訪這裡，鎖上心裡滿滿的願望，也把彼此的心鎖得緊緊的。

王小葳望著橋上各式各樣，色彩繽紛的心型鎖，心頭卻湧起巨大的悲苦。為什麼如今她卻是一個人如此孤單漂泊，難道這就是她的人生嗎？

漫步離開「心鎖橋」，她毫無目標，茫然走在街道上，看著一戶戶的幸福歡樂的家庭，一對對的甜蜜相愛的情侶，她悵然走到火車站前的廣場。廣場上，浮在柏油地面上，熱熔融的熱浪，立刻滾滾襲來。她拉著行李箱，趕快躲入旁邊的小巷弄，無意間走入了彰化市的歷史老布街「小西巷」。

狹窄蜿蜒的古巷弄，像迷宮一樣，找不到出口在哪裡。反正王小葳也不急著找到出口離去，就在「小西巷」中幽晃著。

晃著晃著，她走到巷弄底，這裡矗立著一間香火鼎盛堪稱有規模的土地公廟。

這土地公廟正對著的另一頭的巷底是一棟建築大樓的後面，隱約有一通道，王小葳來到通道口，看到指示牌上寫著「櫻山飯店」。這應該是櫻山飯店的後門，穿過通道，應該就能走到飯店的前門大廳了。

王小葳心裡揣思著：「原來奶奶說的『櫻山飯店』就在這裡啊！」

那是王小葳考上師大放榜的那一天。她興奮地拿著錄取通知給奶奶：「奶奶，我考上公費生，你不必擔心我的大學學費了！平時我可以去當家教，你可以退休了！」

奶奶一臉喜色，甚是欣慰，她笑著對王小葳說：「要等到你大學畢業，真的完全獨立了，我才能退休啦！」

聽奶奶這樣說，王小葳剛才的興奮之情，頓時涼了一截：「奶奶，你這一輩子把自己都關在余家，全年無休，難道你沒有想去的地方，或是想做的事嗎？」

「當然有啊！」奶奶臉上抹過一道光彩：「我想再去住一次彰化市的櫻山飯店。」

王小葳覺得奶奶的願望好奇怪，她好奇問：「那家飯店有甚麼特別嗎？」

奶奶面露歡喜但又有點羞靦：「那是我跟你爺爺度蜜月的地方。」

王小葳調皮地調侃奶奶：「原來如此啊！在那個時代就流行去度蜜月啊！」

奶奶笑吟吟說：「是你爺爺堅持要去度蜜月，當時花了好大一筆錢呦！」奶奶打開了往事話匣子「那時啊，我們一個月收入一千五百元，櫻山飯店住一晚上要四百元，我們總共住了三晚上，就花了一千二百元，那可是大手筆的花費呢！」

「同一個飯店就住了三天啊？你們把彰化市大街小巷和附近的景點全逛了一遍嗎？」王小葳好奇：「彰化市很大嗎？可以玩三天？」

「沒有啊！那三天都住在飯店裡啦！沒出門。」奶奶直白的回答，讓王小葳有點矇。

奶奶接著說：「你們這一代的年輕人都不知道啦！在我們那個時代啊！家裡三合院的地板都是土夯泥地，如果下個雨，漏了水，水滴在泥地上，土夯泥地就溶出一個個小窪洞，房裡的地板總是坑坑洞洞。我們那時住的那個飯店，是當時很高級的飯店，房間地板上還鋪著地毯呢！我現在回想起，那時我第一次腳踩在地毯上感覺呀……覺得眞是太奢侈了呦！羊毛毯子居然放地上踩！」說到此，奶奶笑了笑：「你們現代的年輕人覺得好笑吧？」

王小葳雙手托著兩頰，興味盎然聽著奶奶說故事，沒有回應奶奶的問話。

奶奶繼續說道：「那時候呀！一般旅館都睡木板床，我們住櫻山飯店才有機會睡彈簧床。你爺爺像個小孩一樣，一直在床上躺下彈起，躺下又彈起。眞好笑！」奶奶說到此，臉容祥和，似乎她的意識回到了她和爺爺新婚當時，然後奶奶忽然忍不住笑了起來，過了好一會兒，她才又接著說：「你爺爺那時就像是個孩子啊！他竟然在飯店玩電梯，直到被『女中』【註】阻止才停止。」

「爺爺好幼稚喔？」王小葳也覺得好笑。

「在那之前，我們都沒見過電梯，覺得那是高不可攀的高科技，我們就住在飯店的七樓，女中櫃台旁邊的房間。你爺爺偷偷觀察飯店女中操作電梯，學會了以後，常常趁著電梯口的櫃檯的女中不在時，自己操作電梯上上下下。」奶奶說玩，又笑了。

「你和爺爺就為了玩飯店的地毯、彈簧床和電梯在飯店裡窩了三天，哪裡也不去？哈哈！哈哈！哈哈哈！」王小葳對爺爺奶奶年輕時期的行為覺得實在太蠢萌，忍不住一直笑。

「不是啦！」奶奶制止小葳，可是小葳就是笑得停不下來，等小葳笑夠了，笑聲漸弱了，奶奶才繼續說：「那時，一般旅館能有電風扇就很好了，可是櫻山飯店有冷氣吹呢！既然花了大錢，當然吹冷氣吹得夠本啊！那時候想啊！跑出去外面晃，就沒吹到冷氣了，要等到什麼時候才再有機會吹冷氣呢？」

聽到奶奶這麼說，王小葳更是笑到不能自己，笑聲停不下來。

奶奶也跟著笑了，她一邊笑一邊說：「還有一個好處啦！那時全村就只有村長家有一台電視機，每當電視節目播放時，全村人都擠在村長家看電視。住在飯店那三天，房間裡的那台電視機，只專屬於我們兩人呀！那時候這樣度蜜月已經是很豪華的！現在想一想啊，住在櫻山飯店那三天，是我這輩子最開心的日子！」

聽著奶奶說著那個時代只要有冷氣吹，有電視看就很奢華的無厘頭的蜜月旅行，王小葳笑到幾乎要岔氣。等到她順了氣才注意到，此時奶奶臉容散發著一股沉溺在往日幸福的情緒裡，卻又夾雜著無奈的悲戚。

「奶奶，既然您那麼懷念那一段蜜月時光，你和爺爺有沒有又再去二度蜜月呢？」

「沒有。」

「爲什麼？」

「因爲結婚沒多久，我就懷了你爸爸，有了孩子，生活就忙碌了，沒時間呀！」

「你和爺爺度蜜月，哪裡也不去，新婚夫妻窩在飯店的房間裡連續三天，當然很快就懷了我爸爸啊！」王小葳頑皮地取笑逗鬧奶奶。

「唉喲！你這女孩子，這麼說話，不害臊呢？」奶奶羞赧嗔瞪著王小葳，才過兩秒鐘自己也笑出聲音來，王小葳也跟著又大笑起來。

祖孫兩人笑聲互相感染，越笑越樂不可支。

王小葳拖著行李穿越櫻山飯店的後門進到中庭，又走到飯店的大廳門前駐足了許久。

「這裡就是典藏著奶奶一生中曾經擁有過的最美好、最浪漫的時光的地方。」

「可惜奶奶沒機會再來了。」

「都是我的錯。」

飯店前的街道的路面是厚石板鋪設的古樸風格的石板路，這街道叫「長安街」。街道兩旁都是傳統老店，整條街道的店家，似乎都悠悠哉哉，沒企圖心，慵懶的態度經營著各自的家傳老店。

王小葳拖著行李箱，走在石板路上，製造出很大的滑輪噪音，吸引街道兩旁店家人員聚集的目光。王小葳快步往前走，一路走到「彰化客運」車站。她坐在室內往站外呆望著。看著出遊的旅客，或是家族，或是結伴的朋友，或是成雙男女進出。王小葳心中豔羨，正沉在思考中，因此並沒有注意到車站的人潮越來越少，終於只剩下她一個人坐在偌大的候車大廳。

一位客運站務人員走過來問她：「小姐，颱風就要來了，我們公司有些車班已經宣布停駛，請問你要去哪裡？」

王小葳根本不知要往哪裡去，啞口不知如何回答。此時剛好有一班車進站，於是她立刻回答：「我要搭的車進站了！謝謝！」就趕快提起行李上了車。

王小葳上車後找了一個靠窗的座位坐下。她一路坐到終點站才下車。下車後她才發現這是一個濱海的小村莊，並沒有任何可以投宿的旅店。而且鎮上唯一旅店，距離將近三公里遠，必須搭車才能到達，可是因爲颱風的緣故，剛才載她來的那一班車是最後一班回頭車，其他所有車班都停駛了。

王小葳提著行李，一籌莫展，不知道自己爲什麼還要繼續這樣的人生。不覺悲從中來，感到天地之大，在這個狂風暴雨將至的夜晚，她卻無遮風避雨的容身之處。

她愁容滿面帶著哭紅的雙眼，走向堤防上佇足堤岸凝望著大海：「也許上帝知道我的痛苦，祂聽到我的心聲，祂要指引我解除痛苦的道路。也許是上帝帶我來這裡，祂要帶我回去了，這樣我就可以跟奶奶還有爸爸媽媽相聚了！」

在此時，遠處有一位男老師帶學生來這海邊玩，而她正發呆凝望著海岸，聆聽著浪濤拍打海岸的節奏。忽然有一個男孩大聲呼叫：「老師！我們都收好了，可以走了。」

王小葳聽到男孩的叫喚聲，突然驚醒一般，轉頭看著他們一群人，最後她的眼神凝注在那位男老師身上。此時那位男老師笑著向她點頭招呼，然後轉頭對學生說：「我有一點事，你們等我一下，不要吵。」說完快步走向堤岸來。

王小葳站在那裡安靜地看著他的一舉一動。

終於那人站到王小葳的身邊。

他對她說：「小姐，你好。颱風就要來了，而且天也要黑了，我們就要離開這裡，你一個人在這裡很危險。」

這人就是——魏冠翰。

【註】女中。早期旅館女服務生稱為「女中」。

# 第三部

## 世事漫 隨流水

進入至誠商工服務這六年來，王雯昕很努力投入工作，使自己堅強，表現幹練。好不容易逐漸走出六年前的陰影，沒想到張西恩又再度闖入她的生命中，攪亂她平靜的生活。她早就知道不應該去參加「職業試探觀摩計畫研討會」，果然她還是承受不住張西恩的攻勢，現在張西恩還變成了她的上級指導長官，兩人之間的牽扯更加複雜了。

王雯昕捫心自問：「難道這是我的宿命嗎？六年前因爲張西恩出現，我的人生全走樣；六年後張西恩又再度出現，我的人生是否又將會有巨變呢？不行，不能再讓他毀掉我的人生，六年前的歷史不能重演。」王雯昕不斷地告誡自己：「要挺住！」

至誠商工。

王雯昕結束「職業試探觀摩計畫研討會」回到至誠商工已經又過了一個星期。星期六早上，魏冠翰來到機械一忠的教室門口，看王雯昕跟班上幾位演話劇的同學正忙著排練，不想打擾他們，索性就站在教室外面觀看。站沒幾分鐘，就被學生看到，其中一個學生還故意大聲對王雯昕告狀：「王老師，我們導師站在外面鬼鬼祟祟偷看你哦！」

王雯昕轉頭，果然看到魏冠翰就站在門邊，便對他揮揮手，示意他進來。

魏冠翰走進教室，先瞄了一眼剛才告狀的學生：「你這小子，星期一就要比賽了，雯昕老師犧牲假期來指導你們，你練習還不專心。我就是來監督你的啦！你給我認眞點。」

王雯昕微笑著誇讚他們：「他們很認眞，台詞都背得很熟練，只要再加強情緒表達和走位就可以了！」

「既然如此，中午我請客，你們幾個要加油啊！別丟雯昕老師的臉，還要替我們機械一忠爭一口氣！別人說我們機械科的人都是大老粗，現在，我們機械科打算改走文藝青年的路線，了不了啊？」魏冠翰說完，學生都哈哈大笑，就連王雯昕也忍俊不住，笑了出來。

魏冠翰終於看見王雯昕的笑顏，稍微覺得放心。因爲自從王雯昕從研討會回來，就沒有看到她開心笑過，想必又遇見了張西恩了。魏冠翰發現，自從張西恩出現，王雯昕就經常神情凝重，心事重重。魏冠翰若有所思，沉默地凝視王雯昕，沒有發現學生們都戲謔地互相使眼色，曖昧地瞧瞧他，再看看王雯昕。

「太好了，魏老大要請客，我要吃麥當勞漢堡！」林俊傑開心大聲吆喝。這小子自從被魏冠翰載到中華橋下「曉以大義」以後，成了魏冠翰的粉絲兼小弟，總是稱呼魏冠翰——魏老大。

魏冠翰睨了他一眼：「吃麥當勞漢堡？很沒FU耶！」

「麥當勞我們去就好，燈光好氣氛佳的浪漫餐留給您和王老師。」林俊傑跑到王雯昕身後，才敢說出這句話，還嘻嘻笑著。

「你這小子，好樣的！」魏冠翰瞄了他一眼，轉頭對其他人說：「等一下大家都去燈光好氣氛佳的慶豐牛排吃飯，我就特別買個漢堡給你，讓你蹲在餐廳門外啃，欣賞我們大家吃燈光好氣氛佳的牛排餐。」

所有人聽完都幸災樂禍哈哈大笑，只有林俊傑苦著臉討饒：「老大，別這樣嘛！不公平啦！」

王雯昕暫時讓學生休息。魏冠翰逗弄完林俊傑走過來。

「聽說這個孩子曾經加入幫派，現在這麼服你，你又救了一個孩子了？」王雯昕用讚佩的表情微笑著對他說。

「喜歡加入幫派，就加入我這一幫啊！」魏冠翰還是一副嘻嘻哈哈的態度。

王雯昕一直很佩服魏冠翰對教育的熱誠，還有對學生無私又大方。實際上，他為了鼓勵學生，經常大手筆的花費支出。

星期一，戲劇比賽才開始，王雯昕和魏冠翰都在活動中心觀賞比賽。

徐子依匆匆忙忙急速走進活動中心，一見到王雯昕就慌張的對她求助：「我班上有一個學生被幫派分子帶走了，家長著急找到學校來求助。怎麼辦？」

「甚麼時候的事？」王雯昕問。

「同學說上周末他和同學們約好一起逛永樂街夜市，結果出現幾個人帶走他。」徐子依立刻回答。

「幫派分子為什麼帶走他？」王雯昕疑惑問著。

「因為這名學生暑假期間家長忙於工作，疏於陪伴，導致他受到網友慫恿而離家出走。這段期間幫派分子提供他吃住，安排他打工，於是他就被幫派吸收了。」徐子依解釋。

「暑假時間放假太長了，如果家長沒有時間陪伴，或是好好安排孩子的活動，確實很容易讓他們誤入歧途。」魏冠翰在一旁聽著他們倆人的對話，提出他的觀點

「暑假是提供親子互動學習的良機，」徐子依對魏冠翰的意見經常是不同意，這次也不例外要反駁一下：「況且有些家長要安排孩子出國遊學或旅遊啊！」

魏冠翰一聽徐子依的論點馬上嗆她：「你以爲我們學校有多少家庭像你一樣，來自富裕家庭，能安排他們的孩子出國遊學或旅遊啊？」說完還補上一句：「你大概是晉惠帝的後代吧！」

徐子依本來不肯示弱正要回嘴，眼看兩人又要起爭執了，王雯昕趕緊阻止他們。

「台灣大部分的家庭都是雙薪家庭，而且工時又都很長，父母都忙著工作討生活，能夠花費適量時間陪伴孩子的家長並非多數，尤其我們這一類的學校，學生來源大都是偏向中下階層的家庭，情況可能更嚴重。」王雯昕同意魏冠翰的看法。

徐子依思考片刻後，也覺得魏冠翰說得有道理，便安靜不再爭辯。

王雯昕知道這幾年來，魏冠翰已經救回了好幾個邊緣少年，她望了一眼徐子依，才接著替她問魏冠翰：「要救這些曾經被幫派吸收的孩子你都怎麼做呢？」

「先安排他們驗尿，了解他們是否被餵毒。」魏冠翰提出建議。

「餵毒？」徐子依疑惑：「什麼意思啊？」

「就是免費提供毒品給他們吸食，等他們上癮了就好控制了。」魏冠翰接著解釋。

「哦！」王雯昕了解點頭。

「再來就是要了解他們是否被詐賭，欠巨額債款。」魏冠翰繼續提出建議。

「被詐賭？欠巨額債款？爲什麼會如此呢？」王雯昕不明白提問。

「爲了要控制孩子，幫派分子會慫恿他們賭博，一開始給他們甜頭，讓他們小贏，等他們上鉤，就詐賭，讓他們欠巨額債款，然後要他們簽下借據。如果他們不受控制就拿借據要脅，或是引誘他們去做不法的工作賺錢還債。」魏冠翰仔細解釋。

王雯昕轉頭望徐子依一眼，才又轉回頭來接著問：「接下來呢？」

「接下來，就要求家長在課餘時間一定全程陪伴，不讓他們有時間和幫派分子接觸。」魏冠翰回答。

「可是如果家長要上班工作怎麼辦呢？」王雯昕又問。

「那麼，老師就辛苦一點囉！安排一堆活動拖住孩子的時間。」魏冠翰說著，聳肩無奈對王雯昕擺了個笑臉。

「難怪你要求你的班上的學生全員參加晚自習、暑期輔導、寒假輔導還有假日返校自修。」王雯昕恍然大悟。

「要跟不良幫派搶孩子，只能把孩子的時間綁死。對方一次邀約不能去，再次邀約不可以去，久而久之自然跟他們疏遠了。」魏冠翰雖然輕輕鬆鬆敍說著，但是王雯昕知道這是需要老師願意投注非常多的時間和心力。

「好啦！今年暑假，我也要我們班也全員參加暑期輔導。」徐子依聽完魏冠翰和王雯昕的建議後，下了這樣一個決定。

「大小姐，你不是暑假都去環遊世界，快活兩個月嗎？」魏冠翰又故意酸她：「暑假還留在學校，很悶的！你行嗎？」

「誰說我不行，別人做得到，我就做得到！」徐子依對魏冠翰這樣酸她，很不高興，最後還補上一句話回敬他：「還有，請你多讀讀中國歷史，晉惠帝姓司馬，我姓徐！」

王雯昕夾在兩人之間，盡力安撫。她知道魏冠翰對教育的熱忱和對學生們不計代價的真心付出。

而徐子依雖然因爲出身於富貴家庭的因素，行事和觀念不同一般人，但是對學生的用心，在在都令王雯昕感到萬分佩服。他們眞的是能夠深刻影響並協助迷途的孩子的老師，也將會是這些學生們人生中的貴人。

的確，一個好老師將會是許多孩子人生中的貴人啊！

馬哈拉夜店。

張西恩坐在吧台邊，灌著一杯又一杯的酒，小馬坐在一旁，一直勸他少喝一點。

「老大，你現在是搞教育的，又是名人。這裡記者很多，喝醉了被拍照，或是登上新聞報導都不好啦！」

「我是……搞教育的人又怎麼樣？我也……是人，是人就有七情六慾，也會難過。搞……教育的人也會背叛，就……像王小葳。」張西恩已經喝茫了，有點語無倫次。

「王小葳？」小馬疑惑地唸著這個名字。

「對！就是她，六年前不顧我死活，背棄我的……女人。」張西恩又倒了一杯酒：「你知道嗎？六年前，我眞的以爲她……會跟我結婚。爲了她，我還整修了爺爺留下的老屋，把老屋的鑰匙給了她呢！結果呢！她只是在利用我！我都……快死了，她就躲在老屋子，等待她的……情人，卻不肯……來看我一眼。」張西恩憤懣難解，酒杯重重往桌上擊放，敲出好大的聲響：「我……恨她！」

小馬看張西恩如此激動，也跟著義憤塡膺地罵起來：「王小葳，那個賤人不值得你爲她如此……」

張西恩忽然轉頭瞪著小馬，原本正要拎酒瓶倒酒的手，反而伸出去抓住小馬的領口：「你才賤，你幹嘛……罵她賤人？」

小馬錯愕看著他：「你……你自己說，你恨她的……？」

「我恨她，我……我有說她賤嗎？」張西恩雖然醉糊糊的，但是對於小馬如此批評王小葳卻仍然顯得很生氣。

「好！好！我不說了！」小馬輕緩地把張西恩的手扳開，看他是喝醉了，安撫他。

「小馬，你是我唯一可以……談心裡話的……兄弟。你說……我……我該怎麼辦？」張西恩說著，雙手抱著頭，困惱著：「我……我遇見她了！」

「你是說那個『賤』……不是！我是說，你又遇『見』王小葳了？」小馬小心翼翼地問著，深怕又刺激他的情緒。

張西恩只是點點頭，並未開口。

「你有沒有狠狠地罵她一頓？」小馬興味盎然地問。

張西恩又點頭。

「那好哇！你終於可以出一口鳥氣了。」小馬喝了一口酒，順了順喉嚨接著說話，還搭配一副跩兒八萬的口氣接著說：「她現在一定痛不欲生，求你回頭接受她，再給她一次機會對不對？」小馬興高采烈繼續提出建議：「老大，你千萬別理她，她打電話來一定不接，就算她爬著來求你，也絕對不要原諒她！再怎麼說，對付女人你可是殺手級的！讓她知道老大你是什麼樣的角色！要什麼樣的女人沒有，哪是她那種咖可以玩得起的！」小馬一副大快人心的神情，還搭配著驕傲的態度。

張西恩又倒了一杯酒喝下，雙眼無神地瞄看了小馬一眼，才緩緩開口：「問題是……我覺得，我……我還是愛她。現在的她，甚至比……六年前還……還……更令我……心動。」張西恩無法聚焦的雙眼半瞇著，直視著小馬，手指搖晃晃地指著自己的腦袋，接著說：「這陣子，我……我只要空下來，就整個腦袋瓜裡都……都是她！」

「蛤？啊！喔！」小馬無言，踟樣全消失，一時間想不出該說什麼，只好一邊搔著頭，一邊支支吾吾說：「那麼……那麼……那麼……既然這樣！你就……你就……原諒她吧！」

小馬從青少年起與張西恩一路走來，征戰情場無往不利，沒想到這次他遇到王小葳，居然就主動棄械投降了，寧爲王小葳溫柔鄉的俘虜。既然他自己都沒戰鬥意志，當然注定慘敗，根本沒搞頭。小馬也只好敷衍回應：「好啦！既然這樣，你就告訴她，你大人有大量，所以決定原諒她，只要她認錯改過，既往不咎。」

「你還……還搞不清楚狀況哦？」張西恩搖著手中的酒杯：「我看你……你醉得比……比我嚴重！這麼簡單，那我……我有什麼好煩的？」

「老大，這有什麼難呢？」小馬覺得一頭霧水。

「她，早就交了男朋友了，根本不認我。」張西恩仰頭一口喝乾杯子裡的酒。

小馬終於明白張西恩的苦惱。他賊頭賊腦看著他，然後手肘碰了碰張西恩的手臂：「老大，要不要我幫忙？找人去把那個不識相的男人海扁一頓，叫他知難而退。還是，直接把王小葳抓回來，讓你好好教訓教訓她……」

「你……你神經病啊！淨說些不……不正經的。你……眞醉了……」張西恩用手肘回撞小馬。

「開開玩笑嘛！你現在老是那麼嚴肅！連喝醉酒還是很沒幽默感耶！」小馬說完，一口喝乾杯子裡的酒。瞄看著一臉失落的張西恩，不再說話。

張西恩迷茫的雙眼總是不自覺地望向洗手間門口，雖然明白王小葳不可能會再出現在那裡，可是心中總是企盼能再見到她。

至誠商工。會客室。

根據徵信社所提供的資料，余清智在安迪的陪同下來到至誠商工找王雯昕。在會客室等待時，余清智坐立難安。

「安迪，你確定她改名叫王雯昕？」

「這位王雯昕組長，她的身分證字號和你提供的小葳小姐的身分證字號一模一樣，應該錯不了。」安迪耐心回答他。

「她為什麼要改名呢？」余清智不解，像是自言自語，又像是在問安迪。

「這……」安迪不知如何回答。但是只要能理智思考，應該不難瞭解王小葳的動機。

王雯昕剛下課，回到辦公室，教學組幹事美玲轉告她，警衛室通知有訪客，已經安排在會客室等侯。王雯昕心裡納悶，除了至誠商工的同事，她並沒有其他的朋友。而且她現在並未擔任導師，也不會有家長來訪。

「會是張西恩嗎？應該不會！」她仔細斟酌後認為，如果是張西恩來了，他早就被奉為貴賓，被請到校長室去了。既然不是張西恩就沒什麼好擔心，心想可能是畢業學生回來看她吧。王雯昕腳步輕快往會客室走去。

當王雯昕踏入會客室的一剎那，眼前的景象令她胸口一窒，幾乎無法呼吸。會客室的空氣頓時凍結，余清智就靜靜地坐在會客室靠牆角的沙發椅裡。他一動也不動，只是直望著站在門邊的王雯昕。而王雯昕，就像蠟像一般，僵硬地定在入口處，兩人就這樣互相凝視。

余清智腦中思考的是他們之間這些年來的空白中，她獨自的生活中，有些甚麼遭遇是他錯過的，而他又該如何彌補這一段呢？

王雯昕的思緒卻是閃光後的一陣空白，情緒從毫無心理準備的震驚，轉化爲明白眼前的狀況，最後接受已然呈現的事實。過了好一會兒，她才緩緩喘息，低著頭仍然無語。

安迪悄悄地離開會客室。氣氛持續凝結許久，安靜無聲。

余清智目不轉睛地凝視著她。這張臉，每個夜晚只要他閉上雙眼，黑暗中總是浮現出她的面容，從小時候到長大，她每個時期的面容，在黑暗中交錯顯影。

終於余清智清了清喉嚨，僵硬地微笑著輕喚一聲：「小葳！」

這個名字，自從張西恩出現以來，就不斷回到耳畔喚醒已經被王雯昕塵封的過往。王雯昕這時才抬起頭來，看著余清智稍顯僵硬的笑臉。這次她已經不急著向他宣告——她是王雯昕不是王小葳。之前張西恩拿她的教師證字號爲證，證明她就是王小葳。此時她很清楚，余清智握有有關她的資料只會更多。從前她感冒生病都是他帶她去看醫生呢，既然他都找到至誠商工來了，就表示他已經清楚她就是王小葳。她終於明白——曾經有過的人生不可能換了名字就不存在了。

王雯昕騎著單車在前，余清智在安迪的陪同下，驅車緩緩緊跟在後。余清智看著車前方王雯昕騎單車的背影，回憶起舊時光。

那是小葳小學六年級寒假。因爲老師要求他們要利用寒假學會騎單車，當年余清智剛上大學，原本系上活動很多，可是小葳一直吵著要他教她騎單車。拗不過她的要求，余清智一整個寒假就陪著小葳練習騎單車。那個寒假，小葳特別開心，等她學會騎單車後，就經常騎著單車到處跑，甚至堅持自己騎車上學，不讓余清智接送。直到有一天放學途中發生意外，摔得全身傷痕纍纍，就從那天起，余清智說什麼都不再讓她自己騎單車上下學了，小葳還爲此生悶氣好幾天。

王雯昕將單車停在櫻山飯店的中庭，走到飯店後門，神情緊繃卻靜靜地站在後門通道邊等侯余清智。

「老余，我在車上等你。」他們把車暫停在櫻山飯店的門口，安迪識趣不陪伴余清智前往王雯昕的住處，希望讓他們兩人獨處。

王雯昕引領余清智走過飯店通往「小西巷」的通道，來到她的住處。兩人進入到屋子裡，王雯昕遞給余清智一雙拖鞋，就逕自進入臥房梳洗。

余清智自己在客廳，左顧右盼：「這些年來，她果然都是一個人生活，這房子裡看不到有男人居住的跡象，平常也少有訪客吧！」

屋裡的器具大多只有一套，甚至剛才要找一雙拖鞋給他，都得翻箱倒櫃大半天。

余清智等待了好半天，王雯昕才從臥房走出來。這時她已經換上輕便的衣服，拆掉髮髻，頭髮扎了馬尾髮。

但是她並未走向余清智，只是經過客廳，旋即又往後陽台走去。

又過了許久，她手裡提著一籃衣服又走入臥房裡。

又過了好一陣子，她才又從臥房出來。這次是走向前陽台去澆花。

余清智耐著性子等待，看著她忙進忙出，他知道她在焦慮。

王雯昕確實很焦慮。她知道她不能逃避，卻又害怕面對他。她努力壓抑，不願意顯露出自己的不知所措。

從前余清智對王小葳管控嚴格，照顧嚴密，王小葳生活在余清智所構築的溫室中，只能永遠的順服，沒有意見。雖然離開這些年來，她努力使自己變得更堅強，更自主。然而，似乎余清智一出現，她就像是被制約了一般，馬上變回那個優柔寡斷的王小葳。

王雯昕對著盆栽猛灌水，澆完一遍又一遍。余清智走過來站在她身後，輕緩對她說：「這些植物都溺水了，你再不停止澆水，它們會淹死的！」

王雯昕一懍，頓住了一會兒，趕快收拾清理後，轉身對余清智說：「我去幫你煮一杯咖啡。」說完立刻就要往廚房走去。

「不用！」余清智拉住她的手臂制止她。

「那麼，我倒杯水給你。」王雯昕想要掙脫離開。

余清智反而用力一勾回，就把王雯昕往懷裡揣。他緊緊地抱著她，無論如何也不肯鬆手。王雯昕扭動著想掙脫，但是掙脫不了。

余清智緊擁著她，閉眼感受著她的氣息、她的味道、她身體的溫度。他覺得，過去六年，他失去的那條魂魄漸漸回到體內。這六年來，沒有了她，他就如沒有了靈魂的行屍走肉一般。擁抱著她，他才能感受到眞正活著；有了她，他的生命才能完整。他在心底起誓，無論如何都不再讓她離開。

王雯昕被余清智雙臂緊緊箍住，力道之大，使她的胸背筋肉感到疼痛，呼吸困難。她思考著，他們兩個人之間的問題必須說清楚，明明白白做個了斷，否則兩人都無法再往前走。

余清智終於鬆開雙臂，手捧著王雯昕的臉凝視：「讓我好好地看看你。」接著憐惜地親吻她的額頭，然後他滿足笑意說：「小葳，跟我回家吧！好嗎？」余清智雖然態度堅定，但是語氣中顯露出來的卻是毫無把握。

王雯昕並沒有看著余清智，手指緊緊交握。過了幾分鐘才低聲說出：「我不可能跟你回去。」

余清智早就料到她的反應，心理早就有準備：「我答應你，回台北一樣可以教書。」他像以前一樣哄著她，好像她仍然是那個八歲的小女孩兒。

「我已經不是那個毫無主見，任你擺佈的洋娃娃了！」王雯昕想了好久，才說出口。

「我……我擺佈你？」余清智睜大眼睛，不可置信她會這麼認爲：「我一直都是要保護你啊！」

「保護我？是控制我吧！」王雯昕冷漠牽動嘴角：「在你身邊，我的青春期不反抗，因爲我不能叛逆，我只能聽話。在你身邊，我沒有意見，因爲你說了才算。我成年了，出社會了，我卻連選擇工作的權利都沒有，你不讓我教書，我就得乖乖辭職。甚至，我願不願意跟你結婚，你問都不必問我，因為你決定要娶我，我就得嫁你！」王雯昕說到這裡才停下。她深深吸氣後，控訴般地對余清智怒吼「為什麼我的人生，我不能自己決定！你憑什麼決定我的一切！」

這些話是六年前她就應該要對他說的話。只是當時的她沒有勇氣說出口。

「我……我以為，你的願望……和我一樣……」余清智臉上表情扭曲，無奈。

「我的願望和你一樣？你錯了！你知道嗎？在你身邊，我總是覺得透不過氣來！從我青少年時期起，我最大的願望就是——能逃離你的掌控。」王雯昕知道這樣說，必定會傷害他，但是她必須讓他從此死心，不再糾纏：「你為什麼就不能放了我，讓我自由呢？」

王雯昕的話，刺得余清智的心糾結疼痛，引發這些年來的頭痛毛病又犯了。他臉色漸漸蒼白，強忍住疼痛：「是張西恩！都是他在挑撥！否則……你不會這麼想……」余清智一提到張西恩，眼裡閃著怒光。

「你不要牽扯上他，我跟他已經沒有任何瓜葛了。」王雯昕淡淡的聲調，聽不出有任何情緒。事實上，此刻張西恩對她而言也沒有任何意義了，張西恩跟她之間已經完全結束了。

「所以你離開我……就只是為了要自由？」余清智也確實明白，這些年來她並未和張西恩在一起。他放軟語調：「如果……我不再干涉你……」

「不可能！我絕不回去！」王雯昕斬釘截鐵般，迅速回應。

「為什麼？」余清智一激動頭痛更劇烈，他屏息閉眼忍痛，又說：「跟我回去，你想怎麼做，我都答應你！」

「不！我絕對不會讓自己再度成為你的金絲雀、籠中鳥！」王雯昕態度堅決，就像六年前一樣決絕。

「小葳……跟我回去，我不能……讓你……獨自一人……流落在外……」余清智此時雖然頭痛難忍，但是卻極力放軟語調，近乎懇求。

王雯昕雖然發現余清智不太對勁，但是並未查覺他身體上的不適，以爲他只是情緒激動。她一心想要讓余清智死心，於是她繼續說：「沒有你在我身邊的日子，我覺得好輕鬆，很開心。我可以按照我自己的意志過生活。這才是我要的人生！」

「小葳……你到底要我怎麼做？」余清智此時已經兩眼模糊了。

「離開我，不要再來找我了。我不可能跟你在一起的！永遠，不可能！」王雯昕雖然刻意提高音調，卻偏開視覺不敢直視余清智。

「永遠不可能……爲什麼？你……爲什麼要這麼說呢？」余清智說完這句話，忽然倒臥，昏死過去。

在醫院的急診室裡，王雯昕坐在余清智的病床旁。她一再自責，自己不該對他說出那麼絕情的話。看著他昏迷不醒，卻仍眉頭深鎖。痛苦的表情，一直提醒著王雯昕，傷他有多深。

安迪辦妥一切手續後，來到急診室病床旁告訴她：「我已經辦好住院手續了，醫生認爲要做進一步的檢查，才能確定病因，檢查完就會轉入普通病房了，你不要太擔心。」

「對不起！我不該對他說那些話的，都是我害他的……」王雯昕忍了很久的情緒，終於潰堤了。

看著她哭紅的雙眼，安迪安慰她：「他不可能是因爲聽你說了什麼，就會這樣的。眞正的原因，等醫生檢查後就清楚了。你先冷靜下來，我已經通知了董事長和夫人，在他們來之前要麻煩你照顧他。」

王雯昕腦中閃過，六年前余媽媽責罵她的情景。她長長地嘆了一口氣，因爲這麼一來，余媽媽一定更氣她了。奶奶如果還在世，一定更不原諒她。

奶奶就算到臨終前也還是牽掛著這件事，而責怪她。王雯昕記得奶奶臨終前的遺言：

「小葳，奶奶這輩子最大的心願，就是能看到你和少爺有美滿的結果，如果不是你背叛了少爺，現在也不會弄得這樣的局面。是我們對不起余家，對不起少爺。你一定要回去找少爺，只要你誠心悔悟，他一定會原諒你。你千萬不要再傷他的心啊！」

奶奶過世之後，王雯昕並沒有聽從奶奶的遺言回去找余淸智。然而現在余淸智來找她，而她卻又再一次傷害了他。

余夫人著急地衝進醫院的急診室，找到他們。看到昏迷躺在病床上的余淸智，立刻湊近，握著寶貝兒子的手，心急如焚，對安迪一連串責問。完全沒有注意到起身站在她身後的王雯昕。此時王雯昕便悄悄走出急診室，離開了醫院。

至誠商工學校行政會報，校長招集組長以上行政人員討論校務。校長開心地在會議上向大家報告「本校承辦技職教育觀摩的經費已經撥下來了。王組長，這件事從頭到尾都是你最辛苦，居功厥偉。

你的記功和行政積分可要大大加分了。」

王雯昕並不在意校長的誇讚，一心只想著余清智到底清醒了沒？該不該去醫院探望他？余媽媽見到她，會不會趕她走？

校長繼續報告：「所以從本週起，教育部的視導長官，每個星期會到本校，針對計劃執行成果，與本校參與的人員進行討論。請參與計劃的同仁，務必隨時做好準備。」

行政會報結束後，王雯昕來到校長室，和校長討論工作執行的細節。

「校長，本校承辦技職教育觀摩的前置作業已經結束，我的階段任務也完成了，接下來這件事就交給林奔泊主任統籌，您同意嗎？」王雯昕是不想再和張西恩有接觸，如果她再繼續擔任計劃主辦人員，以後每週都得要向張西恩做會報，對她而言是很大的心理負擔。

「林主任怎麼說？」校長一時無法理解。因為所有計劃幾乎都已經完成，甚至經費也撥下來了。只剩下每週例行簡報，王雯昕怎麼會願意主動拱手讓人呢？

「他說，如果校長同意，他願意接下工作。」王雯昕也瞭解校長的疑慮。

當王雯昕主動向林奔泊提議時，他喜出望外。今天早上校長大力推崇王雯昕時，林奔泊就心中不太舒坦。雖然這件事都是王雯昕完成的，但是他認為，他是王雯昕的直屬長官，也算督導有功才是啊！如今王雯昕自願放棄成果收割，讓他撿了個大便宜，自然是開心。但是，他又擔心被認為他為了搶功，強迫王雯昕放棄，要王雯昕主動向校長提出。

「王組長，這是你費盡心血努力的成果，你確定要這樣做嗎？」校長再次確認王雯昕的意願。

「我相信，林主任的職務層級高，接下來的工作由他執行，效能會更好。」王雯昕明白表達意見，她並未受到任何壓逼。

王雯昕還是來了醫院。她並沒有到佘清智的病房探視，而是在護理站旁電梯口附近等待。因爲她知道，佘媽媽必定在佘清智身邊細心照顧他，見到她出現可能會不高興。她只希望得到運氣，能遇到安迪。只要知道佘清智安然無事，她就放心了。

果不其然，才等了幾分鐘，安迪就出現了。他是從電梯內走出來，正要去病房。王雯昕叫住他「安迪先生！」

安迪回頭，一見是她，便熱情打招呼：「王……？」安迪停頓兩秒鐘：「對不起，我該稱呼你小葳？還是雯昕？」

王雯昕淺淺微笑：「都沒差了，你習慣就好。」

原本改名字就是不想與佘清智或張西恩再有牽扯。如今這兩人依舊出現在她周圍，不論是王小葳還是王雯昕，她仍然和他們糾纏不清。

「我們一起進去吧！他見到你一定很高興。」安迪熱情邀她一起進去探望佘清智。

「不用了，我只想知道他的情況。」王雯昕有些爲難，尷尬地看著安迪：「可以麻煩你告訴我嗎？」

安迪是聰明人，思考了一下，便不再強求她。

「他目前已經清醒了，你不用擔心。」

「那就好。知道病因嗎？」王雯昕知道他已無大礙，鬆了一口氣。

「其實他頭痛是老毛病了！」安迪補充說明。

「頭痛老毛病？」王雯昕很疑惑：「我怎麼不知道他有這個老毛病？」

「你離開後，他發生了一些事……」安迪說到到這裡，發現不該再提余清智曾經自殺的往事，這件事在余家的公司裡也是禁忌，安迪是少數知情的人之一：「從那之後，他就經常頭痛。」

王雯昕沉默低頭，關於那件事情她也很自責。

安迪見王雯昕頓然心情低落，趕快轉移話題：「我每次提醒他到醫院檢查，他總說是失眠沒睡好覺的原因。剛好利用這次的機會，好好檢查，這樣也是好的。」

「哦！」王雯昕勉強微笑。

安迪明白王雯昕的心情，安慰她：「你不用擔心，如果你覺得不方便親自探望他，心裡又放不下，就打電話問我吧！」他說完就把手機號碼給了王雯昕。

至誠商工。

早上七點三十分不到，張西恩已經來到至誠商工校門口。簡報時程排定是十點開始，他自知來得太早了，如果他現在進去，肯定整個至誠商工，上上下下被驚動得人仰馬翻，以為他是去做隨機評鑑。所以他只好暫時留在車子裡稍事休息，等待時間接近再進入。

張西恩心裡很清楚，自己為什麼會這麼急著來到至誠商工，因為這些日子以來，他的心緒總是無時無刻不被這個地方牽引著。自從研討會結束至今，已經又過了三個星期，這段日子雖然他刻意不去想她，可是明知她就在至誠商工，好幾次他都差一點忍不住，想衝到這裡找她。因爲，他眞的很想見她。只是見到她又如何呢？她都說了，他們之間的過去對她而言，不重要，沒有意義，她早就忘了。現在唯一能見到她的機會，就是這個每個星期一次的簡報會議。

已經九點半鐘了，張西恩覺得時間差不多了，下車走入校園。警衛早已收到指示，一見到張西恩出示的證件，立刻通知各處室。不一會兒，教務主任林奔泊最先來到，並引領張西恩至簡報室。漸漸的，各個處室的主管，及負責人員一一就位。

張西恩情緒混雜，帶著渴望卻又無奈的心情，左右等待。他一邊審閱書面資料，眼角餘光不時注意走進來的人，可他最期盼見到的人卻遲遲未出現。張西恩納悶了，簡報快開始了，她怎麼還沒有出現呢？

終於林奔泊走向前去，打開麥克風，準備開始做簡報。

「視導張長官，今天是第一次工作簡報，本階段的重點工作是教材採購發包……」

張西恩見負責簡報的人不是王雯昕，心裡發急，口氣急切地問：「本案的主要負責人王組長，爲什麼沒來？」

「報告長官，本案從現在起由我負責執行策劃，所以由我來向長官您做報告。」林奔泊禮貌周到回覆。

張西恩心一急，衝口而出：「爲什麼？」聽起來像在生氣責備林奔泊，其實，他是因爲不能見到王雯昕而懊惱。

林奔泊卻也因爲搶佔王雯昕的功勞而心虛，急切地立刻解釋：「是王組長自己要退出的，並沒有任何人強迫她啊！」

機械科負責人是魏冠翰；美工科負責人是徐子依。兩人都是與會的工作人員，他們兩人也對目前的景況都甚感詫異。

魏冠翰心中怪罪張西恩，他認爲王雯昕是爲了逃避張西恩的糾纏，才會忍痛捨棄她好不容易才完成的工作計劃。

徐子依則是訝異張西恩的態度。這已經是她第二次看到張西恩失態了，而且原因都是爲了王雯昕。徐子依回想起，張西恩第一次出現時，王雯昕也是表現得很怪異，難道他們兩人之間有什麼關連？

簡報繼續進行。張西恩從頭至尾都表情嚴肅，使得林奔泊做簡報時神經緊繃，以爲他對簡報內容有所不滿。但是到最後張西恩卻未提出有任何缺失，林奔泊主任才終於鬆了一口氣。

簡報結束後，張西恩並沒有立刻離開至誠商工，反而刻意在校園內到處走動，無非是希望能遇見王雯昕，就算只是遠遠看一眼都好。他很後悔，那一天就讓她那樣離開。學校那麼大，這裡又是她熟悉的環境，如果她存心躲避他，現在要見她一眼都很困難了。

張西恩覺得心裡沉悶，鬱鬱自問：「沒想到她居然會放棄辛苦努力的成果，只爲了逃避我。」

那一天，在爺爺的老房子裡，有一瞬間，他明明看見了她眼底的猶豫，他明明感受到她眼睛裡對他的不捨：「難道一切都只是我一廂情願嗎？」

中午休息時間，徐子依開車正要離開學校，巧遇張西恩也正要離去，兩人車子一前一後。徐子依並無意跟蹤他，只是順路就跟在張西恩車子後面。結果卻是——張西恩車子來到櫻山飯店時忽然停車。

徐子依覺得奇怪：「這長官今晚要留宿在魏冠翰家的飯店？難不成明天還要來學校做突擊抽檢啊！還好被我發現了，回去一定得通知學校要做好準備！」

徐子依刻意跟張西恩保持一段距離，也悄悄停車，打算靜觀其變。張西恩車子就這樣停在櫻山飯店的大門前。他下車卻不見他進入飯店去登記入住，反而走到飯店後面的「小西巷」望著王雯昕的住宅發呆。

徐子依此時心中覺得詭異：「那不是雯昕住的地方嗎？原來他是來找雯昕啊！」

可是過了好一陣子卻也不見王雯昕出現。過了將近二十分鐘後，張西恩似乎很落寞地上了車，發動引擎開車離去。

徐子依原本以為他們兩人約好見面，結果是什麼事也沒發生。但是唯一可以確定的是，既然他知道王雯昕住在這裡，就表示兩人曾經是認識的。

其實，張西恩只是一時不知道要去哪裡才能遇到王雯昕。他很清楚，來到王雯昕家門口一樣見不到她。

余清智的媽媽，與主治醫師討論余清智的病情。

醫師指著電腦畫面顯示的圖片，向余太太解釋：「我們第一次腦部電腦斷層掃描看不到血塊。但是腰椎穿刺來看，腦脊隨液有舊的紅血球。因此我們懷疑是腦部血管瘤滲血。經過腦部電腦斷層腦血管攝影後，我們可以看到報告結果顯示，確實是位在腦部有三顆血管瘤，而且其中有一顆是長在比較深層的部位，這比較麻煩。」

余太太一聽是腦部血管瘤，焦急地詢問：「那有危險嗎？」

醫生慎重回答她：「腦血管瘤如果破裂出血，它的死亡率第一次有百分之五十，第二次百分之八十，第三次百分之百。」

「怎麼會這樣？他才37歲。」余太太又著急著問。

「大腦動脈瘤破裂的好發年齡約在35—60歲之間。」

「那麼該怎麼辦？」余太太聽完醫生的解釋，整個心糾結慌亂：「求你一定要救救他！」

醫師先安撫她後接著說：「目前他的腦血管瘤引起的蜘蛛膜下腔輕微滲血，首先要預防再度出血，包括讓病人心情平靜。」

余太太又問：「必須要動手術嗎？」

「決定要不要治療未破裂大腦動脈瘤的因素包括：病人的健康狀況、血管瘤大小、血管瘤位置、血管瘤破裂機率，」主治醫師停頓數秒鐘又接著說：「當然我們建議應儘速治療，以避免產生再出血的危險性。因爲這些出血會進一步造成腦部損傷、肢體癱瘓或昏迷甚至死亡。」

「那就快安排動手術啊！」余太太立刻對醫生提出要求。

「問題是，以余先生目前的情況判斷，他滲血的這顆血管瘤的位置，手術的難度很高，加上他長期酗酒，以他現在的身體狀況評估，現在動手術危險性非常高，成功率很低，就算存活也很可能成爲植物人，或是全身癱瘓。」

「可是如果不動手術，他是不是隨時都會有生命危險？」余太太聽了醫師的解釋更著急了。

醫師無奈的點點頭：「如果只是輕微滲血、會頭痛或昏厥，但是如果破裂則有生命危險。目前我們只能隨時注意，過一陣子，等他身體調養好再評估看看能不能動手術。」

小西巷。

在王雯昕家，余清智的媽媽啜飲了一口王雯昕爲她泡的茶：「小葳，你別忙了！來陪余媽媽聊聊天吧！」

是余太太要求安迪帶她來的，安迪也已經把王小葳離開余家後的一切，詳細地向余太太報告。今天她是爲了余清智而來的，見到小葳果然是孤身一個人，這麼清簡過生活，也頓然不捨啊！

「小葳啊！我現在才知道，當年余媽媽誤會了你，我眞後悔說了那麼重的話責備你，你……還怪我嗎？」余太太對小葳是眞心感到不捨，因爲她小時候長得漂亮、聰明又乖巧，而且從小看著她長大，總是有一份特別的感情。

「余媽媽，事情都過去了。」王雯昕對她微笑著回答。

余太太繼續談到以前的事：「都怪我，當初你們吵架，我也沒弄清楚狀況就一味怪罪你……」余太太從安迪的說法判斷，小葳離開後，並未與其他男人在一起。她認爲這之間必然是有誤會。

王雯昕一時覺得愧疚，尷尬地打斷余太太的話：「余媽媽，我沒怪您。您別放心上了，眞的！」

余太太拉著王雯昕的手，轉了話題：「小葳，王媽過世後，這些年來你都是孤單一個人生活著……眞是難爲你了！沒想到王媽走得這麼快。」她疼惜地握著王雯昕的手。

聽余太太這麼說，王雯昕不禁又想到，一切都是因爲自己的任性，才會害死了奶奶，她面容悽惻，沉默不語。

余太太看了一眼王雯昕的哀傷神情，又繼續說：「唉！眞是造化弄人啊！如果六年前你和清智結婚了，現在說不定都生了小孩了，我現在就可以含飴弄孫啊！王媽也一定很高興。」

王雯昕並未接話。

「這個願望，我現在是不敢想了！我只希望清智健康、開心活下去。」余太太說這話時，紅了眼眶。她知道小葳還不清楚清智的病況，於是接著說：「清智腦子裡的血管長了血管瘤。」

王雯昕聽了這話，心中一陣驚蟄：「怎麼會呢？」

「醫師評估他的身體狀況後認爲目前不適合動手術，可是那顆血管瘤，就像在他的腦子裡放了一顆不定時炸彈。清智隨時都有喪命的危險。」余太太憂心忡忡，又不知如何是好。

王雯昕看得出來，余太太神情中顯露出來的恐懼和慌張。王雯昕從沒見過這樣的余媽媽，雖然依舊一身錦衣，但是光采盡消。以前的她總是華麗精明，凡事胸有成竹，如今被這煩惱折磨得兩眼無神、精神不振。王雯昕從小沒有媽媽，在她心裡余媽媽就是她母親的形像。除了六年前，余清智爲了她自殺時，余媽媽對她不諒解，曾經怒責她以外，一直以來余媽媽對她也是愛護有加，當她是家人一般。每當她從國外回來，準備的禮物給清智一份，她也一份。她也常買漂亮的衣服首飾給小葳，把她當女兒一樣打扮。王雯昕難過的心情盡顯在臉上，縱然不在一起了，她也不希望余清智有任何不幸，不希望余媽媽不開心。她是眞心希望余家人都能幸福，只是沒想到事情會變成這樣。

「自從你離開後，清智變了一個人。我是他的媽媽，看他那樣折磨自己，我好心疼啊！如今他得了這個病……我……」余太太已經忍不住啜泣起來了。

「余媽媽，您不要難過，我們再跟醫師討論看看還有沒有其他辦法。一直以來，清智生活都很規律，身體都很好，我相信他不會那麼容易倒下，我們要對他有信心。」王雯昕想要安慰余太太。

「小葳，你不知道的！你離開這幾年，他的生活一塌糊塗，從沒有一天是清醒的。他會生這個病就是因爲他一直在蹧蹋自己的身體，勸也不聽。醫生說必須等他身體調養好才能動手術。」余太太說的是眞話。當年余清智自殺獲救以後的生活糜爛到了極點，簡直是刻意進行慢性自殺，令她們夫妻倆擔心不已。

王雯昕心情沉甸甸的——原來，分開後他是那樣過日子啊！他爲什麼要這樣？我眞的傷害他那麼重啊？那一天他會發病，也是因爲我吧！

見王雯昕沉默不語，余太太擔心她誤解她的話意，以爲她有指責之意，趕快解釋：「小葳，余媽媽沒有別的意思，你不要想多了。」

王雯昕勉強微笑問著：「余媽媽，我可以去探望他嗎？」

「當然，清智一定很高興，我知道他一直盼望著你。」余太太喜出望外，因爲這就是她今天來找王雯昕的主要目的。寶貝兒子心裡的苦她看在眼裡，疼在心裡。她更明白，唯有王小葳才能解除兒子的苦。

余太太接著又說：「但是，我想暫時不要讓清智知道他的病況，所以……」

「我知道，我會注意。」王雯昕能瞭解余媽媽對清智呵護的心情。

「他已經回台北的家了，你跟我一起回去看他吧！」余太太一聽小葳願意去見清智，便積極邀她一起回台北。

「余媽媽，您先回去吧！明天我還要上班，後天是週末，我一早就去。」王雯昕回應著。

余太太得到了王雯昕的應允，放心了，便在安迪的陪伴下離去。離開前還特別一再交代她一定要來探望清智，深怕她不來。

「小葳，余媽媽拜託你了，只有你能幫他。」

其實自從余清智送醫之後，王雯昕的心就一直懸著。雖然不願意被他強勢控制，但是多年情分，早就像家人一樣親。更何況她一直都明白余清智對她的愛護，只是之前多所顧忌不便親訪，既然余媽媽不排斥她去看望，如果明天不必上班，她也是願意今日就隨余媽媽去台北看望他。

星期五放學後，徐子依出現在教務處，拉著王雯昕往外走。來到花圃，神祕兮兮逼問王雯昕：「你老實說，你到底和那個張西恩有什麼關係？」

王雯昕看了她一眼，皺眉思索著該怎麼回答——她知道了什麼嗎？

「你爲什麼這麼問？」思考半晌後王雯昕並未正面回答，反而回問她。

徐子依瞪了她一眼：「你很不夠朋友耶！我什麼事都告訴你，而你卻藏了那麼多的祕密沒說，你這算什麼好朋友嘛？」

「你也有心裡的事沒說啊！」王雯昕故意岔開話題，笑望著徐子依說著。停了數秒鐘後才又開口「例如……你喜歡魏冠翰……」

徐子依臉紅耳熱，接不下話來，原來這一切王雯昕早就了然於胸。當年她和王雯昕一起進入至誠商工，就被魏冠翰開朗風趣的性格吸引。只是魏冠翰的眼裡似乎只有王雯昕，而王雯昕卻只是全心全意投入工作，多年來總是刻意逃避任何男性的追求。徐子依熱心介紹男生給王雯昕，一來是希望她找到有緣人，二來是希望魏冠翰死心。

徐子依心事被料中，尷尬耍賴：「你不要轉移話題，我知道你們是認識的。」徐子依壓低聲音：「我看過他把車停在櫻山飯店，跑到你家門口等了很久才離開。你們之間到底有什麼關係？」

王雯昕原本以爲徐子依知道了些什麼，聽她這麼一說，才知道張西恩曾經在櫻山飯店附近流連。她的心情沉了沉，胸口感到一陣悶。

「你在想甚麼啊？櫻山飯店要入住的旅客誰都可以停車啊！我和那位張長官之間，完全沒關係，你不要八卦了。」

王雯昕不是要刻意隱瞞徐子依，而是不想在學校引起波濤。因爲徐子依藏不住話的個性，加上現在張西恩的身分。整個事件結構，很容易造成無謂的八卦話題，說了只是徒增困擾。

不想讓徐子依繼續聚焦在這個話題上，因此王雯昕故意轉了話題：「你班上的學生——吳育勝，你可能要多注意，從開學至今，他上課時都在睡覺。」

徐子依一聽王雯昕的提醒，好像想到了什麼，忽然叫了一聲「唉呀！」，然後看了一下手錶才說：「現在六點鐘了，我都忘了我要打個電話給他。」說著說著就自顧自拿出手機撥號。電話撥通以後，只聽她對著電話裡的接話人說教。

「吳育勝你到家囉！你這小子果然守信……好吧！要乖乖聽你媽媽的話喔！……好了，快去準備吃晚飯了！Bye—Bye。」

等徐子依卦了電話，王雯昕一臉疑惑問她：「你跟吳育勝約好打電話給他啊！」

「是啊！」徐子依一邊收手機，毫不經意地回答。

「可是沒聽見你們聊什麼重要事情啊？」王雯昕聽著他們的對話，覺得有些莫名其妙。

「我只是打電話去查勤而已，看他在不在家。」徐子依輕描淡寫回應。

「查勤？」王雯昕一頭霧水，

「這小子每天放學後都在外面鬼混到三更半夜還不回家。他媽媽擔心得要命，拜託我幫忙。我想到一個好方法——跟他約法三章，我會每天打電話到他家查勤，如果他放學後準時回家，連續兩個星期，我就幫他記一個小功。」徐子依這才清楚解釋。

「結果如何？」王雯昕終於弄清楚是怎麼一回事。

「還不錯，我已經連續打電話一星期了，他眞的都乖乖回家呢！」徐子依說話時還帶著一點驕傲的神色。

王雯昕想了一下問她：「你把記功積點拿來給這個學生記功，到時候積點不夠用，那些眞正乖巧認眞的學生你怎麼安排？」

「唉呀！你這位教學組長用教務處公差的名義撥一些積點給我用不就得了！」徐子依一副老神在在的態度。

「你這位大小姐，做事總是不按牌理出牌，原來你早就打好主意了！」王雯昕睨了她一眼。

「這是爲了幫助學生，你一定會幫忙的。」徐子依認爲理所當然。

「用教務處公差的名義撥一些積點給你當然沒問題，只是你確定這樣做有效嗎？」

「怎麼會沒效呢？他現在不都乖乖回家了。」

「你確定他接完電話還會乖乖留在家裡？」

「他媽媽應該會管著他吧！」

「可是我上課時他還是一副精神不濟的樣子，測驗時幾乎都交白卷，作業也都沒寫呢！一般而言，經常三更半夜還在外遊蕩的青少年，必定有一群遊伴，不可能那麼快與他們斷絕交往，你還是要多注意他。」王雯昕多年的教學經驗直覺事情沒那麼容易，好意提出建議。

「難不成……他接了電話後又偷溜出去玩？」聽了王雯昕的建議，徐子依才慢慢地自言自語著。她思索了一會兒後拿出手機撥號：「喂！吳育勝在家嗎？……甚麼？又跑出去了……吳媽媽，我都幫你把兒子弄回家了，你還留不住他……」

王雯昕安靜在一旁看著徐子依氣極敗壞地對吳育勝的家長嚷嚷著。其實，她明白這樣的孩子就是因爲家庭管教功能出了問題，孩子才會經常三更半夜還在外遊蕩不歸。要求這些家長管住孩子，他們根本做不到，也很無奈。有些有熱誠的老師願意深度介入協助管教，但是，這也讓這些老師容易陷入危險。有時不小心被學生或家長反咬，經常要受到教評會懲處或吃上官司。

看著身旁許多認眞的老師被檢舉，造成現在許多老師抱著「少做少錯，明哲保身」的心理。美其名是將管教權交還給家長，老師也樂得輕鬆。但是，事實上需要加強輔導管教的孩子，大部分都是他們的家長根本已經失去管教功能。現在如果因爲老師擔心被檢舉反咬，都收手不管他們，任其發展，情況恐怕更糟糕。

彰化市。櫻山飯店。

星期六一早王雯昕接到櫻山飯店的櫃台人員的電話——有一位劉先生要找她。原來老劉早已經在櫻山飯店的門口等著接她去台北。是余太太擔心她後悔，派老劉到彰化來接她。

「劉伯伯，好久不見。」久別重逢，王雯昕見到老劉著實開心：「其實你不必來接我，我自己搭車就可以。」

「余夫人希望你早一點到，她希望少爺能早一點見到你。」老劉見到王雯昕也滿心歡喜地熱絡談起來：「小葳啊！好久不見你，你好像成熟些，看起來不一樣喔！」

「可是劉伯伯你都沒變呢！」王雯昕並未坐後座，而是坐在副駕駛座。

「怎會沒變啊！老囉！」老劉呵呵笑著回答，但是很快的就收起笑聲，轉變爲沉重的口吻對王雯昕說：「我聽說王媽六年前就已經過世了。」

王雯昕沉靜下來，低聲回答：「是啊！都怪我沒有好好照顧奶奶。」

「眞是世事難料，本來以爲你會和少爺結婚，王媽也可以享清福了，怎麼想得到會突然變卦，一切事情全亂了套，不僅你們祖孫兩人情況不好，余家上下也一團混亂。這幾年來，家裡的氣氛總是低迷，問題就出在少爺身上。」老劉心有感感，有感而發。

王雯昕不知如何接話，只好沉靜不語。

車子在高速公路上行駛，車子裡安靜片刻後，老劉開口問：「小葳啊！有些話或許我沒資格對你說。」

「劉伯伯，您是我的長輩，從小看著我長大，就像親人一樣，當然有資格指正我。」王雯昕心想，劉伯伯大概是要針對六年前的事責備她吧！

「我不是要指正你什麼，只是以前有些事情你可能不知情，我覺得應該告訴你。」

「喔！」王雯昕應了一聲。

「你認爲當年少爺大學畢業後爲什麼不出國留學？」老劉繼續說。

「他說沒有申請到他想讀的學校，所以不想出國留學。」王雯昕記得當時曾經聽到余清智和余媽媽說話，內容大概就是余清智不滿意申請上的學校，不管余媽媽怎麼勸，他還是堅持不出國留學。

「不是的！其實學校都申請好了，少爺也都準備好要出國了，是因爲董事長夫人認爲既然少爺不在台灣，余家當時正在拓展中國大陸的事業，董事長和夫人也很少回台灣，所以夫人找我和你奶奶談。」

「這種事情爲什麼需要找您們商量？」王雯昕覺得這兩件事並不相關，也不關劉伯伯和奶奶的事。

「夫人的意思是，我留下來，平時看著台灣的房子，整理環境。他們回台灣時還可以接送他們。至於你奶奶，夫人打算辭退她。」

王雯昕心頭一震，已猜到十之八九。

「當時你才剛考上高中，你奶奶希望你專心學業，所以沒讓你知道。你奶奶年紀大，工作不好找，所以我建議她請少爺幫忙。你知道結果如何嗎？」老劉轉頭看了一眼王雯昕，嘆了口氣後才接著說：「少爺居然決定留在台灣，不出國留學。」

王雯昕仔細回想後，只覺得胸口一陣發悶。

當年余清智因爲即將出國留學，擔心小葳沒有他照顧，日常生活會出問題。因此在王小葳高中入學報到那一天，余清智帶著她到學校報到後，又帶她熟悉學校附近的環境，因爲將來她得要自己搭公車上學。但是王小葳方向感很差，總是弄錯方位。

余清智見她迷迷糊糊，漠不在乎的態度，著急地對她說：「小葳，你這個樣子，如果我不在你身邊，你怎麼辦啊？」

「多搭幾次就會了嘛！你不必擔心的。」王小葳覺得余清智是在責備她，不開心回應著。

「不只是學會搭公車，將來還有很多事你要學會自己處理，包括其他生活上、課業上還有……沒人照顧你，你連搭公車都有問題，這種情況下，我如何放心離開。」余清智顯得擔心焦慮。

「我可以問同學啊！奶奶也會照顧我啊！」王小葳覺得余清智總是甚麼都不讓她嘗試，現在才責備她甚麼都不會。這些生活上的事情，同學們都能做，她也一定沒問題的，只是剛開始比較不熟悉而已，多幾次練習就可以駕輕就熟，余清智實在沒有必要杞人憂天。

「你奶奶怎能照顧你？」余清智明白，如果不是他頂著，爸媽嫌棄小葳的奶奶工作效率太差，早就打算辭退她了。

「世界上會照顧我的就你跟奶奶，如果你不在，當然就是奶奶照顧我啊！」王小葳賭氣似地回嘴。

余清智聽著王小葳說出這句話，一時無法回應，他覺得小葳說的是事實，此時他卻要拋下她們祖孫。余清智知道，除了他又有誰會照顧他們祖孫兩人呢？這也是他最擔心的事。如果他出國了，爸媽勢必會辭退小葳的奶奶，如果小葳的奶奶沒了工作，屆時她們祖孫兩人生活必定出問題，小葳將如何繼續學業？

小葳十歲生日時許的願望——「希望和清智哥哥永遠不分開！」在余清智的耳邊響起。余清智突然望著王小葳，好久不說一句話。他心裡想著：「如果我就這樣離開她，她的願望就落空了。」就在那一瞬間，余清智下了決定。他以堅定的眼神看著小葳，似乎對她承諾：「小葳，我不會讓你的願望落空，我會一直照顧你。」

王小葳對余清智突然的回應，有些不明就裡，所以並未回答。

幾天之後，余清智斷然取消出國留學的計畫，余太太當然急得跳腳。她不斷說服余清智，但是他心意已決，不理會余太太的勸說。

王雯昕現在才明白余清智當年的心意，此刻她才了解，原來他居然曾經是這樣義無反顧地爲她們祖孫兩人犧牲。

車子持續在公路上奔馳前行，王雯昕時而低頭沉思，時而呆望窗外。

車子裡，這樣沉靜了許久，老劉才又開口：「小葳啊！還有一件事……」老劉有些吞吞吐吐：「……這件事……少爺要求我和你奶奶當他的面發誓，永遠不說。如今……我認爲……應該告訴你實情。」

「什麼事？」王雯昕抬頭專注地望著老劉。

「你記得你十歲生日那一天，我們幫你慶生之後，少爺打破董事長最心愛的骨董瓷盤那件事吧！」老劉緩緩說著。

「記得，那年他高中三年級，因為他在客廳打球，才打破瓷盤。聽說那個瓷盤價值幾百萬，他還因此被余爸爸狠狠打了好幾巴掌，還被嚴厲處罰。」

王雯昕記得很清楚，因為她從沒看過余爸爸發過那麼大的脾氣，連余媽媽也責罵他。他也因為自知犯了嚴重的錯誤，默默接受處罰，不敢吭聲。

老劉又嘆了一口氣，才又吞吞吐吐對王雯昕說出：「小葳……，瓷盤不是少爺打破的……是……慶生會後……你奶奶打掃收拾客廳時，不小心碰倒瓷盤旁邊的木架……打破了！」

王雯昕記得，當年余太太就曾經認為瓷盤不可能是余清智打破的。因為她認為余清智一直都是很有分寸的孩子，況且當時他都已經十八歲了，也都知道客廳擺設不少名貴的骨董或藝術品，絕不可能在客廳打球。她逐一詢問老劉，王媽，甚至也把王小葳叫到書房詢問。

「小葳，你老實告訴余媽媽，瓷盤是不是你打破的？」余太太嚴厲注視著王小葳問著。她知道自從王小葳出現在余家之後，清智總是對她全心呵護。清智沒有兄弟姊妹，有王小葳陪伴顯得開朗許多，所以余太太也樂見小葳帶來的改變。但是如果清智為了維護王小葳而替她背負這樣的過錯，余太太是絕不允許的。

「不是！」王小葳搖頭否認。

余太太不死心繼續對小葳問著：「你清智哥哥對你好不好？」

「很好！」王小葳點點頭。

「你過生日他是不是送你一顆皮球？」余太太壓制情緒，緩和問著。

「是的！」王小葳又點頭回答著。

「小葳，如果你做錯事，不可以推給清智哥哥，害他被處罰知不知道？」余太太隱含警告意味對她說。

王小葳只是點點頭並沒有回答。

「那麼，你拿到皮球，有沒有在客廳玩皮球？」余太太又問。

「沒有，清智哥哥叫我拿到院子去玩。」王小葳老老實實回答著。

余太太覺得既然清智都會要求小葳到院子去玩球，怎麼可能自己反而在客廳打球呢？於是她繼續追問「你跟誰一起玩？」

「清智哥哥跟我一起玩。」王小葳天眞爛漫笑著說。

「你們有進來客廳玩嗎？」余太太繼續追著問。

「沒有。」王小葳記得她和余清智一直在院子打球，奶奶出來找余清智說了一些話，之後余清智跟奶奶回到屋子裡，她就自己在院子玩。

正當余太太又要發問時，余清智進入書房把王小葳拉到身後，對著他的媽媽說：「媽！就跟您說過，是因爲我一時興起，沒注意才會不小心打破瓷盤，事情都是我一個人的錯，怪也是該要怪我，您不要牽拖其他人好不好！弄得大家人心惶惶。」

「你知道那個瓷盤是你爸爸費盡心力才得到的收藏品，價值數百萬啊！現在被你打破了，他一定會大發雷霆。」余太太責備的口吻說著。

「總不能要小葳頂罪啊！」余清智生氣對余太太說：「既然那個瓷盤價值不斐，王媽就算工作一輩子也賠不起，你硬要把過錯推給小葳也太不厚道了吧！」

「我並不是要把過錯推給小葳，我只是想問清楚事情經過而已……好吧！既然你這麼說，我就不管你了，看你該怎麼對你爸爸解釋啊？」

余清智並未回應余太太的話，反而對小葳說：「你趕快出去了，你奶奶在外面等你一起回家。」

王雯昕回憶起當時奶奶似乎很焦慮。當她離開書房，奶奶著急問她：「太太都問些甚麼問題？」奶奶說話時，甚至還不時地發抖。

王雯昕赫然震懾，背脊漸漸發麻，迅速蔓延至頸項後腦。

原來——瓷盤眞是奶奶打破的啊！

原來——他爲了我們祖孫兩人，自己的前途都可以不顧，甚至奶奶犯下這麼嚴重的過錯他都願意背負下來。

到底，還有多少事情是他曾經爲我犧牲，而我卻一直蒙在鼓裡啊！

雖然車子平穩地在公路上奔馳，但是王雯昕忽然感覺到胃部抽搐、翻絞。她深深呼吸，試圖減輕身體的不適。她閉眼調息，腦海中持續不斷的是奶奶對她的責備和遺言。

「少爺對我們好，你千萬不要再傷他的心啊！他是我們的大恩人啊！」

王雯昕回想在余家的歲月，多虧余清智的呵護及照顧，她一直過著無憂無慮的日子，然而不懂知足感恩的她，卻總是認爲他是在控制她。沒想到他對她的付出居然是這樣全心全意，現在她才終於明白了余清智對她們祖孫的恩情。好幾次奶奶欲言又止，似乎有難言之隱，想必就是這些事吧！難怪當年她背棄余清智，奶奶會那麼生氣。因爲她不僅不知報恩，還一再地傷害他。她眞是一個忘恩負義的人啊！

此刻王雯昕才驀然清醒，現在她覺得——就連她自己也不能原諒自己了！

來到余家已經是上午十一時了。余清智尚未起床，所以余媽媽慫恿王雯昕到余清智房間去：「你去叫他起床吧！看到你，他就會清醒了。」

王雯昕走進余清智的房間，一股濃烈的酒味撲來，茶几上擺放著一瓶快見底的威士忌，酒杯中還殘留未喝完的酒。王雯昕訝異，因爲以前余清智除了應酬，不得已啜飲幾口酒，平常是滴酒不沾的。但是……現在的景況判斷，他前一晚顯然喝了不少酒。王雯昕心情沉重思索著：「他……怎麼會變成這樣？」

厚重的窗簾密不透風地，遮住任何能進入的光線。陰暗的房間，濃烈的酒氣被悶著，整個空間散佈著頹靡與悲悽。王雯昕的心凝結，她感到沉重與哀傷，她覺得呼吸困難。看著安安靜靜蜷伏在床上，像個脆弱的幼兒一般的余清智，一陣疼痛襲上她的心頭：「分開這些年來，他都這樣生活著嗎？」王雯昕忍住鼻酸，走到窗邊，「刷！」一聲，拉開窗簾。陽光迅速射入，灌滿整個房間。

余清智被這唐突的光亮扎刺全身，漸漸有了反應。他蠕動翻身微張眼睛，看到亮晃晃的陽光中有人影，那人影竟然是總是讓他揮不出腦海的王小葳。他心中惱著：「昨晚又喝太多酒了，現在還宿醉啊！」他抓了枕頭遮住臉，再次翻身，背對光線。

王雯昕回憶小時候，曾經余清智答應帶她去遊樂園玩。她因爲太興奮，一大早就起床。她來到余家，結果余清智還在睡覺。她叫不醒他，氣得站在余清智的床上跳躍不停，邊跳躍還邊叫嚷著：「起來！起來！來不及了！」余清智耐著性子解釋：「小葳，遊樂園十點才營業，再讓我睡一小時。」說完也是這樣抓了枕頭遮住臉，翻身再睡。可是當時她就是不肯罷休，繼續在余清智床上跳，跳到他答應起床爲止。

王雯昕笑了笑，那一切彷彿昨日。她走近余清智的床邊，輕喚一聲：「清智哥哥！」

余清智還在迷迷濛濛中，心中疑惑：「小葳的聲音？怎麼醉得都有幻聽了！」

王雯昕見他沒有反應，伸出手輕輕搖晃余清智的肩頭。

「是幻覺？還是夢？」余清智漸漸清醒，卻還是無法確定眼前的一切是宿醉中的幻夢，還是眞實？

王雯昕坐在床沿，溫婉微笑。余清智雙眼狐疑，思索著要不要伸出手去碰觸眼前的身影，他害怕眼前的一切是否一碰觸就消散了，那麼他寧可就這樣看著她對他微笑的幻影。

王雯昕瞧著他，他睜眼楞楞地呆望著，半晌不動。

於是王雯昕開口說道：「快中午了，要不要先起床梳洗，大家等著你吃午餐呢！」

「不是幻覺！眞的是小葳！」余清智的心震盪，霍然起身抱住王雯昕。這是紮紮實實的形體，果然不是幻覺。

他幾乎不敢相信，囈語般呼喚著：「眞的是你！眞的是你！眞的是你啊！」

王雯昕溫順地接受他的擁抱，她非常明白余清智在情感上對她的依戀。那天他提醒她澆太多水，植物會溺水。然而他卻不明白，澆灌太多的愛，就像在植栽上澆灌太多水是一樣的。

這樣擁抱好久，余清智清了清發緊的喉嚨才說：「你不是說……永遠都不跟我在一起嗎？」

他說這話時，語氣中透露出的委屈，讓王雯昕覺得罪惡感。明知他對她是全心全意，卻總是故意傷害他，如今害他弄壞了身體，隨時都可能喪命，她眞的對不起他，該怎麼彌補啊？

王雯昕掩飾心中的酸楚，對他眨眨眼睛，俏皮回答：「如果……你不逼我離開至誠商工，也許……我們可以從頭來過。」

「可是我怎能讓你自己一個人……」余清智不假思索立刻回應。

王雯昕抬頭，刻意顯露嬌嗔的說：「你不同意？那就算了！」說完話，撒嬌作勢要推開余清智環抱在她腰間的手臂。

「好！好！我同意。」余清智緊緊環抱的手臂，哪肯有絲毫放鬆。他覺得好像在做夢。

終於，一切又回到從前美好的時光。

聖誕節前夕，王雯昕答應陪余清智過聖誕夜，因此請假提早下班前往台北。原本余清智堅持要到彰化接她，可是她擔心余清智身體，不肯讓他獨自長途開車。余清智雖然無奈，可是又怕小葳不開心，只好同意。

他們約在余清智的公司會面，再一起吃晚餐。王雯昕來到公司時，已經將近晚上七點鐘了。今天又是聖誕夜，大部分的員工都已經下班離開了，只有安迪還沒走，他是刻意等王雯昕來到才打算離開。所以，王雯昕一進門安迪就對她說：「他在辦公室等你很久了，你直接進去找他，我要下班了。」安迪說完，提起公事包就起身離開了辦公室。

王雯昕走入余清智的辦公室，卻看到他坐在沙發上閉著眼睛，似乎睡著了，連她進門都沒有反應，她心想：「太累了吧！讓他休息一會兒。」

王雯昕見他沒有穿外套，這樣睡著會著涼。於是她去拿他的西裝來幫他蓋上。以前都是余清智這樣照顧她，在她的印象中，她從來沒有這樣對待過清智。一直以來都是他在付出對她的關愛，而她卻從不知道如何對他付出，甚至關心他。當她把西裝外套往余清智的身上覆蓋時，余清智突然伸手拉住她的手，睜開眼睛，靜默地看著她。她溫婉地在他的身旁坐下來，溫柔地對他微笑著。正當她要開口問他是否太累時，余清智忽然吻上了她的唇。她一時沒有心理準備，整個人僵住，睜大雙眼，雙唇緊閉。余清智也感受到她的僵硬，停了下來。兩人對望數秒鐘，他凝視她的眼神，顯然又被傷害了。

奶奶和余媽媽的話，在王雯昕的耳畔響起……

「你要知道，因爲有他，我們才能有今天。小葳，我們做人不能忘恩負義。……如果你再傷害少爺，我一定不原諒你。」

「小葳，余媽媽拜託你了，只有你能幫他……」

王雯昕深深呼吸一口氣，放鬆原本緊繃的雙唇，微笑閉上眼睛，主動迎上前去。

余清智忘情地擁吻王雯昕，壓抑在他體內的熱火奔竄，這樣熱烈的吻，吻得王雯昕幾乎無法呼吸，直到他的雙唇移到王雯昕的脖頸時，她才能鬆一口氣。余清智雙手恣意地在王雯昕身上來回遊移撫觸。他順著王雯昕的脖子，頸項一路往下親吻著，吻到王雯昕的胸口，他開始解開王雯昕胸口的衣扣。王雯昕一時未能反應，感受到他逐漸發熱的身軀，急促的呼吸，激烈渴望的眼神，王雯昕忽然明白了此刻余清智想要做什麼。她伸手握住了他正在解開她胸口衣扣的手：「清智……這裡是辦公室。」

「小葳，我求求你……不要再拒絕我，這對我很重要！我等太久了，我再也無法忍受這樣的等待了！」余清智幾近哀求地說著。他知道張西恩還不肯放棄她，他恐懼六年前的事情重演。這六年如在地獄般的生活，真的太痛苦了。

王雯昕知道他爲何恐懼。她提起另一隻手，雙手輕輕握著余清智放在她胸口的那隻手，溫柔地說：「對不起，以前是我太任性了！你放心，我是你的未婚妻，今後我永遠都不會離開你。」

「那麼……我們盡快結婚……好不好？」余清智乞求地問著，珍惜呵護地把她擁入懷裡。

「嗯！」王雯昕輕輕應一聲，思量著，這本是她該負的責任啊！

至誠商工。

聖誕節前一天，王雯昕請假提早離開學校。聖誕節隔天，一到學校王雯昕發現她的桌面上的檔案文件被翻動過。她詢問幹事美玲發生了甚麼事，美玲向她報告事情原委。

原來，當她才離開沒多久，突然檢調單位派員來到學校調查蒐證。因爲學校承辦教育部技職教育觀摩的事務，被檢舉收受賄賂，採購設備時，圖利特定廠商。

當檢調人員詢問林奔泊：「請問承辦教育部技職教育觀摩的事務的主要負責人員是那位？」

林奔泊見到檢調人員，瞭解事態嚴重，馬上推得一乾二淨：「是王雯昕組長。」

「可以請王組長來跟我們解釋一些疑點嗎？」檢調人員提出要求。

「她今天請假。」林奔泊回答。

「那麼請貴校準備相關資料，我必須帶回去。」檢調人員直接提出要求。

「是，我馬上準備。」林奔泊將王雯昕的檔案文件一一翻閱後挑選相關檔案，大略整理後交給調查人員。

聽了美玲敍述事情經過，王雯昕轉而詢問林奔泊主任，希望能更瞭解整個事件。林奔泊支支吾吾的態度，王雯昕覺得事有蹊蹺。況且自從經費撥下來，王雯昕就退出計畫，採購設備的事，完全與她無關，為什麼要拿走她的檔案呢？

接下來的一連串偵查，顯然林奔泊才是收賄的主導人，但是林奔泊卻極力把責任推給王雯昕。整個事件牽連教務處，總務處以及實習處多位行政人員。這件教育界的醜聞立即被媒體批露，事件被炒得沸騰，教育部也成立了調查小組，釐淸責任歸屬，並懲處失職人員。

元旦假期才結束，檢調人員協同教育部調查委員，包括張西恩，一行六人，大陣仗來到至誠商工。借用學校會議室進行臨時調查會。學校內所有相關人員都一一被傳喚訊問。

王雯昕被列為主要嫌疑人之一。

當她一走入會議室，見到六個委員一字排開大陣仗地坐在她對面，自己像個罪犯一樣，準備接受審問。她從來沒有過這樣的經驗。掩不住緊張害怕的眼神不自覺地飄向張西恩。

張西恩知道她在害怕。此時，他眞想握著她的手告訴她——不要怕！可是，他現在卻什麼也不能做，只能眉頭深鎖，望著惶惶無措的她。

第一位委員提問：「王雯昕組長，這項計劃從一開始就是由你策劃，是嗎？」

「是的。」王雯昕回答。

「你是主要負責人嗎？」委員繼續提問。

「是的。」王雯昕回答。

「採購設備的業務，也是你負責嗎？」委員又問。

「不是，我並未參與採購設備的業務。」王雯昕回答。

「既然你是主要負責人員，爲什麼採購設備的業務你並未參與呢？」委員再提問。

「因爲後來我退出此項計畫了。」王雯昕據實以報。

「你在什麼時候退出本項計畫呢？」委員又再提問。

王雯昕眼睛與張西恩的目光不期而相對，因此她頓了兩秒鐘後才回答：「在教育部經費撥下來之後，採購設備之前。」

此時旁邊另一位委員，湊近正在提問的委員，兩人低語一陣之後，委員發問。

「這麼說來，你是在所有計畫將近完成時，退出本項業務，是嗎？」

「是的。」王雯昕回答。

「你是早就知道他們的意圖，不願意同流合汙，受到逼迫，憤而退出嗎？」委員判斷後提出發問。

「不是。我只是不想再參與此項工作，主動退出，由林主任接手。」王雯昕根本不知道林奔泊心中打的主意，她當時純粹只是想要逃避面對張西恩。

王雯昕的回答，除了張西恩以外，大部分的委員都感到不解。

「王組長，你的說法非常不合理，沒有人會在工作即將完成，沒有任何原因，會主動放棄，請據實回答。」調查委員嚴厲看著王雯昕，要求她誠實回答。

王雯昕一時不知如何是好，低頭不語，因爲她眞的不知道該怎麼說。

「王組長，這一點很重要，關係到你在這個事件中是否清白。」調查委員提醒她。

王雯昕仍然沉默不語。她雙手緊握，微微發顫。

「王組長，如果你無法提出，你爲何在這個關鍵的時間點退出的理由。調查委員會合理懷疑，你與另一位涉案人——林奔泊合謀，刻意將計畫完成後轉交給他，事成之後他再給你約定的報酬。」另一位調查委員提出意見。

「不是的！我……」王雯昕想要辯駁，可是又無法說出眞正的原因，只能再次低下頭去。

會議室陷入沉靜中許久。

一道沉穩宏亮的聲音劃破寂靜：「王組長，你應該是爲了逃避我，才退出此項計畫。是不是？」一直沉默在一旁的張西恩終於開口了。

王雯昕訝異地睜大眼睛，望著張西恩。

「這點我來解釋吧！」張西恩看了王雯昕一眼，對她露出似笑非笑的苦笑。然後，面轉向與他同排列的委員會成員們說話：「我與王組長多年前是舊識，應該說……以前我追求過她，但是被她拒絕了！」

聽到張西恩這麼一說，調查委員會的成員們頓時起了騷動。

張西恩停頓了數秒鐘之後，一臉尷尬接著說：「無論如何，如果王組長繼續負責本項計畫的推行，她就必須定期向我報告。」說到這裡，張西恩轉頭看著王雯昕問她：「王雯昕組長，你應該是爲了逃避被我糾纏，或是擔心我會公報私仇，因此，才忍痛放棄努力了很久的成果吧！」

王雯昕一時不知如何回答，滿眼疑惑看著張西恩。

此時，調查委員會的成員們開始低聲討論了起來。委員會的成員們這時目光全都聚焦在張西恩的身上。張西恩面容嚴肅，雙眉緊皺。

委員會經過一陣討論後終於達成共識，推派其中一位委員發表意見：「張西恩委員是本項計畫的督導，既然張委員主動提出王雯昕組長退出本項計畫的癥結，我們會列入考慮與查察。但是剛才張委員也提到，王組長擔心被糾纏或公報私仇而退出本項計畫的疑慮。本委員會也會另案調查，張西恩委員是否有失職之處。」

調查委員會成員又問了王雯昕幾個問題，排除了她涉案的可能就讓她離開了。

調查工作結束，張西恩和其他委員一同驅車離開。王雯昕站在教務處的窗邊，往外看著正要上車的張西恩，冷不防地張西恩臨上車前，抬頭望向王雯昕佇足的窗口，王雯昕快速退縮到室內陰影裡。等到他們的車子開走，她才又靠回窗邊。

此時教務處辦公室旁邊的班級正在上國文課，傳來學生朗誦著古詩詞。

「迢迢牽牛星，皎皎河漢女。纖纖擢素手，札札弄機杼。終日不成章，泣涕零如雨。河漢清且淺，相去復幾許。盈盈一水間，脈脈不得語。」

彷彿他們明白王雯昕此刻的心境，而刻意朗誦映襯著。

「你爲什麼要這麼做？爲了我……又這樣奮不顧身！」王雯昕凝望著揚塵而去的車子，神情落寞，眼眶漸染了紅暈。

張西恩坐上車後，有一些失落。剛才他覺得王雯昕正在遠處看著他，可是當他抬頭搜尋那個盼望的人影時，卻又是令他失望的結果。

與他同車的一位前輩，基於愛護他的好意，對他提出忠告：「小老弟，你的條件很好，前途無量啊！可是你剛才的自白，很危險啊！如果媒體記者知道了你和那位王組長，曾經有那麼一段，肯定會大做文章。這樣一來你的專業操守，會受到質疑，你的形象也會大受打擊。」

張西恩只是尷尬地笑一笑，沒有答腔。他心裡很清楚這樣做的後果，可是他就是無法眼睜睜看著她被攻擊得無招架之力，而不出手解危。剛才的她，卸下了王雯昕幹練的外衣掩蓋，她依然還是像他熟悉的王小葳一樣啊！

至誠商工的收賄醜聞，經過媒體一再報導，引起輿論一致撻伐，甚至質疑教育部進行的教育實驗，是浪費公帑、毫無成效的計畫。至誠商工校長爲了平息衆怒，率領部份計畫參與人員召開記者會，向社會大衆解釋、道歉，並且當衆宣布今後計畫執行交給王雯昕組長統籌。王雯昕也在各大媒體記者面前保證，今後所有計畫執行過程都會完全透明，禁得起檢驗。

張西恩也一連串接受媒體專訪，重申此項計劃的必要性。針對參與學校的考核，教育部會積極督導，不會讓類似的事件再發生。

大部分的媒體在處理這則新聞時，平面報紙都是把張西恩的專訪和王雯昕的宣告放在同一版面。

而電視新聞則是放在同一則新聞，兩人畫面前後播出。

林德彰坐在電視機前，越看越覺得奇怪。

「那個王雯昕……怎麼那麼像……小葳老師？」他一邊說話一邊推著坐在他旁邊的賴登發的手臂。

兩人放下手裡的便當，蹲在電視機前仔細看了又看。

「是啊！就是小葳老師沒錯啊！你還說她死了？你看她活跳跳的呢！」賴登發瞟著林德彰，一臉責備。

「怎麼改名字了？難怪我們找不到她！」林德彰搔搔頭，不解地說著：「他們兩個人一起出現在電視上，所以他們現在一定在一起。這叫做——有情人終成眷屬啊！」林德彰對於自己終於說出像樣的詞句很滿意的笑了。

「我們一起去找這對……『佳偶』，你看如何？」林德彰似乎很滿意自己的語詞造詣，一臉驕傲對賴登發說。

「好啊！但是去那裡找？」賴登發問林德彰。

「教育部呀！西恩老大現在是教育部的大官員，去那裡一定找得到他，找到他就可以找到小葳老師了。」林德彰一副胸有成竹的態勢。

彰化市。

期末考前，王雯昕約徐子依吃飯。徐子依一進入到富山日料餐廳就開心大呼小叫：「真難得，你會主動約我吃飯。每次找你吃飯，你都忙得像蜜蜂，跟你當同事總是讓我自慚形穢，覺得自己好像很偷懶、打混。」

她一邊說一邊拉開王雯昕對面的椅子坐下，嘻嘻笑著問王雯昕：「你說要請客，還這麼大手筆，請我吃日料，是甚麼原因要請我？中樂透彩啊！」

王雯昕認真的態度回答著：「要謝謝你這些年來的照顧。」

徐子依聽得一頭霧水：「你在說甚麼？考完試只是放個寒假而已，又不是要離職。」

「賓果！被你猜中了！」王雯昕故作輕鬆，對徐子依裝出一副開心的樣子。

「你是在開玩笑吧！」徐子依收起嘻笑的態度，認真了起來。

王雯昕搖搖頭，伸出她的右手，手指上多了一枚戒指：「我訂婚了！下個月結婚。」

「天啊！你跟誰訂婚啊？從沒見過你跟哪個男生交往！怎麼回事啊？你今天一定要說清楚。」徐子依驚訝又好奇。

「其實……我六年前就訂婚了，只是後來我們之間……有些爭執，就分開了。最近我們又相遇了，我們決定在一起。婚禮就定在下個月。所以這學期結束，我可能會辭職。」王雯昕只是輕描淡寫，敍述她與余清智的情況。

「難怪！幫你介紹男朋友，你總是推脫。幹嘛不早說！」徐子依一副恍然大悟的樣子，開心恭喜她：「恭喜你，一定要幸福哦！」

在至誠商工，王雯昕與同事相處融洽，但是與她最親近的是徐子依和魏冠翰。她早就看出徐子依對魏冠翰的情意，只是兩人一見面就鬥嘴。

「子依，喜歡他，就對他溫柔些，讓他知道你的心意，不要老是故意找他鬥嘴。」王雯昕誠心誠意提出建議。

「你說的是……什麼跟什麼啊……？」徐子依尷尬否認。

「你明知道我說的是魏冠翰！」王雯昕笑著說。

「你們兩人都是我的好朋友，不論將來有沒有可能在一起，我希望你們能和睦相處。魏冠翰是個好人，值得你把握。」王雯昕說完，握著徐子依的手鼓勵她。

徐子依知道王雯昕是眞心誠意，心中自是感激，不再刻意否認。但是爲了掩飾尷尬，她故意轉了話題閃躲：「技職教育實驗計畫的工作，你打算怎麼辦？」

「我會與校長討論，會找個合適的人來接替。」

「難道你眞打算放棄？我認爲你應該完成這個工作再離開，況且你是主要的執行人，沒有人比你熟悉了。」徐子依吃了一口生魚片，忽然想到了問題，放下筷子，急切地問。

徐子依說的正是王雯昕心底難割捨的，但是清智希望儘速結婚，一定不願意拖到今年六月底學年結束才結婚。該怎麼辦？她心裡還沒有一個底。

「再想一想吧，總會有辦法的。」王雯昕沉思了一會兒，才接著說。

期末考第一天，下午停課，教務處的人員都下班了，王雯昕整理好資料，正準備離開。魏冠翰從外面走進來，不像以往嘻嘻哈哈的態度。他面容嚴肅，站在王雯昕面前，眼睛盯著王雯昕手指上的戒指問：「這是怎麼一回事？」

王雯昕明白他的來意，想必徐子依已經告訴魏冠翰她訂婚的事了。

「我要結婚了，你來恭喜我啊！」王雯昕故意開玩笑。

「你開什麼玩笑？這又不好笑！」魏冠翰明顯心情很不好。

王雯昕不是木偶，這些年來，雖然她刻意裝傻，其實她一直都知道魏冠翰對她的情意。如今他赫然獲知王雯昕即將結婚，自是一時無法接受的。王雯昕覺得，現在應該告訴他眞正的實情了。於是她收起玩笑的態度，認眞回答：「我就是王小葳，我眞的訂婚了，六年前就訂婚了！」

魏冠翰怔住，他以爲她跟張西恩只是交往過的男女朋友，沒有想到他們還訂了婚。可是前一陣子她都不肯認他，怎麼現在就願意結婚了呢？

「是……張西恩嗎？」魏冠翰很不情願問著。

「不是！」王雯昕搖搖頭。

魏冠翰愕然：「天啊！她道底隱藏了多少祕密？」

王雯昕知道他的疑惑，於是耐心娓娓道來。從她八歲認識余清智，到六年前與他訂婚，後來爲了張西恩悔婚，導致余清智自殺，傷害周圍許多人，包括奶奶和余家所有愛護她的長輩。卻發現張西恩只是在玩弄她的感情，最後萬念俱灰的她原本是打算結束生命，結果遇到他——魏冠翰。於是，她決定改名字重新活過……等等。

王雯昕和盤托出，所有的事情毫無隱瞞，明白告知，希望魏冠翰瞭解後能諒解。

魏冠翰現在才明白，原來她心中揹負著那麼沉重的過去。難怪六年前在海邊看到的她，是那麼哀傷。

「既然六年前悔婚，爲何現在又要嫁給他？」魏冠翰不解。

「前陣子，他來找我。」王雯昕刻意不提余清智生病的事，因爲她不希望魏冠翰爲他擔心：「如果不是我太任性，我們早就結婚了。這是冥冥之中早已經註定的，逆著命運，只是徒增周圍的人和自己的不幸。」

「張西恩似乎……還不放棄你呢？」魏冠翰說這話時有些心虛，因爲他自己也不想放棄啊！

「我曾經因爲他，幾乎毀掉我周圍許多人的人生，逼得自己走投無路。所以我會離他遠遠的。」

王雯昕雖然盡力壓抑波動的情緒，卻是遮不住惆悵的眼神。

魏冠翰終於瞭解，她爲何這麼多年來都不肯接受他的追求，原來她早就有婚約。

魏冠翰仰頭呼了長長的一口氣，然後搖頭苦笑：「怎麼排列，我的順位都很後面吧！」

「你千萬不要這麼說，你是我最珍惜、最重要的朋友。沒有你，我可能已經不在世界上了！」王雯昕眞心誠意感激魏冠翰。

「能當你的好朋友，我也很開心啊！總比那個被你拒絕往來的——椰汁滷雞腿的張西恩強！」

魏冠翰雖然傷心，但還是能自我解嘲：「你放心，我的條件也不差，仰慕者不會少啦！找個女朋友應該不難吧！」說完話，轉過身就苦著一張臉，走出辦公室。

王雯昕嘆了一口氣，她眞的從來都不想傷害他。

教育部。

下午快下班時，助理王小姐進到張西恩的辦公室通報。

「張先生，有兩個年輕人找你，說你是他們的……老大？」王小姐說著，臉上一副納悶：「可是他們沒有預約，你要見他們嗎？」

張西恩也不解，因爲只有小馬會叫他老大，而小馬找他不必這麼大費周章。

「有名片嗎？」張西恩問。

「沒有，但是我寫下他們的名字，在這張紙上。」王小姐遞給他一張紙條。

張西恩看了一眼，笑了笑：「我出去見他們。」

張西恩一走出辦公室，林德彰和賴登發馬上從沙發椅上彈起來，大聲呼喚著：「西恩老大！」

張西恩走過來搥打兩人的肩膀：「果然長得很壯！快下班了，等我收拾一下，我們一起吃飯吧！」

三人在餐廳吃飯、喝酒、敍敍舊。林德彰沒興趣讀書，賴登發要賺錢養家。多虧當年王小葳和張西恩拉了他們一把，兩人高中畢業後雖然都沒有再升學，但是也沒有誤入歧途。目前在夜市各租一個小店面，當起了老闆，林德彰賣雞排，賴登發賣珍珠奶茶，生意不錯，還請了幾個工讀生。他們提及當年仁班的同學還常常聯絡，大家聚會時，常常想要約小葳老師一起來，只是沒有人找得到小葳老師。

林德彰向來就話多，嘴巴塞滿食物也一直說個不停。

「老大，我就相信你不會那麼沒良心，拋棄小葳老師！」林德彰把握十足的口吻。

張西恩雖然認爲，是王小葳拋棄他，可是他不想辯駁，只是搖頭笑著，未置可否。

林德彰繼續說：「你知道嗎？你受傷住在加護病房那段時間，小葳老師天天到醫院等著看你。我常常陪著她，一等就是一整天。連續十幾天從早到晚守在加護病房門口。可是你媽媽都不讓她去看你，後來還趕她走，那時我覺得她好可憐。」

「她曾經到醫院看我？」張西恩神經緊繃起來，急切地問他：「我媽趕她走？」。

「是啊！我就在旁邊聽！她說……小葳老師是掃把星，你會受傷都是她害的。」因爲張西恩每次受傷，實際上都是因林德彰而引起，所以林德彰對這件事，一直都很愧疚：「我覺得沒道理！其實……應該……都是我害你受傷的！她不應該怪小葳老師啊！」林德彰說著說著，聲音沉了下來。

「後來呢？」張西恩醍醐灌頂，終於明白一些事實。但是他明白，依照小葳處事堅持的個性，既然當時選擇了他，決定離開余清智，絕對不會因爲被他媽媽驅趕，就輕易放棄，一定還發生了什麼事情。

「後來啊……！」林德彰左思右想了一下：「哦！好像……好像……後來你的另一個女朋友就來找小葳老師談判。」林德彰回憶當時，想了許久接著說：「西恩老大，你的女朋友，她名字很特殊，我只聽過一次，到現在還記得呢！叫『青梅珠瑪』？」說到此，林德彰停頓敘述，一臉疑惑問張西恩：「你這位女朋友，她是日本人嗎？爲什麼名字四個字？」

「那是一句成語，不是名字。青梅竹馬的意思是——從小一起長大的人。」張西恩哭笑不得，急著想知道原委，又要爲他解釋語詞。但是他已經知道林德彰所指的人應該是陳相韻。他仔細回想，難怪那天在爺爺的老屋，他起初明明感受到王小葳對他仍然是有股濃烈的情愫，卻在他接完陳相韻的電話之後態度急轉。

「好像是談判啦！我當時聽不明白她們說什麼。但是，我倒是聽她說了你的許多風流故事。」說到這裡，林德彰忽然態度肅然起敬，慎重在西恩的酒杯中又斟了酒：「老大，你的把妹技術，果然厲害，簡直是神人階級，我要拜你爲師，你一定要教我幾招。」

「你不要胡搞了，我這六年都是過單身的生活！」張西恩臉上現出腆色：「我哪是甚麼把妹神人！」

「可是……我記得，她對小葳老師說，你的把妹技能比打球，下棋還厲害。她把你的把妹能力誇得跟神人一樣。」林德彰當年年紀輕，聽到的對話，並不完全理解，只能依照自己能懂的方面解讀。結果記憶中的內容，便成了他現在所說的不太完整，而且有些偏差的面貌了。

但是張西恩從他的敘述中，也大概弄清楚了當年曾經發生的情況。

「她應該……」張西恩無奈苦笑回答林德彰：「只是……在開玩笑而已。」

「可是小葳老師應該是覺得不好笑，」林德彰訕訕地接著說：「因爲，最後我聽到小葳老師說……你只是在玩弄她，欺騙她。然後她一直哭，哭了很久很久。那天以後她就沒有再出現了！」

張西恩雙眉緊蹙，一言不發。

「那天，我和小賴看到你和小葳老師一起出現在電視上，還一起受訪問，才知道你們還在一起，實在太好了！」林德彰如釋重負一般，因爲這些年來，他都認爲，是自己害小葳老師和西恩老大不能——有情人終成眷屬。

「我們沒有一起接受訪問，只是事件是同一件而已。」張西恩解釋。

本來他也想告訴他們，他和小葳也並沒有在一起。話到了口，他覺得沒必要說，嚥了回去。因爲他已經知道了事實。原來當年她眞的爲了他，離開了余清智，小葳的選擇果然是他，她並未拋棄他。現在他確定小葳是愛他的，只是他們之間有誤會，只要他去找她，把誤會解釋清楚，他們就會在一起了。

凱塞琳來到余清智的公司，硬是要闖入余清智的辦公室：「我要見他，我今天一定要見他，安迪！你讓我進去！」

安迪在一旁極力安撫：「凱塞琳小姐，余副總正在忙，等他有空，我請他跟你聯絡，你先回去吧！」

「已經兩個多月了，他連一通電話都沒有回我，你不要騙我！今天沒見到他，我不會離開！」凱塞琳逕自往余清智的辦公室衝去。

安迪示意公司的保全人員擋住她。

「你們不要拉我！放開我！我要見余清智！」凱塞琳聲嘶力竭地喊叫著，整個辦公室裡的員工圍了過來，有人面面相覷，有人竊竊私語看笑話。

忽然間，所有人迅速安靜歸位，因爲余清智的辦公室的門打開了，余清智就站在門邊，怒喝一聲「你鬧夠了沒？」然後轉向安迪說：「讓她進來吧！」

凱塞琳整了整凌亂的頭髮，高舉下巴，驕傲的跟在余清智的身後走進去。

「你這是在幹什麼？」余清智面容嚴肅，一臉不悅。

「你為什麼好久都不來找我，人家好想你哦！」凱塞琳頭輕靠著余清智的肩膀撒嬌。

余清智不說話，只是不耐煩的把她的頭推開。

凱塞琳感受到余清智的不耐煩，一股氣沖上腦門：「怎麼！那個女人一回來，你就打算一腳把我踹開？」

「你沒聽說我要結婚了嗎？」余清智仍然不耐煩的態度。

「你不是說你恨她，永遠不原諒她。結果呢？她一回來，你就跪倒她的裙底下，還要跟她結婚！」凱塞琳激動地揪住余清智的手臂：「你不要忘記，她曾經背叛你，讓你痛苦。我求你，你不要跟她結婚！」

余清智瞪了她一眼，撥開她的手：「這是我們的事，與你無關，不用你煩惱。」

凱塞琳淚眼嘩啦，暈染了眼線液的黑色淚水，染花了臉上的化妝，看來甚是可怕。

她再度伸手抓著余清智的手臂：「那個賤人，她曾經背叛你，你為什麼還要她？我對你才是眞心眞意的……」

余清智惱怒地甩開她的手，咬牙切齒的對她說：「你憑什麼跟她比？在我眼裡，你連她的一根腳趾頭都不如。而你我只是恩客與酒女的關係，你懂什麼是眞心眞意？少在這裡丟人現眼了。你走吧！我不想再見到你！」余清智說完打開門，趕她出去。

凱塞琳驚愕於他決絕的態度和輕蔑的言語，睜大黑糊糊的眼睛，呆視著余清智好一會兒，才掩面痛哭，跑出辦公室，臨走時忿恨落下一句話：「你會後悔的！」

與林德彰、賴登發相遇的隔天一大早，張西恩迫不及待驅車前往至誠商工。剛好是放寒假第一天，整個學校只剩下教務處註冊組的人員留校處理學生成績登錄的事務。張西恩在學校找不到王雯昕，立刻又轉往小西巷王雯昕住的地方。來到王雯昕的住宅，張西恩拼命按電鈴，卻無人回應。張西恩又走去櫻山飯店詢問櫃檯人員，卻也得不到任何訊息。

他有些心慌：「她到底去那裡了？」重逢以來，兩人的互動尷尬。因此，他未曾留下她的手機連絡方式，或是家用電話的號碼。現在要見到她，只能等待碰運氣。他在櫻山飯店苦等了將近兩小時，卻仍然不見她出現。於是張西恩決定再回到至誠商工去問問看，說不定能得到一些消息。

註冊組長知道張西恩是教育部的官員，她以爲張西恩急著找王雯昕，必定有很重要的公務要討論「張先生，您稍等，我找王組長的手機號碼給您，請您跟她聯繫吧！」

註冊組長找到王雯昕的手機號碼，一字一字唸著，張西恩難掩喜悅地逐字抄下號碼。

註冊組長給了張西恩號碼後，委婉建議他：「張先生，據我所知，王組長好像是去台北籌備結婚的事宜。可能會很忙……」

「結婚！」張西恩好像被電擊了一下「誰要結婚？」

「當然是王組長要結婚啊！」註冊組長微笑回應。

「她？跟誰結婚？」張西恩忽然顯露出一臉驚愕。

張西恩驚駭的表情，令註冊組長嚇一跳：「跟……跟她的未婚夫啊！」註冊組長頓了一下才接著說：「聽說她六年前就訂婚了，直到最近才決定結婚。」

張西恩整個人僵定在原地——是余清智！余清智找到她了！爲什麼事情又變成這樣呢？

此時張西恩眞是欲哭無淚啊！他有氣無力，轉身走出辦公室正要離去，背後傳來一聲叫喚。

「張西恩！」是魏冠翰叫他。

魏冠翰適巧來學校交期末成績冊，看到了剛才的一幕。

「很難接受是不是？」魏冠翰同理心，似是在安慰張西恩，其實也是在自我安慰。

「我們之間有誤會，只要解釋清楚就沒事了。」張西恩雖然淡然地說著，臉上卻是掛著淒苦。

「我建議你，天涯何處無芳草，不要再去打擾她了，學學我，看開一點！」魏冠翰看似豁達，其實心酸。

「你懂什麼？我們的感情，不是說放棄就可以放棄的！」張西恩一股情緒正找不到宣洩的出口，怒氣沖沖的對魏冠翰咆哮。

魏冠翰原本一股氣也是無處發洩，此時被張西恩的態度惹怒了，憤怒抓扯張西恩襯衫的領口「我懂什麼！我懂得讓王雯昕好好活下去，這才是最重要的。六年前的那個王小葳已經被你逼得要去跳海，這個我從海邊救回來，重生的王雯昕不能再被你毀掉！」魏冠翰氣沖沖一口氣說完，才鬆開揪在張西恩領口的手。

張西恩沉靜了下來，沉默片刻後才緩緩說出：「你是說……六年前，她曾經……要自殺？」

魏冠翰不爽的看了他一眼才點頭，從齒縫射出聲音：「所以，如果你愛她，就放過她吧！」然後又瞪了張西恩一眼：「還是，你一定要逼死她？」

張西恩此時才明白，六年前小葳逃婚之後，必定曾經承受了極度的痛苦，而這一切都是因爲他。

魏冠翰的媽媽一直都想要撮合王雯昕和魏冠翰，這幾天王雯昕一直找機會想與魏媽媽解釋，並且說明白她結婚的事，卻不知如何開口，而且適逢寒假期間，是櫻山飯店的旺季，魏媽媽這陣子也比較忙碌。於是王雯昕只好決定將此事擱下，先收拾簡單的行李去台北，她計畫過幾天與余清智一起親自回來送喜帖時再解釋吧！

王雯昕回到余家，暫時住客房。說是協助籌備婚禮的事情，可是幾乎所有的事都是余媽媽和余清智在準備。一早余清智去上班，余爸爸和余媽媽也出門了，偌大的房子，就剩下王雯昕和一個外傭。王雯昕閒得發悶，想出門逛逛書店，透透氣。

當她一走出余家的大門口，有一輛廂型車開來，停在她的身邊，車子裡的人對她喊叫一聲：「王小葳小姐！」

王雯昕轉頭看了他一眼，問他：「有事嗎？」

那人立刻下車，二話不說，抓著王雯昕往車子裡塞。王雯昕發現狀況不對，反抗掙扎，卻不敵那男人強勁的力道，反而被狠狠摔入車子後座。

王雯昕知道自己被綁架了。一開始她驚恐萬分，嘗試掙脫被反制的雙手，她越是掙扎，雙手越是被緊緊箍住。漸漸地，她明白此時掙扎是沒有用的，於是她安靜坐著。那男人看她不吵不鬧了，才慢慢鬆開她的手。

那男人輕薄瞅著她好一會兒，才開口說話：「你乖一點，我也捨不得對你動粗，瞧你漂亮的臉蛋兒，嚇得都變形了！」他粗糙的手捏著王雯昕的臉頰。

王雯昕撥開他的粗手，怒瞪著他，卻不說話。那男人看王雯昕瞪著他的表情，不悅地說：「很兇喔！」又把手伸來要再捏她的臉。

前座開車的年輕人轉過頭來對那男人說：「麟哥，我們要負責把人帶回去交差，她已經安靜了，你就別再逗弄她了。」

那男人才安分地坐在王雯昕旁邊，不再碰她。但是兩顆猥褻的眼珠，從沒離開過王雯昕的身上。

車子停在一條陰暗的小巷弄前，那男人右手搭在王雯昕肩膀上，站在她的身後，用力掐住她的右肩推她往前走。王雯昕感受到肩膀被捏掐得刺痛難耐，迫不得已往前移動。

這裡應該是建築物的後面防火巷，和逃生門，平常很少有人從這裡出入。

王雯昕一邊踉蹌往前行，一邊思考著綁架她的幕後指使到底是誰？因為知道她以前的名字，還知道她與余家的關係，必定對她很熟悉。

綁架她的人是為什麼呢？為了尋仇？她自忖從沒有得罪過人。為了贖金？她沒有富有的親人，事實上她在這個世界上是孤伶伶一人。

那男人押解她穿越一個裝潢俗麗的，像是辦宴會的營業場所。可能是晚上才營業吧，已經快中午了，這個地方仍然空無一人，還沒開始準備營業。穿越過大廳舞池，他們繼續往裡面走，這一區是一間間的包廂，那男人押著她，走到最裡面的一間包廂，敲敲門後轉開門把。一陣煙薰味撲鼻而來，那男人粗魯的推了她一把，王雯昕被這麼一推，重心不穩跌了進去，跪倒在地上。她試圖要站起來，卻一時站不穩。她還沒抬頭，就聽見一個女人的聲音：「原來你就是王小葳啊！」

王雯昕抬頭仔細一看，那女子的鼻子很長，鼻翼很窄，嘴形呈現菱角的形狀，但是並不厚大，長相很有個性。她左手雙指叼夾著一根香菸，雙手環抱在胸前，看來她已經等很久了，因爲茶几上的菸灰缸上滿是熄滅的菸頭。雖然昏暗的燈光下，王雯昕看不清楚那女子超長的假睫毛下的眼睛，但是卻感受到那雙眼睛透出懾人的光，惡狠狠地射向她，對她似乎有不共戴天之仇。

「我們認識嗎？」王雯昕覺得奇怪，她無論如何就是想不起來有見過眼前這位小姐。

「我認識你，而且非常非常熟悉，我還知道你就快結婚了，恭喜你啊！」凱塞琳說這些話時幾乎是咬著牙說。

「你到底是誰？」王雯昕覺得她很不友善，絕非誠心恭喜她。

「余清智沒跟你提起過我嗎？我是他的老相好，我叫凱塞琳。」凱塞琳冷笑回應著。

「原來你認識清智！」王雯昕終於有些明白狀況了：「你很喜歡他？」

「是啊！我很愛他，爲了他，我什麼事都做得出來！」凱塞琳說這話時好像是在警告王雯昕。

「那麼，他也愛你嗎？」王雯昕問凱塞琳。

凱塞琳聽她這麼一問，瞬間怒氣上衝，對著王雯昕咆哮：「都是你，如果你沒有回來，他愛的人就是我。」她繼續發飆：「你既然走了，背叛了他，離開了他，爲什麼還有臉回來？你這個不要臉的女人。」她的情緒顯現出來的，果然是對王小葳深惡痛絕，說到激動處，她一個巴掌向王雯昕甩來，她反射動作舉手去抵擋，雖然沒被打中臉頰，但是左手背，卻被凱塞琳尖長的指甲，刮出一道長長的血痕。

「凱塞琳小姐，感情的事無法勉強，如果你深愛清智，而且也能讓清智深愛著你，我會眞心祝福你們的。」王雯昕不能告訴凱塞琳她願意回到余清智身邊的眞正原因，但是她說這些話，倒是眞正心裡的話。她眞的樂見余淸智能找到一個眞心相愛的人，可是這些話聽在凱塞琳的耳朵裡簡直是耀武揚威的諷刺。

「能讓淸智深愛著我？哼！」凱塞琳冷冷哼了一聲後，瞪著王雯昕：「他說，在他眼裡，我連你的一根腳趾頭都不如呢！……」

王雯昕皺了眉並未說話，心想：「淸智爲什麼要對她說出這麼苛薄的話？」

「怎麼樣？他這麼形容你我之間的差異，你很驕傲是不是？」凱塞琳刷下冷漠的表情，透著邪惡的笑臉說道：「等你成了殘花敗柳，看他會不會還拿你當女神、仙女一樣看待？」

王雯昕心頭一驚——天啊！她到底想做什麼？

凱塞琳轉頭對站在她身旁的那個猥瑣的男人說：「麟哥！這個女人送給你了，愛怎麼玩就怎麼玩吧！好好愛她哦！」

「你們不要亂來！這裡是個法治的國家，你們這樣做是犯法的……」王雯昕情急之下振詞發話，警告他們。

「我這也是幫你啊！結婚前多一些性經驗，新婚之夜才不會不知所措。哈！哈！哈！」凱塞琳笑得狂放。

她一邊笑一邊往門外走去，笑聲搭配著高跟鞋的叩叩聲漸行漸遠。

王雯昕從桌上搶下菸灰缸，怒瞪著那男人作勢要丟他，大聲警告他：「你不要過來！你敢對我怎樣，我一定會報警！」

「好啊！等你出得了這裡，要去找警政署長我都沒意見。」麟哥色瞇瞇的盯著王雯昕。剛才在車上他就盯著她猛吞口水，要不是被笨頭那小子制止了，還眞想親她兩口，摸她幾把。現在凱塞琳都說送給他，哪有不吃的道理！他堵在出口處，抽出一張厚紙巾，從口袋掏出一瓶深褐色的玻璃瓶，把瓶子裡的溶液倒在紙巾上。那溶液的味道刺鼻，王雯昕心中暗驚，那是乙醚的味道。

麟哥拿著沾有乙醚的紙巾往王雯昕靠過去，王雯昕一再警告他，可是他完全不理睬，猥褻地色眼瞇瞇，繼續前侵。王雯昕將手中的菸灰缸砸向他，卻只是擦過他的上手臂。現在王雯昕手中沒有器具了，他便肆無忌憚侵欺過來，而王雯昕只能一再後退逃脫。他就像老鷹捉小雞一樣，追著王雯昕在包廂中滿場跑。終於他抓住了王雯昕，王雯昕奮力搥打他、踢他，死命反抗不肯就範，於是他拿起沾了乙醚的紙巾嗚住王雯昕的口鼻，不消幾秒鐘，王雯昕就漸漸軟癱，無力反抗，昏死過去。

「西恩！西恩！救我！救我！」昏迷中的王雯昕，兩隻手在空中揮舞，想要抓住什麼。迷濛中，她看到了西恩，他來了。每次她有危險西恩都會出現來救她。她想大聲喊，可是她喊不出聲音。她拼命地喊，可是西恩聽不到。他走了，西恩走了。

「不要走！不要離開我！西恩！我好怕！救我！西恩！西恩！」

「小葳！小葳！不怕！不怕！沒事了……」張西恩緊緊握住王雯昕凌亂揮動的雙手「我在這裡，我不會走，我不會離開你……」

王雯昕緩緩睜開眼睛，眼前她看到的果然是張西恩，他眞的來救她了。

「西恩，你眞的來救我！我就知道你一定會來救我。我就知道！我就知道！」王雯昕緊緊抱住張西恩，哭得泣不成聲。

張西恩心疼又不捨，雙手輕輕捧起王雯昕梨花帶淚的嬌顏，親吻掛在她粉頰上的淚珠，情不自禁地又吻上她因恐懼而蒼白顫抖的雙唇。王雯昕感受著張西恩溫熱雙唇的激吻，她冰冷的雙唇漸漸溫暖，不自覺地主動回吻他。兩情繾綣，濃情蜜意，只有彼此。

此時他們終於瞭解了，這樣的吻是深深埋在兩人心底已久的期盼。雖然已經過去六年的時光，但是，這段情依然沒有絲毫減淡，反而是更加濃烈。王雯昕用理智強壓在心底最深處的感情，循著情緒的裂縫傾瀉而出。

張西恩緊緊將王雯昕擁入懷中，心中盡是不捨：「沒事了，不怕，沒事了！有我在，我會保護你的……」

他實在不敢想像，如果他再慢一步，會是怎樣的後果。

今天早上，張西恩等在余家大門外好久，終於王雯昕獨自出門，他正要接近，卻看到她被人綁架。於是，他緊跟在後追蹤，也立刻報警。當他破門而入時，王雯昕已經被麟哥用乙醚迷昏，而且那個無恥的下三濫，居然正要輕薄她。他一時氣惱，發狂怒打麟哥，打得他跪地求饒，仍難消他心中的怒氣。也不知，他到底踹打了那個混蛋多久，等到警方人員到達，把狂怒中的張西恩架開，那個雜碎已經被打得腫成豬頭了。

王雯昕哭泣的眼淚，濡濕了張西恩胸前的衣襟。他凝望此時無助又脆弱的她，在心底起誓，一定要好好保護她，不再讓她遭受傷害。

十幾分鐘之後，王雯昕逐漸恢了復理智的情緒。她停止了哭泣，離開了張西恩的懷抱。之後她卻安靜坐在病床上，好久不說一句話。

張西恩含情脈脈地望著她，這時王雯昕反而立刻把眼光移開，避免與他相視。然而，張西恩仍然目不轉睛地凝望她，現在他有十足把握——她愛的是他。

因爲——剛剛她在昏迷中呼喚著的是他的名字，還有，剛才的吻，他可以感受到她對他濃烈的熱情。她愛他，一直都是愛他的。

張西恩思考著要怎麼解釋兩人之間的誤會，這是他唯一的機會。

他輕咳一聲，清清喉嚨：「小葳……前幾天我遇見林德彰和賴登發了，他們說班上的同學都很想你，想約你聚一聚。」

王雯昕雖然眼睛一亮，但是立刻壓下情緒，淡然回應著：「哦！他們還好吧！」恢復理智的她，不想在張西恩面前透露出太多的情緒。

「他們都很好，也告訴我一些我不知道的事情。」張西恩語調溫柔，深情款款：「我現在知道……我有多蠢了，居然誤會你。其實……不管是六年前，還是現在，你一直都是在乎我的。」

王雯昕雙手緊緊交握，撫觸手指上的訂婚戒指，雙唇緊閉。她開始懊惱自己剛才的情緒失控，顯露出自己對他的情愫。

張西恩依舊對著她微笑著，那是隱含著喜悅和自信的笑容，是那麼的燦爛。張西恩是眞的感到高興，他已經好久沒有如此開心了。因爲剛才王雯昕給他的回應已經解答了他心中多年來的疑慮，他胸口多年來無時無刻總是隱隱的抽痛也頓時化解了。他就這樣笑著凝望她。

王雯昕記得這笑容。他曾經對她說過，這是專屬王小葳的笑容，因為那時的他只有見到王小葳才能有這樣的笑容。

「小葳……」張西恩愛戀的語調，輕輕喚著她，雙臂輕柔地向她攏靠過來要再度擁抱她。

王雯昕沉靜無語，卻拒絕推開了他。

「你不要再生我的氣了，原諒我好不好？」張西恩溫柔托起她緊緊交握著的雙手，親吻著。

王雯昕不知如何回應，緊張抽回雙手。

「小葳，你我心底都很清楚，如果我們不能在一起，對你或是對我而言，會是多麼痛苦的事情。」張西恩眼底盡是柔情。

王雯昕低下頭去，不敢看他。

「我們結婚吧！我不想再與你分開。我會永遠保護你，不再讓你受苦。」張西恩明知她正在籌備與余清智的婚禮。可是他認為，六年前的她，為了他都有勇氣逃婚，六年後的她，更是有能力拒絕這樁婚姻。只要他們之間的誤會化解了，她的選擇必然是他。

「跟你結婚？」王雯昕對於他突然求婚甚感訝異。

「對！因為你愛的人是我，你很明白的！」張西恩很有把握，因為他認為所有的跡象，在在都顯示出，自己是小葳的第一選擇。他臉上一直帶著燦爛的笑容，溫柔的眼神直對著王雯昕驚訝而圓睜的眼睛：「小葳，聽聽你自己的心聲，你也想和我在一起的！」

接著，張西恩自顧自地開始勾勒起兩人在一起的未來美景：「我們把老房子稍微整理一下，庭院的花草我們可以重新栽種，很快就會像以前一樣花木扶疏，還有……」

王雯昕知道，一定是自己剛才的情緒失控，顯露出深藏在心底對他的渴望，才會讓他這麼有把握。必須使他打消念頭，否則他不肯放手，歷史難道又要重演。

「你是哪來的自信？不是都跟你說過了嗎？過去就過去了！」王雯昕冷淡的語調，冷漠的表情，與幾分鐘前判若兩人。

對於王雯昕態度突然轉變，張西恩有些不知所措。剛才的她，明明對他是完全的依戀，怎麼轉瞬間就變了個人：「我知道你對我有誤會，我可以解釋……」。

「不必了！對我而言，那些都不重要了！」王雯昕攏攏頭髮，準備下床，一副完全沒興趣聽他說話的神態。

「不！我一定要說清楚。」張西恩語調變得急切。

「陳相韻是和我一起長大的玩伴，我們只是好朋友，我跟她之間不是你想的那樣。當年她陪我去美國只是幫我辦理註冊入學事宜，等我一切安頓好她就回台灣了，我們並沒有在一起，你千萬不要誤會。」張西恩懇切向王雯昕解釋希望她能了解。

聽了張西恩的解釋，王雯昕頓住了一會兒之後，凝望著張西恩許久，卻是臉容悄悵。因爲對她而言，現在就算是兩人之間的誤會解釋清楚了又能怎樣呢？一切都已成定局了。

「申請去美國深造，是在與你交往之前就已經進行申請的。當時我就決定，只要你願意，我可以帶你一起去，或是留下來跟你在一起。」張西恩自顧自的解釋著，不管王雯昕肯不肯聽。他以爲，是因爲對他的誤會，讓她故意壓抑對他的情感。

「我該走了！」王雯昕逕自下床，穿鞋，表現得不在乎張西恩所言的一切。

「我沒有玩弄你的感情！也許……認識你以前，我確實曾經荒唐，玩弄感情。但是對你……我是眞心的！」張西恩越說越激動，他有些慌了，不知道該怎麼說，她才願意相信他。

「我要回去了！」王雯昕已經整理好衣著，準備離開病房。

「小葳，給我一次機會，也給我們的愛情一個機會！」張西恩眼看王雯昕就要離去，緊張地伸手拉住她的手。

王雯昕靜默地看著他。

「這麼多年來，我仍然愛你！」張西恩拉著王雯昕的手，搭放在他自己的胸部手術過的疤痕上：「小葳！只有你能慰解我這裡的痛！」他的眼神透著懇求。

王雯昕顫抖著的手，緩緩抽回，深深呼吸調整悸動的心情，悠悠地說：「太慢了！我已經承諾清智，永遠不離開他。」說完這話，她轉身就要離開。

張西恩忽地箭步向前，從她身後摟抱住她，雙臂緊緊地綁縛著王雯昕，不肯讓她走：「只要你願意，永遠都不會太慢！」張西恩說這話時，喉嚨已經發酸，聲音漸漸發緊。

窗外投射進來的陽光，照著兩人僵定交疊的身影。定格了許久，王雯昕才幽幽然說道：「愛情，可以只是兩個人的事，但是結婚是兩家人的事。當時年輕，所以任性，現在不能又不顧後果，隨意傷害人。忘記過去吧！我們註定沒有緣分，又何必強求呢？」

王雯昕已忍不住壓抑的情緒了，順著臉頰滑落的淚水，卻滴落在張西恩橫在她胸前的手背上。

張西恩站在她的身後，雖然見不到她哭泣的臉，但是她溫熱的淚滴，透過肌膚浸蝕著張西恩。他覺得心痛：「怎麼會沒有緣分呢？爲什麼我們又再度相遇？爲什麼這麼多年過去了，而你我都還單身？因爲……我們要一起圓滿這個緣分，不是嗎？」張西恩雙唇貼近王雯昕的耳邊，喃喃地說著。

王雯昕突然激動哭泣：「不是！不是！你爲什麼總是要這樣！」她氣他再度攪亂她好不容易沉寂如止水般，無波無痕平靜的心。

「小葳，我眞的很愛你。也許我又慢了一步，但是只要你給我一次機會，就這一次，我們可以改變命運。不要走！求你！」張西恩聲音陰闇，低聲懇求。

「我……我也求你！放我走！」王雯昕試著拉開緊縛著她的身體的張西恩強健的雙臂，可是他緊緊箍住的手，無論如何都不肯鬆開。

「請你放手！我已經對他承諾了。」王雯昕啞聲說著。

「那是承諾，不是愛。是他逼迫你，你愛的是我！」張西恩雙手仍然緊箍著她。

「他沒有逼迫我，我是自願的。因爲……」王雯昕停頓了數秒鐘，才接著說：「因爲……我選擇的是他，所以願意給他承諾，既然承諾就有責任。這是我的責任，也是我的選擇。」

「但是……你愛的人是我，不是他！」張西恩仍然堅持不肯放手。

「既然我選擇他，當然就是愛他！」王雯昕刻意提高語調回應他。

「你騙我！我知道你愛的是我！你愛的是我！你愛的是我！你愛的是我！……」張西恩固執地一直重複著這句話。

「請你放開我！」王雯昕掙扎要離開他的環抱，可是張西恩堅持不放手。他知道這一放手，他會永遠失去她。

「放開她！」一聲怒喝，從病房門口傳來。那個人急步走來，是余清智。

終於，張西恩緩緩鬆開雙手。

王雯昕遲疑了一秒鐘，然後決定不回頭看張西恩，徑直往前走去與余清智會和。余清智立刻脫下外套，披在王雯昕身上，手搭在她肩上，輕輕將她的身體攏靠過來。是呵護，也似是在向張西恩宣示主權。兩人腳步一致，走出病房。

空蕩蕩的病房裡，張西恩失魂落魄，呆滯站著，蠟像一樣，一動也不動。

是警方通知余清智前來協助調查，麟哥已經全盤供出，凱塞琳也被捕。這次王雯昕因爲他而受到傷害，余清智愧疚又心疼。當他心急地趕到醫院，卻看到剛才的一幕。他知道是張西恩救了她，但是，這也表示張西恩無時無刻不潛伏在王雯昕的周圍。余清智的心情矛盾，他擔心她被張西恩搶走，卻又害怕過度控制她，又會像六年前一樣，造成她反彈求去。他一邊開車，一邊不時轉頭看著王雯昕的臉，卻看不出任何的情緒。

王雯昕感覺得到余清智的不安，既然決定與清智結婚，至於西恩，就只能忘記。王雯昕麻痺的心，卻又隱隱作痛，只是不知道這樣的痛，還要多久才能再次被麻痺？

張西恩已經好幾天完全失聯，他只告訴助理王小姐，說要請假，然後就不知去向。春姨心裡擔心著急，派遣小馬到處去找他。終於，小馬在張西恩爺爺的舊房子找到他。

當小馬找到張西恩的時候，差一點被他狼狽不堪的形貌嚇壞了。天氣寒冷，洞開的窗戶，吹入陣陣刺骨寒風，張西恩卻只穿著襯衫，衣著凌亂，披頭散髮，滿臉鬍髭，斜倚著牆基坐在臥房地上，整個人醉得不醒人事。滿地酒瓶罐子，顯然是刻意借酒澆愁。小馬從高中起就跟著張西恩鬼混，從沒有見過他這個樣子，看來必定又是為了王小葳。

小馬試著要把他抬上床，張西恩身型比他高大，又爛醉如泥，小馬使大勁才把他拖上床，給他墊個枕頭，幫他蓋上棉被，才走出房間，到客廳等張西恩酒醒。

過了一個多小時，小馬聽見臥房有動靜，似乎是張西恩醒來了，便對著臥房的方向叫喚：「老大，你沒事躲在這裡搞神祕，為了找你，我要累死啦！快出來吧！春姨叫你回家啦！」

幾分鐘過去了，小馬沒聽到張西恩回嗆，感覺怪怪的。他安靜下來注意聽，房間傳來的竟然是張西恩哭泣悲鳴的聲音。小馬的心情沉了下來，嘆了口氣，低聲嘟囔：「老大這回眞是遇到剋星了，沒想到他眞動了情，是這麼深情。」

小馬猶豫著，是否該進房間去安慰他。他很明白，張西恩現在的痛苦是他安慰不了的。他繼續在客廳等待，直到悲鳴聲停止，房間裡又恢復平靜，他才輕著腳步走到張西恩的床邊，輕聲細語試著喚醒張西恩：「老大！春姨很擔心你，我們回家吧！」

張西恩聽到小馬的聲音，張開眼睛，有氣無力地看了他一眼：「是你……小馬？」然後又閉上眼睛躺在床上不動。

小馬覺得不對勁，摸摸他的身體，發現他身體發燙，本以為他喝酒多了，身體發熱，可是他卻呼吸越來越急促。

「老大，你怎麼回事？」小馬摸摸張西恩的額頭後驚呼：「你正在發高燒耶！」小馬著急，吃力背起軟癱在床上的張西恩，趕緊送他去醫院。

在醫院。

張西恩閉眼坐躺在病床上，左手背上插著點滴管，春姨則在一旁照顧他，嘴巴叨叨唸著，「喝了酒還吹冷風，當然會得肺炎，都這麼大的人了，還不會照顧自己的身體，如果不是小馬找到你，我看你連命都沒了！」

張西恩心中的惆悵更勝過身體的病痛，他無精打采，有氣無力，對春姨的叨唸沒有什麼反應，依然閉著眼。

春姨其實是心疼他生病，看著他沒精神，又病奄奄的樣子也不忍心再責備：「你現在胃口不好，我請餐廳熬了雞湯，我現在去拿，很快就回來。」

春姨離開病房，張西恩繼續闔眼休息。不一會兒他聽到病房門又被打開的聲音。有人走進來。那步伐的節奏有印象，卻陌生。腳步聲音，似乎在入門後，站在門口停頓一陣子。那人猶豫許久才又繼續前行，來到張西恩的病床旁。

張西恩慢慢睜開無神的雙眼，眼前赫然站著的居然是——余清智！

張西恩彷彿遇見強敵，面對危機，腎上腺激素激增，眼睛頓時亮起來。他立即挺直背脊，原本無精打采的神情盡消，眼神炯炯，準備防禦反擊的態勢。兩人短兵相接，對峙而立，蓄勢待發的情勢緊張。

「你來做什麼？」張西恩防衛性的口氣，非常不友善：「以勝利者的姿態，來向我炫耀嗎？」

余清智眼光掃視張西恩緊握成拳的雙手，過了很久才開口說話：「我來，只是想確定你是怎樣的一個人。」

「你想幹什麼？你還需要知己知彼，百戰百勝嗎？難道你到現在還沒把握？需要親自前來刺探我？」張西恩不屑地，冷冷地悶哼一聲，沒好氣的回應余淸智。

「六年前我就調查過你了，你認識小葳以前的記錄……很精彩！」余淸智的表情看不出驕傲或喜悅，只是淡然地說著。

「你這……」張西恩聽到余淸智曾經調查他，憤怒又激動。

「你不必激動！每個人曾經做過什麼事，都是要接受檢視的，不論是以前、現在，還是未來。」余淸智知道張西恩不滿的情緒，可是他似乎並不在乎張西恩的想法或感覺。

他接著說：「我只是來問你一個問題。」

「眞奇怪！你就對我那麼有興趣嗎？」張西恩覺得他們之間沒有交集的必要，漠然回應：「你不是都調查過了嗎？有什麼好問的？」

「我想瞭解一個問題。」余淸智說完這句話，靜默了大半晌，才很艱難的再度開口說話：「你……是眞心喜歡小葳嗎？」

張西恩覺得莫名其妙，不知道他葫蘆裡到底賣什麼藥，冷冷看著余淸智：「你不覺得你這樣很可笑嗎？你問我喜不喜歡你的未婚妻？你要我怎麼回答你？我說喜歡她，你就願意退讓嗎？」

余淸智若有所思，深深吸氣後才緩慢回答他一句：「也許！」他說這話時，臉上閃過的是一股極度的哀戚。

張西恩只是注視著他，想從他的表情看出端倪，因爲他完全無法判斷余淸智今天來找他的目的是什麼。

「你只要回答我，你眞的愛她嗎？」余清智等不到他的回答，又問了一次。

「我當然愛她！」雖然不相信余清智會甘心退讓，但是張西恩卻想要向他宣告，他對王小葳的感情是堅定不移的。

余清智淡漠的眼神，瞄了張西恩一眼，平淡的語氣問他：「你有多愛她？像愛你自己的生命一樣愛她嗎？」

「勝過我的生命！爲了她，我連命都可以不要。不像你，你只想掌控她，視她爲你的私人收藏的珍品。」張西恩聽出余清智對他的懷疑，於是提出反駁。

「你錯了！我堅持把她留在身邊，是因爲我相信，只有我能珍惜保護她一生。」說這句話時，余清智心頭一陣酸疼。

「那只是你的藉口，你憑什麼一直控制她的人生？」張西恩批判指責的口吻，強烈表達不同意他的說法。

「從她小時候到長大，我都不容許任何人傷害她。或者，有可能傷害她。」余清智說話的態度堅定，隱含警告的意味：「既然你說了，爲了她，你連性命都可以犧牲，請你記住你說過的話。如果你對她有半點虛情假意，我就算死了，也不會放過你！」

「你夠了吧！我看你腦子有問題！」張西恩原本以爲余清智是來向他耀武揚威，並且警告他遠離小葳的，沒想到他卻淨說些奇怪的話：「我想休息了！不想跟你瞎扯。」

余清智無奈冷笑，自嘲說著：「你說對了！我的腦袋確實有問題。」

張西恩狐疑的眼神盯著余清智。

「我的腦部的血管動脈長了血管瘤，它隨時都會爆開。這血管瘤目前還沒辦法以手術方式處理，」余清智面無表情，像在說明一件醫學研究結果：「也就是說……我隨時都會死，也許明天我就死了。」

張西恩一時說不出話。過了許久才開口問道：「她……知道這件事嗎？」

余清智深呼一口氣才回答：「她應該早就知道了，所以才會答應結婚。」

「你……」張西恩想問他，爲何在這種情況下，他還堅持要和小葳結婚。

「我會和她解除婚約。」余清智明白張西恩想說什麼。過了一會兒，他嘆了一口氣緩緩道出：「在這種情形下，如果換成是你，你會跟她結婚，耽誤她一生嗎？」

張西恩沉默了，他看得出余清智的不甘心和痛苦。

這時剛巧春姨提著雞湯進門，看到了病房裡有訪客，想必是西恩的朋友，便熱情招呼：「咦！有朋友來啦！西恩，這位朋友是……」

張西恩並未回答春姨的問話，也沒有打算替她介紹。而余清智也只是向春姨頷首點頭致意，並沒有對她多說什麼。

當他離去前，卻又轉回身對著張西恩，丟下最後一句話：「千萬不要忘記你說過的話。」之後才轉身離開。

張西恩看著他離去的背影，雖然高大挺直卻顯得淒涼。

前幾天，余清智在家裡接到一通醫院打來的追蹤電話，他才終於瞭解自己的病情。之後他雖然積極尋問幾位醫生，得到的答案卻都是一樣。

回想近來父母的態度，和小葳突然改變心意，等等種種的不尋常，他就應該要想到這其中必有緣故。只是因爲小葳終於回到她的身邊，他太開心了，喜悅矇蔽了他的警覺心和判斷力。

「人啊！爭，爭不過天；鬥，鬥不過命運。」余清智坐在副駕駛座上，苦笑著像是自言自語，也像是對安迪吐露心聲。

「你……確定要這麼做嗎？」安迪坐在駕駛座上，並未發動車子。今天他幫余清智安排見張西恩，並未陪同進入病房，但是看到他出來時緊皺的眉頭，失落的顏容，也替他感到難過。他很清楚王小葳在余清智的生命中的重要性，如今要放棄她，對於余清智而言幾乎就等於要他放棄自己的性命一樣。

「我的情形你比誰都清楚。」余清智頭往後仰靠著椅枕，閉著眼睛，臉部線條勾畫著心底的沉痛「老天爲什麼要這樣對我？之前，我覺得活得好痛苦，祂偏偏要我活著受苦；現在我想好好活著，祂卻不讓我好好地活。」

「也許你接受手術後，情況沒有你想的那麼悲觀……」安迪努力嘗試著要安慰余清智，卻也只能說出這樣俗套的安慰語句。

「那麼多家醫院的名醫，他們的評估報告你也清楚，我們是眞正交心的好弟兄，你不必說那些不切實際的話來安慰我。」余清智睜開眼睛，眼眶鑲著紅暈：「我很明白，就算手術成功，以後我也不可能像正常人一樣生活了。並且，將來隨時都有可能復發。更何況，若是手術不成功，死了倒是乾脆，如果我成了植物人或是癱瘓了，她怎麼辦？」余清智仰頭靠著椅背又閉上眼睛，眼角卻泛著濕潤。

安迪不說話，凝望著余清智，心中泛起一陣酸楚。

晚餐後，余太太興高采烈地拿著印好的喜帖，嚷嚷著要清智和小葳過來看。余清智卻意興闌珊不予回應，反而對王雯昕說：「小葳，你不是一直希望能完成你目前在學校推動的計畫嗎？我想……既然如此，結婚的事，就等你學校的工作告一個段落再說吧！」

余太太一聽清智要取消婚禮，吃驚不已，極力想辦法轉圜：「小葳婚後如果想繼續學校的工作，其實也沒關係啊！你們結婚後小葳週末可以回台北，或是清智你去彰化相聚，這都是可以克服的，婚禮不必取消吧！」她熱切地望著王雯昕，希望得到支持：「小葳你說是不是呀？」

王雯昕未即時反應，稍爲沉默數秒鐘才說：「我也認爲不必取消婚禮。」

余太太得到支持立刻接著發言：「對啊！況且婚宴都訂好了，喜帖也印了。你爸爸也都把時間和行程都安排好了，下個月初他就回台灣了。」

「我已經決定了。就這樣吧！」余清智態度很堅持。

「不行這樣做……」余太太著急了，反對清智的決定。

「媽！您不要再說了！等小葳的工作告一個段落，再談結婚的事，這件事就這麼辦吧！」余清智阻止余太太繼續說話。

王雯昕站在余清智的房門外遲疑了許久，幾次抬起手想要敲門，卻總是一再放下。

晚餐後，余清智忽然宣佈取消婚禮，余媽媽無力改變他的決定，只好求助王雯昕：「小葳，清智的情形你也清楚，我們余家就他一條血脈。你余爸爸和我都希望你們盡快完婚，趕快爲清智留下一點骨血，爲余家傳香火。如今他突然做這樣的決定，你說我們該怎麼辦啊？」

王雯昕深深吸吐了一口氣，最後她終於下定決心，敲了門。

余清智剛洗完澡，正拿毛巾擦頭。打開門看到王雯昕穿著睡衣，安靜站在他的房門口。他猜測，她必定是爲取消婚禮的事而來，但是他仍然問她：「怎麼了？睡不著嗎？」

王雯昕只是對著他微笑，並未回答。她安靜地主動牽拉起余清智的手，緩緩步入余清智的房間，牽引著他來到床邊。她主動將余清智的手拉過來摟著她的腰際，然後她的雙手則環著他的脖頸。她深情款款抬頭凝望著他。余清智也望著她。今夜的她，是如此的不同以往，卻更激起他的渴望。

王雯昕墊高腳跟，主動將雙唇迎向余清智，輕輕吻著他的唇。她已經下定決心，不論如何要爲清智留下骨血，爲余家傳下香火。

王雯昕鬆開勾在余清智脖頸上的手，移至自己的胸口，緩緩解開自己的衣釦。

余清智胸口急速起伏，喉嚨逐漸發熱。然而，他卻伸手抓住王雯昕的手制止她：「小葳，你……你不必這樣！」

凝結的空氣中，兩人定格僵持。

王雯昕淚眼盈盈，抬頭仰望著他，委屈地嚅嚅輕語著：「你……不要我了嗎？」

余清智緊擁著王雯昕入懷抱，一陣酸楚侵蝕著他。他覺得心被扎刺得好痛。他當然想要她，然而他是無法給她將來的人，如果今天要了她，將來呢？讓她痛苦一輩子嗎？

婚禮取消了。寒假結束後，王雯昕又回到彰化，依然住在櫻山飯店後面「小西巷」的房子。她每個週末北上探訪余家人，有時一起吃飯，或是陪著余清智去郊外走走。

至誠商工。

技職教育觀摩的例行簡報正在進行，王雯昕仔細解說各項工作進行的成果，以及需要改善調整的細目。張西恩也專心聆聽，偶爾提出詢問或提供建議。他看到王雯昕又回到至誠商工，就明白余清智果然和她解除了婚約。可是她一直刻意閃躲，如今除了這每週一次的例行簡報之外，張西恩眞不知如何靠近她。而且衆目睽睽之下，他實在很難單獨跟她好好談一談。

會議終於結束，王雯昕如往常一般快速收拾資料檔，在其他老師未離席前就急著離開會議室。張西恩自是明白，她的目的只是不願意讓他有機會接近她，與她單獨相處。

眼看著王雯昕走到門口就要離開，張西恩忽然出聲喚住她：「王組長，請留步！有些事情我還要請教你，只耽誤你幾分鐘。」

「那麼，請長官移駕到教務處。」王雯昕停下腳步，恭恭敬敬的對張西恩說。

「不用那麼麻煩吧！」張西恩見她又是這樣的態度，有些無奈。因爲這段日子以來她幾乎是竭盡所能，閃躲與他獨處的機會。

「我們佔用這個空間，會影響工作人員整理場地。」王雯昕仍然是無波無浪的情緒。

張西恩壓下情緒，走到王雯昕身邊，低聲對她說：「如果你不在乎我們的談話有旁人一起聽，我無所謂，反正我豁出去了，今天我一定要和你說清楚。」

王雯昕停頓思考了幾秒鐘，才轉身走回座位。坐在位子上，一言不發，像在生悶氣。

除了他們兩人，所有的人員都已經離開。張西恩凝望著靜靜坐著，且面無表情的王雯昕。她兩眼直視前方，卻不看他一眼。

「你非得要這樣對待我嗎？」張西恩走近她，滿是委屈地說著。

王雯昕低下了頭，仍然不語。

「我知道你已經解除婚約了！」張西恩隔著會議桌，站在她的面前。他說這句話時並沒有絲毫的興奮，反而是帶著嚴肅的情緒。

王雯昕終於抬頭望著他，但是仍然未發一言。

「我……我想知道，我們之間有沒有可能……」他繼續說著。

「沒有！」王雯昕未等待他說完話，幾乎毫不考慮，就迫不及待回應他。

「爲什麼？」張西恩對於她這樣的反應除了失望，還有一點錯愕。

「我曾經答應過清智，永遠不離開他。況且我們只是暫停婚禮，延長婚約，並未解除婚約。」王雯昕堅定的語氣說著。

「他不會跟你結婚的！」張西恩很清楚，她跟余清智之間是不可能有結果了，因爲余清智早就明白告訴張西恩他的決定。

「那麼，我就不結婚吧！」王雯昕仍然是一副無所謂，淡淡的語調。

看著她的態度，聽到她的說法，張西恩覺得氣結又懊惱。他曲蹲下身體，兩眼與她眼睛同高，凝視著她：「我眞不瞭解，你爲什麼要這樣做？」

「你不瞭解的事還很多……」王雯昕急瞥了一眼張西恩急切的眼神，才冷淡地說：「你不瞭解他對我和奶奶的恩情，還有我對他的虧欠……」話說至此，王雯昕避開張西恩的眼神：「六年前，如果我不那樣傷害他；如果我跟他結婚了，也許這一切的不幸都不會發生。」王雯昕憂傷的眼睛已經漸漸有水氣：「我們的相遇，不僅爲你帶來傷害，爲余家帶來不幸，也爲我和奶奶帶來無窮盡的痛苦。」王雯昕眼眶承載不住眼底泛滿的水霧，淚珠已奪眶而下：「這一切都是當年我太任性造成的，我本該負責。」

「小葳……」張西恩見到她淚滴滾滾，忍不住輕喚她。下意識伸出手去，想要替她揩掉掛在臉上的淚滴。

王雯昕躲過他伸出來的手，自己快速撥擦淚水，重整情緒後宣告著：「如今……不論清智做什麼決定，我都不會背棄他。」

「那我呢？」張西恩收回被拒絕的手，雙手扶在桌面上，憂傷的眼睛凝視著王雯昕：「你就忍心讓我痛苦嗎？」

王雯昕凝神望著他許久才開口：「對不起，我只能這樣！」說罷，立刻起身，便奪門而出，連桌上的文件也不顧了。

王雯昕一出會議室，張西恩也立刻追出去，卻在門口被魏冠翰攔阻下來。

「你眞的想要逼死她嗎？就像六年前一樣？」魏冠翰面容嚴肅，瞪著他。

會議結束，當張西恩要求王雯昕留下時，魏冠翰並未離開，而是在門外觀察他們的一舉一動。雖然聽不清楚他們的對話，但是他看得出來，王雯昕一直刻意避免張西恩的糾纏。

張西恩佇足不再往前，魏冠翰盯看他半晌後，冷冷道出：「眞心爲她，就離她遠一點。」才轉身離去。

此時張西恩心中惆悵蔓延，低聲自語：「難道我們眞的是今生無緣嗎？」

王雯昕離開會議室，立刻奔入化妝室，止不住的眼淚撲簌簌流滿臉。放棄張西恩，對她而言是多麼痛的決定，如果能離開他遠遠的不再見面，或許會讓她好過些，偏偏他爲什麼總是一再出現在她的周圍，不斷撩撥她的情感。

自從那次會議之後，接下來的幾次簡報會議，張西恩果然不再親自出席，委派本案另一位專員前來督導。然而每次簡報完畢，王雯昕反而覺得心中有一塊地方空空落落的。於是她只好用忙碌工作，來讓自己忽略這樣的失落感。

一大早，王小姐義憤塡膺地拿著週刊進入張西恩的辦公室，嘴巴叨叨唸著：「這些八卦雜誌，眞是莫名其妙，沒有的事也可以無中生有，隨便編派，捕風捉影，盡寫一些沒憑沒據的事，這樣損害人家的名譽，眞缺德。」

張西恩放下公事包，轉頭問她：「什麼事？那麼生氣？」

「你自己看吧！」王小姐將雜誌翻頁至標題，放在張西恩桌面上，然後對他說：「我去替你準備聲明稿，除了嚴正聲明以外，還要保留法律追訴權。」

張西恩拿過雜誌來閱讀，標題是——

【禮義廉恥擺一邊，色慾擺中間！教育部官員，糾纏騷擾高中女老師。】

內文敍述「根據可靠消息，教育部官員張西恩，趁職務之便糾纏某高中女老師，因該名女老師已經訂婚，拒絕他的追求。張西恩卻仍然不斷騷擾。經過證實，張西恩曾經在某次研討會議上找該位女老師的麻煩。顯示張西恩確實趁職務之便，欲意逼迫該位女老師就範。該位女老師爲了避免繼續遭受他的糾纏，且擔心張西恩公報私仇，只好臨時退出某項與張西恩職務相關的事務。張西恩亦因爲此事而正被調查中。而且，該名女教師與未婚夫，因爲張西恩的介入，導致原定的婚禮取消，…………」

至誠商工。

最後一節課的下課鐘聲響起，王雯昕走出教室，正往辦公室的方向走去。聽見徐子依在背後呼叫她，便停下腳步等待她。學生們正在準備打掃，走廊上到處都是人群，徐子依左閃右躲，穿著細跟的高跟鞋搖搖擺擺穿梭前進來到王雯昕的身邊。

「怎麼了？你不是說要優雅嗎？穿著細跟高跟鞋跑步，很難優雅吧？」王雯昕看她跑得氣喘吁吁，笑著問她。

「你還有心情逗弄我？」徐子依瞪了王雯昕一個白眼，接著說：「你知不知道，你自己成了週刊報導的女主角？」

「什麼意思？」王雯昕一臉狐疑，笑看著徐子依。

「我不是跟你開玩笑的！」徐子依看著王雯昕的表情，知道王雯昕以爲她在開玩笑，便表情認眞對著王雯昕說：「那個督導長官張西恩被雜誌報料，說他對你糾纏騷擾，目前正在被調查中。還有，他以前的情史全被挖出來，原來他是一個戲弄女性感情的玩咖，眞是知人知面不知心呢。從他第一次來學校開會，我發現他看你的樣子很奇怪，還有我曾經遇見他在你的住宅附近流連，我就覺得他不太對勁。自認長得帥就隨便玩弄女性，這種人最可惡。還好，你沒有被誘惑……」徐子依一邊說著，一邊翻開雜誌，遞給王雯昕：「你自己看吧！」

王雯昕接過雜誌仔細閱讀，她雙眉逐漸緊蹙，心沉了又沉。她知道這一切都是因爲張西恩爲了替她解危，在調查委員面前自白，將所有的責任攬在自己身上，才會造成這樣的結果。如今被週刊這樣報導，一定會重創他的形象。

王雯昕心裡明白，自從六年前兩人相識以來，張西恩一次又一次爲了她奮不顧身，總是使他自己受到嚴重傷害，沒想到這一次又是因爲她，恐怕要斷送了他的大好前途。

針對此事件，張西恩並未發表任何聲明，或是對雜誌的報導採取任何法律行爲。因此，社會大衆普遍認爲張西恩已經默認了，其中殺傷力最大的是孫丹云向媒體爆料的內容。

這幾年來孫丹云成爲頗具知名度的社交名媛，雖然她曾經結婚又離婚了，但是以她的驕恣的個性，只有她負人，怎受得了張西恩負她，這對她而言簡直是此生最大的羞辱。她對張西恩的恨意至今難消，因此她不斷主動接受訪問。她的爆料天馬行空，加油添醋，把張西恩形容成一個手段無所不用其極，不斷玩弄女性感情的惡質花心男。

接著又有狗仔挖出方麗靜曾經與張西恩的那一段感情，雖然方麗靜本人並未提出任何說法，但是剛好是她拍攝的影片正要上演，經紀公司爲了刻意營造方麗靜深情不渝的清純形象，以呼應她在影片中的角色，並且藉由搭上此一事件的順風車，爲影片宣傳，順勢散播方麗靜當年如何對張西恩付出眞情，卻遭無情玩弄……等等。

甚至張西恩當年受到槍擊的事件也再度被拿出來炒作，連母親經營的「風馬KTV」也受到波及被汙名化。

輿論的力量果然驚人，張西恩從黃金單身漢，變成惡名昭彰披著羊皮的狼，果眞是水能載舟亦能覆舟。

接下來的報導，一些穿鑿附會打擊張西恩的形象的小道消息到處瀰漫，事件漸漸流於人身攻擊，卻還是看不到張西恩採取任何行動。

張西恩剛從部長的辦公室回來，王小姐就急著對他說：「張先生，很多媒體記者一直要你提出一個說法。」

「我不會回應，隨便他們寫吧！」張西恩早就打定主意不回應，因爲他不希望媒體的目標轉向王雯昕。

王小姐看他的態度堅決，雖然心急，也不便一再要求他做回應。

「這件事，部長的意見如何？」王小姐知道部長找張西恩去應該是爲了這件緋聞。

「你放心，我已經向部長解釋過了。」張西恩輕描淡寫的回答王小姐的問題。其實，部長對於張西恩惹出這件誹聞並不高興，要求他立刻處理好，不能波及整個教育部團隊的形象。雖然經過張西恩的解釋後，部長可以諒解，但是也提醒他，如果情況仍然無法平息，他也只好「揮淚斬馬謖」了。

王雯昕一直注意這個新聞事件的情況發展，卻未見張西恩提出任何辯解。她心中著急，暗暗唸著：「西恩，爲什麼不反擊呢？爲了我，犧牲你的大好前途，不值得！」

於是王雯昕不斷主動打電話向各大媒體雜誌的編輯試圖說明原委，得到的答案卻都是——此報導內容的主要人物張西恩，對報導內容並無異議，所以無須更正。

張西恩被媒體追殺得身心俱疲，當他一回到家，就直接進入房間，連身上的西裝都懶得脫掉，逕癱在床上闔眼假寐。

「叩！叩！」春姨敲門後走進西恩的房間裡，手中端著一碗人蔘雞湯：「這幾天你睡也沒睡好，吃也沒吃好，喝了這碗人蔘雞湯補補氣吧！」

張西恩坐起身來，接過湯碗，捧在手中一邊把弄一邊沉思，卻一口未飲。過了許久他才吞吐出：「媽……對不起，連累您了。」

春姨沒料到西恩會有這樣的反應，一時語塞。過了一會兒才伸出手，拍拍張西恩的肩膀：「沒什麼大不了的！那些胡說八道的記者寫的亂七八糟的報導，不理會它就是了。咱們是正派經營，不怕他們毀謗。」

張西恩垂下頭，兩眼盯著碗裡晃動的湯水，安靜無語。

春姨瞧著眼前的兒子。以前的他不是桀驁不馴，惹她生氣，就是驕傲自滿，不可一世的神氣。春姨從沒有見過西恩像這樣垂頭喪氣的樣貌，看著覺得心疼不已。

「小馬跟我說，報章媒體上說的那位女老師，就是王小葳？」她在西恩的身旁坐了下來。

張西恩只抬頭望了一眼春姨，並未回答她的問題。

「看來你是眞的很愛她。唉！」春姨嘆了口氣又接著說：「沒想到你的個性跟我一樣，眞愛上了就死心眼。」

張西恩不說話，因爲在他的認知裡，並不認爲媽媽對感情會有執著，這也是他成長過程中對媽媽一直存在的懷疑。

「一直到現在，我的心裡除了你爸爸，就是容不下別的男人。這也是爲何我不再婚的原因，因爲在我心裡沒有人可以取代你爸爸。」春姨流露著回憶美好往事的神態說著。

張西恩覺得疑惑，他一直都認爲，媽媽當年爲了追尋自己的天空而拋夫棄子，狠心離開爸爸和仍在襁褓中的他。所以他對媽媽的感情總是夾雜著愛與怨。

「那麼……當年你爲什麼要離開他？」張西恩終於開口問了這個在他心中積鬱已久的問題。

春姨深深呼吐了一口氣。這一段過往的情事與恩怨雖然已經過了數十年，但是此時又再度回首，仍然感到胸口鬱抑。

「因爲，我愛你爸爸，我不忍心讓孝順的他夾在他的父母親與我之間受煎熬，我相信你爸爸也是深愛我的。」春姨說著紅了眼眶，哽咽了。

「媽……」張西恩趕快遞給她紙巾，輕輕叫喚一聲。

張西恩的媽媽——林秀春出生彰化縣員林鎮。她是長女，但是按照排行，她算是家中第二個孩子，她上有一個哥哥，下有一個妹妹和一個弟弟。父親早逝，母親在員林鎮「華成市場」賣成衣，林秀春放假時總要去幫忙。

從小林秀春就聰明伶俐，活潑大方，品學兼優。當年彰化區的高中聯考和高職聯考，她都考上了第一志願——彰化女中和彰化高商。【註一】

因爲她知道家裡兄弟姐妹衆多，考量家庭經濟因素，所以她決定選擇彰化高商，三年後可以立刻出社會賺錢，分擔母親的壓力。

彰化高商畢業後，她進入一家成衣加工廠擔任會計。工作二年後，她對於成衣市場有了深入的了解，年僅二十歲的她，大膽決定創業做成衣批發。

她承租彰化市「小西巷」內的一小店舖，開啟了她的事業。

選擇「小西巷」落腳，主要原因是考慮這裡是緊鄰台灣鐵路海線和山線交會的彰化火車站，和交通網路遍及全彰化縣的彰化客運、員林客運，以及台汽客運總站也在附近，來自台灣中部各鄉鎮的成衣零售商到此地批貨很方便。而且，她就讀彰化高商時，每天放學，她總喜歡順著「小西巷」走往火車站搭車回員林，這樣她可以順路在商舖間遊逛。這裡有她熟悉的味道與光景。

林秀春頗具做生意的天份，不到一年就把服裝批發的生意做的風風火火的，成了小西巷的當紅炸子雞，第二年她又在員林鎮的「第一市場」開了一家分店。

就是在這一年，林秀春與張西恩的爸爸——張揚哲認識。

那時因爲林秀春開了分店，經常需要在彰化市和員林鎮兩地跑。所以她必須學會開車。

報考駕照前，林秀春到「彰化鐵路醫院」做身體檢查。【註二】

張揚哲當時還在醫學院就讀，正好被分派在鐵路醫院實習。當他幫林秀春診察時，她看他的白袍上繡著「張揚哲」三個字，她心裡想著，這實習醫生看起來溫和靦腆，一點都不張揚，卻取名字叫「張揚者」甚是有趣，便笑著對他說：「你是——看起來一點也不張揚的『張揚者』。」

「我父親本意是希望我——宣揚哲理，可是因爲我姓張，結果不小心就『張揚』了。」

兩人不覺莞爾對視而笑。

這就是張揚哲與林秀春的第一次邂逅。

此後，因爲鐵路醫院與「小西巷」距離不到兩百公尺遠，兩人經常不期而遇，逐漸熟稔。

後來林秀春終於買了一輛能載人，也能載貨的客貨兩用車。因爲是新手開車，總是險象環生。親朋好友，沒人願意冒險陪她上路練車，只有張揚哲願意捨命陪君子，總是耐心陪著開車技術生疏的林秀春，在車速較慢的彰化「山腳路」【註三】來來回回地練開車。他們也因此順便把沿著「山腳路」上的彰化名勝——花壇的「虎山巖」、員林的「百果山」、社頭的「清水巖」、二水的「八堡圳」……等等名勝，遊覽了無數遍。這些彰化名勝地，見證了他們倆相互扶持的感情，也留下許多美好的回憶。

張揚哲很欣賞林秀春的果斷俐落，精明幹練。林秀春則喜歡張揚哲謙遜禮貌、善良有耐心。兩人的個性完全互補，互相欣賞，感情逐漸進展。張揚哲休假時也常常到「小西巷」當林秀春的免費義工。

因爲林秀春喜歡居高俯瞰的感覺，張揚哲總是願意陪著她沿著彰化市「中山國小」旁的石階步道走上八卦山。在八卦山的賞鷹平台，欣賞灰面鵟鷹的飛揚俯衝的英姿，或是在大佛前的賞景平台，一邊俯瞰彰化市的街景，一邊陪她聊天談心，給予她完全的支持，耐心聆聽她意氣風發地擘劃事業的未來。

夏日艷陽高照，他們得閒就躲入保警【註四】旁邊，林木蓊鬱的「華陽公園」。兩人牽手在樹林裡散步，在吊橋上漫步，就覺得很甜蜜。

林秀春與張揚哲，兩人在一起水乳交融，互相體貼。她們是當年，「小西巷」的街坊傳說中神仙眷侶典範。

怎奈，張揚哲的父母親認爲林秀春的家世與學歷配不上張揚哲，反對兩人在一起。他們甚至辱罵林秀春不知羞恥，是爲了當醫生娘，無所不用其極，勾引欺騙他們苦心栽培，寄予厚望的兒子。

林秀春年紀輕輕就事業小有成就，她不肯服軟的個性，使她與張揚哲的父母幾乎是水火不容。

雖然已經過了三十多年了，林秀春每次回訪彰化故鄉，走過處處留下他們兩人甜美記憶的地方，再想到張揚哲卻已經不在人世了，總還是感到惆悵意難平。

「唉！都怪我年輕時脾氣太硬，才沒辦法討你爺爺奶奶的喜愛，害你爸爸陷入兩難。」春姨擦拭眼鼻後，破涕笑著，面對西恩說：「你這硬脾氣完全像我，你爸爸的脾氣可好呢！永遠都是溫文儒雅對待所有人。」

張西恩多年來壓抑在心中的巨石頓時崩解。他從來都不知道父母的愛情故事的眞相，竟然是這般悽苦，而母親當年卻是因爲深愛才選擇離開。

「你就像我一樣，面對眞心所愛的人，寧可自己承受一切傷害，也不忍心讓他受苦。」春姨艱難地擠出一個笑容：「但是我不希望，你的命運也和我一樣，一直活在懊悔中。」

張西恩靜默凝視著媽媽，他感受到母親與他之間有著從未有過的相濡以沫。此時的他，眼裡滿是感動，心裡充滿了此生從未有過的祥和。這夜，母子兩人首次促膝長談，西恩心中對母親的誤解終於一一化解。

---

【註一】早期高中聯招與高職聯招是分開報考。高中聯考於每年七月八日—七月九日舉辦。高職聯考於七月二十八日—七月二十九日舉辦。

【註二】彰化「鐵路醫院」在日治時期是彰化市的高級酒家「高賓閣」。是當時彰化富商、名流士紳聚集的地方。國民政府遷台後，分發給鐵路局，因為位在彰化火車站附近，鐵路局修改為鐵路醫院，後來鐵路醫院停止運營，荒廢了一陣子。目前已經整修恢復日治時期「高賓閣」的樣貌，並列為彰化縣古蹟。

【註三】彰化「山腳路」是沿著八卦山脈的山腳下，古時候先人墾荒造就的蜿蜒道路。起於彰化市，終於二水鄉。貫穿彰化縣境內從北到南的鄉鎮——沿途經過彰化市，花壇鄉，大村鄉，員林鎮（現在升格為員林市），社頭鄉，田中鎮，二水鄉。是早期彰化縣南北交通的主要道路，因此沿途有許多先民留下的古蹟與名勝。

【註四】原設置於彰化縣的八卦山上的「臺灣省保安警察第一總隊第一大隊」，目前改制為內政部警政署保安警察第四總隊，彰化人都習慣稱呼為「保警」。

緋聞事件持續炒作了一個多星期，張西恩完全不回應，媒體報導的攻擊就像是打在棉花上，完全無力道，也就漸漸平淡了下來。但是張西恩的形象也已經受到重創，爲了不拖累教育部的行政團隊，張西恩主動向部長提出辭呈，等待完成此項教育實驗計畫就離開教育部的行政團隊。而部長雖然對於張西恩的能力是肯定的，但是在輿論的壓力之下，也只能同意張西恩的決定。

終於，最後一次的簡報會議了，張西恩又再度親自出席了。

久別之後又見張西恩，這也是緋聞事件之後王雯昕第一次見到他。當張西恩出現在會場時，王雯昕眼中閃爍著連她自己也沒發現的光芒。

會報一切順利，會議結束後，張西恩走向前來找王雯昕：「王……組長，我們可以私下談談嗎？」

王雯昕刻意壓抑浮動高昂的情緒，靜默看著他，幾秒鐘之後才啟口：「對於剛剛的報告，你有什麼指示嗎？」

張西恩對於她的提問感到無奈，嘆息苦笑說：「這是最後一次我們共事了，除了公事，我們就不能談談嗎？」

王雯昕並不回答，以爲他又不肯放棄，舊事重談吧！

「我決定接受美國大學的聘書，過一陣子就離開台灣了。」張西恩見她不答，逕自說著。

「哦！」王雯昕的心好像被撞擊了一下，一時未能反應，只能簡單應了一聲，然後才接著問：「是因爲雜誌上的報導……？」這陣子，王雯昕一直擔心張西恩多年努力成就的事業，會受到新聞事件影響，現在又聽說他要離開台灣，想必與此事件有關。

「與那件事沒有關係。」張西恩知道王雯昕的擔心，不希望她想多了，立刻回應她。之後又接著說：「只是……今後可能很難再見面了！」張西恩注視著她臉上表情的變化，希望能看到一絲絲的不捨。

王雯昕刻意躲開他的眼光，假意低頭整理資料。須臾過後才問道：「你……還會回來嗎？」

「你希望我回來嗎？」張西恩聽她如此問，覺得她果然割捨不下他，便急切的回問她。

王雯昕知道他的心理，頓時覺得自己不該又給他希望，這樣只會拖住他。既然自己無法給他幸福，就不應該一直牽引著他的感情。

「什麼時候走？」她淡淡的語調問著，就像隨口問問而已。

張西恩急切膨脹的心情，消氣般地平靜下來：「所有的工作已經交接完畢，大概在下個月底。」話說至此，他覺得他必須清楚她的想法，於是他又說：「小葳，如果你不希望我離開，我……」

不等他說完，王雯昕立刻笑臉回應他：「祝你一路順風！」她的臉是笑著的，表情卻是僵硬的。

王雯昕心裡想著，職業試探觀摩計畫的工作也告一個段落了，以後也沒有理由再見面了。事情就這樣吧，一切都結束了，該放棄的就不應該硬要握住，讓所有的發展都回到原始的軌道吧！只是……爲什麼，心，好難過。

自從職業試探觀摩計畫的工作結束後，王雯昕的工作輕鬆不少。除了週末上台北陪伴余清智，平時下課後，徐子依偶爾會找她和魏冠翰喝茶聊天。賴登發和林德彰也曾經來找過她，也告訴她張西恩的近況，她都只是笑而不答。日子是這樣過著，心情卻總是沉甸甸的。

星期五中午，辦公室的人員都去吃午餐了，王雯昕坐在座位，握著手機發呆。剛才林德彰打電話來，說張西恩明天早上飛往美國，他們一票人都會去送機，邀她一起去。已經一個多月沒有見到張西恩了，其實她很想他，只是見了面又能如何呢？

在張西恩堅持下，春姨和相韻都沒有到機場送行，只有小馬開車載他到機場，順便幫忙搬行李。辦好行理託運，張西恩接到林德彰的電話，說他們一群人也來了。結果一大夥人就在機場大廳聚會了起來。一群人七嘴八舌，圍著張西恩問東問西。

「老大，你這一去真的就留在美國不回來了啊？」賴登發語帶不捨。

「這麼說，你和小葳老師分手了嗎？」吳機瑞接著問。

「太可惜了，還以爲你們會在一起呢？」吳嘉興惋惜著。

「你們不要烏鴉嘴啦！我已經通知小葳老師了，等一下她一定會來。老大和小葳老師一定能……能有情人終成眷屬啦！」林德彰語帶憂悶，他一直都希望西恩和小葳，兩人能在一起。

登機的時刻快到了，王雯昕並沒有出現，張西恩和大家一一道別後離去。臨入海關前，他又回頭和大家揮手，眼光卻在人群中搜尋著，希望見到她的倩影。希望終究落空，他心中也終於明白，她已經做了選擇，而他也不該再執著了。

王雯昕站在機場航站二樓的玻璃帷幕前，遠望著停機坪上，即將飛往美國的班機，流淚低語著「西恩，一路平安。你一定要幸福啊！」

週末王雯昕回到余家，她陪伴余太太用過晚餐後又聊天一陣子，余清智卻仍然還沒回家。

「清智這孩子，不知道最近到底在忙什麼？公司的事務應該不至於那麼忙碌，早上出門前我還特別交代他，今天是週末你會回來，叫他早點回家，結果他還是到現在還沒回來。」余太太是擔心余清智週末老是晚歸，不利他的身體調養。因爲小葳回來，清智好不容易改掉以往酗酒的習慣，生活作息也正常了，身體的狀況日漸好轉，可是不知爲什麼，近來每到週末總是三更半夜才回家。她的心裡不踏實得很，卻又不敢當面斥責兒子，只能對王雯昕發牢騷，希望她幫忙：「小葳，你要說說他呀！」

「我會找他談一談的。」王雯昕也早就發現，自從婚禮取消後，清智對她的態度不若以往熱情，有時甚至是冷淡的。尤其是最近幾個星期，他週末都很忙碌，總是半夜才回家，一大早又出門了，他們兩人幾乎都見不著面。

「你負責的學校計畫不是差不多完成了嗎？婚禮的事也可以開始籌畫了吧！不能再拖了。余爸爸剛剛才從上海打電話回來，問你們的婚禮到底什麼時候辦理，我們可是急著抱孫子呢！」這是余太太心中最大的牽掛：「你們先結婚，再過一陣子，清智身體狀態更好些，說不定就可以請醫生再評估是否進行手術，處理他腦子裡的血管瘤了。」

時間將近晚上九點鐘。週末晚上公司很少人加班，余清智卻仍然留在辦公室，完全沒有要下班離開的意思，安迪進入余清智的辦公室卻看到他坐在椅子上，手中握著電話正在發呆。

「想打電話給小葳小姐？」安迪依照眼前的景況判斷後問余清智。

「不是！是她不斷打電話來。我不知道該怎麼辦？」余清智苦惱著。

安迪嘆了一口氣，才又接著說：「你老是這樣躲避她，也不是辦法吧！她是專程回台北見你，你卻避不見面，你這樣做會使她很傷心。」

「現在短暫的傷心，總比將來一輩子痛苦好吧！」余清智幽幽然地說出這句話，然後起身走向安迪。

「安迪，你說……我當初是不是……不應該把她找回來？」余清智滿臉懊惱。

安迪不知如何回答，只好沉默。

「如果我當初不把她找回來，說不定她已經找到她的幸福了！」余清智說完話，輕輕搖了搖頭接著說：「我真後悔！」

「那也沒必要老是躲著她吧！」安迪覺得余清智何苦這樣折磨自己。

「再這樣下去，我根本下不了決心讓她走。」余清智緊蹙的雙眉，顯露著他此刻苦不堪言的心情。稍後他忽地嘴角抽搐上揚，似乎想到什麼似地面露苦笑，陷入沉思。

余清智回想小葳十八歲時，當年她才剛剛上大學，選修了一門理則學課，那段日子她沒事總愛提出一些哲學問題與他辯論。有一次她問：「你覺得，樹葉飄落，是葉子離開樹木的約束，還是樹木拋棄了樹葉？」

「你覺得呢？」余清智興致缺缺，隨口應付她。

「是樹葉離開樹木的約束，隨風飄去四方，尋找自己的天空。」王小葳意氣昂揚地發表她的見解。

「一片落葉，離開了樹木能飄多遠？不就只是落在樹下的泥土裡，很快就腐敗成汙泥。」余清智不以爲然，訕訕地回答她。

王小葳被澆了冷水，有點氣餒：「並非所有的樹葉的命運都如此吧！有一種植物叫落葉歸根，就不會是那樣的結果……」

憶起前塵，余清智此時覺得可笑的是，飄離的葉子並沒有腐敗，如今反而是樹木逐漸腐朽，就要傾頹。

對於余清智可以因爲深愛王小葳，而決定要強迫自己放棄她，這讓安迪覺得不可思議。他沉重地看著余清智片刻才又開口問：「你又要等她睡著了才回家嗎？」

「嗯！你先回家吧！不用陪我了。」余清智拍拍安迪的肩膀示意他先走。

「有事打電話給我，隨傳隨到。」安迪說完轉身走出余清智的辦公室。

余清智拖著疲累的身軀回到家已經是半夜。當他推開大門時，看見客廳的桌燈亮著。小葳就坐在桌燈旁的沙發椅上，手上還握著一本書，看來是刻意等他回來。

余清智一時不知要如何處理這種情況，於是他站在大門邊久久未移動步伐。過了很久，他發現小葳毫無動作，似乎是睡著了，於是他輕聲輕步走向她。果然她睡得好沉，余清智曲蹲下來就著燈光仔細凝望著小葳的睡顏，這讓他回憶起第一次見到小葳的情景。那天她也是這樣在沙發上睡著了，只是當年像陶瓷娃娃般的小女孩已經長成一個優雅美麗的淑女。他安靜地蹲在小葳的前面，聞到一股從她身上散發出的乾淨清香的體味，這股味道是他生命中重要的味道記憶。這味道總是能夠安撫他的情緒，可以帶給他幸福感。

他記得那是好久以前，當時小葳應該十三歲吧！有一天他和小葳坐在客廳看著電視，電視上正在播放洗髮精的廣告。小葳轉頭對他說：「我長大賺錢也要買這種香香的洗髮精，我的頭髮就會香香的，好香！好香！」小葳天真的表情，發下宏願似的，對他宣告。

「你現在用的洗髮精不香嗎？」余清智微笑著問她。

「奶奶說用肥皂洗頭也可以，所以不買洗髮精，太浪費了。」小葳解釋。

第二天，當他拿廣告上的那種洗髮精給小葳時，她高興滿足的樣子，居然可以是那麼喜不自勝。那一幕令他印象深刻，她是那麼容易滿足、快樂，而他也被她快樂的情緒感染了。

隔天，當他接送她去上學時，一上車小葳就滿心歡喜地要求他聞她的頭髮香味，還一直問著：「香不香？昨天我用香香的洗髮精洗頭喔！」在那之後小葳常常要求他聞她的頭髮，然後問他「香不香？」，而他總是認真地聞著她身上的香氣，然後回答她「好香！」

眼前的她，是他這輩子所有的美好記憶和情感的牽掛。

「你已經洗過澡了！」余清智在心裡默念，好像在與小葳對話。他忍不住前傾斜上身，鼻子靠近小葳的秀髮，聞著她的髮香閉眼感受著香氣，然後又在心中默念著「頭髮也好香」。他就這樣看著她的睡顏，嗅聞著她的味道，希望時間就永遠停在此刻。

王雯昕身體蠕動了一下，雙手交叉撫著上手臂。余清智一看這情形，不假思索，反射動作脫下外套，蓋在王雯昕身上。這動作擾動了沉睡中的王雯昕，她睜開眼睛，看見正站在她面前出神的余清智。

王雯昕拌著迷濛的雙眼對著他微笑招呼著：「回來了！」

「嗯！」余清智終於抓回神智，隨意應了一聲便快速轉身處理眼眶中正在滾動的水氣，接著就往他自己的房間方向走去。

「很累吧！」王雯昕見他離開便快速起身，手裡拿著他脫下來蓋在她身上的外套，跟著走在他身後關心詢問著。

「還好！」余清智不敢回頭，與她相對臉，隨口應著，態度刻意冷淡。

「我們一直等你吃晚餐呢！爲什麼這麼晚才回來？」王雯昕跟隨在後，一面走著，一面問著。

「有事！」余清智刻意對王雯昕顯露一副懶得解釋的冷淡態度，打開房間門徑直走入。

「什麼事要忙到現在？」王雯昕也跟著進入，她不放棄繼續追問。

「應酬！」他著實感動王雯昕的關心，卻強迫自己表現出，擺明應付她的追問的態度。

「不必要的應酬就盡量推掉吧！」王雯昕覺得爲了應酬，弄到這麼晚才回家對他的身體不好，於是好意對余清智提出建議。

余清智並未回答，也未轉身看她。他知道不能面對著她，因爲他只要看著她，他就會忍不住想要擁抱她。於是他一直背對著王雯昕，只是忙著鬆開領帶和領釦。

「做生意也不見得一定要應酬到三更半夜，你以前應酬也都不會超過九點鐘回家啊！」王雯昕見他不回答，便又接著勸他。

「那是以前。」余清智還是閃躲著，不肯與她正面相對。

「雖然我不懂商場上的文化，可是我相信這是你可以控制的。」王雯昕感受到余清智是刻意閃避她。

「以前是以前，現在是現在。我現在決定的就是這樣做。」余清智終於轉身面對著王雯昕，他故意對王雯昕發脾氣：「你離開之後我就是這樣，不可能你一回來我就得一切配合你吧！」他終於下定決心了，今晚必須狠下心來趕她走。

「余媽媽擔心你這樣會傷身體，況且……」王雯昕只是擔心他的身體，並不是想要求他爲她改變什麼，不曉得他爲何要生氣。

「你怎麼變得這麼囉唆？你管太多了！」余清智突然顯露極度不耐煩的態度，以責備的口氣回應她。

「我不是要管你，只是……」王雯昕沒想到余清智會忽然發怒，只好盡量放軟語調，柔聲解釋。

余清智不讓她解釋，立刻搶白：「你要清楚，我喜歡的是乖巧聽話的王小葳，這陣子和你相處之後，我覺得你已經不是我要的王小葳了！」他終於說出了這樣會狠狠傷害她的話語。

王雯昕驚訝余清智的說法和態度，一時無法回應。

「你變太多了，現在居然還要管我！」余清智語帶冷峻，令人生畏。

「我沒有……」王雯昕不想再激怒他，只是小聲溫柔地試著想對余清智解釋，可是他總是不讓她講話，一再打斷她說話。

「你已經完全變成王雯昕了，王小葳是回不來了。」余清智快速掃瞄了王雯昕一眼，就立刻移開目光，不敢久視。才又接著說出：「我眞後悔找你回來，更後悔和你訂婚。」

王雯昕完全毫無心理準備會聽到他說出這樣的話，她眞不知該如何回應他。

「我之所以決定延遲婚禮，就是發現你這樣的王雯昕並不是我要的女人。你爲什麼不明白呢？」余清智說這句話時眼神飄移，只是在昏暗的燈光下，王雯昕無法察覺。

「你不是要自由嗎？我現在就給你！」余清智咳了一聲，清了清喉嚨終於說出來：「我們的婚約……從此刻起……取消。」

王雯昕睜大眼睛，驚訝不已，凝望著眼前這個她再熟悉不過的余清智，怎會變得如此陌生。

「你現在已經不是我的未婚妻了，這麼晚了，不該留在我的房間吧！」余清智說完立刻轉過身去，像是刻意不願意看王雯昕，其實是不願讓王雯昕看見他游移不定的眼神，和失落的臉容。

王雯昕不說話，也不離開，只是盯著余清智看。

余清智只覺得她直瞪瞪的眼光似乎是想要穿梭進他的內心，他已經無法繼續與她共處，還能維持情緒不露破綻。他害怕被她察覺他此刻的脆弱，於是他急速轉折言辭和情緒，面對著她咆哮著：「你不走是不是？你不走，我走！」順手抓過王雯昕還拿在手上的他的外套，就衝出門去。

王雯昕無法入睡，起身坐在床上。她拱著背，兩手抱著膝蓋，一臉茫然。

「難道是生病使他性情大變？還是我眞的變太多了？」王雯昕捫心自問著：「我該怎麼辦呢？」苦思良久之後，她拿出手機傳了一個簡訊給安迪。

第二天一大早，王雯昕來到余家的公司，下了計乘車就看見安迪已經站在大樓的門口等待她。

「你叫我來這裡，是因爲……他就在這裡面嗎？」王雯昕問安迪，但是仍然帶著一臉疑惑。

「他就在樓上的辦公室裡。」安迪帶領著王雯昕走進大樓，邊走邊說：「今天一大早我看見你的簡訊就猜到他一定到公司來。果然他就在這裡。」

「他還在生氣嗎？」王雯昕滿臉愧色。

安迪輕嘆一口氣才回答她：「他絕對不可能生你的氣。」

「昨天晚上他發了好大的脾氣呢！」王雯昕態度嚴肅認眞地解釋著：「你看，他都氣得不肯回家呢？」

安迪思考片刻後覺得應該告訴她實情。這幾年來，他眼看著余清智爲了王小葳所承受的痛苦和折磨，他實在不忍心再讓余清智獨自承受這一切，於是他對她說：「他是……害怕見到你吧！」

王雯昕聽他如此說，再回想余清智昨晚對她說的話，沉靜片刻才尷尬問著：「你是說……他不想見到我？」

安迪聽王雯昕的問話，知道她會錯意了，趕緊解釋：「他當然想見你，但是又害怕見你。」

「安迪先生，聽你這樣說，我有些糊塗了。」王雯昕不明白安迪話語中的意思。

「他……他知道自己的病情了，」安迪知道余清智並不希望他對王雯昕說開這一切。但是，事到如今，他認爲讓王雯昕明白余清智的心思是有必要的：「所以他不想牽絆你。」

王雯昕陷入思考，神情凝重，靜默無語，安迪也不再多話了。

今天是週末，空無一人的辦公空間，鞋根敲出噠噠的迴響，王雯昕和安迪不約而同都自動放輕腳步。安迪引著王雯昕來到余清智的辦公室門邊：「你們應該好好談一談，我先離開了。」

目送安迪離開，王雯昕心情忐忑不安，在門口深深吸了一口氣，才推開門走進去。當她進門後卻看到余清智蜷伏躺在沙發椅上，身上蓋著外套沉睡著。王雯昕並未叫醒他，而是在旁邊的椅子坐下，安靜等他醒過來。

一個多小時後，余清智終於翻身醒來。當他在迷濛中見到小葳出現眼前時，著實嚇了一跳，叫喚一聲：「小葳……」接著才整理了思緒，快速轉了個與昨夜的情境相呼應的語氣對她說：「你……你來做什麼？不是都跟你說清楚了嗎？」

王雯昕啥也不回，只是起身拿了一杯溫開水走向他，她知道他習慣早晨起床一定要喝一杯溫開水。她遞給他水杯，還對他輕輕點頭，示意他先喝水。而余清智望著她溫柔的眼神，似乎被催眠般，順從地喝完整杯水。王雯昕等他喝完水，又接過他手中的杯子放回茶水櫃之後才又走回來，順便推著一張帶著輪子的辦公椅回來，擺放在余清智的旁邊。余清智經過前一晚的折騰，其實已是心力交瘁，此刻兩眼無神的他，好似神智尚未完全清醒，只是楞楞的看著王雯昕的一舉一動。

王雯昕調整椅子與余清智促膝六十度方位，輕緩地坐下：「我知道你是故意對我發脾氣，想要趕我走。」她的膝蓋故意輕輕碰擊他的膝蓋。

余清智的理智告訴他，必須抗拒排斥她的接近，但是情感上卻又渴望依戀她的溫柔。他極度痛恨自己此時此刻的矛盾心態，也懊惱自己面對她時，心智總是軟弱。他壓抑著苦澀滯悶的情緒，閃躲著王雯昕的眼光，囁語著：「現在的你……我不喜歡了！」

王雯昕卻是臉上掛著嫣然的笑顏，不急不徐地兩手輕柔搭放在余清智放在膝蓋上的手掌背上，溫婉對他說：「安迪已經告訴我一切了！」

余清智這時終於頓然清醒了，他面露惱色提高聲調：「我們的婚約解除了！你聽不懂嗎？」他急躁抽離被她壓撫著的雙手。

「不管你做什麼決定，我都不會離開。我說過，我會永遠陪在你身邊。」王雯昕又提起被推開的雙手，堅定的搭疊回余清智的膝蓋上，毫不放鬆。

「我不要你陪在我身邊，我不想見到你！」余清智驟然焦躁，怒容滿面對王雯昕叫嚷，並且起身去開門：「你走，立刻就走！」

「你可以繼續對我發脾氣，但是我不會離開你。你可以繼續躲著我，但是我會找到你。你可以繼續對我冷漠不理睬，但是我還是會一直關心你。」對於余清智的反應，王雯昕絲毫不在意，只是堅定凝望著站在門邊的余清智：「你可以繼續刻意傷害我，我只是會……很傷心……很難過……很痛苦，但是我絕對不離開你。」她凝眸悲悽，語帶傷心。

「你……」見她如此委屈，余清智頓時感到不捨。他的情緒漸漸平和，只是不知該如何回應。

王雯昕向他走來，站在他的面前，正視著他問：「如果現在是我生病了，你會離棄我嗎？」

余清智無言以對。

「你做不到的事，你怎麼可以要求我呢？」王雯昕責備的口吻，卻伴著柔善的眼神向余清智抗議。

「小葳，你沒有必要……」余清智仍然試圖說服她。

王雯昕拉握著余清智的手，急切表白：「當然有必要，沒有你就沒有今天的我。」

「我不希望拖累你……」余清智很爲難地看著她充滿誠摯的面容。

「你這不是拖累我，而是給我機會。」王雯昕依舊緊緊執握著余清智厚實的手。

「你何苦……」余清智一股心酸襲上心頭，眉目緊皺地對她低語。

「一點都不苦，只要你不要趕我走……好嗎？」王雯昕含淚凝視著他懇求著，期盼地等著他的回答。

余清智手指輕撥著她的淚珠，凝眸片刻後終於擁她入懷。

有了王雯昕的陪伴，余清智的生活逐漸變回規律正常，也很配合身體調養。王雯昕除了周末陪他，平時也每天電話對他噓寒問暖，要求他注意調養身體。

經過一陣子的調養後，醫師幫余清智安排了「電腦斷層血管攝影」，評估後決定余清智可以接受手術治療。

手術前王雯昕和余太太陪伴著余清智聽取醫師的簡報。

「余先生，你腦部的這顆血管瘤較大、較深。破裂的風險更高，在血管瘤治療後幾天也可能發生出血性中風的危險。」主治醫師指著電腦螢幕上的圖片仔細向他們解釋。

余清智緊緊握著王雯昕的手，轉頭與她相望一眼後，又轉回頭來問醫師：「我想知道，如果那樣，會有什麼樣的後果？」

「根據統計，只有三分之一動脈瘤造成蜘蛛膜下腔出血的倖存者能夠康復而沒有殘障。」主治醫師提出數據說明。

王雯昕馬上接著提出詢問：「如果一切情況良好呢？」

「還是有可能會出現神經認知功能缺損的問題。」醫師回答。

「那是爲什麼？」余太太緊張發問。

「大腦是主宰身體的一個複雜的器官，因手術可能造成的損傷都需要一段時間癒合。」

「手術後有可能產生什麼症狀？」余清智態度鎭定，繼續和醫師討論。

「你有可能會喪失聽力或是造成視力缺損，還有產生語言混亂或知覺錯亂的問題。」主治醫師回答。

「醫師！你是說……我們家清智有可能會變成又聾又瞎。」余太太聽醫師的解釋幾乎要嚇壞了。

主治醫師趕快對余太太解釋：「那要看手術的狀況。是有可能會有這樣的情況發生，但是不是絕對。」

「還有什麼可能狀況呢？」余太太又著急問著。

「有些病患還會有認知和行爲不一致或喪失平衡和協調能力，無法集中注意力，短期記憶困難等等的問題。」

「照這麼說，如果手術有一點閃失，我們家清智就會變成聾子，瞎子或是傻子。那麼……」余太太還有意見要說，余清智阻止了她。

「所有的術後問題多久才能復原？」余清智問。

「如果手術情況良好，復原可能需要花費幾個月，也可能幾年。當然也有可能造成永久的損害。」

聽完醫師的報告，余清智沉默不語，只是緊緊握著王雯昕的手。

離開醫院，余太太急著要司機老劉載她去寺廟拜拜，替余清智求神問卜，王雯昕則陪余清智先回家。王雯昕看出余清智的恐懼，她緊握著他的手，在他的耳邊輕聲對他說話，鼓勵他：「你會害怕是必然的，但是你必須要有勇氣面對，這是很重要的。你必須堅信你並不孤單，因爲醫療團隊、余爸爸、余媽媽，還有我都會全力協助你渡過。」

余清智回報她一個欣慰的笑，卻沒有說話。

手術前一天，王雯昕陪著余清智在醫院做術前準備。就寢前余清智看著忙進忙出的王雯昕，他忽然從床上坐起身來叫喚著她：「小葳，你別忙了，我要跟你說話……」余清智要求王雯昕坐在床榻上，才又接著說：「如果手術不成功，我有可能成爲沒有行爲能力的人……」

「什麼沒有行爲能力的人？你在說什麼啊？」王雯昕打斷余清智的話。

「就是說……也許我變成所謂的……白癡，或是植物人……」余清智耐著性子，仔細向王雯昕解釋。

「胡說八道，你想太多了！」王雯昕又再次打斷余清智的話，不讓他繼續說。

「小葳，你不要打岔，讓我說完。」余清智堅持得要把事情說清楚，所以制止王雯昕干擾。

王雯昕見狀就知道了余清智的堅持，於是她便不再插話。

「如果我變成沒有行爲能力的人，將來就不能照顧你了。」余清智的確是言爲心聲，因爲他很擔心會拖累她：「你千萬不要執著，把生命浪費在我身上，一定要去找一個能照顧你的人……」

「手術一定要成功，這些話你不必說了，我也不想聽。反正你一定要好起來，是你自己答應我，會一直照顧我的。你答應我的事，從沒食言過，這次也一樣。」王雯昕不同意他的說法，因爲她覺得余清智的言外之意，顯然是對此次的手術並無信心，想要醫好病的態度也不積極。她不要他以這樣的心態去面對明日的手術。

「小葳……」余清智面有難色，卻又不知如何回答。

「明天早上動手術，今天晚上必須好好休息，」王雯昕不肯接受余清智消極性的建議，她語調溫柔卻態度堅決：「我關燈了！」爲了要求余清智早點休息，不要再繼續類似的退縮性的說詞，王雯昕把接近病床的燈光全熄滅了，僅僅留下浴室的燈光。

王雯昕安靜躺在沙發上，她並沒有睡著，但是她儘量保持看起來已經入睡的樣態。她知道此時余清智的目光勢必完全集中在她的身上，王雯昕不願讓余清智感受到她也在焦慮。

病房裡一片寂靜，余清智卻不斷輾轉反側，難以入眠。他側身躺在床上，視線停在躺在沙發上的王雯昕身上。從浴室門板隙縫透出微弱的燈光，只允許他的視覺勾畫出王雯昕糢糊的輪廓，於是他很努力睜眼，瞇眼嘗試各種角度想要再好好的看清楚。他想要把她的影像深深烙印在腦海裡，因爲他擔心明日的手術可能剝奪了他的視覺，從此他就看不見她的形影。他更害怕手術後，這一切的記憶，將變得全都不再有意義了。

手術進行了幾個小時，手術結束後，余清智被送入「神經加護中心」觀察兩個星期後才轉入普通病房。

余清智轉入普通病房時，主治醫師特別對家屬交代：「手術是成功的，然而手術過程難免會損傷部分腦細胞，在恢復的過程中病人必然會經歷一些挫折，和情緒的變化。周邊照顧陪伴者一定要有耐心。」

動完手術後的頭幾個月，余清智口齒不清，動作也不協調。王雯昕看著這樣的清智，她知道她必須幫助他，而這將是一段艱辛的路程，余清智的父母也都冀望著王雯昕。

經過一段時間的復健，加上王雯昕耐心在一旁陪伴和鼓勵，余清智很努力完成各項艱辛的復健過程，進步很快。雖然動作和反應仍然緩慢了些，但是生活上都漸漸能自理。

爲了照顧余清智，王雯昕學會開車，也考了駕照。只要是假日，兩人出門，都是由王雯昕開車陪著余清智四處去。因爲安全起見，王雯昕總是堅持余清智坐在後座。這一天，余清智坐在後座，眼睛直盯著專心開車的王雯昕。

「小葳，我……我不想成……成爲……你的負……負擔。」因爲手術的後遺症，似乎是經過很長的思考，余清智終於開口緩慢不順暢地說出這句話。

「怎麼亂說話呢！醫生說你現在容易感到挫折，擔心會受到傷害，這是很普遍腦部手術後的症狀，你不要擔心，我們都會陪伴著你。」

「可是……可是……」余清智眼皮抽搐，臉部扭曲努力想表達，可是腦部和肢體運作不若以往協調靈光，使他每每爲了正確表達意思，都顯得笨拙窘迫。因此，他懊惱地安靜下來。

瞟了一眼後視鏡顯影出余清智失落的眼神，王雯昕很快回答他：「從來都是你照顧我，我很高興你給我這個機會，讓我照顧你呢！」

王雯昕路邊停車後，轉身對著余清智笑著說：「你並非喪失了過正常生活的能力，只是需要調整一下生活步調，和周遭環境適應能力，以及多一些時間復原。」

兩人下車後，王雯昕靠過身去，勾著余清智的手臂，親暱地靠著他的肩膀：「你不會孤單！我會一直陪著你。」王雯昕一邊替余清智拉好外套的拉鍊，一邊鼓勵他：「而且醫生也說，你進步很快喔！只要再過一陣子就可以恢復以前一樣。」她站在余清智的面前，撒嬌地對他說：「以後，說不定我才是你一輩子的負擔呢！你可不能反悔哦！」

「可是……我……現在……這個……樣子……」余清智望著王雯昕，以很緩慢的速度一字一字回話。

「以前是你對我呵護照顧，現在暫時換成是我照顧你，將來我們互相照顧。」王雯昕再度以燦爛的笑容試圖強力掩飾心酸：「你是清智哥哥，什麼都難不倒你，我對你有信心。」

余清智雖然不再辯說，也回報王雯昕一個微笑，但是眼神裡透出的卻是滿滿的無奈與挫折。

王雯昕看出余清智的心緒，她雙手環著余清智的腰，緊緊摟抱著：「爲了我，你一定要努力好起來」她抬頭望著他，眼神祈求：「請把我的清智哥哥找回來還給我。」

王雯昕臉頰貼靠著余清智的胸膛，余清智一手摟抱著王雯昕的背，一手撫著她的頭，順著王雯昕的頭髮由上而下連續滑動，好似著了魔般的語調，重複而緩慢回應著：「好……我……答應你，好……我……答應你……好……我……答應……你……」

這一年的暑假過去了，王雯昕一邊協助余清智做一系列的肢體復健和語言與職能治療；一邊忙著學校的業務。日子過得忙碌，感覺時間飛快。覺得學期才開始而已，很快地寒假又來了。

自從余清智動手術後，又這麼過了一年。

余清智在王雯昕不斷的鼓勵下，積極努力要讓自己恢復以往，復健情況比預期還好許多。目前肢體反應能力已經恢復百分之八九十，智力與思考能力也恢復的很好，雖然偶而情緒容易波動，但是只要是王雯昕在身旁安撫，便能使他平靜下來。他覺得自己情況不錯，偶而也回公司上班。

於是，余媽媽和余爸爸又開始積極籌辦余清智與王雯昕的婚禮。余家上下又恢復了生氣，也充滿了歡樂和喜氣。

這一年多來，王雯昕努力撮合徐子依和魏冠翰兩人，雖然魏冠翰和徐子依，兩人見面還是不斷鬥嘴。但是，經過王雯昕不斷催化，加上敲邊鼓，魏冠翰也漸漸感覺到徐子依雖然是個富家女，卻是很熱心，單純沒心機的女孩，對她漸漸有好感。

月考下午，王雯昕邀約魏冠翰和徐子依在公園路的「武德殿」茶館喝茶聊天。

徐子依一進茶館，還沒坐穩就情緒高昂地說話：「你們一定想不到，我剛才做了一件甚麼事！」

她的表情和聲線，顯然是做了一件不得了的大事一般。

王雯昕順著他的興致，笑著接話問著：「甚麼事？看你激動得呢！」

徐子依挪動了椅子坐穩後，啜飲了一口水，才驕傲地說：「我剛才孤身一人，化解了一場數十人的大型鬥毆。」徐子依說完，還故意抬了一下下巴，表示驕傲。

此時，原本低著頭，埋首在菜單中，仔細考慮該如何點餐的魏冠翰才抬起了頭，側著臉，一臉狐疑的表情看著徐子依，安安靜靜仔細聽著。

「這麼厲害！」王雯昕雖然是佩服的口吻，但是也覺得懷疑，便又問了一句：「怎麼可能？你如何辦到的？」

王雯昕這麼一問，徐子依話頭一開，侃侃而談了起來。

「剛才我到學校對面的便利商店買東西，看到我們學校的一大群學生將近有三、四十人，和七、八個飆車族模樣的少年似乎起了衝突，兩隊人馬僵持對峙，我便走過去。我們學校的學生看到我來了，有人說『老師來了！』學生們便一一讓開，讓我走到最前面去，於是我就問飆車族模樣的少年們一句『你們有甚麼事嗎？』他們被我的氣勢喝住，趕快丟下一句『沒甚麼事，我們只是經過而已。』然後就一一上了機車，快速逃之夭夭囉！」徐子依比手畫腳講得興致勃勃：「你們覺得我很酷吧！我也沒想到，原來我這麼有氣勢呢！」

「你會不會太自我感覺良好了？」一直保持沉默的魏冠翰終於按耐不住了：「說不定他們眞的只是路過而已。」

「你才自我感覺良好了！才不是呢！」徐子依忿忿地抗議著：「事後我當然問了學生事情的原

委。」徐子依白了魏冠翰一眼，不太高興地反駁他：「學生說，因爲汽車三忠的李君楊走過便利商店的騎樓時，不小心碰撞到一個剛從便利商店走出來的飆車少年，當時便已經向他道歉，但是不知爲何，忽然間一群七八位飆車族們蜂擁而來，把李君楊擋了下來，還說『說對不起就可以嗎？那就不用警察了！』堅持要李君楊給他們一個滿意的交代。」

「那麼，又哪來的三四十個學生？」魏冠翰不以爲然問著：「都是哪一班的？」

「大部分是汽車三忠的學生，還有一些汽車科的學弟和其他科的學生吧！加上我班上的吳育勝。」徐子依停頓想了一下，又接著說：「他們說，放學經過便利商店騎樓，看到李君楊有麻煩，才圍過去助陣，而且剛好是放學期間，經過的同學越來越多，人就越聚越多了。」徐子依敍說完畢，眼睛向著王雯昕閃了閃後開心地又接了一句：「就在他們快要起衝突時，我就出現化解危機了。厲害吧！」

「這種情況下，隨便出現一隻阿貓阿狗，都可以化解危機啦！」魏冠翰一副不以爲然的態度，潑徐子依冷水。

「你這是什麼意思啊！」徐子依生氣了，瞪了魏冠翰一眼：「你才是阿貓阿狗！」

「這種情況是，因爲飆車族少年們，原本看李君楊勢單力孤，而自己人多勢衆，所以故意找他麻煩，想要藉機霸凌他。沒想到正值放學時段，李君楊的同學越聚越多，情勢立刻逆轉，那些飆車族少年自知再鬧下去，情勢不利於他們。而我們學校的學生們也很清楚，雖然情勢有利，但是在學校對面，隨時有教官、老師出現，如果發生鬥毆事件，絕對是逃脫不了嚴厲的處分，所以他們也不想鬧事。雙方也沒什麼深仇大恨，其實都不想再鬧下去了，卻沒有台階下，又拉不下臉退讓、解散。此時，如果有一隻貓啊、狗啊走過去，他們也可以把目標放在貓狗身上，找個藉口大家解散。」魏冠翰訕笑般的口氣，分析著當時可能的情況。

「你是說……」徐子依氣得接不下話：「……我像……一隻貓……一隻狗……」

「魏冠翰，你怎麼這樣講話呢？」王雯昕趕緊站在徐子依這一邊，數落魏冠翰：「在那種情況下，子依願意冒險前去處理，就已經比一般女人勇敢了。你是男人不會了解的！」

「我只是要告訴她事情的眞實面，免得以後她遇見狀況，還自以爲自己有特異功能，氣場強大，甚麼問題都能解決，一身傻膽，莽莽撞撞，反而危險！」魏冠翰悻悻然回應著。

「危不危險，我自己有能力判斷……」徐子依氣鼓鼓地瞪著魏冠翰。

此時，徐子依的電話聲響起，她拿出手機：「喂？甚麼？……好的，我了解。……你們不要輕舉妄動，我立刻過去！」

「是我班上的吳育勝打來的。」徐子依掛斷電話，立刻拿起皮包，就要離開。

魏冠翰聽她的對話，覺得不對勁，伸手拉住了她問：「你班上的吳育勝打來說甚麼？」

「他們在中華路的開化寺觀音亭又遇到那一群飆車少年了。」她一臉正氣凜然：「我得要過去幫他們！」

「你這樣不行……」魏冠翰急著制止她，不等魏冠翰說完，徐子依已經衝出茶館。

魏冠翰焦急地看著徐子依離去的背影，一臉憂心忡忡。

「你趕快跟去吧！她從專任轉導師才兩年，這方面經驗不足。」王雯昕對著魏冠翰輕輕揚了揚下巴，示意他快跟上。

「好吧！你記得聯絡學校教官室，請值班教官通知警察，前來協助。」

「我會的。」

王雯昕打電話回學校，向教官詳述了事件過程後，掛了電話。她知道，有教官、警察，和魏冠翰前往處理，這件事應該能平和安全落幕。倒是，剛才魏冠翰焦慮看著徐子依離去的情景，王雯昕覺得，他們兩人的發展應該有譜了。想到此，她不禁臉上露出了滿意的微笑。

接下來的時日，王雯昕大部分的空檔時間，都忙著準備結婚的一切事宜，這次的婚禮可算是水到渠成的婚禮。八年前因爲余清智急著拆散王小葳和張西恩，完全沒有顧慮王小葳的意願，只是霸道地強行逼迫她結婚。完全是余清智單方面意思，且具有自私的目的，王小葳也只能被動地，意興闌珊配合，所以整個婚禮籌劃的過程不僅顯得有些急就章，而且還充斥著籌謀的氛圍，完全感受不到新人的幸福感。而前年的婚禮，雖然是王雯昕心甘情願的情況下進行，但是，當時余清智的身體狀況並不好，余家人，除了余清智自己不明就裡，被蒙在鼓裡，其他人對於婚禮的喜悅，總是多多少少蒙上了一層隱隱約約憂心，心理層面自然無法放鬆欣喜，所以也少了張燈結綵喜洋洋的歡慶氣氛。然而這次婚禮，顯然是不一樣的。因爲余清智的復原狀況很好，不僅余家兩老歡天喜地，余清智也天天笑容滿面，王雯昕也顯得積極投入，參與婚禮籌備的各項細節，這必然是一場應該得到完整祝福的婚禮。余家甚至重新整理房子，裝璜公司的技術人員，婚禮顧問公司的專員和禮服公司的員工進進出出余家。爲了籌備婚禮，這回眞是全都動員了，他們對於這次的婚禮顯得格外重視，每個人都覺得，在這場充滿歡喜的婚禮之後，從此便可以終結之前一切的陰霾。

安迪當然是婚禮最重要的協助人員之一，對於余清智歷盡艱辛，終於能如願與王雯昕結婚，他應該是除了余家兩老和余清智本人以外，最高興的人了，他忙進忙出，儼然像是自己要辦婚禮似的。

「謝謝你大力相助。等完成了我的婚禮，你辦自己的婚禮可就得心應手了。」余清智站在客廳門口，對著剛剛幫他送婚禮顧問到大門，正往回走的安迪，笑著說話：「這是很好的實習啊！」

「還久呢！」安迪對他搖擺一下手掌，戲謔回應：「我可還不想失去自由！」

「你不快點套牢她，等她被搶走了，可別怪我沒提醒你。」余清智好心情全在臉上，嬉笑應答。

「這我可不擔心，姻緣天注定，老天是公平的，該我的跑不掉。」安迪走到了余清智的面前，繼續說：「就像你和小葳小姐，該在一起，就是會在一起。」說完他又一次以玩笑的態度問余清智：「你現在不會覺得老天不公平了吧！」

余清智是曾經覺得老天對他不公平的，但是現在的喜悅幸福讓他覺得，一切事情發展，上天自有安排。

「雖然是繞了一大圈，但是終究還是能和她在一起，我很感恩的。」余清智眉稍帶喜：「尤其是我生病以來，我感受到她對我真心的關懷，這就夠了。反倒是我該慶幸生了這麼一場病呢！」

「原來你生病是苦肉計啊！」安迪故意開他玩笑。

「說不定這就是上天給我的補償。」余清智說這話時，態度認真，彷彿他是真的感謝上天，讓他生了這麼一場大病。

安迪原只是想開個玩笑，沒想到他卻認真，便不再嬉鬧了，直接問他：「去年你動手術前要我轉交給小葳小姐的那封信，現在不需要了吧！過幾天我拿來還你。」

「那是什麼？」余清智對於手術前的一些事，偶爾會記不清楚。

「你忘記了！」安迪知道他的狀況，便再說清楚些：「你手術前，交給我的，說是給小葳小姐最後的交待。」

因爲手術的原因，余清智腦部運轉不如以往靈活，想了很久，才明白安迪所指爲何。

「喔！我好像有些印象，但是很模糊。」余清智似乎還是沒能完全清楚記起來。

「我看你現在好的很啊！那封信應該是不需要了。」安迪開懷大笑後說。

「也許吧！」余清智微笑著：「你就直接丟掉吧！反正我也不記得寫了些什麼。」

「那不成，要丟掉或要留下，我都得拿給你，再由你自己決定。」

「好吧！既然你堅持，下次來，就順便帶來。」

王雯昕與余清智來到「銘萱禮服公司」試穿定製的禮服。這是頗富盛名的禮服公司，許多名媛、名人都喜歡穿這位設計師設計的衣服。當然，這裡的一般禮服價位都很高昂，更何況是特別定製的結婚禮服，更是所費不貲。王雯昕實在不願意如此浪費，但是余清智希望她成爲最美的新娘，堅持要盡所能給她最好的一切。王雯昕明白他的心意，便也只好欣然接受。依照台灣的習慣，除了白紗禮服外，還要準備一套敬酒禮服，和一套送客禮服。只是她沒想到，這三套禮服的花費，竟然超過她一整年薪資所得。

當王雯昕和余清智正準備要離開時，下一對預約試裝的新人剛巧進入。王雯昕抬眼一望覺得面熟，再仔細想想，那不就是陳相韻嗎？

同時，陳相韻也看到王雯昕。她似乎遲疑了一會兒，之後便向王雯昕走過來。

「你好，你記得我嗎？我是陳相韻。」

「當然！」王雯昕點頭微笑做為招呼。

「你……是來試結婚禮服嗎？」陳相韻也報以微笑。

「是啊！」王雯昕回答後又問：「你也是來試結婚禮服嗎？」

「是啊！這是我的未婚夫，Jim。」陳相韻向王雯昕和余清智介紹與她同行的男子。

「喔！你好，幸會，恭喜你們！」Jim應該是一個從小在國外成長的華人，他以外籍人士說中文的口音向他們問候，並熱情和他們倆握手。

「也恭喜你們！」余清智也禮貌回應。

陳相韻忽然揚起音線：「我們女孩子，要說說悄悄話，兩位男士麻煩到前面稍待一下。」話落，便立刻牽拉著王雯昕的手走向女賓休息室。留下兩個互相陌生的新郎愣在接待室。

「眞是好巧，我們會在這裡遇到。」陳相韻拉開椅坐定後，等王雯昕也坐下才開口。

「我也感到驚訝呢！」王雯昕感到驚訝的倒不是在此遇見陳相韻，而是她怎麼不是和張西恩結婚呢？一直以來，她都認爲，張西恩最終的伴侶必定是陳相韻。他們倆的結合，是符合所有外在條件和周遭期望的。

「你婚期是什麼時候？」陳相韻倒是對於王雯昕的結婚對象沒有任何心理疑慮。

「下個月初五。你呢？」王雯昕回答。

「這個月底。」陳相韻應著「比你們還要早些。」

「我……以為，你跟張西恩……」王雯昕忍不住，終於問出口：「你們……認識很久了，不是嗎？你結婚他知道嗎？」

「他當然知道。只是他沒辦法親自回國來參加婚禮，但是託人送來賀禮。」陳相韻輕笑著：「我們確實認識很久，但是他永遠只是當我是他的哥兒們。」說著，她偏了偏頸子，側著臉，之後又抬眼瞥著王雯昕：「這麼多年來，我看著他情海漂泊，以前沒見他認真過，直到遇見你，他忽然變了一個樣……」說到這裡，她突然停頓未說完的話語，打住了話題：「算了，你都要結婚了，提這些沒意義。」她朝著王雯昕淺笑：「總之，我想請你諒解，幾年前我對你說的那些話。」她帶著誠懇，充滿歉意：「當時西恩的媽媽，她不希望你再接近西恩，所以……」

「我了解，事情都過了那麼久了，請你不要放心上。」王雯昕也立刻回應她。其實，她自己心裡明白，那應該是當母親保護孩子的本能吧！難怪張西恩的媽媽不喜歡她，自從西恩認識她，就不斷受傷害，任何一位母親都不會滿心歡喜接受的。

王雯昕和陳相韻兩人並肩走出女賓休息室，余清智和Jim看她們兩人一走出來，就立刻停止了談話，也起身往各自的女伴身邊靠近。四人再次寒暄，互道再會之後，陳相韻和Jim由禮服公司的接待員領導前往試衣，余清智王雯昕走出禮服公司。

一出門口余清智就立刻問王雯昕：「那位女士是誰？怎麼都沒聽你說過。」

王雯昕只是笑著，清描淡寫回應：「只是普通朋友，交情並不深，所以沒提過。」

「我還以為是我應該認識的人，只是腦子開完刀，腦袋不行了，把人家給忘了呢！」余清智嚅嚅叨念著。

整個週末在台北爲婚禮籌備奔波，星期日晚上回到彰化「小西巷」的家，王雯昕梳洗後，覺得疲累，躺在床上，閉著眼睛，卻無法入眠，腦海雜訊漂浮。一直以來，她都以爲，張西恩沒有她，也應該是有陳相韻相伴。然而，現在陳相韻也要結婚了，那麼，西恩他怎麼辦呢？到頭來，怎麼反而是他孤單一人。

因爲前晚沒睡好，早上顯得精神不濟。同事們故意揶揄說她準新娘子，這些日子必定過度操持。

時近中午，王雯昕接到余媽媽的電話：

「小葳，你快回台北來，淸智出事了，現在在醫院。」

在醫院的病房裡。

余淸智今早突然癲癇發作，被緊急送到醫院。在醫院病房內，他趁父母離開，只有安迪在一旁時與安迪對話。

「我交給你的那封信，你還是留著吧！」余淸智嘴角上揚，但是臉部的線條卻是往下垂墜：「說不定將來還是會用得到。」

「婚禮如期舉行嗎？」安迪不安地問。

「延一延吧！」余淸智輕嘆了一口氣。

「這樣好嗎？」安迪也有些無奈的神情：「已經延過一次了。」

余淸智頓了一頓，旋卽大大的呼氣之後才說道：「加上八年前那次，應該說已經取消過兩次了。再加上這一次就三次了。俗語說事不過三，我們這婚禮籌備了三次，怎麼沒有一次能成功順利呢？」

見安迪苦著一張臉，掩不住失望的表情，他也不是真的要問安迪答案，所以不等他回答就又接著又問：「你說，我和小葳的婚姻，是不是不該強求的姻緣呢？」

「你說什麼啊？怎麼會呢？」安迪雖然否認余清智的說法，聲音聽來上卻也是不敢堅持的口吻。

「前幾天你說過，該我的跑不掉，該在一起的，就會在一起。現在看來，我和小葳，似乎是不該在一起，否則，爲什麼每次到了結婚前就……」余清智落寞的情緒漸漸擴大。

「你想太多了。」安迪打斷余清智繼續說。

「是嗎？剛才醫生說的，你不也聽得很清楚。以後，我可能會經常癲癇發作。」

「癲癇症，是很平常的症狀，只要注意安全，醫師說只是不能游泳，你又何必太過度反應……」

「對一般人來說可能還好，可是……」余清智舉起食指，抵住自己的腦殼，接著說：「我這顆腦袋裡，又冒出兩顆瘤了，你覺得那也很平常嗎？」

「醫師不是說可以手術處理嗎？」安迪雖然嘴裡輕鬆，卻眼神閃躲余清智的目光。

「我從上一次手術完，到現在的狀況，花了多少時間、精神去復原，你覺得我還要再重來幾次呢？」

安迪終究無言以對。

王雯昕風急火燎地走進病房，她一進門就對著余清智問：「醫師怎麼說？爲什麼忽然會有癲癇症？」

余清智一臉歉然回答她：「醫師說可能是手術的後遺症。」

王雯昕聽了他的解釋後，並未再問什麼，但是眼神藏著不安。

「婚禮可能又要往後延了。」余清智看她緊張的神態，對她笑了笑。

「爲什麼？」王雯昕放下皮包，雙手習慣性的，邊替余清智整理衣著，邊回問他。

「因爲要等我的狀況穩定些，否則可能在婚禮進行中發作，那可就難堪了。」

「喔！」王雯昕應著，並且幫他把枕頭墊高些，好讓他坐著舒服一點。

「你願意再等我一陣子嗎？」余清智伸手過來，拉住她從進來到現在都沒停過動作的雙手。此時安迪識相地自己往門外走去。王雯昕這時才停止動作，就著床沿坐下，反握緊余清智的手，語調緩慢堅定說：「一輩子都願意等。」

余清智開心笑著：「不會讓你等那麼久的。」

於是婚禮又取消了。

過了一陣子，眼看余清智的情況稍稍穩定了，他的父母便一再催促兩人結婚，但是余清智總是找理由推託。

報章雜誌上又經常有張西恩的相關報導。因爲他在美國知名大學表現亮眼，最近還出版了一系列著作，專門探討兩岸三地教育的差異。他以詼諧諷諭的筆法描繪出兩岸三地華人社會家長與子女間的關係、對教育的態度以及各區華人教育的優勢和盲點。他的著作大受歡迎，不僅引發東西方社會的注意，國際網路上也熱烈討論，並因此成爲暢銷作家，甚至台灣政府和學術界也注意到他的表現。他也經常獲邀回台灣演講或舉辦座談。但是都未曾與王雯昕連絡，而王雯昕也並未主動聯絡他。

林德彰和賴登發都有了對象，也打算結婚。他們偶爾也會來找王雯昕，順便帶來張西恩的消息。

「老師，西恩老大，在美國混得不錯喔！」林德彰對張西恩總是充滿無限的崇拜，對於他近來的表現更是與有榮焉，逢人便大肆吹捧。

王雯昕只是沉默。

「我覺得……你們就算不能當夫妻或情侶，也可以像好朋友一樣，有空時聯絡問候互相關心吧！」林德彰見王雯昕忽地沉靜，自己也覺得氣悶：「每次我在你面前談到他，你就這樣不說話。你明明心裡放不下他，幹什麼那麼彆扭。不能在一起，也不一定要搞成這樣啊！」

王雯昕硬是擠出笑容回應林德彰：「他回台灣的時間那麼短，行程又那麼緊湊，一定很忙碌，我不想去打擾他。」其實王雯昕明白自己目前的身分和處境都不應該和張西恩有任何的牽連，但是對於他能有這麼優秀的表現也爲他感到開心。

「唉……」林德彰長長地嘆了一口氣。王雯昕和張西恩不能有情人終成眷屬，是林德彰心裡最大的遺憾。如今看來，這兩人果真是有緣無分，難強求啊！

日子在平淡中，日復一日。

已經是三月天了，還有寒流來襲。昨日氣象報告有低溫特報，沒想到溫度下降這麼快。早上起床，王雯昕趕快套上羽絨衣，還是覺得好冷。一早進到辦公室，只有她一個人，其他人都還沒到。過沒多久，徐子依搖搖擺擺提著一杯熱咖啡走進來。「趁熱喝吧！」她把咖啡往王雯昕桌上放下：「什麼鬼天氣嘛！這陣子台灣的天氣也太異常了，昨天還是個大熱天，今天冷成這樣子。從昨天早上到今天早上，才二十個小時，溫差十八度！有血管疾病的人，血管不爆掉才怪！」

王雯昕聽她這麼嚷嚷，心中一震，腦門一股發麻，不祥的感覺襲上心頭。

念頭才一閃過，手機鈴聲響起：「小葳！清智他……清智他……」余媽媽泣不成聲，王雯昕感到一陣頭暈，胸口發悶。

上週王雯昕陪余清智回醫院作複診時，醫生提醒，腦血管手術後至少需要三年的修養，才能確定血管壁是否復原完全，而且，目前臨近手術傷口部位又出現了兩顆血管瘤。這期間如果有任何的外在刺激或激烈運動，使血壓過高，血液運行太快等等因素，都可能促使血管壁手術的傷口裂開，或血管瘤破裂，造成腦部大量出血，是非常危險的。因此醫生還特別交代她：「初春時節，天氣變化太大，對於這類腦血管病患而言特別危險，一定要多注意，不可掉以輕心。」

從醫院回診完回家途中，王雯昕一邊開車，還一邊叨叨提醒余清智：「醫生說的話，你一定要記住。隨時注意氣象報告，如果天氣冷，睡前就要記得開暖氣，儘量別出門。」

余清智只是微笑著，並未回答。

「你有聽到我說的話嗎？」王雯昕見他未回應，有些心急問著：「這很重要！你一定要答應我。」

「好！」余清智這時笑著答應著。

王雯昕嬌瞪他一眼後，也給了他一個微笑，但是她總覺得余清智並沒有很在乎地把此事放在心裡。

在醫院。

王雯昕趕到醫院時，只見余媽媽已經哭得癱軟，無法挺坐，由親友攙扶著。她先安撫余媽媽，並安排她到家屬等候室稍事休息，便陪著余爸爸在手術室外等候。

余清智昏迷已經數月。這幾個月來，余清智經常是加護病房，普通病房交疊進出，王雯昕和余清智的父母三人都面容憔悴，瘦了一大圈。

余清智陷入重度昏迷的狀態，昏迷指數三。雖然大家總是盼著奇蹟出現，希望余清智會清醒過來。可是這樣的狀態，從入院以來，就沒有改善過。余清智躺在病床上，全身插滿維生器的管子，如植物人一般。王雯昕每天看著他受這樣的折磨，總是感到心疼、不捨。她不願影響余家兩老的心情，所以，她總是人前堅強，人後暗自飲泣。

這一天，余清智的情況又再度惡化，立刻又被送入加護病房。隔幾天後，醫師建議必需立即手術急救，但是也告訴家屬，成功率很低，家屬必需要有心理準備。

手術進行不到一小時，醫師就走出了手術室。當醫生走出手術室，並宣布急救無效時，余媽媽幾乎立刻暈厥過去。

王雯昕擦乾眼淚，代替余家兩老隨醫護人員，陪伴余清智走人生最後一程。余清智的父母，白髮人送黑髮人，情緒崩潰，雖有親友攙扶，仍然癱軟無力，老淚縱橫。王雯昕眼看著全身插滿管子，狼狽不堪的余清智，一時不捨，又紅了眼。旁人見狀，提醒她讓往生者好走，不要讓他有牽掛。王雯昕強忍止住哭泣，一路陪在他身旁。

余清智的喪禮是由安迪統籌安排，王雯昕則是專心照顧傷心過度，臥病在床的余家兩老。此時，她是余家兩老唯一的支柱。

安迪轉交給她一封信。那是余清智兩年前，動手術之前親筆寫給她的。工整有力的字跡和他手術後重新學習握筆寫字歪斜的字跡，有著極端的差異。王雯昕彷彿看到兩年前，他伏案寫這封信的景象。他總是凡事都爲她考慮周到。

「小葳：

如果你看到此信，那就表示我已經在另一個世界了。也許你更喜歡雯昕這個名字，因為這是你自己取的名字。而王雯昕的人生，也才是你想要的人生吧！但是對我而言，不論你是小葳還是雯昕，我都希望你是最幸福的女人。原本以為，唯有我才能好好珍惜你，唯有我才有能力讓你成為幸福的女人，沒想到我反而成為你追求幸福的牽絆。我人生中最開心時光就是有你陪伴的日子。從你出現在我的生命中開始，我才感覺得到人生的美好和生存的意義。一直以來，你就是我的夢想、我的未來、我努力的動力。

其實這些日子以來，我一直感到焦慮，每次提醒自己，不該太自私，應該放開手，讓你自由去追尋你想要的人生。然而每當見到你，我就無法克制貪心，想要多一點時間與你相聚。但是我也感到矛盾，因為如此下去，我到底會牽絆你多久？我曾經怨老天，好不容易，你終於回到我身邊，為什麼讓我得這個病。後來我想清楚了，因為這個病，才讓我有機會，又得到這段快樂的時光，我已經很滿足了。

小葳，只要你快樂，在另一個世界的我也會開心。你一定要幸福，不要讓我牽掛。我走了之後，你不要傷心，去找張西恩吧！我相信他對你是真心的，有他照顧你，我很放心。

清智」

王雯昕凝望著靈堂正中央，余清智微笑著的遺照，雖然余清智希望她不要傷心，但是王雯昕仍然止不住悲傷，痛哭失聲。安迪在一旁看著，也跟著鼻酸了。

余清智過世將近一年了。

徐子依和魏冠翰感情進展穩定，聽說有結婚的打算。於是愛情得意的她，不忍心見王雯昕感情無依靠，又開始忙著幫王雯昕物色相親的對象了。

這一年來王雯昕彰化、台北兩頭跑，依舊每個周末回到台北向余家兩老請安。余清智過世後，余家兩老晚年喪子，著實意志消沉好一段時日，余太太還大病一場。近期來，兩老開始把生活重心投入宗教信仰和參與公益團體活動中，找到他們的生活目標和意義，稍稍緩和喪子之痛的陰霾。王雯昕只要有空就到余清智的墳前祭拜，也替余清智盡孝，有空盡量陪伴余家兩老。

這天王雯昕陪著余家兩老祭拜清智後回到余家，她一進門就忙著幫兩位老人家泡了一壺茶，還擰乾兩條毛巾奉上。清智去世後的這些日子以來，王雯昕抱著報恩反哺的心，也是想代替清智盡孝，所以她總是把余家兩老當成自己父母一樣孝順侍奉著。

「小葳……」余太太坐在沙發椅裡，看著她穿梭在客廳和廚房間忙碌的身影，突然開口叫住王雯昕。

「嗯！」王雯昕放下手邊的工作，走來靠近余太太身旁。

「多虧有你……，否則我們兩老眞不知道要如何活下去……」余太太拉握著王雯昕的手。

「余媽媽，我們都是清智最愛的人，所以我們要好好的過日子，只要我們開心，清智就會放心。我覺得他一直都守護著我們，從未離開我們身邊。」王雯昕微笑安慰她。

「小葳，話雖如此，但是清智已經過世了一年多了，你也年紀不小了，該爲自己的終身做打算。」余爸爸放下茶杯，也開口說話。

王雯昕並未回答，只是回報他一個微笑。

「我們沒有福氣當你的公婆。」余太太嘆了口氣，很是惋惜的口吻。

「余爸、余媽，我一樣會孝順您們的。」王雯昕趕緊回應。

「小葳，我和余爸爸有一個想法，只是這樣的要求不知道你願不願意？」余太太看了余先生一眼，兩人以眼神溝通達成共識後，余太太才對王雯昕提出詢問。

「甚麼事？」王雯昕問。

「我們想認養你當女兒。」余太太終於說出了他們兩老的心願：「我們只是希望，有個情感寄託。」

從余清智生病到他去世後這幾年，王雯昕爲余家眞心付出，兩老看在眼裡，心裡都很感激，他們也很明白王雯昕在兒子心中的重要性，更淸楚兒子一直都放心不下王雯昕，兩老愛屋及烏，對王雯昕也是眞心疼愛。

王雯昕一時沒有心理準備，只是愣住。

「當然，你都已經成年自立了，也不需要我們提供你任何養育責任和付出。」余太太見王雯昕不回答，尷尬笑著說：「這樣好像是我們太貪心了哦？」

「你不要勉強，也許你覺得……這樣會多了我們兩個老負擔……」余先生見狀也趕緊開口附和。

「我願意，非常願意！我一直都希望有爸爸和媽媽……」王雯昕眼眶一紅，在兩老面前哭了出來，她的心中充滿了悸動。

從小她就一直在心中把父母的形象投射在余爸爸和余媽媽身上。奶奶去世，王雯昕舉目無親，孑然一身，心裡無時不感到孤寂，一直渴望有親人。

「好！好！將來你結婚時我們風光把妳嫁出去，以後這裡就是你的娘家。」余家兩老喜出望外，余先生開心說著。

「將來我們也可以享受含飴弄孫了！」余太太牽著王雯昕的手，眼帶濕潤笑著說。從此之後，這三人重新組合的家庭漸漸有了家的感覺和溫暖。

王雯昕這個周末又要回台北探望兩老，順便參加林德彰邀約的同學會。

同學會就辦在青海中學附近，也就是當年張西恩受傷的燒烤店。這家店之前曾做過西餐廳，前陣子又換了人經營，現在是吃到飽自助餐廳。參加的同學，大都已經大學畢業，有人帶著女友，有人帶著未婚妻，更有人攜家帶眷，帶著妻子和小孩來參加。大家聊著過去的點點滴滴，還有郊遊露營時，張西恩和她滾落懸崖的往事。一晃眼九年時光過去了，眞是不勝唏噓。

「老師，你知道西恩老大的近況嗎？」林德彰湊過來，坐在她身旁問她。

聽到張西恩的名字，王雯昕不覺緊繃了身體，她只搖搖頭，對他微笑。

「他要結婚了！」林德彰神祕兮兮的對她說。

「哦？……你怎麼知道？」王雯昕心頭泛起一股酸，遲疑了幾秒鐘才回應。

「沒有我不知道的事。」林德彰一副消息靈通人士的態勢。

「你聽誰說的？」王雯昕原本是不想問，但是心底也想要確定消息是否爲眞。

「是小馬哥告訴我的！下個週末，在美國舉行婚禮，小馬哥和西恩大哥所有的親友都會去美國參加婚禮！」林德彰說著。

王雯昕安靜未回應，她清楚既然是小馬說的，這件事應該錯不了。既然他找到幸福了，應該要爲他感到開心才是，只是……爲什麼，心好沉重，覺得難過。

「老師，你在想什麼?怎麼不說話？」林德彰喚醒沉在思考中的王雯昕。

「我們應該祝福他啊！」王雯昕強顏歡笑對林德彰說著。雖然她的嘴角是上揚的，但是眼神卻是悽惻的。

當晚，王雯昕回到彰化，走到「小西巷」的屋子。她打開門，卻站在門口，面對著空寂幽暗的屋子，口中喃喃念著：「憔悴損，如今有誰堪摘，守著窗兒，獨自怎生得黑。」她發呆了好一陣子才移動步伐走入屋內，開了燈後，有氣無力地癱坐在沙發椅上。

她心中自問著：「爲什麼身體會覺得這麼累，心情覺得好沮喪。」昏暗燈光下的她，顯得神情落寞，孤寂又感傷，整個房間瀰漫著一股窒悶與憂愁。此時王雯昕的手機鈴聲響起。這個鈴聲似乎是這個空間裡唯一有活力的元素。王雯昕拿出手機看了看，是林德彰來電。

「喂！老師，你趕快打開電視！現在ETV台正在播出幾個月前西恩老大回台灣時電視台專訪他的錄影節目。」林德彰興高采烈，一直催促王雯昕：「趕快打開電視看，西恩老大眞是天才，實在酷斃了！」

「德彰，我家裡沒有電視，有機會我再看重播吧！」

「你去隔壁人家借看電視看啦！不然你會後悔！」林德彰急切切的一直鼓吹她。

王雯昕的房子裡確實沒有電視，但是櫻山飯店的大廳倒是有台隨時都開播著的電視。

王雯昕終於還是來到櫻山飯店的大廳，因爲她覺得，如果繼續獨處在屋子裡，她可能就要窒息了。

來到飯店大廳，她拜託服務人員切換到ETV台。電視畫面裡的張西恩針對主持人提出的問題正侃侃而談。他神采飛揚，看起來精神和心情都很好。飯店服務人員一見到張西恩出現在電視螢幕上，驚呼著：「我見過這個張先生，我記得他，他是我們櫻山飯店的忠實顧客呢！幾年前他常常入住我們櫻山飯店。」服務人員轉頭對王雯昕說著：「他是你和小老闆的好朋友，不是嗎？」王雯昕並未說話，只是以微笑回應她，心中想著——原來我們曾經如此接近地共度彰化市的夜晚，也許我們也曾共賞彰化市的月啊！

電視螢幕上，張西恩談完有關專業的問題之後，主持人話鋒一轉，對張西恩提出了一個問題：「您目前還未婚，談一談您的感情故事吧！觀衆朋友和您的讀者們都很關心。」

「哈！哈！……」張西恩爽朗大笑幾聲之後，大方回問主持人：「您想要談什麼？」

「大家都知道，您以前有過幾段轟轟烈烈的愛情故事。」節目主持人顯然在訪問張西恩之前已經做過功課，對張西恩的一切資料、紀錄都仔細研究過了，是有備而來。

從訪談開始到目前，張西恩對任何問題都能詼諧從容應對，但是當他一聽到主持人這個提問時，忽然靜默了數秒鐘。

「您可以談一談嗎？」主持人見到張西恩遲疑的反應，立刻又積極追問。

「您所謂的轟轟烈烈的愛情，是什麼意思？」張西恩以食指輕觸了一下鼻子，然後調整變換了姿勢坐穩，之後才緩緩回應出這句話。看著螢幕上的張西恩，王雯昕知道他正在思考如何迴避這個問題。因爲張西恩向來反應非常快速，面對任何問題大都能立即回應，這個問題一定是他必須認眞考慮後才能回答，或是他想迴避不答，他才會不自主地做出這個動作。

「我是指幾年前報章雜誌曾經提過的你的幾段緋聞事件。據說其中不乏當紅的明星、名媛。那幾段感情中，哪一段最是令你刻骨銘心？」這位女主持人顯現出傳播媒體人的挖掘內幕八卦的功力，絲毫不放鬆。

張西恩利用主持人再度仔細提問的短暫時刻，似乎已快速思考過了，心底做了某項決定，眼神一閃，恢復了晶亮有神的炯炯雙眼，挺身坐正，他以特有清亮的聲音回答：「你所說的那兩段感情根本談不上甚麼『刻骨銘心』，只不過是十八、十九歲的年輕人正在學習『戀愛學分』。那時大家都年輕，面對感情的態度當然幼稚不成熟。那也表示，當年我的『戀愛學分』應該不及格吧！」張西恩說完又笑著補充一句：「這應該是我的求學歷程中唯一要被當的一個學分吧！」

張西恩決定不再閃躲問題，四兩撥千金，把他與方麗靜和孫丹芸的緋聞乾乾脆脆一併了斷，劃清界線。

主持人無絲可抽，無繭可剝只好委婉試探問著：「難道……到目前爲止，您都沒有任何一段讓您感到『刻骨銘心』的愛情嗎？」

「當然有！」張西恩居然出乎意料主動回答出這句話。

「哦！」主持人對張西恩要自爆情史，感到喜出望外：「這位讓您『刻骨銘心』的小姐是影劇界還是文化界的人？」

「都不是！她從事教育工作。」張西恩面帶微笑，清淡地回應著。

「哦！也是一位學者？」主持人得到一個意料外的答案，自己打著圓場。

「她是一位中學老師。」張西恩仍然帶著笑容。

「您可以談一談你們浪漫的邂逅嗎？」

「我們的邂逅和相愛……」張西恩若有所思陷在回憶中，過了數秒鐘才接續敍說著：「是一連串的意外所組成的。我一直記得她曾經說過：『精彩的人生，都是一個又一個意外組合而成，就像我們的相遇』。」張西恩停頓片刻後又接著說：「當時她雖然年輕，但是對於她所從事的教育工作充滿熱情。她很認眞，也很堅持。我們會相遇的原因，是因爲她對學生的輔導和付出總是不遺餘力，奮不顧身。是她讓我瞭解，生命是可以如此發光發熱。因爲她，我才開始認眞思考我的人生，因爲我想和她一起努力。雖然大學求學時，我是讀企業管理，但是後來我卻選擇教育研究專業，也是受她影響。其實遇見她以前的我，是毫無目標地揮霍生命。」

九年前，張西恩與王小葳第一次相遇，是因爲王小葳到「風馬KTV」要帶走賴登發。後來又因爲王小葳去「馬哈拉夜店」想要解救林德彰，張西恩和王小葳又再度相遇。那天張西恩爲了救助王小葳和林德彰而受傷送醫，他們兩人才有進一步的機會了解對方，並逐漸互相吸引。張西恩曾經設想過，如果這一切的意外都未曾發生，王小葳就不會走入他的生命，而他的人生將會是一個完全不一樣的光景吧！

王雯昕眼睛盯著電視螢幕，腦中翻騰著當年張西恩充滿誠摯的話語：「因爲你，我第一次認眞思考我的人生。我想和你一起努力……」

電視機前，王雯昕緊緊閉上雙眼，卻鎖不住眉目之間瀰漫著一層層正流洩出來傷懷。這樣的傷懷把她原本已經充滿孤寂的心湖幾乎完全淹沒。王雯昕覺得心口一陣悶痛。

螢幕上的張西恩臉容流露幸福的光采繼續敍說：「我以爲我們會相愛一輩子，因爲只有她能給我那種……我一直以來渴望卻總是得不到的幸福的感覺。」此時節目導播刻意給張西恩一個臉部的特寫鏡頭。他說這些話時，臉上的表情甚是柔和、深情。

王雯昕深情望著張西恩佔滿電視螢幕的臉部特寫，此時兩人彷彿正相互凝望著。

王雯昕眼底透露出沉浸於夢幻往事中的神色，她記得他曾對她說過：「有你在身邊，我終於知道甚麼叫做幸福感。……我只知道，這輩子除了你，我沒有辦法再愛上其他女人了。」

電視螢幕裡張西恩繼續說：「我們也曾規劃著美好的未來，我們約定……要相互依偎，一起變老。」

王雯昕閉上眼睛感受到當年在老屋的情境，腦中逐漸顯影出張西恩描述的情景。

「我就陪你一起變老，一起老得走不動，看不明白，聽不清楚……」

「您們如此深深相愛，眞令人感動。」這位女主持人聽到張西恩感動與深情的自述，也被感染了善感的心情，感動莫名。

「既然愛得如此深刻，您們什麼時候結婚呢？」主持人回神整理她被張西恩的故事引發的過度情緒，再次提出問題。

「我們已經分手了。」張西恩的故事情節突然急轉直下。

主持人一臉錯愕，不明所以，一時接不下話，她便給的口才和快速的反應力，一時落了拍，空白了兩秒鐘才回神接話提問：「怎麼會造成這樣的結果呢？」

「因爲……她的緣分是牽繫著責任，也就是說……她最後的選擇……不能是我。」張西恩雖然淡然回答著，但是仍隱隱約約透著失落：「她曾告訴我：『我們註定沒有緣分，又何必強求呢？』所以……我決定放開她。」

「當時……您……一定很受傷……」主持人想要安慰張西恩，卻不知該說些什麼，只好表現出同理心說著。

「當然！」張西恩臉部抹過一層愁緒，「但是……我也了解了一件事，緣分確實是不能強求的。我一直在等待一個情緣屬於我的女孩。」

主持人深受感動，她一臉傷感地看著張西恩卻接不下話。

張西恩看到主持人的表情和態度，突然意識到自己正在節目錄影中，這樣的告白顯得太忘情、太溢情了。他因爲自覺得尷尬，便刻意戲謔自嘲：「研究顯示正當熱戀中的情侶，兩人腦中的多巴胺、苯乙胺、後葉催產素等愛情化學物質會大量釋放，於是就會產生強烈愛的感覺。時間久了，腦神經元刺激不敏感了，那種『刻骨銘心』的愛情感覺，自然就會……消失了。」

「蛤？……哦？」主持人對於張西恩忽然搬出一長串專業名詞來描述他自己「刻骨銘心」的愛情故事，感到莫名其妙，弄得她一頭霧水。

張西恩調皮戲弄的表情和語氣，故意搞笑般地，把感性的愛情以科學的驗證做解釋。這整個情境就像原本正播放著一首浪漫樂曲，所有的聽衆正如癡如醉於優美動人的旋律中時，唱片卻突然跳針，使沉浸於浪漫情懷中的所有人的情緒被硬生生戛然阻斷。

「哦！……嗯！張西恩先生眞幽默，是啊！是啊！哈！哈！往者已矣，來者可追……。」主持人對張西恩突然把故事搞成這樣的結局，顯現出一臉無可奈何，覺得無言以對，只好陪笑回應：「希望您可以很快找到眞正與你有緣的人。」

「哈！哈！說不定這個節目播出時，我已經找到了。哈！哈！哈！」張西恩也刻意以開玩笑的態度回答著。

當晚，王雯昕躺在床上，輾轉反側，無法入眠。於是起身下床，她打開衣櫃，拿出一個小木盒，木盒子裡躺著一支鑰匙。那是張西恩給她的鑰匙。

九年前張西恩給她這把鑰匙，並對她說：「這是我們的房子的鑰匙，這把鑰匙是給你的，房子都整修好了，全都依照你的想法。將來我們要住在那裡，你繼續教書，我上班工作，我們的小孩可以在院子裡玩耍……。」

「傷彼蕙蘭花，含英揚光輝。過時而不采，將隨秋草萎。」王雯昕喃喃念著，手裡緊緊握著這把鑰匙，俯臥在床上哭泣，淚水濡濕了被枕。她哭了好久好久，哭累了，才在傷心中沉入睡夢。

隔天一大早，王雯昕紅腫著兩個眼包到學校。

「雯昕，你怎麼了？」徐子依覺得她不對勁。

「沒事。」王雯昕閃躲著徐子依的目光，回答她的關心詢問。

「你的眼睛腫腫的，不是眼睛病了？就是昨晚哭了很久？」徐子依見她刻意閃避，反而更接近瞧著她的臉：「這兩者，一個是生理有病，一個是心理有病！反正你一定有問題。」

「你什麼時候也開始當起密醫呀？還會看病呢！我沒事，你別瞎操心。」王雯昕堅持她沒事。

「昨天我看到了張西恩的專訪節目了！」徐子依其實心中早已經有底：「你也看了吧！是不是？」

王雯昕瞄看徐子依一眼，便低下頭卻不回答，假意整理桌面。

「他在節目中說的那位女孩是不是就是你？」徐子依情緒高昂問著王雯昕。

王雯昕依然安靜不語。

「你說是不是？如果你當我是好朋友就應該老實說！」徐子依激動不已，非得要逼問出眞相。

王雯昕覺得此時已經沒有必要瞞著她，於是她點了點頭，卻仍然沒有一句話。

「果不其然！」徐子依恍然大悟：「既然你昨晚哭得那麼傷心，就表示你還愛他，爲什麼不去找他呢？」

王雯昕終於抬起頭來，對徐子依露出微笑說：「太晚了！」這個微笑卻是含蘊著滿滿的苦澀。

「怎麼會太晚呢？昨天晚上他還在電視上對你眞情告白呢！」徐子依不以爲然，搶白回應。

「昨晚播出的節目是幾個月前就錄影的……」王雯昕輕嘆了口氣，才幽幽然說道：「這個周末……他就要結婚了！」

「蛤……？」徐子依一時情緒轉換不來，靜默了半晌後才又氣惱地叫罵：「臭男生，男人都這樣，跟遙控器一樣，一按鈕就換了一個頻道。昨天晚上我還被他感動得情緒難解呢，眞是莫名其妙！」

王雯昕此時的心情是極度低落，她只能壓抑悲傷一再地告訴自己，也許兩人的情緣註定如此，既然當時放手了，現在就應該祝福他。

接下來的幾天，王雯昕上班時經常閃神。辦公室的同仁都感覺到她的異狀，都關心提醒她。

彰化市。櫻山飯店。

星期五晚上，櫻山飯店的櫃台人員打電話給王雯昕：「有位林德彰先生來找你，是否要請他在飯店大廳等你？」

「麻煩你請他等一下，我馬上過去。」王雯昕回應。

林德彰來找王雯昕，是爲了交給她兩個紙袋：「這是小馬哥出發前往美國，參加西恩老大婚禮前，交代我一定要拿來給你的。」

王雯昕打開其中一個紙袋，從裡面拿出了三張證件。那是當年王小葳作廢的教師證、教師會員證、青海中學的服務證。「原來……他一直留著這些證件，沒想到他保存那麼久！」王雯昕喃喃輕語著。一幕幕她與張西恩相遇、相知到相戀的過程閃過眼前。酸甜苦辣的滋味不斷在心底翻攪，她抹過的臉色也是憂喜悲歡交雜。但是當她的思緒又回到明天張西恩將成爲別人的新郎時，心中泛漫的卻只剩下苦澀。她心裡想著：「他已經做了決定了，所以現在他才要把這些證件還給我吧！」

「老師，我把西恩老大的電話號碼傳到你的手機，今天有空打個電話給他吧！」林德彰一邊說著，一邊已經拿出手機開始操作起來了。

王雯昕聽到林德彰的話，稍稍回了神，但是又過了一會兒才開口：「他明天就要結婚了，我想……我不該去干擾他。」

「這哪是干擾呢？」林德彰口氣急切了：「說不定他還愛著你，只是不知道你的心意如何？你應該讓他清楚你的想法。」

這眞是皇帝不急，急死太監。林德彰多年來想要撮合這對戀人的心願，眼看著只剩這最後一搏，否則就要功虧一簣了。偏偏王雯昕面對這段愛情卻是如此退縮。

然而王雯昕心中所繫念的是，當年雖然不得已，卻是曾經狠狠地斷然多次拒絕他。如今他找到有緣人，她自然是沒有道理在這個時候去破壞他的姻緣。

王雯昕安安靜靜思考了好久才又說話：「德彰，愛一個人……不一定要抓住他不放。有時候……放手……也是愛！」雖然她強做鎮定，但是哽咽的話音早已透露了她眞正的情愫。

「老師，你在講什麼？什麼都放手，就什麼都跑掉了啦！」林德彰對王雯昕的話是完全不同意，口氣急切地回她話。

「德彰……」王雯昕吸了一口氣，忍住哽咽：「西恩他……都把證件還給我了，就表示他已經下了決心，做了決定。」王雯昕一臉惆悵：「我……不應該干擾他，也不能破壞他的姻緣。」

王雯昕又打開另一個紙袋，袋子裡面卻是裝著三包種子──杜鵑花種子、風信子種子和桔梗花種子。王雯昕一見這三包種子立刻紅了眼眶，她雙手捧起這三包種子，貼在胸口強忍住淚水：「他……居然還記得！原來他一直放在心上！」雖然她奮力要壓制住自己激烈震盪的心情，然而此刻她那已經漲滿滿的情緒，根本無法承受任何壓抑，她越是想要壓抑，反而越是激切噴灑而出。

九年前，張西恩和王小葳一起整修老屋時，兩人決定要在庭院種杜鵑、風信子和桔梗，因爲杜鵑、風信子和桔梗的花語是愛情。他們打算在房子四周都撒下杜鵑、風信子和桔梗的種子，讓代表愛情的這些花，包圍住他們生活的屋子。他們想要這樣一直生活在愛情的花海裡。

張西恩和王小葳兩人來到園藝店要買種子，但是園藝店的老闆卻勸他們：「先生、小姐你們如果是要布置新婚的房子，我建議你們還是買花栽比較容易，也才種得活。如果你們對園藝不專精，買種子回去種恐怕難成功。」

最後兩人接受老闆的建議，買花栽回去種植。當他們種下所有的花栽之後，王小葳站在花圃前若有所思。

「怎麼了？爲什麼發呆？」張西恩開心喜悅地站在王小葳身後，雙手環抱著王小葳，輕聲喚著問她：「你在想像花開後的美麗花園景觀嗎？」

「這些花是代表愛情，我原本是希望我們能親手撒下愛情的種子，用心灌溉，培植我們的愛情。」王小葳轉頭看了看張西恩，微笑說著：「現在的情形，看來只能用這種速成的方式。我總覺得……我們的愛情是不是像這些花栽一樣也是速成的愛情？」

「不是！絕對不是！」張西恩聽聞王小葳的說法，立刻反應，好似被刺激到痛處。他急速轉身站到王小葳正面，情緒緊張激動起來：「雖然我們相戀的時間不長，但是我們是眞心相愛，誰都無法取代。因爲，我已經尋覓好久好久，才遇見了你。」他認眞對小葳解釋著。王小葳從八歲時，余清智就已經存在她的生活中的這件事，對張西恩而言一直是他心中的一根芒刺，如今小葳有這樣的想法當然令他感到惶然：「我覺得，我是從上輩子就一直追尋你到此生。」他的語氣、態度、眼神滿懷誠摯與眞情向王小葳保證：「現在我們種這些花栽只是權宜之計，相信我，我會好好研究這些花的培育方法，我們自己播下的種子一定能培植出最美麗的花朵，就像發我們的愛情一般，最美好、最幸福。」

王雯昕緊緊捧握著花種子的雙手輕輕顫抖著，她奮力嘗試控制情緒。口中卻喃喃自語般小聲唸著：「現在他把種子給了我，是要告訴我……他已經決定放棄這段愛情了吧！」

這是林德彰第二次看到她哭泣。九年前也是爲了張西恩，她在醫院的花園也曾經如此傷心難過。

「還有，小馬哥要我轉告你，說什麼……西恩老大有一棟房子，他結婚後可能會搬回來住，所以過幾天打算要重新整修。」林德彰向王雯昕轉述著。

「房子要重新整修啊！」王雯昕好像是輕聲問著，又好像是自言自語。

那房子當初是依照她的意見和想法，張西恩和她一點一滴親手整理改裝的，如今卻要重新整修。是啊！因爲將來要與張西恩共同在那裡生活的將是另一個女孩。新的女主人想必有她自己的想法，房子自然是要重新整修，合乎女主人的喜好。

「小馬哥說，整修後傢俱全部都要買新的。現在屋子裡的傢俱都是你當年選購的，雖然已經買了很多年，但是很少使用，都還很新。小馬哥說，請你這幾天撥個空去看一看，你喜歡的就幫你留下，其他的就要請清潔公司來清走了。」

王雯昕沒有回答，只是傷心難過全寫在臉上。她沒想到張西恩決定要把她忘得這麼徹底，切割那麼乾淨，想必張西恩一定對她非常失望。

林德彰看著她那般痛苦的反應，心情也沉重起來，他再次提醒王雯昕：「老師，幸福就在你的手上，放了就沒有了，也許你將來會後悔一輩子。該把握的，就要把握住！」

「好久以前我曾經爭取過，但是……」王雯昕說到這裡卻又不說了。當年張西恩也曾經告訴她「命運是掌握在自己手中」，她曾經努力，曾經爭取，更曾經爲了愛情不顧一切，然而到頭來，卻仍是一場空。

「有時候天時、地利、人和也很重要啊！說不定現在就是時機已到，而你卻放棄，那不就太可惜了嗎？」林德彰不放棄說服王雯昕。

王雯昕聽他如此說，陷入思考。

「你要仔細想一想，我說的是不是很有道理！如果你們心中都有遺憾，那麼西恩老大的這一樁婚姻也不會是幸福的。」林德彰看王雯昕的表情，似乎態度有些動搖，於是趕快加碼鼓動。

王雯昕靜默不語。

過了好一會兒，等不到王雯昕的任何回答，林德彰只好放棄不再鼓吹了。

「哦！對了，小馬哥還特別交代，說那棟老房子，明天都沒有人在，因爲他們所有的親友都要去參加西恩老大的婚禮。如果你要去那裡，過兩天再跟他約時間。」

「哦！」王雯昕勉強回應了一聲。

最後，當林德彰要離開前，還特別慎重又再次提醒王雯昕：「你要記得，明天那個老房子都沒人在，等他們回國再聯絡喔！免得撲空。」

星期六一早。不上班的日子，徹夜未眠的王雯昕躺在床上不想動，思考著——

「今天，明天，好長的週末啊！」

「張西恩正在做什麼呢？正開心張羅婚禮的事吧！」

「他會穿什麼顏色的西裝呢？他穿西裝向來都很好看！」

「我應該打電話恭喜他嗎？他一定忙得沒時間接電話吧！」

「如果……如果我現在告訴他……我愛他。一切還來得及嗎？」

王雯昕伸手，拿來放在床頭櫃上的手機，思考了好一陣子，終於撥了號碼，手機響了好久，沒人接，她又撥了幾次，終於接通了。

一個慵懶的女聲：「喂……！」

王雯昕一大早，還沒開口說過話，聲音有些混濁，清清喉嚨才說話：「子依，陪我去逛街好嗎？」原來她卻是打電話給徐子依。

「雯昕，現在是早上六點半，哪來的街可以逛啊？拜託——大組長，我昨晚追劇到凌晨三點才睡覺，求你讓我好好補眠吧！」徐子依一大早被挖醒，覺得莫名其妙。

「喔！對不起……，你睡吧！」王雯昕看看手錶，果然才六點半，覺得自己很唐突。

王雯昕不想獨自一人封閉在屋子裡悲傷，她整理盥洗後走出家門，心神恍惚地獨自在周末清晨幽靜無人的「小西巷」裡閒晃，然後她又來到櫻山飯店的中庭，看到魏冠翰豢養的一對兔子，正互相倚偎著，她駐足出神了一會兒，接著她晃進櫻山飯店的大廳。飯店登記櫃台燈還暗著，一大早櫃台人員都還沒上班。平時熙熙攘攘的飯店大廳，此時是一片寂靜，整個空間只有王雯昕一個人。

王雯昕無意識地循著此時飯店最亮的空間——櫻山飯店的土地公神座前走去。她走到土地公的前面站了一會兒，然後雙手合十。她凝視著土地公，此時整個世界只有土地公微笑著鼓勵並安慰著她啊！

過了半晌，王雯昕走出櫻山飯店，漫無目的沿著長安街逛到彰化火車站旁的「心鎖橋」，她出神看著火車在「心鎖橋」下穿越往來，當火車都離站後，整個車站安靜了下來，王雯昕似乎從沉思中回神。她離開了「心鎖橋」，在火車站前的街道閒逛。然而今早的彰化市除了早餐店，其他店家都未開門。

走著走著，她來到台汽車站，剛好一班往台北的車正要開。王雯昕遊魂似的，被潛意識驅動著，跟著旅客上了車。車子行駛中，王雯昕一路發呆，車上的乘客上上下下，她周邊的座位乘客換了幾位，她也渾然不覺。甚至到了終點站——台北，她卻仍然呆坐在座位上。司機以爲她睡著了，扯開喉嚨大叫：「終點站到了！」

王雯昕下車後，沒有目標，一時不知要往何處去。她在台北轉運站停駐十來分鐘，然後從皮包裡拿出老屋的鑰匙，握在手心，思考了幾分鐘後，她上了一輛計程車。

車子開入小徑。就是這條始終在她夢中出現的紫荊小徑，此時正值紫荊的花季。燦爛奔放的粉白色小花，冒在枝梗上，不急不徐地搖曳著。

車子終於停在西恩爺爺的房子前，屋子前的庭院出乎她的意料。三年前她來時見到的荒廢許久，一片雜草叢生的景像已不復見，取而代之的是花團錦簇的美景。

「難道有人經常來整理？」王雯昕心中疑惑自問著：「也許張西恩的親人搬進來住了！」不過她確定今天這裡沒有人，因爲林德彰告訴她，今天這房子裡確定都沒有人在，張西恩所有的親友都要去參加張西恩的婚禮。

王雯昕走近花圃仔細觀賞，重新栽種的花，居然和當年她親手種植的一樣，也是杜鵑、風信子和桔梗，而相思樹長得更高大了。

王雯昕走近相思樹，撫摸著樹幹，回想著九年前她和張西恩在這裡的點點滴滴。在這個花園裡，除了這棵相思樹從孱弱的樹苗長成可以倚靠遮陰的大樹，其它的景觀幾乎與九年前一模一樣。只是景色依舊，人事已非。現在張西恩也找到他的幸福，就要結婚了。她眼前浮出一幅景象——

張西恩和他的妻子就坐在這棵樹下乘涼。他們的小孩就在這個院子裡奔跑著。

此情此景，映在王雯昕的心裡，感受到的情境卻是——白楊多悲風，蕭蕭愁煞人啊！

王雯昕忽然悲從中來，轉身倚靠著相思樹的樹幹，低聲啜泣。漸漸地她似乎越來越悲傷，越哭越傷心。是要把這九年來壓抑的傷痛一次傾倒；是要哀悼已經逝去的愛情，也爲自己孤單的未來傷痛。終於她哭到不能自已。

「爲什麼這麼傷心呢？」清亮的聲音從屋子裡傳出來。有一個人，就站在屋子大門邊對她說。

王雯昕淚眼迷濛，一時看不清楚，待她眨了眨眼，仔細一瞧，那人居然是——張西恩。

王雯昕睜大眼睛，驚訝地凝望他，似乎不敢相信眼前所看到的一切。

「怎麼了？這樣看我！」張西恩緩緩走來，到她的面前，微笑著對她說話。

「你不是……？小馬他說……」王雯昕一頭霧水，還沒辦法搞清楚是怎麼一回事。

「小馬他說……」張西恩狡黠望著她：「三年前我離開台灣那天，他看到……有人默默站在機場航站的玻璃帷幕前，遙望起飛的飛機，哭得可傷心呢！」

三年前那天，小馬送張西恩入海關後，遠遠看到王雯昕站在機場航站的玻璃帷幕前，望著張西恩搭乘的班機，雙頰滿布淚痕。小馬認爲她既然人都來了，還哭得那麼傷心，必然是對張西恩情意頗深，為何又不現身呢？原本他想前去向她打招呼，可是再仔細想了想，既然她寧可躲在那裡默默關心張西恩，而不出現與張西恩相會，必定是有苦衷。於是他便不打擾她，只是將此事告知了已經到了美國的張西恩。而人在美國的張西恩，當他獲知王雯昕的真正心意時，立刻就要回台灣來。

春姨知道西恩的決定時，也馬上打電話給他，阻止了他的衝動。他們母子兩人，自從那次促膝長談後，解開了西恩的心結，母子兩人之間情感逐漸修復，漸入佳境。張西恩也願意與母親分享心情，或接受她的建議。

春姨提醒西恩：「你這麼做只會增加王小葳心理的負擔和壓力，你們之間還是不會有結果的。」春姨知道兒子對王小葳是真心真意，倒是已經不反對西恩和王小葳在一起。她是一個經歷過大風大浪的人，依照她的評估，如果西恩此時回來台灣，對誰都沒好處。他必定會堅持癡纏著王小葳，不僅造成王小葳的困擾，更是給媒體大做文章的機會，反而把他自己又推入更深的泥淖中。

春姨苦口婆心分析給西恩聽：「你會對她如此用情至深，是因為她是一個有情有義的女孩。既然如此，她是不可能在這樣的情況下離開那位生病的余先生。你應該做的是不要干擾她，讓她去做她認為該做的事，盡她該盡的責任。否則她一輩子都會活在愧疚與不安的痛苦中。我想，你並不願意使她這樣受苦吧！」

因此，張西恩才忍住衝動的心，繼續留在美國，但是他仍然隨時隨刻都關注著王小葳的一切，並請小馬協助隨時打聽回報。

「你……今天不是……結婚了嗎？」王雯昕帶著紅暈的眼睛垂了下來。

張西恩牽起王雯昕的手緊握著，然後對她說：「我來接新娘子啊！」

王雯昕一臉狐疑，不懂張西恩的做爲。

「沒有你，我怎麼結婚呢？」張西恩燦爛地笑望著王雯昕。

王雯昕驚訝怔住。

張西恩微笑著，凝視著滿臉疑惑的王雯昕繼續說：「你願意嫁給我嗎？『王雯昕』小姐。請不要拒絕我！」他不叫她王小葳，而是叫她王雯昕。

王雯昕驚訝不已，卻只是睜大眼睛，不能言語。

「也許王小葳的緣分必須牽繫著余清智。」張西恩輕吐了口氣後說著。

「我有責任……」王雯昕欲言又止，卻又把話吞回，低頭不語。

「我知道，對余清智你有責任，但是對我……你有『刻骨銘心』的深情。今天你既然又回到這裡，我就確定了這一件事。」張西恩滿臉笑意，那是帶著喜悅和自信的燦爛笑容：「我知道……『王雯昕』的情緣一定是屬於我！」他輕捧著王雯昕的臉，深情凝望著她說道：「你讓我等得好辛苦！」

一年前當張西恩獲知余清智去世時，他就立刻回來台灣了，並且急著就要去找王雯昕。西恩的媽媽馬上阻止並提醒他：「我知道你心急，但是你這時候並不適合去找王小葳。畢竟余家兩老才剛剛喪子，余家目前正籠罩在一片愁雲慘霧當中，王小葳必須要安排照料兩位老人家，要顧及老人家的情緒。你此時出現，她還是會拒絕你。」

西恩的媽媽看著兒子滿懷急切又無奈的表情，安慰著他：「你別急，給她一年的時間，讓她安排好一切，等時機成熟了你再出現。如果她對你也如同你對她一般深情，你們兩人必能修成正果的。該是你的姻緣跑不了，不是你的，強求來也不會幸福。」

張西恩深刻了解了母親所言，因爲與王小葳的那段情，總是一連串的風風雨雨，於是他終於體悟到，不論他與王小葳之間的情有多深，愛有多濃，然而王小葳和余清智之間，緊緊地扣住的是從小就已經牽引著的責任，這是他不論如何努力爭取都無法阻斷的。

他也終於明白了，既然他與王小葳是無緣分的，就應該放手，不該再堅持了。既然如此，就切割他王小葳與的那一段吧！所以他將他保存多年的王小葳的證件還給了她。

而他也決定了，他應該把握的是王雯昕與他之間的情緣。他和王雯昕之間除了有情、有愛，也必定是有緣、有份。王雯昕的情緣才是與他緊緊牽繫著的！

「從今以後讓我照顧你，我們一起圓滿美好幸福的將來。」張西恩說著，摟擁著王雯昕入懷。

此時，從屋子裡走出了林德彰，接著又走出賴登發、吳機瑞、吳嘉興……當年二年仁班的學生們，一個個出現在她淚眼糢糊的眼前，他們就站在離她不遠處的屋門邊，開心笑著。

尤其是林德彰還大聲呼喊著：「老師，不是告訴你，要來這裡之前要先聯絡嗎？哈！哈！哈！」

王雯昕旋卽明白，是張西恩的安排，他要向她求婚啊！

她的臉上還掛著淚水，眼角淚珠還晶瑩閃爍著，然而她卻笑得燦爛。

花園裡，四月的風將杜鵑花、風信子和桔梗花吹得搖曳生姿。紫荊葉舞弄陽光，閃爍不停熱鬧非凡。兩人就被這繽紛燦爛的花海包圍在其中。

（完）

# 後記

我高中時期，前往彰化火車站搭火車回家的途中，總是喜歡和死黨鑽入「小西巷」，繞著巷道悠晃，走到「櫻山飯店」的後門，偷偷穿越飯店的私有通道，抄近路去長安街上。私闖櫻山飯店的中庭，已經是我們這群循規蹈矩女學生，壯膽去做的刺激小惡趣。

那時的「小西巷」位處城市的最中心，充滿活力、熱情洋溢，擁有樂觀的前景，似乎毋庸置疑。然而，十幾年後有一次我回到彰化市，卻看到了「小西巷」因爲不敵中國低價成衣的競爭，又因巷弄狹窄，發展困難，店家都努力掙扎著。因此「小西巷」不僅黯淡了許多，景況每況愈下，似乎找不到出路。

現實中的「小西巷」的命運，就像《住在小西巷的那個女孩》書中的女主角的命運一樣。原本只有平凡背景，卻因緣際會，也能夠曾經擁有萬千關注，得到寵愛。然而因爲世事變化而被放棄，甚至差一點也要自我放棄。

這幾十幾年來「小西巷」感覺似乎也要被世界拋棄與遺忘了。

《住在小西巷的那個女孩》書中的女主角，經過自己的努力，蛻變重生了。我期待著現實中的「小西巷」在行政部門與社區人士的努力下，也能逐漸重現往日的「小西風華」！

## 櫻山飯店的故事緣起

「櫻山飯店」的所在地，日治時期是屬於「小西巷」大富豪——「大森製材廠」的土地。櫻山飯店的第一代老闆，他在日治時期的職業是「運轉者」，也就是卡車司機，算是當時台灣的稀缺人才。戰後日本退出台灣，他向「大森製材廠」承租房舍與土地，於「小西巷」開了一家「泰西貨運行」。

當時台灣戰後物資運輸需求大，老闆便向「大森製材廠」買下該處房產。接著，國民政府啟動十大建設，興建南北高速公路，老闆嗅到商機，買入數輛遊覽車，成立了「勝景遊覽車公司」承接當時的進香活動和加工區的工廠或學校的旅遊活動。當年遊覽車業務眞是生意興隆，風風火火。因此老闆決定擴大「勝景遊覽車公司」的規模，但是「小西巷」的腹地有限，不利遊覽車進出停靠，於是老闆只好轉向中山路購入土地，以利作爲遊覽車的停車場，也將「勝景遊覽車公司」遷出「小西巷」，並且爲了結合遊覽車的旅遊業務，老闆大膽決定在「小西巷」的「勝景遊覽車公司」的原址，蓋一家和歐美國家一樣，有電梯、有冷氣、有地毯的當時代的觀光飯店。據說當年櫻山飯店開幕時，附近民衆都前往參觀當時代的高科技——「電梯」。

時光荏苒，「小西巷」的事與物也持續更迭，每一代扎根「小西巷」的人們也持續刻畫下他們印記，留下屬於「小西巷」的另一篇章。

國家圖書館出版品預行編目資料

住在小西巷的那個女孩／藹萍著. --初版.--臺中市：白象文化事業有限公司，2023.12
面； 公分
ISBN 978-626-364-142-2（平裝）

863.57 112014439

# 住在小西巷的那個女孩

作　　者　藹萍
校　　對　藹萍、水邊
發 行 人　張輝潭
出版發行　白象文化事業有限公司
412台中市大里區科技路1號8樓之2（台中軟體園區）
出版專線：（04）2496-5995　傳真：（04）2496-9901
401台中市東區和平街228巷44號（經銷部）
購書專線：（04）2220-8589　傳真：（04）2220-8505
專案主編　陳逸儒
出版編印　林榮威、陳逸儒、黃麗穎、陳媁婷、李婕、林金郎
設計創意　張禮南、何佳諠
經紀企劃　張輝潭、徐錦淳、張馨方、林尉儒
經銷推廣　李莉吟、莊博亞、劉育姍、林政泓
行銷宣傳　黃姿虹、沈若瑜
營運管理　曾千熏、羅禎琳
印　　刷　基盛印刷工場
初版一刷　2023年12月
定　　價　400元

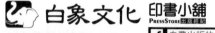